Il est avantageux
d'avoir où aller

Emmanuel Carrère

Il est avantageux d'avoir où aller

P.O.L
33, rue Saint-André-des-Arts, Paris 6ᵉ

TROIS FAITS DIVERS

1

« Je suis heureux que ma mère soit vivante »

Les 21 et 22 novembre derniers, un garçon de vingt et un ans, Franck B., comparaissait devant la cour d'assises de Melun pour avoir tenté de tuer Hélène R., sa mère naturelle. Voici leur histoire.

Vingt ans plus tôt, Hélène R. n'était pas encore « mère naturelle », seulement fille-mère et paniquée par ce qui lui arrivait. Elle avait accouché sans oser en parler à personne, perdu sa place de bonne à tout faire et la chambre qui allait avec. Elle traînait de foyer en foyer avec son petit garçon, puis son petit garçon et son gros ventre, puis ses deux petits garçons car, la répétition étant le propre du malheur, Alexandre était né deux ans après Franck et de père aussi inconnu que lui. Murée dans le silence, la peur et l'habitude des rebuffades, elle ne savait pas à qui s'adresser pour obtenir de l'aide, ni quelle sorte d'aide au juste elle désirait. La DASS, à la porte de laquelle on se retrouve en pareil cas, ne savait trop non plus s'il valait mieux l'aider à garder ses enfants ou à s'en décharger.

Sans doute auraient-ils moins souffert d'être une fois pour toutes abandonnés plutôt que ballottés de nourrices négligentes en placements provisoires, mais leur mère ne pouvait se résoudre à la séparation définitive. Elle hésitait, revenait les chercher juste avant la date couperet, en sorte que l'abandon, finalement consommé en 1974, s'est étalé sur cinq ans. Elle dit aujourd'hui avoir signé le papier fatal sans comprendre ce qu'elle faisait. Elle dit aussi que, même après l'avoir signé, elle espérait revoir ses enfants, qu'elle a fait une démarche pour cela auprès de la DASS. Mais cette fois il était trop tard : on les avait adoptés.

Il ne restait à Hélène qu'à pleurer toutes les nuits, à se taire comme toujours elle s'était tue, et pour se consoler, pour se faire plus de mal aussi, à imaginer que ses petits garçons, quelque part en France, vivaient chez des gens bien qui les aimaient et qu'ils aimaient.

En quoi elle ne se trompait pas. Les B., qui avaient adopté ensemble Franck et Alexandre, rebaptisé Alain parce que contrairement à son frère il était assez petit pour ne pas se rappeler son prénom, les B. étaient sans aucun doute des gens bien.

Tous les parents, du jour où ils le deviennent, découvrent avec émerveillement une peur qui ne les quittera plus, et cette peur est plus vive encore, forcément, chez les parents adoptifs. On devine que les B. portèrent à leurs garçons un amour inquiet, scrupuleux, qui à la moindre alerte craignait d'avoir démérité. Or les alertes vinrent, et comme on pouvait s'y attendre vinrent de Franck. C'était un enfant difficile, taciturne, révolté. Les B. firent tout ce qu'ils purent pour se conduire comme si Franck était vraiment leur fils et sans mauvaise conscience exercer sur lui une saine autorité. En dépit ou à cause de quoi l'échec, caractériel et scolaire, s'accusa au fil des années, désolant assez M. B. pour que sa femme préfère ne pas l'affliger davantage en lui montrant ce qu'elle avait découvert dans la chambre de Franck et qui devait plus tard, passant de main en main, donner le frisson au jury chargé de le juger : un faire-part, un vrai, dûment imprimé, par lequel M., Mme B. et Alain avaient la douleur d'annoncer la mort de leur fils et frère Franck, survenue dans sa quinzième année. La date était laissée en blanc.

Franck avait alors quinze ans. Deux ans plus tard, l'idée avait fait son chemin à travers ses rêveries moroses de rechercher sa mère naturelle. Un enfant qui s'estime incompris de ses parents peut toujours imaginer qu'ils ne sont pas les siens, que les siens sont plus beaux, plus aimants, plus tout. Ce fantasme est courant et reste ordinairement sans conséquence. Le problème, dans le cas d'un enfant adopté, c'est qu'il ne s'agit pas seulement d'un fantasme, qu'une personne inconnue mais réelle occupe quelque part dans le monde réel cette place vers quoi tendent tous les désirs et qu'il n'est pas de plus grande ni de plus déchirante tentation que celle de la retrouver pour voir à quoi elle ressemble, lui jeter au visage son amour ou sa haine, ou les deux.

Franck, de ces retrouvailles, attendait tout : l'explication de son histoire, par suite la liberté de la vivre. Il semble s'y être pris le plus simplement du monde en s'adressant à la DASS, qui lui a communiqué le nom de sa mère, lui laissant le soin de trouver l'adresse par le minitel. Je dis « il semble », ce point ayant soulevé la seule controverse d'un procès où personne ne discutait les faits : l'avocat de Franck a dénoncé la coupable légèreté de la DASS, le représentant de celle-ci tâché de l'en blanchir, sans convaincre ni d'ailleurs intéresser grand monde, tant on imagine mal qu'un règlement limitant les caprices du Sphinx ou lui faisant obligation de s'adjoindre un psychologue diplômé aurait en quoi que ce soit changé le destin d'Œdipe.

Bref, un beau jour du mois de juin 1988, le téléphone a sonné chez Hélène R., dans une HLM de la banlieue de Melun. Son fils Frédéric, huit ans, a décroché et dit au correspondant inconnu qu'il allait chercher sa maman.

Une semaine plus tard, Hélène R. ouvrait la porte à Franck.

C'était un grand garçon brun, d'une beauté sombre et repliée, qui s'appliquait à paraître impassible. Il parlait comme quelqu'un qui aimerait mieux se taire, avec une extrême correction, un souci presque pédant de neutralité. Sa voix faisait penser à l'horloge parlante, son aspect aux jeunes acteurs zombies des films de Robert Bresson. Évidemment, Hélène R. n'a rien pensé de tout cela : seulement que ce garçon en face d'elle était son fils perdu, qu'il l'avait retrouvée, et cela lui suffisait.

Il lui a dit madame, puis Hélène – pas maman. Il lui a posé des questions. Sur son père, bien sûr, mais ce chapitre n'a pas été long puisqu'elle ne connaissait même pas son nom : il était cheminot, de passage, voilà tout. Sur sa vie, son métier : elle travaillait comme femme de service dans un hôpital. Sur le petit garçon, Frédéric : elle avait pu le garder, lui, la vie était devenue un peu moins difficile ; elle se battait pour le garder d'ailleurs, s'étant séparée de l'homme avec qui elle l'avait eu et qui voulait le lui prendre, et qui ne l'aurait pas, elle le jurait. Entendant cela, Franck n'a pas tiqué. Il a préféré l'interroger sur une bosse qu'il a au front, depuis qu'il est tout petit, et dont il s'est souvent demandé l'origine : elle lui a expliqué qu'il était tombé, chez sa tante qui le gardait quand il avait trois ans.

Hélène a répondu comme elle le pouvait, et guère demandé : l'habitude de subir, dans certaines vies, émousse la curiosité ; on prend les choses comme elles viennent, on ne s'étonne pas, c'est ainsi. Mais quand Franck est parti, elle lui a dit que s'il voulait revenir la porte lui était ouverte.

Il est revenu à l'automne, pour l'anniversaire de Frédéric, à qui il a apporté un cadeau : une montre. Il s'est mis à venir assez régulièrement. Ses parents adoptifs n'étaient pas au courant ; il n'en parlait pas avec eux, ni d'ailleurs avec Alain. Hélène lui a aménagé une chambre dans son petit appartement. Il venait y coucher de temps à autre. Le contraste social entre la maison bourgeoise des B. et le monde de sa mère naturelle, si pauvre de grâce, d'intelligence, d'horizon, de tout, semblait lui être indifférent. Sauf lorsqu'il s'agissait de Frédéric, qu'il aurait voulu voir mieux éduqué : l'idée que, dans la vie, son petit demi-frère partait si démuni le tracassait sincèrement. Il l'aimait, l'aime toujours beaucoup : il approuvait sa mère de se battre pour le garder.

Ces retrouvailles, comme on imagine, n'ont pas apporté à Franck l'éclaircissement, la libération espérés, mais au contraire un surcroît de confusion. La double vie, le va-et-vient clandestin lui sont rapidement devenus odieux. Il a tenté d'y échapper.

Il s'est enfui en Suède, sous prétexte de passer son bac au lycée français de Stockholm, mais il est revenu au bout de deux mois et le mouvement pendulaire a repris. Les B. se désolaient de ses absences, de ses sautes d'humeur. Hélène continuait de l'accueillir avec sa bonté morne, placide, butée, cette façon exaspérante qu'elle avait de trouver naturelle une situation aussi insupportable.

Il l'a supportée deux ans, jusqu'à ce jour de juin où il a débarqué chez elle, à l'improviste comme il le faisait souvent. Il a passé l'après-midi à jouer avec Frédéric, le soir est allé rendre visite à un couple d'amis, avec qui il a bavardé et disputé jusqu'à l'aube une partie de Monopoly. À 11 heures du matin, il est repassé chez Hélène, pour prendre une douche et se changer, puis il a déjeuné avec elle. Mère et fils, au cours du repas, ont échangé quelques mots anodins, l'ordinaire de leurs échanges. Elle a fait la vaisselle. Elle le trouvait nerveux, tendu : il jouait avec un des couteaux de cuisine qu'elle venait de laver. Elle est passée dans la salle à manger, a allumé la télévision, s'est assise sur le canapé pour feuilleter le programme. Franck se tenait derrière elle. L'idée lui est venue, elle se le rappelle très bien, qu'il allait s'approcher, et qu'il attendait d'elle un geste de tendresse, un câlin. Alors elle a senti comme une piqûre dans le dos. Puis une autre, plus forte, qui soudain lui a fait très mal.

Comprenant que son fils la frappait avec le couteau, elle s'est dressée en criant : « Franck, que t'arrive-t-il ? Tu es fou ! » Il a répondu : « Tu m'as abandonné, ma vie est fichue » (ou « foutue », c'est le seul désaccord entre leurs versions), et, tandis qu'elle s'écroulait à terre, s'est jeté sur elle, cherchant à la frapper à la gorge. En se débattant, en essayant de se protéger avec ses mains que le couteau tailladait, elle a crié : « Franck je t'aime », puis : « Pense à Frédéric ! » Peut-être ce cri a-t-il retenu le bras de Franck, peut-être pas, mais il y a à partir de là un trou dans leurs souvenirs à tous deux.

Un peu plus tard, le téléphone a sonné. Franck s'est relevé, a recouvert sa mère qu'il croyait morte d'un dessus-de-lit bleu, puis il est allé se laver les mains, décidé à ne pas répondre. La sonnerie s'est tue. C'est alors qu'Hélène a bougé, dans un râle demandé qu'il appelle au secours. Il ne savait que faire. Le téléphone a sonné de nouveau. Il a décroché. C'était le secrétariat de l'oto-rhino-laryngologiste qui appelait pour déplacer un rendez-vous pris par sa mère. Franck n'a pas relevé l'ironie de la chose, d'ailleurs la gorge sanglante était dissimulée par le dessus-de-lit qu'il avait tiré sur le visage. Il a seulement dit ce qu'il venait de faire et demandé qu'on vienne au plus vite. Craignant d'être mal compris, de passer pour un fou ou un mauvais plaisant, il est allé ensuite frapper chez la voisine de palier. L'ayant informée de la situation, il est descendu en bas de l'immeuble, s'est assis sur les marches devant la porte et a attendu.

D'après le policier qui l'a appréhendé, Franck était neutre, comme détaché de toute l'affaire, et physiquement vidé. Il n'a fait aucune difficulté pour reconnaître les faits, insistant même sur la préméditation. Quand on lui a demandé pourquoi, s'il voulait tuer sa mère, il avait appelé les secours, il a dit avoir, ce faisant, « agi en bon citoyen ». Après quoi, et pendant quelque temps, on n'a plus rien tiré de lui.

Hélène est arrivée à l'hôpital mourante. Le coup de couteau qui lui avait lacéré le pharynx ne lui laissait en principe aucune chance, et l'expert témoignant au procès un an et demi plus tard parlera sans hésiter de miracle. Car elle a survécu et même repris une vie normale.

Pendant plusieurs mois, elle a souffert à l'égard de son fils d'une obsession phobique. Chaque nuit, avant de se coucher, elle inspectait son appartement de fond en comble pour s'assurer qu'il n'était pas revenu l'achever. Convaincue qu'il recommencerait s'il sortait de prison, elle s'est portée partie civile contre lui.

Puis elle a pris sur elle d'aller le voir à Fleury-Mérogis. Elle est revenue. Elle a retiré sa plainte, considéré qu'elle était la seule responsable de ce qui était arrivé et, dans une lettre au juge, exprimé le vœu que Franck sorte le plus vite possible, « pour que nous retrouvions enfin la paix ».

S'agissant de responsabilité, chacun au procès a clamé la sienne comme s'il craignait par-dessus tout d'en être dépossédé et de se trouver par là exclu de cet étrange réseau d'amour. Après qu'Hélène eut usé de ses pauvres mots pour dire que tout était de sa faute, depuis le début, les époux B., pour n'être pas en reste, se sont accusés d'avoir mis Franck un an en pension et réveillé ainsi son angoisse d'abandon. L'intéressé a assuré que non, pareillement réfuté l'expert-psychiatre, et d'une façon générale repoussé toutes les perches tendues pour l'excuser : il savait ce qu'il faisait, depuis plusieurs semaines l'idée de tuer sa mère s'était imposée à lui, comme la seule sortie possible de l'impasse où il était acculé.

Vers la fin des débats, conduits par un magistrat qui se déclare d'ordinaire répressif mais a fait montre en la circonstance d'un tact et d'une humanité exemplaires, on a demandé à Franck si de son acte il avait du remords. Il a réfléchi, puis répondu : « Je suis heureux que ma mère soit vivante. »

Réponse d'une saisissante exactitude. Il était nécessaire à Franck B., pour survivre et devenir un homme, de tuer Hélène R., sa mère naturelle. Un miracle médical a permis à ce meurtre d'être bel et bien commis, et pourtant révoqué. De telles grâces sont rarement accordées : un psychanalyste et un prêtre s'accorderaient sans doute à y voir un miracle aussi. Il restait aux jurés, pour couronner le tout, à accomplir un miracle pénal.

Refusant l'acquittement, qui en niant son crime aurait insulté l'accusé et compromis son retour parmi les hommes, la cour s'est rendue aux raisons de l'avocat général. Il se trouve que c'était une jeune mère adoptive, qui de son réquisitoire a fait un témoignage personnel et la plus émouvante des plaidoiries. Une peine d'emprisonnement de trois ans, dont deux avec sursis, a été prononcée. Le parricide Franck B., reconnu entièrement coupable de son acte, a donc quitté le palais de justice libre, et peut-être libéré.

Deux familles éperdues d'amour l'attendaient à la sortie. Il lui faudra maintenant s'accommoder de cela.

L'Événement du jeudi, janvier 1990

2
Résilience d'une infanticide

Ce matin-là, Marie-Christine s'était levée plus triste encore que d'habitude. Son dernier arrêt de travail expirait, il allait bien falloir retourner au bureau, et Marie-Christine ne supportait plus le bureau. Autrefois, si : elle tirait fierté d'avoir réussi un concours, d'être agent technique dans un ministère au lieu de lessiver comme sa mère des carrelages municipaux. Mais il y avait eu l'informatisation du service, coïncidant deux ans plus tôt avec son congé de maternité, et quand elle était revenue après la naissance de Guillaume tout avait commencé à aller de travers, les collègues à ricaner dans son dos, les supérieurs à la brimer, et elle, du coup, à se faire constamment arrêter, ce qui rendait chaque fois le retour plus difficile. Cette fois-ci, elle ne pourrait pas. Elle préférait mourir.

Que la mort fût préférable à la vie, du moins à la sienne, n'était pas une idée nouvelle pour Marie-Christine. Elle avait déjà fait, plus jeune, deux tentatives de suicide et, au début de l'hiver, acheté dans un supermarché – en vente libre – un pistolet d'alarme, copie fidèle du 22 long rifle des westerns. Elle le gardait sous le lit de Guillaume, dans un paquet cadeau pour ne pas attirer l'attention de son mari.

Dire qu'elle aimait son fils est peu dire. Il n'était pas question qu'elle le laisse seul. Elle défit donc le paquet et, tandis que Guillaume jouait avec les cartouches, chargea l'arme. Puis elle approcha le canon du front du petit garçon, âgé de vingt mois, mit la main devant ses yeux, pressa la détente. Ensuite, elle rechargea, dirigea le canon vers son propre front, tira de nouveau. Tout aurait dû s'éteindre alors, mais non : elle sentait seulement une douleur entre les yeux et voyait l'enfant, sur son lit, agité de soubresauts. Le paradis, où elle comptait qu'ils se retrouvent tous les deux, ne ressemblait pas à ce qu'elle avait imaginé. Au bout d'un quart d'heure, elle appela le SAMU.

Quand les secours puis la police arrivèrent, Guillaume était mort. Marie-Christine, le visage ruisselant de sang, essaya de voler l'arme d'un policier pour s'achever, mais n'y arriva pas. Transportée à l'hôpital, elle n'arriva pas plus à échapper aux soins qu'exigeait son état. Des éclats de balle restèrent fichés dans son front, entretenant une douleur taraudante qui la réveillait la nuit et sans cesse lui rappelait son cauchemar. D'avoir survécu à son fils lui semblait une injustice atroce, mais logique : l'injustice l'accompagnait depuis sa naissance, elle avait grignoté toute sa vie ; il fallait bien que, pour finir, elle l'engloutisse.

Les enfances massacrées font aux oreilles des juges une litanie familière et nul ne s'est étonné, aux assises de Nanterre, d'apprendre que Marie-Christine avait été très jeune abandonnée par son père ; qu'un beau-père alcoolique et brutal l'avait régulièrement violée entre onze et quinze ans ; que sa mère effarée, par peur de tout consentant à tout, avait préféré fermer les yeux…

Il ne faisait pas de doute que les vingt-cinq années de sa vie avant le crime avaient été, en dépit d'une adaptation sociale aussi méritoire que précaire, en dépit d'un mariage apparemment sans histoires, vingt-cinq années de malheur, et la prise en compte de ce malheur relevait de la routine judiciaire.

Ce qui n'en relevait pas, en revanche, c'étaient les trois années qui avaient suivi le crime. Elles avaient commencé, si l'on peut dire, normalement : Marie-Christine pleurait sans cesse, voulait mourir, et personne ne voyait trop quoi lui souhaiter d'autre. Pourtant, après onze mois seulement d'emprisonnement, le juge d'instruction, impressionné par le véritable sauvetage psychique organisé par son avocat et les divers thérapeutes commis à ce cas qu'on pouvait croire désespéré, consentait à la remettre en liberté, sous contrôle judiciaire.

Petit à petit, la thérapie aidant, Marie-Christine est revenue à la vie. Elle a repris son travail et, mutée dans un autre service, s'en déclare satisfaite. Elle a retrouvé son mari et, neuf mois tout juste après sa sortie de prison, accouché d'une petite fille. Un autre enfant doit naître dans deux mois, si bien qu'elle s'est présentée devant ses juges enceinte.

Cette circonstance, les témoignages s'accordant à saluer son nouvel équilibre psychologique et combien elle était à présent « mieux dans sa peau », donnaient un son étrange au récit qu'il a bien fallu faire du meurtre de Guillaume. Étrange et même choquant, tant la sensibilité admet mal qu'on puisse avoir fait cela et s'en sortir. Plus mal encore l'idée, distillée tout au long des débats, que ce passage à l'acte avait pu être une étape, affreuse mais nécessaire, sur le chemin de la vie – quelque chose comme l'abandon d'un objet transitionnel ou le coup de pied qui permet au nageur touchant le fond de remonter à la surface. En tuant son enfant bien-aimé, déclarait un expert, Marie-Christine avait en réalité tué l'enfance haïe qui l'empêchait de vivre.

L'épreuve avait été terrible, confirmait à la barre le mari, timide et moustachu, mais maintenant la page était tournée, on repartait sur des bases nouvelles… Il était difficile de ne pas regarder avec effarement cet homme qui avait eu… quoi ? la générosité ? l'inconscience ? la miséricorde ? – l'amour sans doute, qui est tout cela à la fois – de se remettre en ménage, de refaire des enfants avec la femme qui, d'un coup de pistolet, avait tué leur premier-né. Que pouvait être leur vie ? Leurs conversations, leurs silences, leurs joies ? L'enfant qui allait naître, y pensaient-ils comme au second ou au troisième ?

Quelques semaines plus tôt, j'avais assisté à un autre procès, celui d'une pauvre femme qui, dans une détresse et une confusion comparables, avait laissé mourir son bébé. Comme Marie-Christine, c'était une victime plutôt qu'une criminelle, tout le monde en convenait, malgré quoi elle avait pris dix-huit ans. Verdict terrible, mais que n'expliquait pas seule la sévérité d'un jury répressif : il y avait aussi que la femme était détruite, détruite jusqu'à la moelle des os, et qu'aucune suite, aucun projet, aussi confiant qu'on fût dans les ressources humaines, ne paraissaient pour elle imaginables.

La cour de Nanterre, au contraire, était animée du souci de « permettre la suite », puisque, contre toute attente et presque contre toute décence, une suite semblait possible. La morale naturelle veut qu'on soit plus indulgent envers celui qui souffre le plus de ses fautes, qu'on épargne celui qui s'est lui-même détruit. À cela s'oppose la dure et vitaliste loi évangélique voulant qu'il soit donné à celui qui possède déjà et retiré à celui qui n'a rien. C'est cette loi qu'ont suivie les jurés en faisant crédit à Marie-Christine de sa stupéfiante capacité de survie et en la rendant aux siens avec une peine de cinq ans, dont quarante-neuf mois avec sursis, les onze mois fermes couvrant ce qu'elle avait déjà purgé.

À qui serait tenté, comme j'avoue l'avoir été, de trouver que la justice des hommes se déchargeait un peu vite sur Dieu ou sur la conscience du pécheur du cruel devoir de châtier, je rappellerai seulement ce qu'a murmuré Marie-Christine avant de quitter le box des accusés : « Un jour, il va falloir que je le dise à mes enfants. »

L'Événement du jeudi, février 1990

3
Lettre à la mère d'un meurtrier

C'est en tremblant, Madame, que vous commencez à lire cet article. Et peut-être penserez-vous, quand vous l'aurez terminé, que cette compassion dont je vous accable, je l'aurais mieux exprimée en la taisant, en m'abstenant d'étaler votre malheur dans les colonnes d'un journal. Je vous demande pardon.

Nos regards se sont quelquefois croisés durant ces deux journées terribles, au palais de justice de Châteauroux. Du moins je vous ai, moi, beaucoup regardée : à la dérobée, sans oser, pendant les suspensions d'audience, m'approcher pour vous dire ce que j'essaie d'écrire à présent. J'étais au banc de la presse, chroniqueur judiciaire amateur, touriste en quelque sorte, attiré par le renom de l'avocat et l'étrangeté du crime : un paysan de quarante-cinq ans massacré dans son lit à coups de bouteille d'abord, de couteau ensuite, de carabine encore, pour finir incendié et qu'on retrouve à demi carbonisé dans sa ferme dévastée...

On imagine à sa mort de sombres causes rurales – rivalité de clans, nœud de vipères familial, une histoire d'Atrides berrichons. Or non : le meurtrier, un fils de famille parisien en vacances au village voisin, n'avait ni parenté, ni intérêts communs, ni différend avec sa victime. Pas de grief, pas de mobile. Crime gratuit, conclut-on ; donc, criminel plus ou moins monstrueux. Et si, Madame, depuis plusieurs semaines vous hantez avec votre mari cette cour d'assises, comme vous alliez, étudiante, aux examens de vos camarades pour savoir à quelle sauce vous seriez mangée, si le jour venu vous vous retrouvez, cramponnés l'un à l'autre, au premier rang du public, c'est parce que ce criminel qui, comme dit le gendarme, « risque perpète », c'est votre fils.

Il me semble que l'on a vraiment appris quelque chose chaque fois que l'on éprouve la vérité d'un cliché. Je vous regardais le regarder, ce garçon de vingt-cinq ans qui paraissait plus jeune, un gamin vraiment, avec cet air buté du cancre que les professeurs ont depuis longtemps renoncé à interroger et ce blazer à écusson que vous lui aviez acheté pour qu'il paraisse à son avantage. Je vous regardais le regarder, lui qui ne vous regardait pas, ne regardait personne, et je comprenais mieux ce que voulaient dire ces mots de mélodrame : le « banc d'infamie », le « ban de l'humanité ». D'autres mots aussi me revenaient, que j'avais souvent écoutés distraitement, ne prenant garde qu'aux musiques dont les ont revêtus Pergolèse ou Scarlatti : ceux du *Stabat Mater*. Ils s'appliquaient à vous.

Deux jours durant, qui venaient après deux ans de cauchemar et d'insomnie, il vous a fallu écouter le récit, inlassablement repris, de cette soirée au cours de laquelle votre fils, sans raison, conscient ou inconscient de ce qu'il faisait, nul ne le saura jamais et sans doute pas même lui, a sauvagement tué un malheureux fermier qu'il connaissait à peine et qui ne lui avait rien fait. Les descriptions atroces du cadavre, que cent fois vous aviez dû lire dans le dossier, ou éviter de lire, ce qui revient au même, il vous a fallu entendre la greffière les récapituler au début de l'audience, les médecins légistes plus tard les détailler et l'avocat général, qui après tout ne faisait que son métier, demander qu'on en répète les passages les plus horribles afin que, de cette horreur, les jurés soient bien imprégnés et condamnent votre fils le plus lourdement possible.

Un crime peut n'avoir pas de motif mais il a forcément un passé, celui de son auteur dont toute la vie devient alors explication, prélude, cause de son geste. Et plus l'auteur est jeune, plus ses parents, bien sûr, se retrouvent sur la sellette. Vous ne demandiez que cela, d'être jugés responsables pour que votre fils le soit un petit peu moins, de prendre du fardeau tout ce qu'on vous accorderait. Vous étiez prêts à faire les frais de ce paradoxe cruel que favorise le jeu des assises, où il revient à l'avocat général d'expliquer pour mieux perdre votre enfant quels parents exemplaires il a eus, et à l'avocat que vous payez pour le défendre de vous mettre sur le dos ses névroses et son crime. Le talent et le cœur ont permis à Me Pelletier d'éviter ce piège rhétorique, de rendre son client humain et pathétique sans faire de ses parents les monstres, les imbéciles ou les indifférents qu'à l'évidence ils n'étaient pas. Mais il suffisait de vous voir, Madame, de vous entendre quand vous avez témoigné, pour comprendre que personne, jamais, ne vous accablerait autant que vous le faisiez vous-même, vingt-quatre heures sur vingt-quatre, à tort et à raison, depuis plus de deux ans.

Bien sûr, si l'on veut à toute force expliquer l'inexplicable, vous avez commis une erreur en confiant votre fils à une nourrice, puis à votre marraine, les cinq premières années de sa vie ; c'est alors que tout se joue, répètent les psychologues, mais vous ne le saviez pas, et pour vous, tout se jouait aussi : votre avenir, celui de votre couple, celui de votre enfant, pensiez-vous. Bien sûr, vous n'auriez pas dû, le voyant rétif aux études, vouloir qu'il réussisse comme vous et votre mari avez, à la force du poignet, réussi. Bien sûr, vous auriez pu prévenir, essayer de prévenir la glissade qui, d'un enfant sensible et menteur, faisait un adolescent bourrelé d'angoisses et de phobies, puis un jeune homme immature, vivant à vos crochets et à ceux de l'indulgente marraine solognote, adonné à la rédaction d'impubliables romans de science-fiction, au visionnage de cassettes X et, pour endiguer la panique qui chaque soir menaçait de le submerger, au Témesta par poignées de dix, avec du Laroxyl pour faire passer.

Vous n'étiez pas aveugles, vous vous faisiez du souci. Mais vous pensiez que c'était une mauvaise passe, qu'avec le temps, l'amour dont vous entouriez votre fils, le travail qu'il finirait bien par trouver, cette crise d'adolescence prolongée se tasserait : tout rentrerait dans l'ordre. Et le plus souvent, en effet, tout rentre dans l'ordre, les adolescents à problèmes ne deviennent pas des criminels. Votre fils, si : personne ne saura jamais pourquoi. Pourquoi un jour les plombs ont sauté. Pourquoi lui. Pourquoi vous.

Car c'est bel et bien de vous qu'il s'agissait ; je ne suis pas le seul au cours de cette audience à n'avoir vu que vous, pensé qu'à vous, à l'injustice atroce qui vous frappait – au point d'en oublier la victime et sa famille. Mᵉ Pelletier a passé deux heures à labourer la conscience des jurés en leur répétant sans se lasser qu'ils devaient à la chance et à la chance seulement de n'être pas à votre place. Qu'il s'en fallait d'un rien pour, du tracas que donnent tous les enfants, basculer dans l'horreur – et s'il existe pire que d'avoir un enfant tué, c'est sans doute cela : d'en avoir un tueur. C'est terrible à dire, mais le fait que vous soyez des gens convenables, des gens à qui ce genre de chose n'aurait normalement pas dû tomber dessus, a puissamment aidé l'avocat. Les criminels ont tous des parents que leur sort préoccupe, mais on s'identifie à certains plus volontiers qu'à d'autres.

Votre fils était inculpé d'assassinat – ce qui implique la préméditation. Il en a été blanchi et reconnu seulement meurtrier. L'avocat général réclamait vingt ans de prison, la cour s'est contentée de quinze. C'était pour vous un verdict inespéré, un soulagement qui, d'abord, m'a paru dérisoire et rappelé cette histoire que j'aime bien : un astrophysicien explique que, dans un milliard d'années, il n'y aura plus de vie sur Terre ; un type, très inquiet, l'interrompt, lui fait répéter, puis se rassoit, soulagé, en disant : « Vous m'avez fait peur. J'avais cru entendre : dans *un million* d'années ! » Mais j'ai compris que pour être habitable le malheur a besoin de degrés, que ce quart de temps rabioté sur une éternité, ce diplôme de meurtrier *seulement*, c'étaient vos premières joies depuis deux ans, les premiers pas du long chemin qui, du banc d'infamie, ramènera votre fils à la société des hommes. Pardonnez mon emphase et mon indiscrétion, Madame, mais l'objet de cet article était, sur ce chemin où vous et votre mari allez maintenant l'accompagner, de vous souhaiter chance, courage et espérance, du fond du cœur.

L'Événement du jeudi, mars 1990

La Roumanie
au printemps 1990

Les chroniques judiciaires qu'on vient de lire sonnent, comme dirait Hélène, ma femme, « un peu catho » – et pour cause : elles ont été écrites au plus fort de la crise religieuse que j'ai racontée vingt-cinq ans plus tard dans mon livre Le Royaume. *Je me souciais surtout, alors, du salut de mon âme, et n'ai suivi que d'assez loin les événements politiques considérables des premières années quatre-vingt-dix : la fin de l'Union soviétique, les incendies qui s'allumaient dans les décombres du communisme. Tout de même, le récit d'un ami qui se trouvait en Roumanie dans les jours suivant la chute de Ceauşescu m'a intrigué. Mû par l'intuition vague qu'il y avait là quelque chose qui me regardait, et peut-être me sortirait de l'impuissance à écrire où je marinais depuis trois ans, j'ai décidé d'y aller. On peut dire que je n'ai pas été déçu. Je suis rentré de Roumanie extrêmement troublé, et persuadé que la meilleure façon de rendre compte de ce trouble était d'écrire une vie de Philip K. Dick.*

1

Le palais, ou comment s'en débarrasser

La Maison de la République, mieux connue sous le nom de palais Ceauşescu, surprend par un détail que le visiteur, et pour cause, met quelque temps à découvrir : elle n'a pas d'entrée. On s'attendrait à en trouver une au débouché de l'avenue triomphale et toujours déserte qui, plus large d'un mètre paraît-il que nos Champs-Élysées, a remplacé l'un des quartiers les plus élégants de Bucarest. Mais non. Et pour peu qu'on commette l'erreur de longer, comme moi, vers la droite le muret qui ceinture l'édifice, on passe un bon quart d'heure à errer entre gravats et fondrières avant d'apercevoir la brèche qui, sur la gauche, ouvre l'accès d'une porte latérale – certes pas petite, rien n'est petit ici, mais presque dérobée, clandestine, furtivement gardée par deux très jeunes soldats et une très vieille Tzigane qui, sur un éventaire improvisé, vend des cartes postales représentant le président Ion Iliescu et son Premier ministre, Petre Roman.

Cette singularité architecturale, que confirme l'investigation intérieure, persuade d'avoir affaire à une construction utopique, un mausolée arc-bouté contre le temps, la dégradation inhérente à la vie organique, le désordre originel et les pattes sales de l'humanité. L'idéal, que les vicissitudes tant redoutées de l'Histoire n'ont pas permis d'atteindre,

serait de ne pouvoir y entrer ni en sortir, seulement y circuler selon les règles d'un protocole pointilleux, que reconduit
de son mieux le cérémonial de la visite guidée. Car on peut
visiter (tout au moins jusqu'au 18 juin, annonce une pancarte sans dire ce qu'on fera après), et les Roumains ne s'en
privent pas qui, par groupes compacts, formés spontanément ou sous l'égide de quelque comité, arpentent avec une
incrédulité émerveillée un espace dont la vocation même
excluait leur présence. Comme pour la justifier, en excuser
l'aberration, l'intérieur, d'une monotone démesure, étale
son inachèvement : les colonnes attendent leur revêtement
de marbre, les sols de bien des pièces leur parquet et, tandis
que les guides claironnent avec une certaine révérence que
le tapis de telle salle pèse plus d'une tonne, que marbres,
fers forgés, tous les matériaux en somme, proviennent du
terroir national, on croise de loin en loin un gâcheur de
ciment, truelle en main, l'air dépassé, on le comprend, par
l'ampleur de la tâche, et symbolisant assez bien le désœu-
vrement fébrile d'un pays où chacun, bras croisés ou bal-
lants, va répétant qu'il va falloir se retrousser les manches.

Terminer ces travaux coûtera, de toute évidence et en
quelque devise que ce soit, des milliards. Les terminera-t-
on? La question dépasse largement l'urbanisme et renvoie
à celle, plus tortueuse, de la liquidation d'un legs particulièrement encombrant. Car après tout, le palais se dresse
au cœur de la ville comme le nez au milieu de la figure et
comme l'habitude de quarante ans de communisme dans
les circuits mentaux de vingt millions de Roumains, dont

quatre furent membres du Parti et les autres leurs clients. Alors, le raser ? Du passé espérer faire ainsi table rase ? Ce serait, en architecture, l'équivalent de l'application radicale, en politique, du fameux point 8 de la Déclaration de Timişoara, qui entend bannir du nouveau régime quiconque a eu partie liée avec l'ancien. Je n'ai rencontré qu'un seul partisan de cette solution, un étudiant qui s'empressait d'ailleurs de la reconnaître impraticable. Le palais est donc là, il faut faire avec, mais faire quoi ? « Regardez donc le livre d'or », suggère mon compagnon de visite, Lucian Boia, qui s'offre à m'en traduire des extraits.

Hormis le rédacteur en chef du journal belge et catholique *Toujours joyeux*, à qui les lieux inspirent une édifiante distinction entre le pouvoir des hommes et celui du Très-Haut, l'écrasante majorité des commentaires émane de plumes roumaines. Avec une malice que j'apprendrai à connaître et retrouverai chez nombre d'intellectuels lorsqu'il s'agit de leurs concitoyens, Boia souligne que la plupart trouvent le palais beau et, tout en s'accordant sur la nécessité de le détourner à des fins démocratiques, détesteraient qu'on fasse bon marché du sang, des larmes et des *lei* qu'il a coûtés, tribut déjà viré, en quelque sorte, au crédit de la bonne cause. Quelques frivoles proposent d'en faire un casino, réplique européenne du Taj Mahal de Donald Trump, les sérieux penchent pour un musée – le musée de la tyrannie universelle –, les plus réalistes pour qu'on y loge une organisation internationale. « Mais vous verrez, prédit Boia, sardonique, dans quelque temps, quand on n'en par-

lera plus, c'est le gouvernement qui s'y installera. Comme
avant, mieux qu'avant, c'est dans l'ordre des choses... »

Autant prévenir : Lucian Boia joue dans ces pages
le rôle, qu'il récuserait, de héros positif. Non qu'il soit un
héros, bien au contraire ; mais dans le marécage de mensonges, de rodomontades, de calomnies croisées où je n'ai
cessé de perdre pied, cet historien solitaire, indolent, railleur, m'est à tort ou à raison, et peut-être simplement parce
que nous nous sommes liés d'amitié, apparu comme un îlot
de bon sens et d'honnêteté. Comme il est extrêmement disponible (« Vous savez, tout prétexte m'est bon pour ne pas
travailler : la révolution, un ami à promener, un visa à chercher... » – et, s'agissant au moins du visa, ce n'est pas une
mince affaire), nous avons fait ensemble de longues promenades dans Bucarest, qu'il connaît à merveille et pour
ainsi dire de mémoire, bercé qu'il a été par les récits de
sa mère, la tradition jalousement perpétuée d'une famille
bourgeoise d'origine italienne, catholique, en tout cela peu
typique, dont il s'enorgueillit d'être le rejeton – et c'est son
trait le plus roumain que ce souci de l'être aussi peu que possible. Culturellement, socialement, génétiquement déplacé,
capable de remarques de classe à l'ancienne – une noce
envahit le restaurant où nous déjeunons : « Rien qu'à leurs
têtes, soupire Boia, des frontistes... » –, il fraie en familier
avec des fantômes dont le *Bucarest* de Paul Morand atteste
qu'ils ont un jour été vivants, alors que toute la ville actuelle
les nie par sa crasse, son apathie hargneuse, sa population
ni citadine ni campagnarde, clochardisée, hébétée.

Pour plus de sécurité, Boia, devenu adulte, s'est réfugié dans l'étude historique de l'imaginaire, écrivant en français, sans envisager une seconde de les faire paraître en roumain, deux livres dont l'un porte sur *Les Fins du monde*, l'autre sur *L'Exploration imaginaire de l'espace*. Lové dans ce cocon de souvenirs de seconde main, d'érudition et de rêveries, il admet sans honte avoir fait ce qu'il fallait pour ne connaître d'autres soucis que la pénurie et le goût cendreux des jours : il a été membre du Parti pour devenir professeur à la Faculté, président d'un Comité d'historiographie pour avoir le droit de voyager en France une fois l'an ; il a admiré une Ana Blandiana, une Doina Cornea, un Mircea Dinescu, les grandes figures de la dissidence, sans songer à les imiter, et ne se reconnaît d'autre titre à la « résistance intérieure » dont me bassinera tel écrivain couvert depuis vingt ans de prix et de fonctions officielles, que de n'avoir de toute sa carrière jamais écrit le nom de Ceauşescu. « C'est peu, reconnaît-il, mais que voulez-vous, je ne suis pas courageux. » Le courage de le reconnaître n'est pas si répandu.

Comme tout le monde, Boia déteste le Front de Salut national. Je dis comme tout le monde, c'est bien expéditif dans un pays qui a si massivement élu ce parti et son président, Ion Iliescu, au lendemain de la chute de Ceauşescu. Mais enfin, en quinze jours, j'ai dû parler avec une bonne quarantaine de personnes – surtout des intellectuels, il est vrai –, sans en rencontrer aucune qui ne vitupérât le Front, ni ne rejetât la responsabilité de son élection sur une population stupide et aliénée. Chacun parle de son pays avec un dédain effaré, comme nous parlerions du nôtre s'il comportait 85 % de lepénistes, lepénistes honteux de surcroît et qui ne s'exprimeraient que dans le secret de l'isoloir – mais alors avec éclat, et pour la consternation générale. Il m'a fallu attendre l'arrivée des mineurs, dix jours plus tard, pour voir enfin, et entendre acclamer, d'indiscutables partisans d'Iliescu.

2
À la recherche de Dracula : à l'Institut Iorga

Au XVe siècle, un prince valaque nommé Vlad Dracul lutta pour l'indépendance de son peuple écrasé entre la Hongrie, maîtresse de la Transylvanie du Nord, et l'Empire ottoman dont il parvint à contenir l'invasion. Sa cruauté, par ailleurs, lui valut le respect épouvanté de Mohamed II (« Que faire contre un tel homme ? » se serait écrié le sultan en découvrant la ville de Girgoviste couronnée d'une forêt de pals sur lesquels agonisaient des Turcs, mais aussi des boyards rétifs à seconder Dracul), le surnom de Vlad Tepes (« l'empaleur ») et une durable célébrité littéraire. De son vivant même, en effet, des pamphlets d'origine saxonne et magyare stigmatisèrent ses atrocités, et leur diffusion se poursuivit avec succès, quatre siècles durant, entre le Rhin et l'Oural.

En 1897, le romancier irlandais Bram Stoker, cherchant au vampire dont il racontait l'histoire un nom et des

origines plausibles, fut aiguillé par le globe-trotter et fol-
kloriste Arminius Vambéry vers ce fonds de récits populaires dont il intégra quelques détails à la trame de son
immortel *Dracula*.

En 1972, deux universitaires américains, Raymond
McNally et Radu Florescu, publièrent un ouvrage intitulé *À la recherche de Dracula*, où était étudié le rapport
ténu, presque fortuit, entre le personnage devenu mytho-
logique de Stoker et le cruel voïvode roumain. Si sérieuse
qu'elle fût, leur recherche accrédita auprès de lecteurs
pressés l'idée qu'il avait existé un *vrai* Dracula, pourquoi
pas vampire lui aussi. Des tour-opérateurs y trouvèrent
l'occasion de voyages à thème originaux, mais l'association Roumanie-Dracula ne connut son point culminant
qu'au milieu des années quatre-vingt, quand la cote de
Ceauşescu en Occident commença à fléchir et qu'il devint
rituel d'associer le nom du vampire à celui du despote.

Au printemps 1990 enfin, cherchant un prétexte, un
fil conducteur pour voyager dans ce pays soudain propulsé
sous les feux de l'actualité, je me proposai d'enquêter sur
cette association et sur le déplaisir, mais peut-être aussi le
surcroît de légitimité, comme une préfiguration de son destin posthume, que n'avait pu manquer d'en tirer Ceauşescu.
N'est-il pas après tout réconfortant, quand on se met à vous
peindre sous les traits d'un monstre, de pouvoir répliquer
que ce monstre, pivot d'une campagne de diffamation étrangère, était en réalité un grand homme, un héros incompris
de l'indépendance nationale ?

Toujours bon public pour les recherches saugrenues, l'ami Boia m'a donc adressé à son collègue Stefan
Andreescu, spécialiste de la question, que je suis allé voir à
l'Institut Nicolae Iorga. Dans cette jolie demeure en lisière
d'un parc se perpétue le souvenir du grand historien roumain qui fut assassiné en 1940 par la Garde de Fer après
avoir écrit 1 400 volumes et 20 000 articles sur les sujets les
plus divers : histoire universelle, tragédies en vers, méthodes
de langues – il passe pour avoir appris le turc dans le train
de Bucarest à Istanbul, et l'avoir su passablement à l'arrivée.

À mon arrivée, le conseil de direction de l'Institut, qui
reçoit deux professeurs américains et un Roumain exilé
en France depuis trente ans, vieux dandy sarcastique et
racé, m'invite à prendre part à la réunion. Comme partout,
à toute heure, en fumant et buvant du café, on discute de
« la situation ». C'est-à-dire qu'on soupire, qu'on échange
des regards navrés, qu'on traite de « byzantin », entendez
d'intrigant, le directeur de la télévision Teodorescu, puis
les intellectuels du Groupe pour le dialogue social d'éli-
tistes hautains, coupés des masses. « Qui ne l'est pas ? »
plaide un raisonnable, chaudement approuvé par ma voisine, dix-neuviémiste charmante et, si l'on considère les
normes locales, relativement optimiste : car, étant entendu
que le peuple est primitif, arriéré, qu'il se contente de peu
et sacrifiera volontiers l'ombre de la démocratie à la proie
plus tangible de quelques concessions matérielles, un peu
de viande et d'essence, « il faut le comprendre, poursuit-
elle. Nous comprendre. Nous sommes comme votre cardi-

nal La Ballue, enfermé par Louis XI dans une cage où il
ne pouvait se tenir ni debout ni couché. Il est normal, une
fois sortis, que nous ne sachions plus marcher la tête droite.
Mais cela viendra, vous verrez ». Cette parole de confiance,
si rare, est tombée dans un brouhaha dont je n'ai pu saisir
le motif. Tout le monde en tout cas s'est mis à exhiber sa
carte d'identité, les unes portant, les autres non, le tampon
« *Votat* », a voté. Chacun a voté pourtant, mais nul n'en tire
de conclusion quant à d'éventuelles irrégularités du scrutin,
d'autant plus accablant qu'on le reconnaît honnête, et propre
à justifier la sinistre plaisanterie selon laquelle la Roumanie est le seul pays dans l'histoire à avoir librement élu des
communistes.

La séance levée, le vieux dandy, le revenant, me
confie *sotto voce* qu'il est catastrophé, épouvanté. La pauvreté, la saleté, passe encore, mais la méfiance butée, la
bassesse répandues sur les visages, dans la rue : « Vous
avez vu ces gueules ? Ces gueules ! répète-t-il. Mon peuple
n'a jamais été comme ça, ce n'est pas mon peuple. Je ne
comprends pas. *Qui sont ces gens ?* » Et ce qui tremble
alors dans sa voix, c'est très exactement l'horreur du héros
d'*Invasion of the Body Snatchers*, le vieux film de science-
fiction, lorsqu'il découvre que les hommes ont été peu à
peu remplacés par des extraterrestres, que chacun de ses
familiers, apparemment inchangé, est désormais un mutant
malfaisant.

Comparée à cette horreur-là, celle qu'inspire Dracula
rassérène, et c'est un soulagement de s'en entretenir avec

le professeur Andreescu. Un soulagement pour moi, du moins, car en dépit de sa courtoisie le professeur ne me cache pas qu'il en a un peu assez de répondre depuis vingt ans aux mêmes questions bateau des journalistes dans mon genre, naïvement convaincus de tenir un bon sujet. Un jour, c'est la télévision française qui vient avec Alain Decaux y consacrer une émission, un autre une équipe américaine qui, conduite par le fils de Ronald Reagan, boucle un tour de la « *Haunted Europa* » : cinq minutes sur le monstre du Loch Ness, puis cinq sur Dracula, etc. À tous, il faut gentiment répéter que Vlad Dracul, le vrai, n'a jamais mis les pieds dans la région de Bistriţa, où Bram Stoker situe son château, que le vrai château se trouve près de Bran, la sépulture au monastère de Snagov et la maison natale à Sighişoara. Il s'avoue légèrement agacé, sans plus, par la fortune du roman, qui n'a jamais été traduit en roumain, réfute le parallèle hâtif et tendancieux avec Ceauşescu. Pour une raison curieuse : Vlad Dracul, selon lui, avec son grain de folie, sa cruauté d'ailleurs accordée aux mœurs du temps, a fait de l'histoire. Ceauşescu a fait de l'anti-histoire. On l'oubliera très vite, on l'oublie déjà ; il n'en restera rien.

C'est une idée qui court dans l'historiographie roumaine, que Lucian Blaga théorisait dans les années trente : la Roumanie redoute l'histoire ; elle n'a cessé de se dérober à son appel. Chaque fois qu'elle a failli y entrer, développer par suite une culture majeure, pendant la Réforme par exemple, elle s'est arrangée pour se replier frileusement dans un monde autarcique, déserteur, privilégiant la vie organique, le folklore, le terroir, un monde sans perspective dont le village, le fameux, tant chanté village roumain, représente l'assomption. En ce sens, toute l'œuvre de Ceauşescu, son souci d'indépendance longtemps loué, visaient à soustraire son pays au tourbillon de l'histoire. Depuis six mois, la Roumanie y semble irrésistiblement entraînée. Mais elle s'y résout mal. Et il ne me semble pas abusif, tout à coup, de voir dans les ahurissants cafouillages que prodigue le nouveau pouvoir une tentative désespérée, inconsciente à coup sûr, pour résister à ce courant, persévérer dans l'être, rester sur le Radeau de la Méduse, couler, mais entre soi. Au besoin, dans l'espoir d'être rejetés par les bateaux de sauvetage qui se pressent de toutes parts, d'écœurer définitivement le monde extérieur, on ne reculera pas devant le cannibalisme. On lâchera les mineurs; mais ici, j'anticipe.

3
Deux dîners

Mme Colleu-Dumont qui, bien que manifestement épuisée, s'acquitte avec la meilleure grâce de ses fonctions de conseiller culturel, doit avoir bien du souci pour organiser ses dîners. La plupart des intellectuels qui s'y côtoyaient autrefois dans la crainte commune de la Securitate sont aujourd'hui brouillés à mort, ce qui tend à prouver que le

mépris de la masse est moins fédérateur que l'exécration d'un
tyran. De là à regretter celui-ci, il n'y a qu'un pas, que les
membres du Groupe pour le dialogue social ne sont pas loin
de franchir. Qu'Iliescu – rallié, pour comble d'amertume, par
certains des leurs – soit pire que Ceauşescu, le philosophe
Gabriel Liiceanu et ses amis l'affirment sans ambages. Car
la révolution, officiellement, a eu lieu, et il ne reste plus qu'à
renverser le mot si beau de Tristan Bernard arrivant au camp
de Drancy : « Nous vivions dans la crainte ; nous vivrons
désormais dans l'espoir. »

« Dialogue social ? Très bien, mais avec qui ? » sou-
pirent ces humanistes dont les noms, quelques jours plus
tard, seront obligeamment proposés à la vindicte des mineurs
et des typographes. Déjà, cumulant les emplois de Cassandre
et d'Antigone, ils s'attendent au pire : la masse, décervelée
depuis quarante ans et entretenue dans cet état par la télévision, continuera d'accepter sans rechigner le régime du parti
unique ; le Front, soucieux dans le meilleur des cas de faire
bonne figure au-dehors, tolérera une opposition, à condition qu'elle soit issue de ses rangs, et contrôlée ; et lorsque
le désastre économique sera patent, réduira les maigres
avantages concédés depuis quelques mois en échange de
la démocratie, une brutale réaction nationaliste, populiste,
orthodoxe, xénophobe, pourrait bien se produire. Que faire,
alors ? Fumer à la chaîne, rageusement, comme Liiceanu.
Dans l'espoir d'éclairer quelques esprits, traduire et publier,
si on leur accorde le papier, le livre où Michel Castex, le correspondant de l'AFP, raconte par le menu l'atroce feuilleton

des charniers découverts à Timişoara, imputés à grands cris par les « révolutionnaires » à la Securitate aux abois, avant que l'on découvre que ces « révolutionnaires » eux-mêmes avaient sans vergogne déterré les cadavres au cimetière, pour justifier leurs actes d'épuration et faire frémir l'Occident. Se répéter jusqu'à l'écœurement que l'illusion du réveil faisait partie du cauchemar.

Je confesse qu'arrivé depuis deux jours j'ai écouté ces discours avec un rien d'agacement, trouvé ces perdants bien grognons, défaitistes, pensé (comme le gouvernement français quand on le questionne à ce sujet) que la démocratie, que diable, ne se faisait pas en un mois et qu'il était un peu tôt pour désespérer. Il semble malheureusement que tout leur donne raison et je n'avais, quant à moi, rencontré à ce moment aucun représentant du nouveau pouvoir.

Vedette incontestée, trois jours plus tard, d'un dîner autour de la même table, le ministre de l'information Ravzan Teodorescu n'a qu'un mot pour flétrir les gens du Dialogue social et leurs pareils : « Des frustrés. » Des aigris, des envieux, des rabougris rancuniers qui ne se consolent pas de n'être pas à sa place, et voilà tout. Fort de cette philosophie qui englobe visiblement toute forme d'opposition et qu'il ressortira telle quelle au lendemain de la bastonnade des mineurs, le ministre, pour sa part, rayonne d'aise et de cordialité. Soignant jusqu'à la caricature un physique de méchant raffiné (boule à zéro, lunettes noires, manières péniblement exquises), ce professeur d'art byzantin propulsé aux commandes de l'unique chaîne roumaine a été, disent ses adversaires, un artisan machiavélique de la victoire du Front. Parmi les bruits qui courent et se font de plus en plus fiévreux au sujet du futur gouvernement, on le donne souvent pour le remplaçant du monarchiste Paléologue comme ambassadeur à Paris (« Ça lui ira à merveille, de faire des ronds de jambe », grinçait Liiceanu). Lui-même, non sans coquetterie, affirme avoir remis sa démission au président et attendre seulement, en serviteur dévoué, que celui-ci consente à l'accepter. D'ici là, il s'enchante de sa verve, de parler en égal à Murdoch, de ses scintillants paradoxes (« Ce qui a manqué à la Roumanie, c'est un vrai Parti communiste. Si, si, je suis sérieux... »). Il se vante plus qu'il ne se plaint des calomnies qui pleuvent sur son compte, et pour n'être pas en reste soutient que Marian Monteanu, le leader des rebelles qui se rassemblent sur la place de l'Université, avait deux ans plus tôt entamé, comme activiste du Parti, une carrière exemplairement servile – ce qui est fort possible mais guère vérifiable puisque nous ne disposons pas de la liste des membres du Parti, non plus que des informateurs de la Securitate, et que l'argument « tout le monde vous le dira », monnaie courante ici, y est également dépourvu de toute valeur, tout le monde disant n'importe quoi, que l'irréprochable dissidente Doina Cornea est un agent de la CIA, le président Iliescu un colonel du KGB, et que les mineurs ont héroïquement étouffé un complot attribué par le même Petre Roman, à deux heures d'intervalle, à l'Internationale fasciste et aux proxénètes bucarestois.

Vers la fin du dîner, ma voisine de table, Mme Teodorescu, s'est plainte d'une voix dolente que les carrières, les

différends politiques, brisent les plus belles amitiés, au point
que d'anciens intimes sortent d'une pièce où son mari fait son
entrée. Je le regrette pour elle, et pour moi de ne pas savoir
quel homme charmant était l'historien d'art Teodorescu,
avant. Je ne saurai pas davantage quelle figure feraient ses
adversaires à la place qu'il se grise d'occuper.

4
Le signe du scaphandrier autonome

Mircea Nedelciu, au contraire, est éminemment sympathique. Bras droit du poète Mircea Dinescu à l'Union des
Écrivains où il me reçoit, ce romancier de quarante ans, tenu
par beaucoup pour le meilleur de la nouvelle génération,
séduit par une désinvolture d'étudiant prolongé, un argot
français gentiment désuet (« Je te taxe une cibiche »), une
intelligence souple et blagueuse qui met immédiatement à
l'aise.

Le livre qu'il écrirait en ce moment, s'il avait le loisir d'écrire, et qu'à défaut il me raconte, adopte le point
de vue évidemment métaphorique d'un scaphandrier
immergé et soumis à une forte pression. C'était l'état de
Nedelciu lorsqu'il l'a commencé, le 26 janvier 1989 – jour
anniversaire de Ceaușescu, précise-t-il en clignant de
l'œil. Pris de fièvres violentes et inexpliquées dès le début
de ce travail, il s'est avisé qu'il retombait malade chaque
fois qu'il s'y remettait. Cette circonstance, puis la Révolu-

tion lui ont dicté le plan suivant : d'abord, comme il était initialement prévu, description de la pression de plus en plus forte – l'ivresse des profondeurs, la tentation d'en finir guettent le scaphandrier ; ensuite, chronique de la bizarre maladie de l'auteur, du 26 janvier au 21 décembre 1989, jour de la chute du tyran – « mais, souligne-t-il avec un nouveau clin d'œil, elle dure encore » ; enfin devrait venir – « Mais alors quand ? », troisième clin d'œil – le récit de la décompression, la remontée du scaphandrier à l'air libre.

Sur cette trame se greffe une idée ingénieuse, qui pourrait être de Calvino ou de Marcel Aymé : un dictateur décide de regrouper tous les 29 février du siècle pour faire un mois de plus, par suite un nouveau signe du zodiaque, réservé aux seuls Roumains. *Le Signe du scaphandrier autonome* (c'est le titre du livre) s'intercale logiquement entre le Verseau – sous l'influence duquel est né Ceaușescu – et les Poissons – qui président, tiens donc, au destin d'Iliescu.

Là, au lieu de cligner de l'œil, Nedelciu rigole franchement. Et moi qui, à l'instar de Bloch, dans *À la recherche du temps perdu*, questionnant M. de Norpois dans le vain espoir de savoir s'il est dreyfusard ou non, moi qui m'évertuais à peser d'une part ces allusions polémiques, de l'autre l'appartenance de mon nouvel ami à la très officielle Union des Écrivains, présidée par l'ex-dissident, aujourd'hui très frontiste, Mircea Dinescu, je respire, de nouveau en pays de connaissance : ce Mircea-là est un brave opposant, comme tout le monde, et comme tout écrivain pour peu qu'on l'écoute, se met à me raconter un autre de ses romans, écrit à six mains avec un couple de critiques littéraires de Timişoara.

C'est une enquête, solidement documentée, sur une certaine Ana Quelquechose qui, à la veille de la Première Guerre mondiale, quitta sa ville – alors intégrée à l'Empire austro-hongrois – pour les États-Unis où elle devint maquerelle, maîtresse de John Dillinger qu'elle finit par trahir en 1934, contre la promesse d'un permis de séjour définitif. Trahie à son tour, elle fut expulsée en 1936, revint au pays auréolée d'une douteuse célébrité et y mourut dix ans plus tard. Enquêtant en 1986 sur les circonstances de ce décès, exhumant un compte rendu d'autopsie manifestement tronqué, Nedelciu et ses complices ont reconstitué de bizarres rumeurs : on aurait fait mourir Ana de peur, en dressant devant elle un faux spectre ; on l'aurait, selon d'autres sources, chatouillée à mort… La documentation réunie, en tout cas, les trois amis, en un mois de cadavre exquis fébrile, ont bouclé un roman de 500 pages, qui sur un mode délibérément feuilletonesque, en mélangeant personnages fictifs et historiques, traite des modifications de frontières, de la confrontation entre la vieille Europe et l'Amérique, de l'exil, du gangstérisme, et surtout de la falsification, thème qui visiblement obsède Nedelciu – et l'on voit mal, au reste, quel autre thème pourrait aujourd'hui obséder un écrivain roumain un peu lucide.

L'écoutant, j'imagine volontiers quelque chose qui tiendrait des enquêtes de Sciascia, de *L'Hôtel blanc*, des trompe-l'œil baroques de Danilo Kiš, je crois sans me forcer à son talent et comprends que deux éditeurs français se disputent, sans l'avoir lu plus que moi, pour le publier. D'autant que l'auteur a l'élégance de tempérer l'intérêt qu'il éveille en parlant de son travail comme d'un divertissement, presque une bonne farce – au rebours de son décourageant confrère, le « résistant de l'intérieur » déjà mentionné, qui m'a longuement exposé les principes de sa « littérature de constat », en déplorant que je veuille sans cesse revenir aux modalités exactes de son héroïque résistance ; et quand je lui ai demandé si tout de même, étant entendu que je ne lui jetais nullement la pierre, que je comprenais fort bien la quasi-impossibilité d'une telle attitude, d'autres n'avaient pas résisté un peu moins intérieurement, s'il ne pouvait pas me citer des noms, il m'a regardé avec gravité avant de répondre qu'il préférait les taire, par discrétion et miséricorde, nul n'ignorant que la Securitate recrutait précisément ses informateurs parmi ces prétendus opposants. (Et le pire, me dit un ami à qui je rapporte cette réponse, c'est qu'il n'a pas tort.)

5

La société de demain

Après m'avoir raconté ses romans, conseillé de ne pas aller à Bistriţa où je risquais selon lui d'être détroussé, ou pis, pour pas grand-chose, puis, voyant que je m'obstinais, obligeamment aidé à organiser mon voyage, Mircea Nedelciu m'a demandé s'il m'intéresserait de voir la société de demain. J'ai d'abord cru à une blague, mais non : la « Société de demain » est un club, un cercle de réflexion (« comme le Dialogue social, si tu veux ») qui publie une revue, *Avantpost*, dont Nedelciu est le rédacteur en chef et son patron Dinescu une des vedettes. Le tout gîte dans un élégant immeuble de l'élégante avenue des Aviateurs, au nord résidentiel de la ville.

Nedelciu m'abandonne d'abord à un trio de jeunes gens désœuvrés, qui collaborent à la revue. L'un arbore des rouflaquettes, le second une fine cravate en cuir, le troisième une gourmette ; à eux trois ils auraient la panoplie complète du jeune souteneur à demi dessalé, encore intimidé par ses aînés. Un coup d'œil à la revue. L'éditorial s'intitule : « Contestataires et incompétents ». Comme, intrigué, je les interroge sur les orientations politiques de leur cercle, les trois dadais échangent des gloussements de cancres à l'ancienne et, une fois établi que chacun, pour sa part, est hostile à Iliescu, entreprennent de m'expliquer que si plusieurs personnes haut placées dans l'État s'expriment dans *Avantpost*, c'est à titre personnel et non politique. Professionnel, surtout. J'ai beau objecter qu'une distinction si marquée entre professionnalisme et politique n'est pas sans implications, politiques justement, on me regarde, pas tout à fait comme un idiot, plutôt comme un compère chargé de poser des questions-piège dont on n'est pas peu fier de se tirer au mieux, c'est-à-dire en réitérant la profession sacrée de professionnalisme.

« Eh bien, ils ne sont peut-être pas très malins, mais ils ont au moins compris ça », rigole Nedelciu, que j'interromps au milieu d'une conversation avec un ingénieur barbu. « Regarde, lui, c'est un spécialiste du sucre. Le sucre, chez nous, est artificiellement soutenu pour être vendu à un prix à peu près raisonnable. C'est un vrai problème, ça : nous faisons donc une page sur le sucre, avec un type qui connaît la question. Pareil pour tout : pas de généralités humanistes et pleurnichardes, non, de l'opposition professionnelle, critique mais constructive, c'est comme ça que les choses avanceront. »

Ce point de vue me paraît tout à fait défendable ; j'ai quand même l'impression de voir quelque chose qui ressemble beaucoup à l'opposition agréée par le Front, prétexte à museler toutes les autres, selon la sombre prédiction de Liiceanu. Nedelciu, quand je le suggère, rigole derechef : « Évidemment ! Comme ils ont raté leur coup, de toute opposition qui se dégagera, les types du Dialogue social diront qu'elle est bidon. »

Évidemment. En outre, même en laissant de côté l'argument quelque peu mesquin des raisins verts, collaborer avec un gouvernement si fortement majoritaire, démocratiquement élu et qui se déclare prêt, du moins officiellement, à accueillir toutes les bonnes volontés devrait pouvoir être considéré sans déshonneur comme plus constructif, en effet, que de se croiser les bras et se lamenter sans fin sur l'essence cafouilleuse de la roumanité. Pourquoi alors nier l'évidence et, jusque dans une officine si manifestement subventionnée par le pouvoir, déclarer avant toute chose son hostilité de principe à ce pouvoir ? Quelle singulière mauvaise conscience ! Quelle fascination du simulacre, chez un homme comme Nedelciu, qui en fait la matière d'une œuvre probablement brillante et critique, mais aussi l'emblème de sa carrière, depuis longtemps peut-être, qu'en sais-je ? Et de quel droit un voyageur pressé, ignorant, plongé dans une telle confusion, reprocherait-il aux acteurs de ce drame leur propre confusion, leurs propos constamment venimeux lorsqu'il est vraisemblable qu'eux-mêmes n'en savent guère plus, savent ce qu'ils ont fait dans le secret de leur conscience et pas, ou si mal, ce qu'a fait leur voisin ?

6
Un cauchemar

Je me suis réveillé à quatre heures du matin, dans ma chambre de l'hôtel Intercontinental, après avoir fait ce cauchemar : je participais tout d'abord à l'ébahissement général et réprobateur (mais j'ignore qui étaient mes compagnons) devant une couverture de magazine montrant le mariage du chanteur Guy Béart avec une naine tzigane dont la toilette tapageuse suscitait un titre cruellement railleur. Puis j'assistais à une séance de cinéma. Sur l'écran se déroulaient des scènes de vaudeville d'une goujaterie de plus en plus pénible, d'autant plus pénible que chaque trait

odieux était salué par des rires de plus en plus stridents, et
il se révélait que ces rires émanaient d'une salle de corpu-
lents inspecteurs de police, conviés à la première du film
parce qu'ils y avaient à titre professionnel fait de la figuration. L'un d'eux interrompait la projection (et c'est alors, la
lumière revenue, que la composition de la salle apparaissait) pour brandir comme un pantin un malheureux qu'il
accusait avec véhémence d'être un fasciste, et de l'avoir
prouvé par ses rires et ses réflexions.

Dans le noir, encore sous l'emprise du rêve et n'osant
la secouer, j'ai été peu à peu envahi par l'idée que mon
voyage dans les Carpates, sur les traces du Dracula fictif,
serait plus dangereux que je ne l'avais imaginé, et qu'à ce
danger Nedelciu m'avait délibérément préparé, d'abord en
me disant que la région n'était pas sûre et qu'il ne souhaitait pas qu'un hôte de l'Union des Écrivains y ait des
ennuis, ensuite en me racontant l'histoire de son héroïne,
morte de peur pour avoir vu un simulacre de spectre. Je
suis trop certain que les vampires n'existent pas – et, si
l'on peut dire, existent *encore moins* dans la région où
les enracine une tradition romanesque erronée – pour ne
pas redouter soudain qu'un écrivain séduisant et ficelle
s'emploie patiemment – et, pour moi, fatalement – à me
détromper en m'attirant là-bas par sa réticence à m'y
laisser aller et en me racontant sous forme symbolique,
transparente, avec l'impudence du démon de la perver-
sité, comment il prépare ma livraison aux puissances des
ténèbres.

Freud a théorisé la notion d'*Unheimliche*, qu'on traduit par « l'inquiétante étrangeté », et qui désigne cette impression qu'on peut avoir en rêve et quelquefois dans la réalité : ce qu'on a en face de soi, et qui semble familier, est en fait profondément étranger – *alien*, dirait-on en anglais. Si proverbialement fastidieux que soit le récit de rêve, j'ai raconté celui qu'on vient de lire et les angoisses qui l'ont suivi parce qu'il illustre bien la puissante atmosphère d'*Unheimliche* imprégnant quelques jours passés pourtant à rencontrer des intellectuels brillants, diserts, souvent chaleureux – quant au peuple, dont l'existence même est si amèrement déplorée, on le croise dans les rues, il ne parle pas français et se montre du coup moins cordial ; il est vrai que ce peuple, tous ceux qui ont connu l'authentique vous le diront, ne ressemble plus à rien ; il a été remplacé. *On ne sait pas qui sont ces gens.*

J'ai fini par me rendormir en pensant que dans ce rêve qui semble laborieusement composé, mais je jure que non, le seul détail vraiment inquiétant était la présence horriblement fortuite, injustifiée, du chanteur Guy Béart. Le lendemain, j'ai quitté Bucarest.

7
Bill et Emil

Sur la route du Nord et l'invitation de l'obligeant Nedelciu, j'ai fait étape à Sinaia, station de basse altitude au pied des monts Bucegi. L'Union des Écrivains y possède un hôtel, dépendance du joli château de Peles, sorte de thébaïde pour auteurs bien notés et qui, sous réserve d'un service approximatif mais aimable, soutiendrait aisément la comparaison avec les plus cossus de nos Relais et Châteaux. C'est dans ce paradis pour nomenklaturistes littéraires que j'ai rencontré Bill et Emil.

Bill, William McPherson, est un écrivain américain d'une cinquantaine d'années, sec et moustachu, prix Pulitzer en 1977 pour des essais critiques et auteur de deux romans. En panne au milieu du troisième, il a voulu se changer les idées en faisant un petit tour, au début de cette étrange année 1990, en Europe de l'Est. Après deux jours à Timişoara, effaré, ne comprenant rien, curieux en même temps de savoir jusqu'où irait son incompréhension, son impression d'être tombé dans un trou noir, un concentré de toutes les perversions mentales et pathologies politiques, un Disneyland de l'*Unheimlich*, il est rentré une semaine à Washington, le temps d'arracher à son éditeur une avance sur un livre de voyage en Roumanie post-révolutionnaire, et depuis traîne ses guêtres dans le pays, au hasard des rencontres et de l'humeur. Hasard et humeur, cependant, ont été singulièrement infléchis par la rencontre d'Emil, un étudiant en chimie de Timişoara qui lui a servi de cornac un après-midi et ne l'a plus lâché, en sorte qu'ils voyagent ensemble depuis trois mois.

Bill et Emil forment un attelage étrange : un Don Quichotte curieux, ironique, nonchalant, un Sancho malin, rapide et susceptible jusqu'à la paranoïa. Emil conduit, traduit, veille à l'intendance. Jaloux comme un tigre de *son* Américain, il materne Bill, l'arnaque, l'asticote sans répit, tout en prenant ombrage de ses moindres initiatives. À ce harcèlement, Bill oppose une équanimité quasi bouddhique, partant du principe que tout ce qui peut lui arriver en Roumanie, mésaventures comprises, concourt à sa connaissance du pays et à l'étoffement de ses notes – le seul drame qui puisse l'atteindre étant leur disparition. En vertu de quoi il dit oui à tout, se laisse porter par le courant et, puisque le destin a voulu qu'Emil s'attache à ses pas, va pour Emil que d'ailleurs il aime bien. Le problème, me confie-t-il tandis qu'Emil s'est éclipsé pour une des quotidiennes réparations que requiert leur Dacia, c'est que le livre risque de tourner à la chronique de ses relations avec Emil, ce qui n'est peut-être pas la plus mauvaise façon de s'y prendre (connaître bien un Roumain, au jour le jour, même s'il fait obstacle à ses relations avec les autres), mais, lorsqu'il le lira, peinera forcément Emil. Ce prévisible conflit entre le devoir de vérité et la loyauté amicale tracasse Bill – comme il me tracasse au moment où j'écris cet article.

Emil, pour sa part, a d'autres soucis en tête, d'innombrables projets qu'il nous expose complaisamment à la faveur d'un déjeuner dans le restaurant dace où il nous a entraînés après la visite du centre de Braşov – joliment niché au creux d'une vallée, avec de vieilles maisons ocre et tilleul, des toits de tuile pentus, moussus, biscornus, une profusion d'églises hélas fermées le dimanche et de cimetières où les pierres tombales s'ornent, assez macabrement, de poignées semblables à celles de valises. Le restaurant dace, censé reconstituer l'habitat et les coutumes des glorieux ancêtres des Roumains (« les plus justes et courageux parmi les Thraces », disait Hérodote et répète Emil), se présente comme une vaste cabane d'Astérix, décorée de trophées et de fourrures synthétiques, où sur des tables de rondins des serveurs en tablier et ceintures de cuir cloutées apportent des plats qu'Emil, en connaisseur, déclare authentiquement daces, bien qu'ils se distinguent peu de l'ordinaire proposé indifféremment par les gargotes et les palaces roumains, sous une forme et à un prix invariables, quel que soit par ailleurs le prestige supposé de l'établissement.

Le commerce quotidien de Bill et l'émulation aidant, Emil s'est mis en tête d'écrire un livre. Ou, sinon de l'écrire, car cette formalité le rebute visiblement, de le publier et d'en tirer une gloire universelle. Sur la façon dont il s'y prendra, il est intarissable. L'idée lui est venue, par exemple, de persuader E. M. Cioran d'assurer la traduction française. Cioran, c'est certain, ne résistera pas aux arguments d'Emil, qui est roumain comme lui, porte le même prénom, au besoin menacera de ne pas écrire le livre, d'en priver la culture dace si son illustre compatriote hésitait tant soit peu à lui promettre son concours. (Ayant eu l'imprudence de dire que, sans le connaître, il m'arrivait parfois de croiser Cioran aux alentours du Luxembourg, je suis devenu une pièce maîtresse du plan d'Emil.) Pour la version américaine, il va de soi qu'elle incombera à Bill

– à charge de revanche, concède généreusement Emil. S'il estime, toutefois, que son œuvre à venir requiert les services des meilleurs stylistes de chaque langue, il semble juger suffisant, s'agissant des menus travaux de Bill, d'en improviser la traduction au magnétophone, à la faveur de leurs équipées en voiture, et d'en confier le décryptage à quelque dactylo, tant il répugne à prendre lui-même la plume.

Je ne voudrais pas être injuste : l'ambition, après tout légitime, d'Emil, se nuance de mythomanie, mais il est cultivé, séduisant, incisif. Déroutant aussi, car enclin à soutenir dans le même élan que l'histoire du monde a connu quatre événements majeurs : le Christ, 1789, 1917 et Timișoara ; puis que Timișoara, la révolution roumaine n'ont été que bluff, mise en scène et manipulation du KGB. Et il développe, faisant valoir combien tout ce qui se passe la confirme, la théorie selon laquelle Andropov, soucieux au début des années quatre-vingt d'amorcer la réforme sans laquelle les pays communistes iraient à leur perte, a sélectionné, recruté, formé un peu partout les hommes de la relève, un Gorbatchev comme un Iliescu. Depuis quelques années, selon lui, ces élus clandestins ont été invités en Roumanie à manifester leur opposition à Ceausescu, de façon suffisamment bénigne pour que leur vie ne soit pas menacée, suffisamment ouverte pour leur assurer, après la chute du despote, une légitimité incontestable. Ainsi établit-il la distinction entre les purs, étrangers à cette manœuvre et qui, comme Doina Cornea ou Ana Blandiana, ont très vite

démissionné, et les nouveaux hommes d'appareil, la clique
du Front, dont le poète Mircea Dinescu est un bon exemple.
Comment expliquer autrement que, le lendemain de la fuite
de Ceauşescu, Dinescu sortant de chez lui ait été aussitôt
reconnu, acclamé, porté en triomphe, alors que son visage
n'apparaissait jamais dans les journaux ni à la télévision
et que personne n'aurait dû l'identifier, hormis les gardes
chargés de sa surveillance durant les années de disgrâce
consentie où, assigné à résidence, il attendait son heure ?

Je conviens, sincèrement, que tout cela paraît se tenir
– et j'avoue, pour cet exemple précis, prêter à l'explication
une oreille d'autant plus complaisante que Mircea Dinescu,
aujourd'hui président de l'Union des Écrivains, m'a frappé
lors d'une entrevue de quelques minutes, entre deux
portes, par son arrogance et sa brutalité. Emil triomphe
sans modestie. Bill, sans désemparer, note tout – et son
contraire.

8
À la recherche de Dracula :
le voyage de Jonathan Harker

Passé Bistritz, où il est descendu à l'auberge de la *Gol-
den Crown*, Jonathan Harker, le héros du roman de Bram
Stoker, franchit le pont, et, comme il est dit dans le *Nosfe-
ratu* de Murnau, « les fantômes viennent à sa rencontre ».
La diligence qui, coursée par des hordes de loups, a mené

un train d'enfer à travers des forêts ténébreuses l'abandonne au col du Borgo où l'attend le cocher du comte Dracula – en fait le comte lui-même, déguisé en cocher – pour
le conduire au château tout proche.

Il n'y a rien à dire de Bistriţa aujourd'hui, si ce n'est
que son principal hôtel, pour complaire sans doute aux touristes littéraires, s'appelle la *Corona de aura*. L'endroit est
assez dissuasif pour qu'on saute une étape du pèlerinage,
aussi ai-je résolu de pousser ma Dacia, dans un paysage
alpin continûment admirable, jusqu'au col fatidique, Pasul
Tihuţa, au détour duquel se dresse un ahurissant édifice de
béton, un hôtel dont l'intention architecturale et décora-
tive a porté un rude coup à la thèse que j'espérais étayer,
savoir que Ceauşescu ressentait comme un affront pour la
Roumanie, par suite pour sa personne, toute allusion à une
mythologie littéraire et cinématographique jetant le discré-
dit sur une grande figure nationale. Car s'il est indéniable
qu'en 1986 l'écrivain officiel Adrian Păunescu dénonçait le
passage à la télévision anglaise d'un cycle Dracula comme
« une page du grand livre de pornographie politique élaboré
par les ennemis de la Roumanie », il n'est pas moins vrai
qu'en 1983 un architecte et un décorateur qui ne devaient
pas être spécialement dissidents ont conçu le plan de cette
gothiquerie escarpée, fait peindre toutes les chambres en
noir et sang-de-bœuf, commandé ces vitraux dont les motifs
vaguement médiévaux sont traités dans le style des pan-
neaux du cinéma le Brady, boulevard de Strasbourg, où se
donnent rituellement, en double programme, *Le Cauchemar*

de Dracula et *La Vampire nue*. J'étais tout absorbé dans leur contemplation quand on m'a cordialement invité à rejoindre la tablée nombreuse et bruyante que présidait, avec une munificence de moderne voïvode, Marin Soinescu.

Marin Soinescu ressemble à Charles Bronson, en moins fluet. Ayant tenté de fuir la Roumanie à dix-neuf ans, il s'est fait prendre, a passé cinq ans dans un camp de travail d'où il s'est évadé à nouveau pour, après de nombreuses pérégrinations, se fixer au Canada. Il a de son mieux appris l'anglais et, à force d'obstination, fait une enviable carrière dans une grande société de vente par correspondance dont il est à présent le conseiller commercial pour l'Europe de l'Est. Il revient pour la première fois depuis quinze ans dans son pays et, alors que tout les oppose, il a exactement la même réaction, d'épouvante pure, que le vieux dandy de l'Institut Iorga. Présidant l'assemblée de gens du cru qu'il a rencontrés dans la journée et royalement invités à dîner, il rit, embrasse tout le monde, verse et reverse à boire, mais de temps à autre s'arrête, secoue la tête comme pour se réveiller et me dit – à moi, parce que je parle anglais, que je viens comme lui de l'autre monde – qu'il ne peut pas y croire, qu'il ne se rendait pas compte quand il était là, grandissait, tâchait de survivre, mais que c'est abominable ce qu'on a fait de l'humanité dans ce pays. Cela n'a rien à voir avec les autres pays de l'Est, où il voyage à longueur d'année : c'est… c'est abominable, voilà. Comparés à Marin, les gens du Dialogue social sont des docteurs Pangloss, Alexandre Zinoviev un poète des lendemains qui chantent. C'est précisément, selon lui, parce qu'Iliescu et son gang sont des communistes mal déguisés que tout le monde, ses invités de ce soir les premiers, a voté et continuera de voter pour eux. Mais quand, pour faire le malin, je répète l'épigramme sur la Roumanie, seul pays au monde à avoir librement élu des communistes, Marin me mouche : « Ne dites pas ça, c'est une mauvaise blague – *a fucking joke.* Même s'il n'y a pas eu de fraude, il est répugnant de parler d'élections libres quand le moindre paysan a toujours dépendu et dépend encore des communistes pour nourrir son bétail. »

Pour détourner la conversation, j'aiguille Marin sur Dracula, plaisantant le décor qui nous entoure. Pour les touristes, concède-t-il, mais le vrai château de Dracula, ses ruines du moins, sont à quelques kilomètres d'ici ; s'il avait le temps, il me les ferait voir. Je m'étonne, étale ma science toute fraîche : ici, c'est le roman, le vrai Dracula a vécu en Valachie, j'ai même déjeuné, pas plus tard que la veille, dans le restaurant qu'abrite sa maison natale, à Sighişoara. Marin n'en démord pourtant pas : il sait ce qu'il dit, je n'ai qu'à demander aux gens de l'hôtel. (Consulté le lendemain, le personnel nie le fait avec une véhémence accordée, certes, à l'opinion autorisée du professeur Andreescu, mais aussi à la tradition romanesque voulant qu'au voyageur trop curieux les villageois abrutis de terreur répondent toujours qu'il n'y a pas, qu'il n'y a jamais eu de château dans le voisinage, et que toutes ces gousses d'ail sont là pour faire joli, assainir l'air.)

Je dois à Marin un autre moment intensément *unheimlich*. Vers la fin du dîner, tout le monde s'est mis à chanter. J'ai entonné *La Javanaise*, ce qui a fait rire aux larmes, et je riais aussi, et Marin de même, le vin blanc coulait, nous étions tous heureux ensemble à cet instant. À son tour, Marin a fredonné quelque chose, une de ces mélodies que tout le monde a un jour entendues sans pouvoir forcément les identifier et qui évoquent vaguement les feux de camp, le scoutisme. Comme il se tournait vers moi, j'ai compris que la chanson, française sans doute, m'était personnellement destinée et pris un air à la fois entendu et ravi, jusqu'à ce qu'ayant fini, avec un bon sourire, Marin m'annonce – et me glace le sang : « *L'Eau vive...* You know ?... Guy Béart. »

9
La vérité avant-dernière

Tandis que je vagabondais en Bukovine, mû par le sûr instinct qui m'a toujours fait manquer les événements de quelque importance collective auxquels j'aurais pu me trouver mêlé, Bucarest affrontait des spectres nettement moins évasifs. Voyant à la télévision, dans un hall d'hôtel, des images inlassablement reprises de camions calcinés, de vitrines brisées, de « vandalisme » donc, pour user de la seule expression que j'identifiais sans peine dans le commentaire et qu'on allait répétant autour de moi avec une réprobation unanime, j'ai décidé de rentrer en hâte. Un accident de voiture, bénin pour tout le monde mais non pour la voiture, a contrarié mon plan. Cependant je redoutais suffisamment ce genre de mésaventure, de devoir remplir un constat dans un pays où la réalité la plus récente fait l'objet de telles controverses, pour me juger tenu aujourd'hui de signaler que, contre toute attente, l'affaire s'est déroulée lentement, certes, au poste de police de Vama, région de Suceava, mais dans la sérénité, l'équité, presque la bonne humeur.

Il m'a quand même fallu deux jours pour rallier Bucarest. Deux jours au cours desquels le pouvoir a fait venir, pour mater les « vandales » (entendez les manifestants), des trains entiers de mineurs armés de barres de fer et qui les ont matés, en effet, dans un bain de sang.

Chaudement félicitées par le président Iliescu, les « gueules noires » commençaient à partir quand je suis arrivé et les journalistes à affluer, envahissant l'hôtel Intercontinental où j'ai passé encore trois jours à attendre qu'il se passe quelque chose, à guetter sur la place de l'Université des débuts d'attroupement qui bientôt se délitaient, à écouter les innombrables rumeurs que cet hôtel centralise, à me demander comme tout le monde – je parle des observateurs étrangers – s'il valait mieux partir, au risque de manquer à nouveau l'événement, ou s'attarder, au risque de ne bientôt plus trouver aucune raison valable pour partir.

Il me semble inutile d'évoquer à nouveau ces épisodes, les pantalonnades gouvernementales qui les ont accompagnés et suivis. Je n'ai pas vu les mineurs en action (tout juste un tabassage hâtif, pour la route), contrairement à l'ami McPherson, qui s'était carrément fait démonter la gueule pour être sorti dans la rue au mauvais moment et, enfermé dans sa chambre de l'Intercontinental, écrivait pour la revue *Granta* un article auquel je renvoie le lecteur curieux d'une description plus détaillée. J'aimerais évoquer autre chose.

Je ne crois pas être seul à tenir l'écrivain de science-fiction américain Philip K. Dick (1928-1982) pour le Dostoïevski de ce siècle, c'est-à-dire, pour aller très vite, l'homme qui a tout compris. Chacun de ses romans, qui peignent avec une terrifiante acuité la désagrégation de la réalité et surtout des consciences qui la perçoivent, pourrait être le vade-mecum idéal d'un voyage en Roumanie. L'un d'entre eux, intitulé *La Vérité avant-dernière*, conte l'histoire d'une humanité qui, à la suite d'une guerre chimique et bactériologique, s'est réfugiée dans des abris souterrains où elle mène, des années durant, une vie atroce. Par la télévision, elle sait qu'à la surface la guerre fait rage, que chaque semaine des villes sont détruites et l'atmosphère encore plus empoisonnée. Mais un jour une rumeur se met à circuler : la guerre est finie depuis longtemps. Une poignée de puissants, maîtres du réseau télévisuel, en organise le simulacre, à seule fin de maintenir sous terre une population trop nombreuse et de couler sans elle des jours paisibles, sous la voûte étoilée. La rumeur s'enfle – le pire, dans le livre, c'est que bien sûr elle est vraie – et l'on imagine quelle haine, abjecte et justifiée, anime les hommes du souterrain lorsqu'ils se lancent à l'assaut de la surface. C'est cette sorte de haine que je crois avoir vue dans les yeux des mineurs débarqués à Bucarest pour « sauver la démocratie », et j'avoue avoir espéré qu'elle se retourne un jour contre ceux qui l'avaient attisée.

Voilà. L'article qu'on vient de lire n'était pas mensonger, en ce sens que j'ai entendu les propos, vu les choses, éprouvé les impressions que je rapporte. En revanche, il est probablement erroné. J'ai pu me tromper sur tout : sur les personnes, leur passé, leurs convictions actuelles, leurs responsabilités dans ce qui arrive. Il est certain, enfin, que dans le monde où cet article paraîtra, ces personnes auront changé, que le passé dans lequel je les ai rencontrées sera révolu, révoqué, incompréhensible y compris par elles-mêmes. Il se peut que le talentueux arriviste Nedelciu se retrouve un héros emprisonné, le dilettante Boia un ministre corrompu, et Teodorescu le puissant leader d'un puissant Parti communiste-nationaliste-paysan. L'idée que tout soit possible passe pour attrayante : deux semaines en Roumanie m'ont persuadé qu'elle est horrible.

La Règle du jeu, juin 1990

MOLL FLANDERS, DE DANIEL DE FOE

Daniel De Foe, de son vivant, passait pour un homme vil, perdu d'honneur, et il n'est pas exclu qu'il se soit lui-même vu ainsi. Cependant il avait de la religion, des principes moraux, qui lui faisaient tenir pour péché grave l'invention d'une histoire. Écrire un roman, pour ce puritain, revenait à trahir la vérité, à prétendre corriger l'œuvre de Dieu et à se moquer du lecteur qui, à moins d'être un imbécile ou un enfant, lit pour être instruit et non diverti par des chimères. D'un autre côté, trente ans de journalisme lui avaient appris qu'on n'a pas toujours matière à copie et qu'il faut quelquefois arranger, inventer même. Son éthique professionnelle réprouvait la fiction mais tolérait ce que le jargon de la presse appelle le bidonnage. À cet accommodement, nous devons quelques livres dont il accueillit avec satisfaction le succès commercial. La gloire éternelle d'au moins deux d'entre eux l'aurait sans doute réjoui, comme réjouissent les placements hasardeux qui se révèlent rentables au-delà de toute espérance. J'imagine mal, en revanche, que même à titre posthume elle lui ait inspiré de fierté littéraire.

À aucun degré, cet écrivain qui passa son existence dans l'encre d'imprimerie, et dont la bibliographie la plus récente ne compte pas moins de 557 entrées, ne fut un homme de lettres, j'entends par là un homme subordonnant son salut à l'excellence de ses écrits, la réussite ou l'échec de sa vie à leurs chances d'être retenus par la postérité. « La grande affaire sur terre, estimait au contraire Daniel De Foe, c'est de gagner de l'argent. » À cette aune il évaluait et son mérite et le cours de ses actions auprès du Créateur, conformément à la thèse souvent développée par les historiens sur le rapport de la Réforme avec l'essor du capitalisme.

Beaucoup de romanciers, avec l'âge, voient leur faculté d'invention se tarir et en sont réduits à écrire leurs mémoires, des biographies, des chroniques. De Foe suivit un chemin inverse. Il donna libre cours à son imagination à l'approche de la soixantaine, et faute de mieux. Cet homme infatigable était fatigué. Le courage lui manquait d'aller chercher l'information sur le terrain, de fouiller les poubelles comme il l'avait si longtemps fait. Il considérait avec envie les coups éditoriaux du moment, par exemple l'histoire d'Alexandre Selkirk, ce naufragé qu'on avait retrouvé sur une île déserte et pour qui l'Angleterre s'était passionnée. C'est ainsi, pour exploiter frauduleusement un filon commercial, qu'il écrivit les mémoires de *Robinson Crusoé*.

L'idéal littéraire de Daniel De Foe, c'était *Papillon* : une histoire vraie, illustrant le courage de l'homme et l'hostilité du monde, racontée avec verve par son héros. La recette lui ayant une fois réussi, il ne se fit pas faute de la resservir : après *Robinson*, il confectionna les *Mémoires d'un cavalier*, qui promenaient le lecteur dans l'Europe de la guerre de Trente Ans, ceux du *Capitaine Singleton*, qui lui faisaient découvrir la société des pirates, ceux d'une voleuse du pavé de Londres, *Moll Flanders*, ceux d'une aventurière de haut vol, *Lady Roxana*, ceux d'un bourgeois de Londres au temps de la grande Peste, et j'en passe.

Aucun de ces ouvrages ne parut sous son nom. Il aurait craint de les dévaluer. Faussaire plutôt que mystificateur, il ne souhaitait pas être percé à jour et admiré, mais tromper le lecteur sur la marchandise. De là, peut-être, l'extraordinaire réalisme de ses livres, et en particulier de *Moll Flanders*. Quand nous lisons un roman écrit à la première personne, nous savons ce « je » fictif, investi par le romancier ; le romancier sait que nous le savons et, s'il réclame de nous cette « *willing suspension of disbelief* » dont Coleridge faisait la condition de la lecture, il ne prétend pas nous abuser et ne s'estime pas tenu à une constante vraisemblance. Il n'hésite pas à prêter son talent de plume à des personnages qui devraient normalement en être dépourvus, à restituer dans le style le plus orné, s'étalant sur des centaines de pages, un récit qu'il prétend fait de vive voix, et d'une traite. Mû non par l'amour-propre de l'artiste mais par le scrupule du commerçant indélicat, De Foe, au contraire, voulait que nous croyions vraiment lire des mémoires écrits par une vieille femme peu éduquée. Dictés plutôt qu'écrits, tant le tour de sa narration est oral. Ce témoignage qu'il dut inventer, De Foe aurait sans doute préféré le recueillir, comme de nos jours on recueille au magnétophone les souvenirs d'une vedette, d'un gangster célèbre ou d'un berger centenaire qui a connu l'ancien temps. Ce qui est extraordinaire dans *Moll Flanders*, et que la traduction de Marcel Schwob rend très bien, je trouve, c'est la voix. Quatre cents pages durant, on entend parler cette vieille femme, on se fait à la monotonie de son débit, à ses tournures qu'on devine désuètes, à ses redites : elle radote souvent et elle a quelquefois d'extraordinaires vivacités, des goguenardises. De Foe use d'astuces simples, mais efficaces, pour nous imposer sa présence : Moll se plaint en passant d'avoir oublié des détails, une date, un nom de lieu, qu'il prend bien soin de ne pas inventer, sachant combien ces hésitations aident à cacher le romancier derrière la narratrice. Je ne sais pas s'il existe dans la littérature beaucoup de livres aussi fidèles à une voix, installés du début à la fin dans la tonalité d'une voix. Denis Marion, qui a écrit sur De Foe le seul beau livre disponible en français, cite *Mort à crédit* et ce rapprochement a priori saugrenu m'a paru, vérification faite (en lisant à la suite deux ou trois pages des deux livres), lumineux. D'ailleurs, c'est simple : *Mort à crédit* est un des livres, pas tellement nombreux, qui à côté de *Moll Flanders* tiennent le coup, n'aient pas l'air trafiqué, poseur, esthète. Alors qu'il l'est, bien sûr, esthète et poseur, comme *Moll* est trafiqué.

Céline était un précieux enragé, De Foe un journaliste bidonneur : il a fallu que la vérité, ce que la littérature peut nous dire de vrai sur la vie et le destin des hommes, passe par ces types patibulaires, ce qui soit dit en passant est bien décourageant pour nous, jeunes gens convenables et bien intentionnés que les parents de la littérature, si elle en avait, considéreraient sans doute comme des gendres idéaux.

Il y a une différence, cependant. La voix inoubliable qui nous saisit aux premières lignes de *Mort à crédit*, nous la reconnaissons pour celle de Céline. Mais celle de *Moll Flanders*, d'où vient-elle ? D'où l'a sortie l'homme acariâtre et usé qui en 1721, spéculant sur la vogue des vies de criminels célèbres et n'ayant pas le courage de compulser la documentation pour un Cartouche ou un Rob Roy de plus, a trouvé plus expédient d'inventer une vieille voleuse ?

L'année précédente, un pamphlétaire envieux du succès de *Robinson Crusoé*, et pensant nuire à De Foe en insinuant que le livre sortait de son imagination, avait publié un libelle intitulé *La Vie et les Aventures de Monsieur D... De F..., bonnetier de Londres, qui vécut plus de cinquante ans tout seul dans les royaumes de Bretagne du Nord et du Sud*. Ce délateur était un excellent critique littéraire. De Foe ne s'y trompa d'ailleurs pas et, dans la préface au troisième volume de *Robinson* (car il y eut deux autres volumes, qu'assez compréhensiblement personne ne lit jamais), il lâcha du lest : « Ce roman, bien qu'allégorique, est aussi historique. De plus, il existe un homme bien connu dont la vie et les actions forment le sujet de ce volume et auquel toutes les parties de l'histoire font directement allusion. Il n'y a pas une circonstance de l'histoire imaginaire qui ne soit calquée sur l'histoire réelle : vingt-huit années passées dans les circonstances les plus errantes, affligeantes et désolées qu'un homme ait jamais traversées ; où j'ai vécu parmi de continuelles tempêtes ; où je me suis battu avec la pire espèce de sauvages et de cannibales ; où j'ai été nourri par des miracles plus grands que celui des corbeaux ; où j'ai souffert toute manière de violence et d'oppression, d'injures, de reproches, de mépris des humains, d'attaques de démons, de corrections du ciel et d'oppositions sur terre... »

Il suffit de parcourir une biographie de De Foe – curieusement, elles sont rares – pour s'assurer qu'il n'exagère pas. Fils de petits négociants, il essaya d'abord de faire fortune dans la bonneterie, où le desservit une audace confinant à la malhonnêteté. À trente-deux ans, marié, père de trois enfants, il fut déclaré failli, avec des dettes assez considérables pour le condamner en principe à la prison à vie. Dans l'espoir d'être un jour remboursés, ses créanciers lui laissèrent sa chance. Il administra une briqueterie, collecta pour le compte de l'État une taxe nouvelle sur le verre et se mit à écrire dans les journaux, avec un talent et une mauvaise foi qu'on remarqua vite. À partir de là, les événements de sa vie – et les neuf dixièmes de son œuvre – ne sont intelligibles qu'à condition de bien connaître l'histoire politique anglaise sous le règne de Guillaume III d'Orange, puis de la reine Anne. Histoire effroyablement compliquée, où Tories et Whigs, Église anglicane et sectes dissidentes,

dynasties jacobite et hanovrienne s'affrontent selon des
lignes perpétuellement changeantes, investissent tour à
tour les mêmes positions et, dans la mesure où l'opinion
publique commence à compter, se disputent la plume de
journalistes influents. Ainsi De Foe devint-il ce mercenaire, ce spécialiste du retournement de veste que mépri-
saient de si bon cœur les écrivains plus huppés, Swift par
exemple. Quand une faction rivale de celle qu'il avait soutenue arrivait au pouvoir, ou qu'au sein de la même faction un ministre rival soufflait la place à son employeur,
on commençait par l'emprisonner ou l'exposer au pilori, ce
qui tout en le mettant dans des dispositions coopératives
confortait la foi de ses lecteurs dans son indépendance,
après quoi on le réemployait. Pendant neuf ans, il dirigea
et en fait rédigea à lui tout seul une feuille hebdomadaire,
puis bi et même trihebdomadaire. Jamais un numéro ne
parut en retard, malgré les voyages à travers le pays et sur
le continent que requérait son accessoire activité d'espion.
Il pratiqua toutes les formes du journalisme : informant et
désinformant, enquêtant, dénonçant, conseillant, sur tous
sujets donnant son avis ou celui qu'on le payait pour avoir.
Cette activité écrasante et quelquefois déshonorante ne
suffit pourtant pas à lui assurer la fortune qu'il poursui-
vait. Au mieux connut-il, à plusieurs reprises, une confortable aisance. Elle ne dura jamais. Chaque fois, un procès,
un scandale, une disgrâce le chassaient de ses terres. Le
notable rhumatisant redevenait un hors-la-loi, courait les
routes, se cachait dans des auberges de campagne. Ce fut

son destin, dont on voit la ressemblance superficielle avec celui de Moll Flanders plus encore que de Robinson. Mais il y a des ressemblances plus profondes et intimes. Denis Marion remarque finement que Moll ne devient voleuse et ne perd sa propre estime qu'à l'âge de cinquante ans. C'est à cet âge que, piégé par des sujétions successives et contradictoires, De Foe se trouva réduit à jouer double ou même triple jeu et à se considérer lui-même comme un traître. Plus profondément encore, il chargea Moll, comme tous ses héros, des deux fardeaux qui avaient pesé sur toute sa vie : le souci de la sécurité matérielle et la solitude.

Tous les romans de De Foe traitent le même thème, réduisant la vie de l'homme aux difficultés de sa survie. Cela peut faire paraître *Moll Flanders*, au premier abord, fastidieux. L'adversité naturelle, dont il est si exaltant de voir Robinson triompher, n'entrant pas dans le cadre de ce nouvel ouvrage, il n'y est question que d'argent. L'héroïne ne pense à rien d'autre, fait sans arrêt ses comptes. Ce n'est pas qu'elle soit avare, cupide, ou qu'elle veuille devenir très riche : non, elle demande seulement à ne pas manquer du pain quotidien, à ne pas vieillir dans la misère. Chez Balzac, l'obsession de l'argent est une passion, comparable et même compatible avec d'autres passions : l'amour et l'ambition. L'univers tel que le peint De Foe n'est pas gouverné par la passion, mais par la nécessité. Ses personnages, comme lui-même, ignorent le loisir et les sentiments délicats ou frénétiques que le loisir favorise. Leur seul projet est de rester en vie. Je ne connais qu'un livre de fiction qui appauvrisse davantage l'homme, le réduise à une condition plus élémentaire encore, c'est *La Faim* de Knut Hamsun. Mais il existe des livres qui ne sont pas des fictions, et les titres de deux des plus justement célèbres nous disent bien ce qu'ils ont à nous apprendre : nous lisons *L'Espèce humaine* ou *Si c'est un homme* comme les comptes rendus d'une terrible expérience visant à transformer les habitants des camps en machines à survivre, à méthodiquement les dépouiller de tous les attributs de l'humanité, et ce que nous montrent Robert Antelme et Primo Levi, c'est ce qui reste, ce qu'on ne peut détruire qu'en le tuant et qui est l'homme. Bien que l'expérience s'y déroule de façon moins radicale, les romans de De Foe ont la même façon de racler jusqu'à l'os l'expérience humaine et de ne nous présenter de l'homme que son « reste » – au sens où, dans la Bible, il est sans cesse question du « reste » d'Israël : la part du peuple élu qui, sans cesse amenuisée par les épreuves, les tentations, les crimes perpétrés ou subis, reste fidèle à son élection et opiniâtrement survit, éveillée, pour servir l'Éternel.

(Souvent, je me suis demandé quelle serait ma réaction si j'apprenais qu'un de ces livres dont la condition d'existence est l'authenticité du témoignage qu'ils portent – cela va des récits sur les camps aux mémoires d'agonie de Fritz Zorn ou d'Hervé Guibert –, qu'un de ces livres donc était un faux, ourdi par un habile romancier. Écrire sur De Foe actualise tout à coup ce fantasme littéraire. Malhonnête et doué comme il l'était, c'est le seul écrivain qu'on imagine capable de fabriquer avec succès non seulement *Papillon* ou un document de la collection « Terre humaine », mais aussi, par exemple, le *Journal* d'Anne Frank. Je choisis à dessein cet exemple pour montrer que le petit trafic auquel on doit un livre comme *Moll Flanders* n'est à bien y regarder pas si innocent que nous l'admettons volontiers, et que De Foe n'avait peut-être pas tort de craindre qu'on le démasque, de se sentir coupable.)

Sur un autre point encore, le dénonciateur anonyme que j'ai cité plus haut voyait juste : en disant que De Foe, toute sa vie, avait vécu en Angleterre aussi seul que Robinson sur son île. Sans doute a-t-il mené une vie professionnelle remarquablement active, ce qui ne va pas sans de nombreuses relations, mais à moins d'exceptions que nous ne connaissons pas, il semble avoir été détesté, méprisé, et l'avoir bien rendu. Sans doute sa femme lui a-t-elle donné six enfants, sans doute les a-t-il élevés et pourvus, mais il existe de lui un texte étrange, très tentant pour les biographes, où il parle d'un homme qu'il a bien connu (c'est toujours ainsi qu'il se réfère à lui-même) et qui, par misanthropie, décida un beau jour de ne plus prononcer une parole au sein de sa famille. Hors de chez lui, son métier l'obligeait à parler, mais personne habitant sous son toit n'entendit sa voix pendant vingt-neuf ans – ce qui créait, précise-t-il avec une sorte de satisfaction, une atmosphère assez pesante. Il serait hasardeux de conclure à un aveu littéralement autobiographique – encore que... Disons qu'il ne paraît pas avoir été beaucoup plus ouvert et confiant en privé qu'en public. Ses héros vivent comme lui dans une extrême solitude. Le sujet, jusqu'à l'apparition de Vendredi, l'impose certes à Robinson Crusoé, et la crainte de la contamination au sellier dont il imagina le *Journal* pendant l'année de la peste. Mais on ne voit pas ce qui tient Moll Flanders à l'écart d'amitiés, au moins de camaraderies, dans les divers milieux qu'elle traverse. Des relations humaines, elle ne connaît que l'association de fortunes sanctionnée par le mariage (d'où sa hantise d'être abusée sur ce point, et son souci d'abuser les autres), et chaque fois que prend fin l'une de ces associations, elle se retrouve seule, insistant sur le fait qu'elle ne connaît personne et que le seul capital dont elle dispose, son corps, perd chaque année, fatalement, de sa valeur.

Le besoin et la solitude ont été le lot de De Foe, qu'il a fait partager à ses héros. Le réalisme de ces pseudo-mémoires défendait que, supposés tenir la plume, ils puissent nous raconter leur mort. Sur celle de quelques-uns, nous sommes renseignés par un artifice visant à conforter l'impression d'authenticité : De Foe, en nous livrant les souvenirs du brigand Jean Sheppard, précise que celui-ci les lui a remis avant de monter sur l'échafaud. Mais nous abandonnons Moll Flanders, ou plutôt elle nous abandonne, au seuil d'une vieillesse qui s'annonce paisible. Le temps des aventures est passé, la misère conjurée : il ne reste plus qu'à décliner doucement, en demandant à Dieu le pardon des fautes passées. Cette vieillesse, De Foe qui avait atteint l'âge de son héroïne devait se la souhaiter. Le destin lui fut moins miséricordieux qu'il ne l'avait été pour elle. À soixante-dix ans, un dernier procès l'obligea à prendre encore une fois la fuite, et l'auteur mondialement célèbre de *Robinson Crusoé* mourut dans un garni sordide des faubourgs de Londres, sans avoir osé rejoindre sa famille. Seul et dans le besoin, comme il avait vécu et cru que nécessairement vivent les hommes.

Cette fin est triste, amère. Mais, bien que nous ne puissions rien savoir des derniers instants d'un mourant, je ne crois pas qu'elle ait été désespérée. Âprement réaliste, pessimiste par conséquent, De Foe était homme de foi et d'espérance, sinon de charité. Élevé dans la doctrine calviniste, il croyait à la prédestination et n'a jamais douté d'être au nombre des élus. Cette confiance qui, rendue folle, aboutit à la démoniaque garantie d'impunité dont s'enivre le *Pécheur justifié* dans l'extraordinaire roman de l'Écossais James Hogg, resta chez lui aussi humble qu'inébranlable. Il considérait les revers que la vie lui prodigua et, chose plus difficile, plus digne d'admiration peut-être, ses propres péchés comme autant d'*épreuves* dont l'Éternel jalonnait pour lui la route conduisant au salut, en sorte qu'il ne se laissa jamais abattre par les revers ni décourager par les péchés. Cette espérance inlassable qui rend si toniques ses romans monotones et sans illusions, c'est aussi, vu sous un autre angle, le « reste » de l'homme quand la vie se résume pour lui à la nécessité, à la solitude, à la mort. Je veux croire que ce reste est irréductible, et qu'à leur dernier souffle Moll Flanders et Daniel De Foe l'ont vérifié.

P.O.L, 1994

VIE ABRÉGÉE D'ALAN TURING

Le 8 juin 1954, sa femme de ménage découvrit le corps du mathématicien Alan Turing gisant sur son lit, dans sa petite maison de la banlieue de Manchester. L'enquête ne fut pas longue : il s'était empoisonné en croquant dans une pomme qu'il avait enduite de cyanure.

Rien ne laissait prévoir ce suicide. Turing, certes, était un homme solitaire, anxieux ; il avait subi deux ans plus tôt une très cruelle épreuve physique et morale ; et, d'après les rares personnes qui s'en faisaient une vague idée, il cherchait dans son travail scientifique un second souffle. Mais il avait la veille de sa mort réservé pour une des deux nuits qu'il passait dessus chaque semaine l'ordinateur de l'université de Manchester, qui était un des deux spécimens de cette espèce existant au monde et à la conception duquel il avait participé ; il avait couru plusieurs heures pour s'entraîner au demi-marathon que devait disputer son club la semaine suivante, acheté pour lui-même et un de ses amis des places de théâtre et lavé la vaisselle de son dernier repas.

Turing avait quarante-deux ans. C'était un grand type brusque, négligé, portant des vestons de tweed troués. Les gens voyaient en lui le type achevé du savant excentrique, la tête dans des nuages d'équations, essuyant le tableau noir avec un pan de sa chemise, et sans doute entretenait-il cette image conventionnelle qui lui tenait lieu de statut social. Il traînait la réputation d'un mathématicien très doué mais n'avait depuis longtemps plus rien produit qui la justifiât. Il mettait rarement les pieds dans son petit bureau de l'université, se tenait à l'écart du milieu académique et d'ailleurs de toute espèce de milieu. Au petit matin, quand il quittait l'ordinateur-mastodonte, d'autres chercheurs du labo prenaient sa relève et quelquefois, en se chauffant les mains aux mugs de thé, on échangeait des trucs techniques, de petites recettes de programmation que chacun bricolait pour son compte. Eux sortaient de leur lit, des bras de leur femme, et lui, sa barbe rêche et noire avait poussé pendant la nuit, il avait le teint terreux, ses yeux brillaient de fatigue. Ils n'osaient pas lui demander ce qu'il faisait, sur quoi portaient ses recherches. À ces hommes enthousiastes, pionniers d'une science trop jeune pour avoir un passé, il apparaissait comme un fantôme surgi de ce passé inexistant.

1
La machine

Sa réputation reposait sur deux articles, dont le plus connu remontait à près de vingt ans. Les nécrologies qu'écrivirent ses collègues dans le *Times* et dans les publications professionnelles ne faisaient d'ailleurs état que de celui-ci. Elles présentaient le défunt comme un pur produit de Cambridge, qui s'était illustré dans les années trente par une contribution mémorable – moins mémorable, toutefois, que celle de Kurt Gödel – à la démolition du programme de Hilbert, c'est-à-dire un de ces débats de logique formelle qui, hors d'un cercle étroitement spécialisé, font plutôt hausser les épaules aux autres mathématiciens, estimant que les formalistes, et aussi bien leurs critiques, soit enfoncent des portes ouvertes, soit inventent des problèmes que personne ne rencontre dans la pratique (la pratique n'étant bien sûr pas la vie humaine, mais l'empilement de lemmes en quoi consiste le travail mathématique).

De quoi est-il question en mathématiques pures ? De la vérité. À quoi servent-elles ? À produire de la vérité. C'est leur seul objet et leur seule justification : produire des énoncés qui ne servent à rien, qui ne se réfèrent à rien de ce que l'homme rencontre dans le monde physique, mais qui sont vrais, c'est-à-dire démontrés. Cette prétention hautaine à dire, sinon toute la vérité, du moins rien que la vérité, risquait fort de souffrir en un temps où la science lançait à l'assaut du déterminisme laplacien des chimères aussi inquiétantes que des chats à la fois vivants et morts, des photons suivant deux trajets distincts sans se scinder et des phénomènes n'existant que s'il y a quelqu'un pour les observer. D'où le projet défensif que formèrent, d'abord Bertrand Russell et Alfred Whitehead, ensuite David Hilbert : faire tenir tous les principes valides du raisonnement mathématique dans un système unique, d'où découleraient toutes les vérités déductibles – ou, plus précisément, démontrer la possibilité qu'existe un tel système.

En 1928, Hilbert invita donc ses pairs du monde entier à plancher sur ces trois questions :

1. Les mathématiques sont-elles complètes ? i.e. : tout énoncé qu'elles produisent peut-il être prouvé ou réfuté ?

2. Sont-elles consistantes ? i.e. : peut-on prouver que l'énoncé $2 + 2 = 5$ ne peut et ne pourra jamais être prouvé par une procédure valable ?

3. Sont-elles décidables ? i.e. : étant donné un système axiomatique et une proposition arbitrairement choisie, existe-t-il une procédure permettant de déterminer si cette proposition est décidable, c'est-à-dire peut être déclarée vraie ou fausse dans le système ?

Hilbert, en les posant, pensait qu'il serait possible de répondre oui à ces trois questions, et même assez vite. Il comptait sur ce triple oui pour définitivement assainir les bases des mathématiques, ensemble formel complet, consistant, décidable, sur lequel on pourrait compter. Crouleraient dès lors les empires, douteraient les savoirs, muterait ou disparaîtrait l'humanité, et même si la formule de l'eau cessait d'être H_2O, il resterait toujours cela, ce système qui dirait la vérité, qui serait la vérité, même s'il n'y avait plus personne pour la connaître.

Or les choses ne se passèrent pas ainsi. Ce programme de purification formelle déboucha sur des abîmes d'incertitude et mit au jour une sorte de noyau rebelle, paradoxal, logé au cœur de tout raisonnement mathématique. La mise en évidence de ce noyau, une des grandes découvertes d'un temps où les grandes découvertes visaient à restreindre ou miner le champ de la science, fut l'œuvre de Kurt Gödel, dont le fameux théorème d'incomplétude, sur lequel on a écrit des bibliothèques entières, prouve de façon extrêmement élégante qu'on ne peut davantage se fier aux mathématiques pour dire la vérité qu'aux Crétois qui se déclarent eux-mêmes menteurs.

Cela se passait en 1931. Alan Turing avait vingt ans. C'était un grand échalas timide, mal latéralisé, mal coordonné, qui essayait de corriger sa gaucherie (et sans doute de lutter contre son penchant pour la masturbation) en faisant de la course de fond. À Cambridge, où il étudiait les mathématiques, il ne fréquentait pas les coteries d'esthètes chic dans la tradition de Bloomsbury mais restait dans son coin, échangeant avec sa mère des lettres où il était principalement question de sous-vêtements et d'animaux en peluche. À part cela, la question de la complétude ayant été pulvérisée par Gödel, il avait décidé de s'attaquer, lui, à celle de la décidabilité. Et non seulement il en triompha, portant un coup de plus à l'optimiste programme de Hilbert, mais au passage il tomba sur autre chose.

Il existe en mathématiques une quantité d'affirmations concernant des nombres que, depuis des siècles, on n'a jamais pu prouver ou réfuter (exemple canonique : le dernier théorème de Fermat). Turing se demanda s'il existait, ou si l'on pouvait imaginer une procédure mécanique permettant de le faire (peu importait le temps que cela prendrait : le tout était de prouver qu'une telle preuve existait quelque part, et pouvait être atteinte). Il se demanda, du coup, ce qu'était au juste une procédure mécanique, et en vint à se poser une question qui, à la crème des mathématiciens purs, ennemis de toute application, ne pouvait que paraître hors sujet : qu'est-ce qu'une machine ?

Un outil, on sait ce que c'est. Un être vivant, on croit savoir. Mais une machine ? Décrite de la façon la plus plate, c'est un artefact disposant d'un nombre fini de configurations, qui pour chacune se comporte de façon absolument déterminée, et qui manipule des symboles. Manipuler des symboles conformément à des règles est une activité dépourvue de sens, non figurative si l'on veut, mais qui décrit ce qu'à un autre niveau on appelle par exemple jouer aux échecs, traduire (ou composer) des poèmes chinois, chercher des nombres premiers, et peut-être même (mais n'anticipons pas) tenir une conversation à bâtons rompus. Ce qui distingue les unes des autres ces diverses activités, ce sont les règles, et c'est pourquoi Turing jugea vain de vouloir construire des machines spécialisées, capables de jouer aux échecs, traduire des poèmes chinois, etc. La démarche juste consistait plutôt à établir pour chacune de ces activités la table de règles, et à l'enfourner dans une machine universelle qui, pourvu qu'on lui en ait fourni le code, serait capable de simuler n'importe quelle machine spécialisée. Les notions de matériel et de logiciel nous sont désormais familières, et nous sommes acquis à l'idée de la prééminence du second, mais lorsque Turing l'exprima, en 1934, elle était si nouvelle que personne, ou presque, ne la remarqua. Les lecteurs de son article admirèrent le résultat qu'il avait d'ailleurs poursuivi au départ, la preuve formelle, para-gödélienne, qu'aucune machine miraculeuse ne pourrait résoudre tous les problèmes mathématiques, mais n'aperçurent même pas cet autre résultat, atteint en quelque sorte chemin faisant, et pour les besoins de la démonstration (car, pour que la preuve administrée à Hilbert soit valide, il fallait que la machine postulée soit *vraiment* universelle, c'est-à-dire ne puisse jamais, même théoriquement, être améliorée) : la définition rigoureuse de ce que pourrait être cette machine miraculeuse, épuisant toutes les ressources de la « machinité » et en exprimant l'essence. L'usage ne s'en répandrait que plus tard, mais cette idée platonicienne de la machine porte désormais et, vraisemblablement, portera toujours le nom de « machine de Turing ».

S'étant à vingt-trois ans fait un nom dans le petit monde de la logique formelle, Turing passa deux ans à Princeton, La Mecque des mathématiciens depuis qu'Einstein s'y était installé. Au bout de ces deux ans, il refusa le poste envié d'assistant de John von Neumann pour retourner à

Cambridge, finalement l'endroit au monde où il se sentait le moins mal à l'aise. Il assista aux cours de Wittgenstein sur les fondements des mathématiques. Étant le seul *vrai* mathématicien parmi les auditeurs, il était rendu responsable par Wittgenstein de tout ce qui clochait dans sa discipline et chargé de la défendre, ce dont il s'acquittait avec une bonne grâce rustaude. À la même époque, il vit *Blanche-Neige et les sept nains*, qui venait de sortir, et, d'après ses amis un peu étonnés, chanta pendant des mois, de sa voix désagréablement aiguë, la chanson de la sorcière empoisonnant la pomme. Il apprit à jouer au go. Enfin, seul dans son coin, par pure curiosité intellectuelle, il se mit à travailler sur les systèmes de codage et de chiffrage, cherchant à définir ce que pourrait être le code à la fois le plus simple, le plus universel et le plus inviolable. Là-dessus survint la guerre et, dans le milieu académique, on perdit sa trace.

2
Blechtley Park

Plus tard, lorsqu'on l'interrogeait sur ce qu'il avait fait pendant la guerre, il répondait évasivement, ce qui laissait penser aux plus perspicaces qu'il avait travaillé pour l'Intelligence Service, comme gratte-papier évidemment, ou planton préposé aux sandwiches : quel autre emploi imaginer, au sein de l'armée de l'ombre, pour un logicien distrait et immature ? Plus tard encore, vingt ans après sa mort, trente ans après la guerre, les archives furent rendues publiques et on apprit ce qu'avait été l'opération *Ultra*.

Depuis l'arrivée de Hitler au pouvoir, les services secrets britanniques essayaient en vain de forcer le système de codage des messages stratégiques allemands, qui reposait sur une machine appelée *Enigma*. C'était une simple boîte contenant des rotors et reliée à deux machines à écrire. On tapait le texte en clair sur l'une, les rotors dans la boîte tournaient pour le brouiller, et il ressortait sur l'autre, théoriquement indéchiffrable. Pour le déchiffrer, le seul moyen était de procéder, c'est-à-dire de faire tourner les rotors, en sens inverse. Ce dispositif, en soi, n'avait rien de sorcier, n'était même pas secret : à l'origine, il servait pour protéger des informations commerciales et n'importe qui pouvait se le procurer, comme on se procure un antivol dont seul importe le code. Car là aussi, seul importait le code, c'est-à-dire la position de départ des rotors à l'intérieur de la boîte. Le nombre astronomique des positions possibles et leur changement fréquent valaient à *Enigma* une telle réputation d'inviolabilité que le haut commandement du Reich en avait généralisé l'usage dans les trois armes.

Confrontés à ce défi, que la menace de guerre rendait de plus en plus pressant, les fonctionnaires de la *Government Code and Cypher School*, officine dépendant du Foreign Office, pêchaient depuis quelque temps des collaborateurs dans le vivier de scientifiques qu'était Cambridge. Ainsi Turing fut-il recruté comme décrypteur. Ce n'était au début qu'une activité de consultant extérieur, et il semblait parti pour une paisible vie de chercheur en logique formelle et théorie des nombres, mais la guerre éclata, la GC&CS fut évacuée dans un bâtiment victorien de Blechtley Park, un village du Buckinghamshire, et Turing, logé dans un *bed and breakfast* du voisinage, plongea pour quatre ans dans le monde obscur du renseignement. Il s'y trouva d'abord en terrain familier : à force de débaucher des cerveaux à Cambridge, c'étaient les militaires qui venaient à se sentir de trop devant cette bande de champions d'échecs, de logiciens et de crypto-analystes qui se moquaient de la hiérarchie, considéraient de toute évidence la guerre comme une manne de crédits de recherche et discutaient sans fin, au mess, de questions théoriques abstruses dont on ne pouvait même pas être certain qu'elles ne faisaient pas partie du travail qu'on leur demandait. Turing, qui aux abords de la trentaine avait toujours l'air d'un adolescent, était tout le contraire d'un leader naturel, mais ce qu'il y avait à faire correspondait exactement à ses marottes de toujours, et c'est sous sa direction que fut construite la machine anti-*Enigma*, qu'on appela la Bombe. Quand elle fut en état de fonctionner, en avril 1940, on l'installa dans une cave de Blechtley Park, dans laquelle avaient été regroupés tous les terminaux des systèmes d'écoute anglais : tout ce qu'interceptaient les relais radio de par le monde, transitant de mot de passe en mot de passe, aboutissait là, à cette espèce d'énorme armoire, qui chauffait et faisait un bruit d'enfer et dont les circuits exploraient en cliquetant les messages qu'on lui donnait en pâture, tâchant d'identifier parmi des centaines de milliers de configurations celles où apparaissait une consistance. Et le dompteur de ce monstre était ce dadais maniaque qui portait un énorme réveille-matin attaché par une ficelle à sa ceinture et coinçait dans les couloirs des officiers qui n'avaient pas que ça à faire afin de leur expliquer comment il s'arrangeait pour éviter que saute la chaîne de son vélo : un petit réglage de rien du tout, assurait-il, le tout était de savoir à quel moment exact l'effectuer, et pour cela il avait étudié de près la configuration de la bécane, déterminée par les positions relatives de plusieurs engrenages en rotation indépendante. Exactement comme *Enigma* ! concluait-il de sa voix aiguë, s'efforçant vainement de singer le ton détaché de Sherlock Holmes lorsqu'il attend que Watson batte des mains. C'était exactement le même travail !

Ce travail, en saisissait-il vraiment la portée ? Comprenait-il ce qui reposait sur ses épaules ? Ces questions donnaient froid dans le dos aux militaires, mais le fait était là : en quelques mois, la Bombe était devenue l'oracle de Blechtley Park, Blechtley Park l'oracle de l'état-major, et Alan Turing, en tant que médium sachant faire parler la Bombe, la pièce maîtresse du dispositif de guerre britannique.

Le principal problème était la vitesse. Il fallait au début près de deux semaines pour décrypter un message, qui n'avait alors plus aucune valeur. Mais, vigoureusement soutenue et donc financée par Churchill, qui depuis le début considéra l'opération *Ultra* comme la plus décisive de la guerre, l'équipe de Turing parvint à réduire ce délai à quelques jours, puis à un jour, enfin à quelques heures. Les Anglais commencèrent à se faire une idée claire de ce qui se passait dans le camp ennemi et, au début de l'été 1941, les premiers résultats se firent sentir sur le terrain. L'Angleterre, qui depuis un an se faisait couler ses sous-marins l'un après l'autre, amorça la reconquête des mers. Chaque fois qu'il apprenait une victoire, ou l'évitement d'une défaite, Turing devait d'abord surmonter un mouvement d'incrédulité : vraiment, ce qu'il bidouillait avec ses diagrammes et ses valves, exactement comme avec les pignons de son vélo, avait une incidence sur la vie réelle, sur des événements réels, concernant par millions des hommes de chair et de sang ? Puis il était heureux comme un gamin qui gagne à la bataille navale, et de fait, c'est exactement ce qu'il faisait.

Quand la Bombe eut atteint sa vitesse et donc son efficacité maximales, un autre problème se posa, qui ne concernait pas directement Turing, mais l'état-major informé grâce à lui. Que faire de ces informations ? En déjouant systématiquement les plans dont on avait connaissance, ne risquait-on pas de donner l'alerte aux Allemands ? Si le soupçon leur venait qu'il était éventé, ils modifieraient forcément leur système de codage, et le dispositif *Ultra* tomberait à l'eau. D'un autre côté, on ne pouvait pas laisser couler des sous-marins uniquement pour n'être pas soupçonné d'avoir pu les sauver. En théorie, c'était un de ces dilemmes dont raffolent les logiciens : est-il plus avantageux de tarir une source en y buvant ou de crever de soif pour la préserver ?

En pratique, l'état-major s'aperçut avec surprise que ses parades d'abord prudentes, puis de plus en plus spectaculaires, ne suscitaient aucune réaction du côté d'*Enigma*. Les Allemands, devait-on découvrir plus tard, étaient tellement confiants dans l'inviolabilité de leur système qu'ils préféraient attribuer leurs revers à l'excellence des espions anglais, auxquels jusqu'à la fin de la guerre ils s'évertuèrent à faire la chasse sans penser un instant que leurs messages stratégiques étaient quotidiennement décryptés et qu'ils se trouvaient dans la position d'un joueur de poker derrière qui a été placé un miroir.

À partir de 1943, l'homme qui, en explorant des problèmes logiques, avait suspendu ce miroir dans leur dos perdit progressivement de son importance à Blechtley Park. L'officine clandestine, périphérique, était devenue une usine de décryptage employant 10 000 personnes et six copies de la Bombe originale. Ces Bombes fonctionnaient, traitaient à toute allure l'information, c'était surtout maintenant une affaire d'exploitation, d'organisation, de décision, qui n'étaient pas ses points forts. Turing se fit plus rare, puis se replia sur Hanslope Park, une autre antenne du renseignement militaire où, sans trop savoir quel était son statut, on le laissa s'installer un labo dans un hangar insalubre. Là, seul, il entreprit de développer un système de cryptage de la parole humaine qu'il baptisa *Dalila*. Son matériel de base était un disque de discours de Churchill, dont il faisait une bouillie sonore qui, décryptée, redevenait le discours de Churchill. Les quelques officiers mis dans la confidence ne furent guère convaincus par sa trouvaille, quant à Churchill lui-même il n'en eut jamais vent. Fort peu de gens savaient, hors de Blechtley Park, mais même ceux qui savaient devaient faire un effort de mémoire et de raisonnement pour se dire qu'il y avait un rapport étroit entre le débarquement de Normandie, la victoire désormais inéluctable des Alliés, et ce type gauche et silencieux qui bricolait dans un hangar des inventions de concours Lépine. Lui-même, durant les dix années qui lui restaient à vivre, n'eut jamais un mot à ce sujet. Sa mère, qui rêvait de gloire pour lui, devait se contenter de découper de rares articles auxquels elle ne comprenait rien et qui continuaient à mentionner son Alan comme un espoir de la logique formelle, cette discipline surannée au parfum d'années trente. Peut-être craignait-il, s'il venait à expliquer que, d'une certaine façon, il avait gagné la guerre, d'être pris pour un fou. Peut-être pensait-il désormais à autre chose.

3
Le jeu de l'imitation

Turing avait gagné la guerre, mais il perdit la paix. N'étant pas homme à cultiver d'utiles amitiés et à se faire nommer, comme beaucoup d'anciens d'*Ultra*, dans des comités influents, il revint à la vie civile comme obscur chercheur à Cambridge, puis à l'université de Manchester où se développait le projet d'un ordinateur anglais, concurrent du fameux ENIAC que construisait aux États-Unis l'équipe d'Eckert et Mauchlay. Pour les plus avancés de ses contemporains, un ordinateur était une machine capable d'additionner et de multiplier très vite – ce qu'à tout prendre était la Bombe. Pour Turing, cette application, certes utile, n'était pas essentielle : ce qui l'intéressait, c'était le système logique mis en œuvre. La machine dont il rêvait pourrait appliquer n'importe quel programme, et on devrait pouvoir composer des programmes accomplissant (ou simulant, à supposer qu'il y ait une différence) n'importe quel processus connu. Aux gens qui affirmaient dédaigneusement qu'une machine ne pourrait jamais faire autre chose que des opérations arithmétiques, il répondait qu'elle n'était même pas capable de cela, et ne le serait jamais : une machine ne fait pas davantage d'arithmétique qu'elle ne joue aux échecs ou n'écrit de poèmes ; mais son programme peut lui permettre de manipuler des symboles formels de telle façon qu'elle semble faire ce que le langage courant décrit sous le nom de ces diverses activités. Et, soutenait Turing, on peut dire exactement la même chose du cerveau humain. Son ambition, alors, était donc de « créer un cerveau ».

L'idée, à la fin des années quarante, était dans l'air. On ne parlait pas encore d'informatique, mais de cybernétique. Des évêques et des philosophes débattaient avec feu autour de l'idée révoltante qu'une machine créée par l'homme pourrait un jour penser comme celui-ci. Aux noms des vedettes de cette science nouvelle, Nobert

Wiener, J.B.S. Haldane, John von Neumann, les gens bien informés ajoutaient quelquefois celui de Turing, précurseur obscur et qui n'avait plus guère fait parler de lui depuis son fameux article de 1934. L'expression de « machine de Turing » pour désigner l'essence de la machinité avait acquis droit de cité, mais on en venait dans les publications scientifiques à l'écrire (signe de consécration suprême ou d'oubli abyssal, on ne sait comment lui-même le prenait) avec un *t* minuscule, et son biographe n'a sans doute pas tort de dire que Turing, réduit à un emploi d'excentrique marginal, était après la guerre devenu une « non-figure », le Trotski de la révolution informatique.

Il collaborait, certes, au programme de Manchester, mais les patrons du labo tenaient de moins en moins compte de ses avis (le logiciel, avant tout le logiciel!) et tout ce qu'on avait trouvé à lui confier, c'était la rédaction d'un Manuel de l'usager et la composition de programmes avec routines, sous-routines, sous-sous-routines pour, par exemple, démasquer de grands nombres premiers (question : 2 puissance 127 est-il premier? Trouvez la procédure la plus rapide pour répondre). Il se rabattit donc sur la théorie et, sous forme d'un article paru en 1950 dans la revue *Mind*, apporta sa contribution au débat sur l'intelligence artificielle, dans lequel s'opposaient et s'opposent toujours le camp matérialiste, persuadé qu'en théorie au moins toutes les opérations de l'esprit humain peuvent être décomposées, par conséquent reproduites, et le camp spiritualiste, arguant qu'il y aura toujours un résidu rebelle à l'algorithme, résidu que selon sa chapelle on nomme fantôme dans la machine, conscience réflexive, paradoxe d'autoréférence ou tout simplement âme.

Pour y voir plus clair, débarrasser la question du vague pompeux dont raffolait un « prophète » comme Wiener, Turing commença par recenser les arguments passés, présents et à venir niant la possibilité d'une intelligence artificielle : les machines ne font que ce que ce qu'elles sont programmées pour faire, elles sont spécialisées, elles n'ont pas de goûts, de caprices, d'émotions, elles ne peuvent ni souffrir ni aimer les fraises à la crème, etc. Les ayant tous jugés insuffisants, il proposa de s'en tenir, pour décider si une machine peut penser comme un homme, à un critère unique, opérationnaliste : est-elle capable ou non de faire croire à un homme qu'elle pense comme lui ?

Le phénomène de la conscience ne peut être observé que de l'intérieur. Je sais que j'en ai une, c'est même grâce à elle que je le sais, mais en ce qui vous concerne, rien ne me le prouve. Je peux dire en revanche que vous émettez des signaux, notamment mimiques et verbaux, dont par analogie avec les miens je déduis que vous pensez et ressentez comme moi. Maintenant, dit Turing, admettons que, dans un avenir proche ou lointain, une machine puisse être programmée de telle sorte qu'elle émette en réponse à tous les stimuli des signaux également convaincants : on ne voit pas au nom de quoi lui refuser son brevet de pensée.

Ce critère retenu, Turing élabora un test qu'assez bizarrement il présenta en deux temps. Il décrivit d'abord (j'ignore s'il l'inventa) un jeu de société appelé jeu de l'imitation, qui consiste à isoler dans trois pièces séparées un homme, une femme et un examinateur dont le sexe est indifférent. Communiquant par écrit avec les deux joueurs, l'examinateur bombarde l'un et l'autre de questions visant à deviner qui est l'homme et qui la femme. Or, si celle-ci répond en toute franchise et révèle donc son sexe sans ambiguïté, l'homme, lui, cherche à se faire passer pour la femme (et, bien sûr, il s'est sérieusement documenté sur les questions dont la maîtrise passe pour typiquement féminine : cuisine, prix des bas ou des serviettes hygiéniques).

Maintenant, proposa Turing, remplaçons l'homme par un ordinateur et voyons ce qui se passe si le sport consiste pour lui à se faire passer pour l'être humain, donc à faire recaler celui-ci. L'interrogatoire peut porter sur le goût de la tarte aux myrtilles, les souvenirs d'enfance, les préférences érotiques ou, à l'inverse, sur des opérations de calcul dont on attend que l'homme les effectue moins vite et moins bien que la machine. Tous les coups sont permis, les questions les plus intimes et les plus saugrenues : les *koan* zen sont une technique classique de confusion. De leur côté, les candidats s'emploient tous deux à persuader l'examinateur qu'ils sont humains, l'un en toute bonne foi, l'autre en recourant aux mille ruses prévues par son programme – par exemple se tromper délibérément dans l'expansion décimale de π. À la fin, l'examinateur donne son verdict. S'il s'est trompé, la machine a gagné. On est forcé d'admettre, selon Turing, qu'elle pense, et si le spiritualiste de service tient à l'idée que ce n'est pas *vraiment* une pensée humaine, la charge de la preuve lui incombe désormais. Et Turing a beau jeu de répéter que personne, ni homme ni machine, ne pense *vraiment*, ne fait *vraiment* des mathématiques, ne joue *vraiment* aux échecs, ni même, peut-être, n'éprouve *vraiment* la douceur d'une caresse ; au niveau du système formel, tout le monde, homme et machine, manipule des symboles, et il se trouve par ailleurs que cette manipulation peut, à un autre niveau, être décrite sous le nom de ces diverses activités.

Quelques semaines après la parution de cet article, qui tient toujours lieu de référence dans les milieux de l'intelligence artificielle, il arriva à son auteur une chose affreuse, pas sans rapport avec le jeu de l'imitation. Turing était homosexuel. Il avait l'esprit assez libre pour ne pas en éprouver de culpabilité, mais vivait dans une société nettement moins libre et, obligé de dissimuler ce qu'il était, de passer pour ce qu'il n'était pas, se comparait volontiers à un habitant du monde du miroir de Lewis Carroll, qui de toutes choses a une perception inversée. Un jour, sa maison fut cambriolée, selon toute vraisemblance par un amant de passage. Dans sa déposition à la police, il fit état de ce soupçon et donc de son homosexualité, ignorant qu'il tombait sous le coup de la loi réprimant les relations contre nature, même entre adultes consentants (celle-là même qui, soixante ans plus tôt, avait fait condamner Oscar Wilde). Il y eut un procès, Turing fut jugé coupable et, échappant de justesse à la prison, condamné à subir

– pour son bien, comme on l'imagine – un traitement dans lequel des commissions de légistes et de médecins mettaient alors de grands espoirs pour amender les personnes déviantes. Cela consistait à lui injecter pendant un an des hormones femelles qui le rendirent impuissant, lui firent pousser des seins, régresser la barbe et muer la voix, qu'il avait déjà péniblement haut perchée. Turing endura ce supplice sans jamais se plaindre, trouvant le cœur d'en plaisanter et d'en profiter pour effectuer auprès de ses collègues et d'une partie de sa famille une sortie de placard presque décontractée. Au bout d'un an, sa peine purgée, il regagna progressivement son intégrité, et tout le monde trouva qu'il s'était sorti de cette épreuve avec un courage déconcertant. Il entreprit une psychanalyse (tout en refusant de considérer que l'homosexualité était une maladie dont il lui aurait fallu guérir), lut avec ferveur (lui qui ne lisait jamais de fiction) *Guerre et paix* et *Anna Karénine* et, définitivement sur la touche à l'université, plaça tous ses espoirs de second souffle scientifique dans des recherches d'autodidacte sur l'embryologie et la morphogenèse. Il se demandait, au fond, comment les êtres vivants connaissent et appliquent leur programme. Il testait ses modèles sur l'ordinateur, dont on lui laissait la jouissance deux nuits par semaine sans trop savoir ce qu'il en faisait, mais aussi chez lui, selon des protocoles extrêmement personnels. Sa maison se remplissait de boutures, de couveuses, d'aquariums glougloutants. Dans certaines pièces régnait une chaleur de serre, dans les autres on gelait. Il bricolait des électrolyses, cherchant quels éléments chimiques purs on pouvait isoler à partir de produits ménagers courants. On se serait cru dans le laboratoire du savant fou, dans une série B des années cinquante.

Ces expériences de style petit chimiste, qui semblent plutôt régressives pour un scientifique de haut vol, ont fait couler beaucoup d'encre, et d'une drôle de couleur. Dans le premier livre où, voici plus de dix ans, j'ai lu le nom d'Alan Turing (un livre de vulgarisation sur l'intelligence artificielle), on apprenait qu'« il fut retrouvé mort sur une île déserte, empoisonné par une pomme qu'il avait enduite de cyanure ». J'avoue que cette île si romanesque n'a pas été pour rien dans mon engouement d'alors pour Turing, et, lorsque j'ai appris dans un ouvrage plus sérieux qu'il était tout bonnement mort chez lui, j'ai été à la fois déçu et intrigué : d'où le vulgarisateur avait-il pu sortir cette histoire ? Après réflexion, cela me paraît s'expliquer par une lecture hâtive des sources mentionnant ces fameuses expériences de chimie, effectuées *dans des conditions d'île déserte*, sans autre matériel que celui dont disposent les ingénieux naufragés des romans d'aventures. On pouvait soutenir aussi qu'il vivait, dans la banlieue de Manchester, aussi seul et réduit à ses propres ressources que sur une île déserte. Enfin, toujours à propos de ces curieuses expériences, une autre thèse veut que Turing s'y soit adonné pour couvrir, en quelque sorte, son suicide, et laisser à sa mère la possibilité de croire à une mort accidentelle. Qu'il l'ait voulu ou non, c'est en tout cas ce qu'elle a fait.

À l'époque où j'ai commencé à m'intéresser à Alan Turing, il n'existait qu'un seul livre sur lui, difficile à trouver, écrit par une certaine Sara Turing, et je me rappelle le malaise que j'ai éprouvé en découvrant que ce n'était ni sa femme, ni sa fille, ni sa sœur, comme je l'avais d'abord présumé, *mais sa mère.*

Écrire un livre, n'importe lequel, requiert ce que les juristes appellent un « intérêt pour agir », et Sara Turing en avait un puissant. Elle pouvait, douloureusement, admettre que son fils soit mort, mais non qu'il se soit suicidé, encore moins qu'il l'ait fait à la suite, sinon à cause, d'une effroyable épreuve physique et morale qu'il avait endurée en tant qu'homosexuel. À soixante-dix ans passés, elle entreprit d'écrire sa vie pour le laver du premier crime et taire le second. Elle s'y employa selon une curieuse méthode : au lieu de rassembler ses souvenirs pour peindre Alan Turing tel qu'elle, sa mère, l'avait connu, elle forma l'ambition d'un ouvrage objectif, impartial, qu'elle rédigea dans un style aussi impersonnel que possible et qui devait, dans son esprit, être non un témoignage, mais une biographie officielle. Personne, à l'époque où elle s'y attela, n'aurait eu accès à suffisamment de sources pour mener à bien un tel travail, et personne en dehors d'elle n'en aurait d'ailleurs vu la nécessité. Mais personne, non plus, n'était paradoxalement aussi mal placé.

Si on voulait, très vite, dire « de quoi il est question » dans la vie d'Alan Turing, on dirait qu'il a été : 1) un mathématicien important et un pionnier de l'intelligence artificielle ; 2) une figure à la fois centrale et excentrique de l'histoire de l'espionnage pendant la Seconde Guerre mondiale ; 3) un homosexuel martyr. Ces trois sphères d'activité n'ont qu'un trait commun : les mathématiciens, les agents de renseignement et les homosexuels (au moins dans un pays où leur inclination amoureuse est punie par la loi) forment trois sociétés secrètes, et la vie de Turing s'est déroulée dans ces trois sociétés, de façon strictement cloisonnée. Aucun, ou presque, des hommes qu'il côtoyait dans l'une ne savait quelle place il tenait dans les deux autres. Chacun de ces compagnons toutefois, logiciens, espions ou amants, partageait quelque chose avec Alan Turing, savait quelque chose de lui, aurait eu quelque chose à dire sur lui. Sa première biographe, en revanche, était peut-être la seule personne à n'avoir accès à aucune de ces trois existences, à ne *rien* savoir de lui (si ce n'est, sans doute, l'enfant qu'il avait été, mais elle n'en parle guère, tout en répétant qu'il l'était resté toute sa vie), et cela fait de son ouvrage, émouvant d'une certaine façon, une sorte de point limite du genre.

Quand il est paru, en 1959, le nom de Turing n'évoquait d'écho, et affaibli, que dans la communauté mathématique. Quand, au cours des années soixante, l'intelligence artificielle est devenue un sujet grand public, les livres de vulgarisation se sont mis à le mentionner, en agrémentant les inévitables topos sur la machine et le test d'une flopée d'anecdotes plus ou moins authentiques sur le thème du savant fou. Et quand, vers la fin des années soixante-dix, les archives britanniques sur la guerre ont été rendues publiques, plusieurs témoignages sont parus sur l'aventure de Blechtley Park et la part qu'il y avait prise. Peu de gens, cependant, cultivaient des curiosités assez diverses pour assembler les pièces du puzzle et ainsi établir l'importance de cette figure fuyante. Ç'a été le mérite d'Andrew Hodges qui, mathématicien de métier et militant gay, avait au moins deux « intérêts pour agir », et a publié en 1984 une admirable biographie, d'où proviennent la plupart des informations compilées dans cet article.

(Exactement à la même époque, je projetais d'écrire un livre sur Turing, projet que la parution du monument de Hodges m'a dissuadé de poursuivre. Dix ans plus tard, j'ai formé grâce à cette revue un projet plus modeste : d'abord résumer Hodges – ce que je viens de faire de mon mieux –, ensuite m'interroger sur les « intérêts pour agir » qui m'avaient poussé, moi, vers ce sujet. Ce sera pour une autre fois, peut-être, sous une autre forme.)

Revue de littérature générale, 1995

L'AFFAIRE ROMAND

1

Cinq crimes pour une double vie

Le dimanche 10 janvier 1993, à l'aube, les pompiers vinrent éteindre un incendie dans une maison de Prévessin-Moëns, petit village de l'Ain proche de la frontière suisse. Ils y trouvèrent les corps partiellement carbonisés d'une femme et de deux enfants, et un homme grièvement brûlé qu'on transporta à l'hôpital dans un état critique.

La thèse de l'accident ne tint pas plus de quelques heures. La femme avait été assommée, les enfants abattus au fusil, et leur mort remontait à presque deux jours. Quant à l'homme, le docteur Jean-Claude Romand, il avait essayé de s'empoisonner avec des barbituriques. Un cousin se rendit chez ses parents, qui habitaient à 60 kilomètres de là, dans le Jura, pour leur annoncer l'affreuse nouvelle : il les trouva aussi abattus au fusil. Enfin, une femme qui avait été la maîtresse de Romand raconta qu'elle avait passé la soirée du samedi avec lui, à Paris, et qu'il lui avait paru bizarre, tellement bizarre que l'idée lui était venue qu'il allait la tuer ; mais elle avait fait face et il s'était calmé, avant de la quitter et de reprendre la route.

On reconstitua sans peine le week-end tragique : meurtre de la femme et des enfants le samedi matin ; meurtre des parents l'après-midi ; le soir, voyage éclair à Paris ; retour à Prévessin dans la nuit, puis vingt-quatre heures de blanc avant de s'empoisonner et de déclencher l'incendie où tout le monde devait disparaître.

Un forcené, comme on dit. Et, comme souvent avec les forcenés, rien de ce qu'on savait de lui ne cadrait avec ce quintuple crime. C'était un homme de trente-neuf ans, paraissant un peu plus ; calme, posé, cultivé ; un médecin spécialiste de l'artériosclérose, travaillant comme chercheur pour l'Organisation mondiale de la Santé, à Genève ; un père de famille attentif qui, au dire de tous leurs amis, formait avec sa femme un couple stable et harmonieux.

Dans les jours qui suivirent, il y eut deux surprises. D'abord, Romand ne mourut pas. Il se remit de son empoisonnement et de ses brûlures. Bientôt on put l'interroger. Ensuite on découvrit qu'il n'était pas chercheur à l'OMS, que personne dans cette organisation n'avait entendu parler de lui, qu'il n'était même pas médecin. Personne dans son entourage n'avait jamais soupçonné une imposture dont il fallut bientôt admettre, avec stupeur, qu'elle durait depuis dix-huit ans. Il était normal qu'il ne soigne pas de patients puisqu'il faisait de la recherche, normal qu'on ne puisse le joindre à son bureau genevois puisqu'il se déplaçait beaucoup. D'autre part, il suffisait à un professionnel de parler avec lui pour s'assurer de ses compétences, très techniques, très pointues : il était au courant des plus récents développements de la recherche dans « son » domaine.

Or tout cela était faux. Une façade. Mais alors, qu'y avait-il derrière cette façade ? D'où tirait-il l'argent qui lui avait permis, année après année, de mener et de faire mener à sa famille la vie confortable correspondant au statut social, aux revenus qu'il prétendait être les siens ? S'il n'était pas médecin, qu'était-il ? Au début de l'enquête, les journaux s'en donnèrent à cœur joie, parlant d'espionnage, de trafic de devises ou d'organes, d'une vaste escroquerie internationale ; on s'aperçut vite que ces pistes ne menaient nulle part. Romand avait bien mené une double vie, mais la partie cachée de cette vie semblait s'être déroulée sans complices ni témoins et n'avoir visé à rien d'autre qu'accréditer, au jour le jour, la version officielle. Il déployait à passer pour ce qu'il prétendait être la somme exacte de travail et d'énergie qu'il lui aurait fallu pour l'être vraiment.

Avant de mettre le feu, il avait griffonné au dos d'une enveloppe un mot assez confus que les gendarmes retrouvèrent dans sa voiture. Il y était question d'une « injustice », d'un « banal accident » qui peuvent « conduire un homme à la folie ». On ne sait à quelle injustice précise il se référait, mais le banal accident a eu lieu en septembre 1975 – c'était une fracture du poignet –, et c'est à cette occasion que la vie de Jean-Claude Romand, à l'insu de tous, a bifurqué et commencé à suivre simultanément deux chemins qui ne se sont rejoints que dix-huit ans plus tard, dans le sang et les flammes.

Il a vingt ans, donc, il est en deuxième année de médecine à Lyon. Que dire de sa vie jusque-là ? Fils unique d'un couple de forestiers du Jura, il a grandi près de la nature, un peu solitaire peut-être mais très aimé, et, de l'avis de tous, très aimant, très aimable. Très bon élève aussi, la fierté de ses parents qui se réjouissent de le voir devenir docteur. Il a depuis peu une histoire, sage et fervente, avec une lointaine cousine, Florence, étudiante en médecine elle aussi : une belle fille, une fille bien. Leur avenir est tracé. Seul accident de parcours : il a raté ses examens en juin, mais il lui manque seulement trois points pour être admis à la session de septembre.

C'est alors qu'il tombe dans l'escalier. Fracture du poignet. Acte manqué ou non, qui pourra jamais le dire ? En tout cas, il ne va pas passer l'examen. Il aurait pu, cela se fait, obtenir de dicter ses réponses : il ne le demande pas. Au moment des résultats, par peur peut-être de décevoir ses parents et Florence, il dit qu'il a réussi, ce dont on se réjouit sans s'étonner. Mensonge véniel, puéril, dont il ne sait pas qu'il scelle son destin et celui des siens : de ses parents bien-aimés, de sa future femme, de leurs enfants pas encore nés.

À partir de quel moment est-il devenu pour lui impossible de revenir en arrière ? On ne sait pas ; tout ce qu'on sait, c'est qu'il n'a pas pu. Et désormais sa vie commence à se dérouler sur deux plans, fiction que tout le monde prend pour la réalité et réalité qui n'est réelle pour personne, pas même pour lui.

Il poursuit donc de brillantes études, tout en se réinscrivant huit ans de suite en seconde année. Il annonce son succès à des examens qu'il ne passe pas, et personne tout au long de ces années ne se doute de rien, ne songe à rechercher son nom sur les listes d'admission. Il bûche, d'ailleurs, assiste aux cours, fréquente la bibliothèque universitaire. Florence – qui, de son côté, a raté médecine et s'est sans trop de regret rabattue sur la pharmacie – lui fait réviser son concours d'internat. Il n'en dit rien, car en plus il est très modeste, mais tout le monde, Dieu sait comment, croit dur comme fer qu'il y est reçu cinquième.

En 1980, Florence et lui se marient (cela, c'est vrai) et il accepte un poste de chercheur à l'OMS (cela, c'est faux). Pour être plus près de Genève, où il travaillera désormais, le couple s'installe à Ferney-Voltaire et trouve rapidement sa place dans la communauté de fonctionnaires internationaux qui peuplent cette région frontalière. Ils fréquentent beaucoup de médecins, de chercheurs. Deux enfants naissent, Caroline en 1985, Antoine en 1987. Ce seront de beaux enfants, sains et joyeux, très sociables. La famille est unanimement appréciée. On trouve qu'ils se complètent harmonieusement, Florence et lui : elle, grande et belle, sportive, extravertie, toujours gaie, rigolote même, et en même temps d'une droiture exemplaire ; lui, plus en retrait, calme et réservé, mais sans morgue. Au contraire, on lui sait gré de sa discrétion : il ne la ramène pas alors qu'il pourrait car, scientifiquement, c'est une tête, il a d'énormes responsabilités, il dîne avec Laurent Fabius, avec Bernard Kouchner, il est question qu'il soit bientôt nommé directeur de l'Inserm – et encore une fois, ce n'est pas lui qui le dit, ce n'est pas son genre, mais cela se sait... Au physique, c'est un homme de haute taille, assez fort, le front légèrement dégarni, avec de beaux yeux gris-bleu et un sourire très doux, qui inspire merveilleusement confiance.

La vie professionnelle de Romand était un trompe-l'œil, mais sa vie familiale, non. Tout porte à croire que sa femme et ses enfants ont vécu heureux avec lui, qu'il les aimait et qu'ils l'aimaient tendrement, que cette douceur et cette délicatesse qui ont frappé tout le monde n'étaient pas une parade à l'intention des visiteurs. Leur maison était une maison ouverte, il n'y avait pas de placard de Barbe-Bleue. Cette transparence rend d'autant plus stupéfiant le fait que Florence, année après année, ne se soit doutée de rien, n'ait jamais eu l'idée d'aller le chercher un jour à son bureau, ait admis son silence concernant son travail, ses allées et venues incontrôlables, ses horaires irréguliers au point d'en plaisanter innocemment et de dire devant tout le monde qu'elle finirait par apprendre qu'il était un espion du KGB. Et lui, entendant cela, souriait avec indulgence, lui prenait affectueusement la main, et les amis présents s'émerveillaient de leur entente.

Mais alors, que faisait-il de ses journées ? Une fois les enfants déposés à l'école, à quoi occupait-il ces heures vides, sans témoins, sans rôle à tenir, ces heures où il n'était plus rien ? Eh bien, à lire dans son bureau – pardon, dans sa voiture, qui lui tenait lieu de bureau. Il lisait énormément : toute la presse d'abord, des ouvrages scientifiques pour se tenir au courant, et puis de la philosophie, de la théologie. Au bac de philo, à seize ans, il avait eu pour sujet : « Qu'est-ce que la vérité ? », et la question continuait à le travailler. Selon l'humeur, il traînait à Genève, à Lyon, ou bien allait marcher dans les bois du Jura, le pays de son enfance. Quelquefois, il s'offrait un salon de massage : c'étaient ses seuls contacts humains, dans ces journées de solitude absolue. Le soir il regagnait ce qui était devenu pour lui la vraie vie, la vie où il était le docteur Jean-Claude Romand. C'est l'autre vie, alors, la vie clandestine, qui lui faisait l'effet d'un rêve.

Et l'argent ? Pendant ses études, ses parents l'avaient entretenu, lui avaient acheté un studio à Lyon, mais ensuite ? Ensuite, on en revient à la confiance qu'il inspirait. Depuis son entrée à l'OMS, on savait dans sa famille et sa belle-famille que son statut de fonctionnaire international lui ouvrait des possibilités de placements avantageux. Et, tout naturellement, vendait-on sa maison, touchait-on un petit héritage ou une prime de retraite, on s'en allait trouver le gendre ou le beau-frère Jean-Claude, qui plaçait l'argent en Suisse où, si la tragédie n'était pas survenue, tout le monde aurait continué de croire qu'il fructifiait paisiblement. Il était si peu question de retirer un jour ces sommes, leurs propriétaires semblaient si satisfaits de les savoir en lieu sûr, qu'il n'avait presque pas de scrupule à les dépenser pour vivre et faire vivre sa famille.

Si absurdement simple qu'il paraisse, ce système a fonctionné plus de dix ans sans accroc et, dans le pilotage automatique de sa double vie, il semble que Romand ait écarté comme un risque presque abstrait celui de se voir un jour réclamer ses économies par tel de ses parents, tout comme le risque d'être un jour l'objet d'un contrôle fiscal (la trentaine passée, il continuait à déclarer zéro franc de revenu comme étudiant en seconde année de médecine) ou d'être malade, lui ou un de ses enfants, au point de devoir recourir à la Sécurité sociale. Il aurait suffi qu'une administration lui demande un bulletin de salaire, ou même que quelqu'un, pour une raison quelconque, essaie de l'appeler par le standard de l'OMS (circonstance dont on peut trouver sidérant qu'elle ne se soit jamais présentée) pour que, de fil en aiguille, il se retrouve en correctionnelle pour abus de confiance et que cinq morts atroces soient évitées. Vue de l'extérieur, son imposture aurait paru bénigne, plutôt touchante, un peu comme celle du type qui se servait de son physique d'ambassadeur pour se mêler aux sommets de chefs d'État. Mais de l'extérieur seulement, car lui se figurait que la vérité sur sa vie aurait bouleversé ceux qu'il aimait au point de les tuer littéralement, et qu'il fallait la leur épargner à tout prix.

Cette idée a dû faire son chemin en lui la dernière année, où le système se détraque. Il a noué avec une jeune femme appelée Chantal une relation dont on ne sait trop s'il s'agit d'une véritable liaison ou d'une amitié amoureuse, mais qui, ajoutant à son imposture sociale une trahison conjugale, le perturbe beaucoup : une double vie au carré. Chantal vient de se séparer de son mari, de quitter Ferney-Voltaire où elle a connu les Romand pour s'installer à Paris, et de vendre son cabinet de dentiste, qui lui a rapporté 900 000 francs. Jean-Claude, son confident, est aussitôt chargé de les placer en Suisse et, bien qu'il ait certainement compris qu'elle compte les récupérer bientôt, les flambe d'autant plus vite qu'il cherche à briller auprès d'elle. Soudain, tout s'accélère. Depuis des années, abstraitement, il sait qu'il se dirige vers un gouffre, mais maintenant le gouffre est tout proche.

Comme prévu, Chantal réclame son argent ; elle en a besoin pour acheter un nouveau cabinet, à Paris. Il diffère, ergote, trouve des prétextes qu'elle avale d'ailleurs sans méfiance, mais il sait que tout est foutu. Il pourrait prendre la fuite. Ou accepter d'aller en prison. Ou même se suicider en laissant un mot émouvant, en assurant les siens qu'il les aime, qu'il a fait tout cela par amour pour eux. Mais encore une fois, l'idée que Florence, que les enfants, que ses parents apprennent qu'il n'était pas celui qu'ils avaient cru lui est insupportable. Si insupportable qu'il se figure qu'elle leur sera insupportable aussi, qu'ils en mourront. Ils ne méritent pas cette mort, cette souffrance. Mieux vaut qu'au moins ils meurent sans souffrir, c'est-à-dire sans savoir.

Passent Noël, le Nouvel An, dans la chaleur des réjouissances familiales. Puis commence la dernière semaine. Il achète des munitions pour le fusil, des barbituriques, des jerrycans d'essence, tout ce qu'il faut pour disparaître avec les siens. Il se regarde faire avec une stupeur incrédule. Il devient assassin comme il est devenu imposteur, c'est-à-dire en sachant que ce n'est pas vrai, pas possible, et en même temps qu'il ne peut plus revenir en arrière. Une logique effroyable l'emprisonne dans son crime à venir comme elle l'a emprisonné dans son mensonge. Le vendredi soir, toute la famille va dans un centre commercial voisin acheter un cadeau pour un copain d'Antoine, qui fête le lendemain son anniversaire. On dîne au restaurant, on raconte des histoires d'école, des blagues, on rit, puis on rentre tôt, pour avoir le temps d'emballer la boîte de Lego avant de se coucher.

Le lendemain matin, Jean-Claude Romand regarde sa femme dormir. Un moment de blanc, puis il se tient à son chevet avec un rouleau à pâtisserie ensanglanté dans la main, et elle est morte, le crâne défoncé. Il descend retrouver ses enfants, déjà levés, qui regardent la cassette vidéo des *Trois Petits Cochons*. Il s'assoit sur le canapé avec eux, les câline un moment : ce sont des enfants très câlins, et lui un père câlin aussi. Il les fait monter dans leur chambre et invente un jeu pour pouvoir les tuer au fusil, l'un après l'autre, sans leur laisser le temps de se douter de rien – et comment se douteraient-ils de quelque chose, jusqu'à l'instant, très court mais infiniment étonné, où les balles les traversent ? Il quitte la maison, va déjeuner chez ses parents, les fait monter aussi à l'étage, chacun à son tour, pour les tuer. Eux non plus n'ont rien vu venir, rien compris. Il abat même le chien, qu'il adorait et dont il gardait en permanence la photo dans son portefeuille.

Il roule jusqu'à Paris, où il a de longue date rendez-vous avec Chantal, pour l'emmener dîner chez son ami Bernard Kouchner, à Fontainebleau. C'est un épisode à la fois sinistre et absurde : il ne connaît pas Bernard Kouchner, qui n'habite pas Fontainebleau, en sorte qu'ils tournent des heures en voiture dans la forêt, à la recherche d'une adresse évidemment introuvable, jusqu'à ce que Chantal s'énerve et qu'il essaie de la tuer aussi. Mais Chantal ne se laisse pas faire, et sans doute se dit-il, confusément, que ce n'est pas si important, qu'elle pourra très bien vivre en sachant la vérité sur lui, et lui mourir en sachant qu'elle la sait. Il laisse donc tomber, dit qu'il a eu un moment d'absence, qu'il est malade. Il s'excuse, la raccompagne, reprend l'autoroute en sens inverse. Il arrive le dimanche matin, s'enferme dans la maison avec les corps de sa femme et de ses enfants. Il y reste prostré presque vingt-quatre heures, puis, dans la nuit du dimanche au lundi, estime qu'il est temps, se prépare un cocktail de barbituriques, verse de l'essence et met le feu.

Trois ans et demi plus tard, il est encore en vie. Le procès, où il sera défendu par Me Jean-Louis Abad, du barreau de Lyon, s'ouvrira le 24 juin devant les assises de l'Ain. Les faits sont établis, reconnus. Le verdict sera forcément très lourd. Restent huit jours de débats pour essayer non d'excuser, mais de comprendre l'histoire d'un homme qui a si longtemps erré entre deux réalités et n'en habite maintenant plus qu'une, inhabitable.

Le Nouvel Observateur, 20 juin 1996

2
Aux assises de l'Ain

Il se revoit, le vendredi soir, assis sur le canapé du salon à côté de sa femme et tâchant de la consoler parce qu'une conversation téléphonique avec sa mère lui a fait de la peine. Ensuite, il y a un blanc, un trou dans ses souvenirs. On peut toujours imaginer qu'ils se sont querellés, qu'elle avait deviné la vérité à son sujet et lui demandait de s'expliquer. Il ne dit pas non : cela se peut, tout se peut, mais il ne se rappelle rien. L'image suivante, c'est le rouleau à pâtisserie taché de sang entre ses mains, le samedi matin, et le corps sans vie de Florence sur le lit. Ensuite les enfants se réveillent, et il est horrible de se rappeler comment il les a abattus à la carabine, mais il se le rappelle, il donne même des détails, avant de s'effondrer en hurlant dans le box.

Ensuite il va acheter les journaux – *Le Dauphiné libéré* et *L'Équipe*, d'après la marchande, mais il corrige doucement : « Certainement pas *L'Équipe*, je ne l'achetais jamais » –, relève la boîte aux lettres, prend sa voiture et roule jusque chez ses parents, à 60 kilomètres, dans le Jura. Il revoit son père ouvrir le portail, puis il y a de nouveau un blanc jusqu'à ce qu'il le tue, et sa mère après lui. Ensuite, il prend la route jusqu'à Paris, y retrouve son ex-maîtresse qu'il doit emmener dîner chez son ami Bernard Kouchner – une fabulation de plus –, et on ignore si durant cette soirée d'errance absurde dans la forêt de Fontainebleau il était conscient d'avoir tué sa femme, ses enfants, ses parents quelques heures plus tôt, ou s'il était arrivé à effacer cette réalité insupportable, à faire comme si ce n'était pas vrai.

Le dimanche matin, en tout cas, il est de retour chez lui, et c'est seulement à l'aube du lundi qu'il tente de s'empoisonner et incendie la maison. Durant ce dernier blanc, une vingtaine d'heures, a-t-il mangé, dormi, pleuré sur les cadavres des siens ? Personne ne le saura jamais puisque lui ne le sait pas. L'instruction, cependant, a établi qu'il a regardé la télévision et même glissé dans le magnétoscope une cassette sur laquelle il a enregistré 240 minutes de n'importe quoi : des bouts de variétés comme il y en a le dimanche après-midi sur toutes les chaînes, hachés par un zapping frénétique, une seconde de-ci, deux de-là, l'ensemble constituant une suite de flashs sans fil conducteur, un kaléidoscope morne et irregardable. La cassette n'étant pas vierge, on peut supposer – et, à son habitude, il ne dément pas – qu'il a enregistré cela pour effacer ce qu'elle contenait auparavant : des images des enfants, d'anniversaires, de sorties en montagne, des souvenirs de ce bonheur familial que lui seul, depuis le début, savait bâti sur un mensonge.

On pense aux deux couches de cette cassette, au palais de justice de Bourg-en-Bresse, en regardant et écoutant Jean-Claude Romand, faux médecin pendant dix-huit ans et meurtrier de sa famille quand il est devenu clair que son imposture allait être découverte. La plupart du temps, l'homme qui se tient dans le box, vêtu de noir, très amaigri, ressemble encore à ce que devait être ou du moins paraître le docteur Jean-Claude Romand. Comme lui il s'exprime bien, avec rigueur et précision ; il raisonne plus qu'il ne ressent ; il connaît son dossier, explique, rectifie, et on serait prêt à croire ce meurtrier si contrôlé maître de son esprit, et donc responsable de ses actes.

Mais des moments surviennent, pas forcément spectaculaires, où la bonne cassette se déchire, s'efface, remplacée par un chaos de réflexes sans cohérence, de plaintes jamais poussées, de stocks mémoriels saccagés. Tout à coup l'homme se fissure, et on a l'impression d'être devant un gouffre. On sait avec certitude que ce silence blanc qui n'a cessé de grandir en lui depuis l'enfance, c'était exactement l'enfer. Cela dure peu, le gouffre se referme, Jean-Claude Romand se remet à argumenter, mais on a largement eu le temps de se demander, du haut de son ignorance clinique et contre quatre expertises psychiatriques, si vraiment sa place est bien là, devant une cour d'assises, et si ce qu'on a senti vous passer sur l'échine n'était pas le courant d'air glacial de la psychose.

La justice, dans une telle affaire, cherche des pourquoi.
Pourquoi n'être pas allé passer un examen qu'il était pratiquement certain de réussir ? Pourquoi avoir dit qu'il l'avait
réussi ? Pourquoi s'être marié à une femme qu'il aimait en
lui mentant, et n'avoir jamais essayé, par la suite, de lui
avouer la vérité ? Pourquoi avoir trompé ceux qui lui faisaient confiance ? À ces questions, lui seul peut répondre,
mais tout ce qu'il répond c'est qu'il se les pose aussi. Qu'il
n'a cessé de se les poser pendant ces années d'imposture et
ne cesse aujourd'hui de les retourner, en vain. Sans doute
voudrait-il comprendre autant que nous, et peut-être le
peut-il encore moins tant il semble privé d'accès à toute
une partie de lui-même, celle qui mentait, celle qui a tué,
et qui lui semble aussi étrangère, monstrueuse, qu'à nous.

De guerre lasse, on se rabat sur les comment, avec cet
avantage qu'au moins on peut s'adresser à d'autres que lui.
Pourquoi a-t-il menti, lui seul pourrait le dire et il ne le sait
pas. Comment l'a-t-on cru, c'est une question qui concerne
l'entourage, et sa femme, dont l'aveuglement est le plus
troublant, n'est plus là pour répondre, mais ses amis si,
qui étaient tous médecins, pharmaciens ou dentistes, habitaient à 5 kilomètres de l'OMS où il était censé travailler, et
semblent ne s'être pourtant jamais posé de questions – non
plus que la faculté de médecine, où il a été inscrit douze ans
de suite en seconde année, ou que le fisc, auquel à près de
quarante ans il déclarait zéro franc de revenu.

Un jour, si, pourtant, celui qu'il considérait comme
son meilleur ami, un médecin aussi, a eu un doute. Il ne

s'est bien sûr pas dit que Jean-Claude était un imposteur, mais tout de même qu'il y avait quelque chose de bizarre dans sa vie professionnelle. L'idée lui est venue de le chercher dans l'annuaire de l'OMS, qu'il a posé sur son bureau. Il a fait le geste de l'ouvrir, et ce geste, s'il l'avait poursuivi, aurait été le premier d'une enquête qui peut-être aurait sauvé cinq vies. Mais il a eu honte, tout à coup, de nourrir un pareil soupçon à l'égard de son vieil ami. Il a reposé l'annuaire sur l'étagère. Et maintenant, à l'audience, il dit que depuis trois ans cette histoire l'a terriblement perturbé, fait réfléchir, qu'il ne comprend toujours pas, mais aussi qu'il y a d'autres choses dans la vie qu'il ne comprend pas, et qu'il a décidé de s'en accommoder, parce que c'est ainsi. Romand, derrière sa vitre, l'écoute sans expression. On ne sait pas ce qu'il pense, ni si lui-même le sait.

Le Nouvel Observateur, 4 juillet 1996

Deux mois à lire Balzac

Vers treize, quatorze ans, j'ai lu environ le tiers de *La Comédie humaine*. On m'avait offert les trois premiers volumes de la collection « L'Intégrale », qui paraissait alors aux éditions du Seuil et qui devait en comporter huit. C'étaient – ce sont toujours – de gros livres reliés en toile rouge, imprimés sur deux colonnes en très petits caractères, d'un maniement peu agréable. J'ai commencé au début, par *La Maison du chat qui pelote*, première des *Scènes de la vie privée*, et continué jusqu'à *Illusions perdues*, qui ferme à la fois les *Scènes de la vie de province* et le troisième tome. Reprenant ces volumes aujourd'hui, j'affronte de menues énigmes. D'abord celle des romans que j'ai sautés, ce dont témoignent quelques blancs dans la colonne de croix que je dressais en regard de la table des matières : pourquoi ceux-là, qu'est-ce que j'ai pu trouver d'a priori rébarbatif à *La Messe de l'athée* ou *Massimilla Doni* ? Et surtout : pourquoi, arrivé jusque-là, n'ai-je pas continué ? Pourquoi n'être pas allé au moins jusqu'à *Splendeurs et misères des courtisanes*, où je ne pouvais ignorer que se scelle le destin de Lucien de Rubempré ? J'avais aimé, dévoré ces romans. C'était même une petite légende familiale, cette passion pour Balzac que mon père évoquait avec une tendre fierté. Un jour elle a pris fin, je ne sais comment, une autre a dû la relayer, et c'est ainsi, sans crier gare, que j'ai abandonné Lucien sur la grand-route, aux mains du faux prêtre espagnol Carlos Herrera qui venait de le sauver du suicide et lui proposait un pacte diabolique, particulièrement propre pourtant à susciter mon intérêt (le lecteur qui file à l'anglaise, comme ça, au milieu du passage le plus palpitant, quel cauchemar pour l'auteur, a fortiori de l'espèce feuilletoniste ! Cela fait penser, chez Lubitsch, au désarroi de l'acteur qui joue Hamlet et voit un spectateur se lever pour sortir chaque fois qu'il entame sa tirade : « *To be or not to be…* »).

Pendant quelque vingt-cinq ans, je n'ai plus lu Balzac, plus pensé à Balzac. Une fois, si, parce qu'il était question de l'adapter au cinéma et qu'on cherchait un scénariste (plusieurs, plus réputés que moi, avaient déjà déclaré forfait), j'ai remis le nez dans *Ferragus* et l'en ai ressorti consterné. Du sous-Paul Féval, écrit comme parle Monsieur Fenouillard (« La vie est un tissu de coups de couteau qu'il nous faut boire goutte à goutte »). Cette relecture hâtive, c'était il y a un an. Puis, cet hiver, même scénario ou presque : une amie qui travaille pour la télévision me dit que sa société a produit une nouvelle adaptation, très luxueuse, du *Rouge et le Noir*, que tout le monde en est très content et que ce serait bien de trouver autre chose, du même genre, dans le patrimoine français du XIXe. Je fais partie des lecteurs tellement boulimiques qu'ils en ont honte et accueillent avec joie tout motif honorable, professionnel par exemple, d'assouvir leur vice. J'ai donc décidé de replonger dans Balzac, dans *Splendeurs et misères*, pour commencer ; puis, enchanté, de continuer.

Qu'est-ce qui m'a plu adolescent, a cessé de me plaire et maintenant me plaît de nouveau ? Je ne sais pas, c'est à cela que j'aimerais répondre en rédigeant ces notes. Il me semble que ces fluctuations de mon goût ne me sont pas tout à fait personnelles et qu'elles reflètent, sur une période de vingt-cinq ans, la fortune critique de Balzac sur cent cinquante. Pour aller très vite : enthousiasme de la lecture innocente, évidence du génie, puis désaffection à la fois esthète et moderniste, et maintenant retour en grâce. Je ne sais ce que vaudrait cette statistique, mais je suis à peu près sûr qu'il y aurait aujourd'hui beaucoup plus d'écrivains français qu'il y a vingt ans pour citer Balzac parmi leurs romanciers préférés.

(Dans *Le Monde des livres*, rendant compte d'un livre sur Proust de Pietro Citati, Hector Bianciotti ironise, sans méchanceté d'ailleurs, avec l'amusement blasé de qui a vu passer et revenir beaucoup de modes, sur ces fervents de Proust, de Joyce, de Pound, qui ces temps-ci délaissent leurs chapelles pour aller répétant que Balzac, finalement, il n'y a que ça de vrai. Je souris en le lisant, mais un peu jaune, vaguement vexé, comme le type qui, pensant suivre un sentier de chèvres hors saison, se retrouve sur l'autoroute le week-end du 15 août.)

Le fait est : il y a quelques années encore, l'envahissante présence de Balzac dans ses livres, ses commentaires, ses opinions sur tout – extravagantes souvent et quelquefois idiotes –, son côté Séraphin Lampion me semblaient d'une vulgarité inexpiable et sans charme. En ce moment (mais le balancier peut encore repartir dans l'autre sens), ce sont plutôt les écrivains distingués d'obédience flaubertienne, leur obsession d'impersonnalité, de perfection formelle, de livres ne tenant que par la seule puissance du style, qui me paraissent sans charme et, à leur façon, plus cachée et par conséquent plus inexpiable, vulgaires.

Il y a aussi que je suis très influençable. Dans une défunte collection de classiques lancée par P.O.L, mon éditeur, j'ai *Un début dans la vie*, préfacé par Pierre Michon. J'ignore pourquoi Michon a choisi *Un début dans la vie*, à quoi il ne fait pas référence une seule fois, mais son texte, sur Balzac en général, est somptueux, d'une passion qu'on a envie de partager. À ceux qui voudraient se procurer le volume – on le trouve couramment chez les soldeurs –, je recommande en particulier le passage, amer et magnifique, sur les « appartements privés ».

À quoi rêvent les universitaires. L'édition « Folio » de *Splendeurs* a été établie par le professeur Pierre Barbéris, de l'université de Caen. Les notes en fin de volume sont abondantes, instructives, quelquefois mignonnes. Un nombre surprenant d'entre elles s'attachent à souligner le fait que Lucien, tout veule et mollasson qu'il soit, est un amant exceptionnel. Il faut voir dans quel état il a mis Mmes de Maufrigneuse et de Sérizy, les lettres qu'il leur a inspirées : Balzac ne nous les donne pas à lire, mais ne manque pas une occasion de nous répéter qu'elles sont gratinées, et communique son ton graveleux au professeur qui, tout au long de son travail, semble s'être donné pour mission d'établir que Lucien, non seulement sait s'en servir, mais encore a une très grosse queue (« des organes surdimensionnés », écrit-il). J'ai l'air de me moquer, mais non : ce fantasme n'est pas seulement celui du professeur Barbéris ; c'est celui de Balzac, et le nôtre. C'est aussi celui de tout écrivain qui lit Balzac, avec l'espèce d'envie qu'inspire le type qui n'est peut-être pas très distingué ni très malin mais qui a indéniablement la plus grosse. Et ce qui le rend émouvant, c'est que lui-même essaie de s'en persuader, de se persuader sans en être très sûr qu'il est ce type tellement enviable.

Cette fois-ci, je ne suis pas l'ordre de l'édition. Le classement socio-thématique décidé par Balzac n'implique aucune consigne de lecture. D'un livre de *La Comédie humaine* on peut passer (sauf dans le cas d'une suite comme *Illusions* et *Splendeurs*) à n'importe quel autre, mais justement, cette liberté donne envie d'inventer une logique, de jeter des ponts et je prends un vif plaisir, lisant un roman de Balzac, à me demander déjà lequel j'aurai envie de lire ensuite. Une solution systématique consisterait à suivre la chronologie : celle de la rédaction (des *Chouans* en 1828 aux *Paysans* en 1850), ou bien celle de l'Histoire (en gros, de l'Empire à 1848). On verrait ainsi vieillir soit l'auteur, soit ses personnages. Autre solution : suivre tel ou tel personnage, dans le passé ou dans l'avenir, le retrouver protagoniste alors qu'on l'a connu figurant, ou l'inverse. Arrivant à la fin de *Splendeurs*, j'ai l'embarras du choix. Un seul cul-de-sac : Lucien se suicide et, auparavant, n'apparaît guère que dans *Illusions perdues*, d'où je viens. Une voie royale : le retour au *Père Goriot*, à la première incarnation de Vautrin, au temps où Rastignac était jeune, pauvre et déjà enclin à suivre les enterrements. Dégagements possibles du côté de *La Maison Nucingen*... Une piste me tente beaucoup : retrouver la duchesse de Maufrigneuse dans *Les Secrets de la princesse de Cadignan* – car c'est elle, la princesse, m'apprennent les notes en fin de volume. Dans des sphères moins élevées, je pourrais m'instruire sur les débuts à Alençon du ménage Camusot dans *Le Cabinet des antiques*, sur ceux de Corentin dans les guerres de Vendée, sur la double famille de M. de Grandville, retrouver Jacqueline Collin, alias Asie, dans *La Cousine Bette*. Finalement, j'opte pour le contraste : après Paris, la campagne ; après la corruption, la pureté ; après l'éclat rouge des choses qui finissent et pourrissent, l'élan de l'adolescence : je prends *Le Lys dans la vallée*. Et aussitôt, j'y retrouve de vieilles connaissances, des gens que j'ai connus – à vrai dire, croisés –, beaucoup plus avancés dans leurs vies. Ainsi, cette âme tendre de Félix, je ne peux m'empêcher en partageant ses émois de me le représenter quinze ans plus tard au foyer de l'Opéra, gandin au cœur bronzé dans la bande des lions. Et la petite, souffreteuse, inflexible Madeleine de Mortsauf ne se doute pas encore du rôle de chaperon qu'elle tiendra auprès de Mlle de Grandlieu.

« Qui pouvait résister à l'esprit déflorateur de Louis XVIII, lui qui disait qu'on n'a de véritables passions que dans l'âge mûr, parce que la passion n'est belle et furieuse que quand il s'y mêle de l'impuissance ? » (*Le Lys dans la vallée*.)

Malgré le séjour que j'y ai fait adolescent, je me sens nouveau venu dans *La Comédie humaine*. Personne ne se souvient de moi ni, plus étrangement, moi de personne. Heureusement il y a les notes, qui permettent de paraître au courant, de savoir avec qui et quand Diane de Maufrigneuse a couché et couchera (d'Arthez, quand même, je n'aurais jamais cru). Et, à peine débarqué, je me suis déniché un mentor, un de ces hommes qui ont beaucoup vécu, beaucoup fréquenté le monde, et qui ne dédaignent pas d'en faire profiter leurs cadets. J'ai acheté *Balzac et son monde* de Félicien Marceau, qui est un puits de science et une source de joie, et qui me permet de savoir où je mets les pieds. Marceau sait tout sur tout le monde dans *La Comédie humaine* – où d'ailleurs, note-t-il modestement, et comme pour diminuer son mérite, tout se sait : les amants sont des mufles qui racontent tout, les maîtresses sont pires (Rastignac, dans *La Peau de chagrin*, s'intéresse à une Alsacienne jusqu'au jour où on lui apprend qu'elle a six orteils au pied gauche. Il bat en retraite aussitôt : « Je ne puis vivre avec une femme qui a six doigts ! *Cela se saurait*, je deviendrais ridicule »).

L'accent allemand du baron de Nucingen agace même les balzaciens les plus aguerris. Peut-être est-ce la ferveur excessive du converti, mais moi, non. Je vois approcher les pages remplies des italiques annonçant ce baragouin avec un petit sourire gourmand, affectueux. Je suis sûr que cela faisait sourire Balzac aussi, que c'était pour lui une récréation. D'ailleurs, si ça ne lui avait pas fait plaisir, il ne l'aurait pas fait. Contre-exemple : l'accent espagnol, il ne savait pas, ou ça l'ennuyait, alors : « Il faut faire observer ici que Jacques Collin (déguisé en Carlos Herrera) parlait le français comme une vache espagnole, en baragouinant de manière à rendre ses réponses presque inintelligibles. Les germanismes de monsieur de Nucingen ont déjà trop émaillé cette scène pour y mettre d'autres phrases soulignées difficiles à lire, et qui nuiraient à la rapidité du dénouement. » (*Splendeurs.*)

Et voilà. Règle d'or, quand on écrit de la fiction : si un truc vous embête, ne jamais s'y croire obligé.

Ce qui se passe maintenant, c'est que j'imagine Balzac, que je suis avec lui, lisant à mesure qu'il écrit. Ça n'a rien de difficile, ça ne réclame aucun talent de lecteur particulier ; le difficile, au contraire, serait de faire autrement, et je crois que c'est cela qui me déplaisait et maintenant me ravit : la présence de Balzac, le corps indiscret et enchanté de Balzac qui se vautre sur sa page, dans son monde. Oui, c'est cela, c'est le corps du « gros homme ».

Michon l'appelle comme ça, « le gros homme » ; il parle du « gros corps solitaire, burlesque, qui s'active derrière cette prose, se défonce aux veilles, au café, à la gloriole, et se fait pour lui-même l'épuisant cinéma du génie » avec une tendresse qui met les larmes aux yeux. On n'attend pas de Marceau ces épanchements de roman russe, c'est un homme du monde et même de l'Ancien Régime, mais on sent la même tendresse chez lui pour le gros enfant vaniteux, adorable. Tous ceux qui écrivent sur lui, même les professeurs, ne se contentent pas de l'admirer (ce qui, pour Flaubert par exemple, suffit amplement) : ils l'aiment, d'un amour qu'on dirait maternel. Ils ont pour lui les yeux de Mme de Berny.

« Cette conversation fut si rapide qu'elle prit à peine le temps pendant lequel elle se lit » (*Splendeurs*). Les remarques de ce genre sont légion. Balzac et son lecteur vivent dans le même temps, on le lit comme si on attendait qu'il vous passe le feuillet suivant. (C'est peut-être pour cela aussi que, cesse-t-il de vous le passer, d'entretenir l'excitation nerveuse, on s'en déprend si facilement.)

Balzac, rencontrant un ami : « Savez-vous qui épouse Félix de Vandenesse ? Une demoiselle de Grandville. C'est un excellent mariage qu'il fait là. »

Oscar Wilde, lui, disait que la mort de Lucien de Rubempré avait été l'un des grands chagrins de sa vie (ça ne m'étonne pas de lui ; moi, personnellement, je n'irai pas jusque-là).

Je ne suis pas certain que mon enthousiasme pour Balzac, en tout cas dans sa phrase présente, tienne à un rapport si intime et vivant avec ses personnages. Cela, je l'éprouve à lire Tolstoï. L'an dernier, j'ai relu *Guerre et paix* en diagonale, c'est-à-dire en ne m'occupant que du destin de Pierre Bezoukhov, exactement comme s'il s'était agi d'un ami avec qui j'aurais décidé de passer une semaine, et ce petit séjour m'a confirmé que Pierre Bezoukhov était bel et bien un de mes deux ou trois meilleurs amis sur terre, quelqu'un que j'aimerai toute ma vie, que je serai toujours heureux de retrouver à intervalles réguliers pour comparer nos vies, le chemin parcouru. En revanche, même s'il me passionne de lire sa biographie, je n'imagine pas une seconde ce genre de relations avec Tolstoï. Avec Balzac, c'est l'inverse : c'est lui que j'aime avant tout, c'est lui que je vais retrouver en ouvrant un de ses livres, plus que Félix ou même Mme de Mortsauf.

(Me relisant, je m'aperçois que je pourrais dire, et d'ailleurs dis à quelques lignes d'intervalle, exactement l'inverse. Mais bon, c'est la loi du genre journal, et sans doute un mérite de Balzac qu'on puisse tout dire sur lui, et son contraire.)

Le Lys dans la vallée se présente comme une lettre de Félix de Vandenesse à sa fiancée Natalie de Manerville. Répondant à une curiosité qu'elle semble avoir manifestée, il décide de lui raconter sa vie amoureuse avant leur rencontre. Ainsi découvrons-nous la passion chaste, tragique et pourtant enchantée qu'il a vécue avec Mme de Mortsauf, puis sa liaison pas chaste du tout avec ce volcan de Lady Dudley. La lettre fait trois cents pages, et Balzac pour terminer le livre y agrafe la réponse de Natalie, qui en fait trois. C'est une lettre cinglante, cruelle. On devine que Félix attendait l'unisson de leurs âmes, une tendre et noble compassion, de la reconnaissance pour une telle confidence. Pas du tout, Natalie se moque de lui, le traite de pleurard et de mufle : étaler ces tartines de confiture mouillée de larmes sur ses amours passées pour l'édification de la femme dont on se dit amoureux, même si elle vous l'a demandé, a-t-on idée ? Échantillon de l'esprit de Natalie : « Vous me priez de vous aimer par charité chrétienne. Je puis faire, je vous l'avoue, une infinité de choses par charité, tout, excepté l'amour. »

Cette lettre, après laquelle on referme le livre, laisse une drôle d'impression. On se demande quoi en penser. Si j'étais professeur, je serais très curieux de faire prendre parti à mes élèves, d'examiner les arguments de chaque camp (qui se répartiraient, je pense, à peu près comme dans l'éternel débat entre Voltaire et Rousseau), tant je suis moi-même partagé entre l'idée que Natalie est aussi mesquine que spirituelle, sans générosité, une garce en fait, et l'idée que Félix ne l'a pas volé. Qu'en pensait Balzac ? Les deux, certainement, c'est un des privilèges du romancier. Et c'est le sien, particulièrement, d'avoir créé des héros de fiction qui ont un passé si riche.

Au sortir du *Lys*, je prends *Une fille d'Ève*, qui ne me semble pas un roman très inspiré. Psychologique, mondain, tempéré. Mais l'emploi du mari, si bien élevé, si compréhensif, est tenu par Félix de Vandenesse, que j'ai connu enfant malheureux, jeune homme romantique, épistolier effusif – jusqu'au jour, j'imagine, où il a reçu la fameuse lettre qui a dû pour la vie le guérir des effusions. Et maintenant Natalie complote avec Lady Dudley – le club des ex-maîtresses rancunières –, pour jeter la jeune épouse de Félix dans les bras d'un homme de lettres brillant, bordélique et mal lavé. C'est toujours comme ça : quand on connaît les gens, leurs affaires deviennent nettement plus intéressantes.

Pour rendre plus crédible un personnage de fiction, il arrive qu'on le compare à un personnage réel. Balzac le fait souvent, mais ce qu'il considère comme des personnages réels, ce sont les personnages de *La Comédie humaine*.

« Je vis plusieurs de ces victimes qui vous sont aussi connues qu'à moi : madame de Beauséant partie mourante en Normandie quelques jours avant mon départ ! La

duchesse de Langeais compromise ! Lady Brandon arrivée
en Touraine pour y mourir dans cette humble maison où
Lady Dudley était restée deux semaines, et tuée, par quel
horrible dénouement ? vous le savez ! Notre époque est fer-
tile en événements de ce genre. Qui n'a connu cette pauvre
jeune fille qui s'est empoisonnée, vaincue par la jalousie
qui tuait peut-être madame de Mortsauf ? Qui n'a frémi du
destin de cette délicieuse jeune fille qui, semblable à une
fleur piquée par un taon, a dépéri en deux ans de mariage,
victime d'un misérable auquel Ronquerolles, Montriveau,
de Marsay donnent la main parce qu'il sert leurs projets
politiques ? Qui n'a palpité au récit des derniers moments de
cette femme qu'aucune prière n'a pu fléchir et qui n'a jamais
voulu revoir son mari après en avoir si noblement payé les
dettes ? Madame d'Aiglemont n'a-t-elle pas vu la tombe de
bien près, et sans les soins de son frère, vivrait-elle ? »

(Balzac, me disent les notes de mon édition du *Lys*,
renvoie ici à *La Femme abandonnée*, au *Père Goriot*, à *La
Duchesse de Langeais*, à *La Grenadière*, à un épisode réel
– le suicide de la fille du maréchal Victor –, au *Contrat de
mariage* et à *La Femme de trente ans*.)

Quelquefois, c'est un truc, dans *Une fille d'Ève*, par
exemple. On sent Balzac fatigué, pas en forme, conscient
que ce qu'il écrit manque de tension. Alors, pour lui en
donner à peu de frais, il fait apparaître des gens que nous
connaissons déjà, protagonistes ou même figurants : aussitôt le passage qui s'étiolait reprend des couleurs, la vie
venue d'un autre livre l'irrigue, on s'intéresse au nouveau

venu comme à un ami pas vu depuis longtemps qu'on croise dans la rue, qui vous apprend qu'il a changé de femme ou de métier, et cet intérêt, loin de nous distraire de l'intrigue principale, recharge celle-ci, la vivifie, exactement l'effet d'une transfusion. Ça marche à tous les coups, Balzac le sait d'expérience, il ne s'en prive pas, et ce qui me plaît le plus là-dedans, dans cette vie dont il sature ses créatures, c'est encore une fois sa vie à lui, sa façon d'être là, de nous faire participer à ce que sa création a de plus organique, à peu près comme il nous recevrait sur le siège des cabinets et nous entretiendrait sans façon de son transit.

Au chevet de Mme de Mortsauf agonisante, l'abbé Birotteau fait à Félix de Vandenesse l'impression d'un saint, « l'un de ces hommes que Dieu a marqués comme siens en les revêtant de douceur, de simplicité, en leur accordant la patience et la miséricorde ». Parle-t-il, on dirait du Fénelon (il est vrai que tout le monde, dans *Le Lys*, parle plus ou moins comme Fénelon). On est en 1823. Trois ans plus tard, le même abbé tient le rôle principal du *Curé de Tours*, que je lis à présent, et Balzac ne se gêne pas pour nous dire que c'est un imbécile. Un brave homme, certes, dont les déboires inspirent la pitié, mais d'une sottise qu'on ne peut même pas considérer comme une forme de béatitude évangélique, tant elle est étroite, bornée, égoïste même. Des grâces de Dieu, il n'est plus question, et l'ecclésiastique nous est présenté comme une simple variété du vieux garçon (le récit prend d'ailleurs place dans le triptyque des *Célibataires*).

Qu'en conclure? Que Balzac est moins indulgent, plus lucide que Félix? (le Félix du *Lys*, s'entend : celui d'*Une fille d'Ève*, qui a digéré l'atroce poulet de Natalie, est resté indulgent, mais devenu lucide). Qu'en trois ans, l'âme de l'abbé s'est ratatinée? Qu'un personnage et l'idée qu'on se fait de lui changent d'un livre à l'autre, comme ils changent dans la vie, et selon qui l'observe, et selon qu'on l'observe de près ou de loin, comme comparse ou protagoniste?

Il y a plus curieux : trois ans aussi séparent l'écriture des deux livres, mais au rebours de leur chronologie, et de toutes les apparences. *Le Curé de Tours* date de 1832, *Le Lys dans la vallée* de 1835. Le premier, âpre, triste, avec ce « sens du détail touchant » que Beckett, je crois, louait chez Emmanuel Bove, fait penser à Tchekhov ; le second, juvénile et emphatique jusqu'au délire, à un Lamartine sous ecstasy. D'ordinaire, on écrit les chants de l'innocence d'abord, et ensuite ceux de l'expérience. Mais Balzac n'est pas ordinaire.

« Les pages qui remontent en nous alors qu'on n'est pas en train de les lire, les phrases et les propos d'autrui qui reviennent comme les jours sans qu'on leur passe commande, n'appartiennent plus seulement à la littérature. Ils font partie de notre individu au même titre que nos humeurs. Alors, comme si leurs auteurs détenaient sur nous une documentation personnelle, nous nous mettons à les consulter plus avidement qu'un horoscope ou une voyante. On s'essaie à deviner pourquoi ils nous tirent obstinément les mêmes cartes. » (Florence Delay, *La Séduction brève*, Gallimard.)

Cinq semaines ont passé depuis la note précédente. J'ai rompu mon vœu, qui était de ne lire, un trimestre durant, que du Balzac. D'autres livres m'ont paru plus urgents, plus désirables, et au moment d'y revenir je m'aperçois (avec embarras, puisque je me suis engagé à faire de ma lecture le sujet de cette chronique) que *La Comédie humaine* ne me dit plus rien. Éclipse totale du désir.

Je sais bien, ce disant, ne rien dire de Balzac, au mieux quelque chose de mon goût, de ses caprices, de la découverte progressive que j'en fais. J'ai lu et aimé Balzac adolescent, puis je l'ai oublié pendant vingt-cinq ans. J'ai eu envie de le lire et de l'aimer cet hiver, l'enthousiasme a flambé quelques semaines, j'ai trouvé d'excellentes raisons, Dieu sait qu'il y en a, et même contradictoires, pour l'alimenter, mais voici que déjà il retombe, que la parenthèse se referme. Dans dix, vingt ans peut-être j'aurai de nouveau envie d'aller voir où j'en suis avec lui. Mais ce qui me frappe, c'est combien, dans ces longs intervalles, il s'absente, travaille peu en moi.

Dans le recueil d'essais que je citais, consacré à des écrivains qu'elle aime (Gertrude Stein, Ramón Gómez de la Serna, Giraudoux, José Bergamín…), Florence Delay parle bien de « ce qui insiste » en chacun de nous, des livres (puisque nous parlons ici de livres) qui composent « la famille insistante. Celle choisie par le caractère, l'agent

secret de nos vies, avant même que nous commencions à
savoir pourquoi ». Je viens d'insister un peu avec Balzac,
mais c'était pour découvrir que lui n'insiste guère auprès
de moi. Qu'il est vivant pour moi seulement quand je le lis,
et hors de ces périodes ne s'incorpore pas à ma vie (à celle
de Michon, si, qui dit penser à lui chaque fois qu'il retire
de l'argent d'un distributeur automatique : c'est ce genre de
ferveur-là que j'aurais aimé partager).

Stravinski, à qui on demandait un jour s'il aimait
Sibelius, répondait après un instant d'étonnement : « Au
fait, oui, je l'aime bien. Mais je n'y pense pas souvent. »
Je crains, avec Balzac, d'être dans les mêmes dispositions,
c'est-à-dire ne pas l'aimer.

Autre mot de musicien, pour en finir. C'est une dame
qui dit à Honegger (ou à Darius Milhaud, je ne sais plus) :
« Moi, Maître, je n'y peux rien, je n'aime pas, mais alors
pas du tout Beethoven. »

Et le Maître : « Mais madame, *ça n'a aucune importance.* »

L'Atelier du roman, été 1997

PHILIP K. DICK

Quand j'ai commencé à le lire, vers 1975, je portais des petites lunettes rondes, une veste afghane, des Clarks pourries aux pieds, et j'allais répétant que c'était le Dostoïevski de notre siècle, c'est-à-dire, pour aller vite, l'homme qui avait tout compris. Je tenais *Ubik, Le Dieu venu du centaure, Substance mort* pour des livres aussi prophétiques que *Les Possédés*.

On pouvait être encore plus radical : exactement à la même époque (mais je l'ai appris beaucoup plus tard, en travaillant à sa biographie), un de ses éditeurs français expliquait très sérieusement à Philip K.Dick que son roman *Ubik* était un des cinq plus grands livres jamais écrits. Pas un des cinq plus grands livres de science-fiction, insistait-il devant l'ébahissement de son interlocuteur, non : un des cinq plus grands livres tout court, avec la Bible, le *Yi-King*, le *Bardö Thodol*, et je ne sais plus quel était le cinquième. Un de ces livres vers quoi les hommes se tournent et se

tourneront toujours pour entrevoir le secret de leur condition, le sens du sens, la connaissance ultime, bref.

Vingt-cinq ans plus tard, ça n'a pas changé. Je me
suis récemment retrouvé participant à un de ces débats
de Salon du livre qui sont en général d'un ennui fétide,
mais celui-là non puisqu'il portait sur Dick et que parler
de Dick, rien qu'en parler, échanger des vues à son sujet, il
s'avère à tout coup que c'est comme prendre un acide : on
se retrouve très vite loin de ses bases. Il y avait là des gens
qui l'avaient connu (Norman Spinrad, Gérard Klein), des
gens qui l'avaient lu adolescents et ne s'en étaient jamais
remis (Maurice Dantec, moi), on s'excitait, s'engueulait,
convergeait, divergeait, on avait l'impression d'être dans
un de ses romans où l'univers privé de chacun risque sans
crier gare, à tout moment, d'envahir et de dévorer celui de
son voisin, comme l'enfant cryogénisé d'*Ubik* envahit et
dévore les consciences de ses compagnons de semi-vie.
Pour donner une idée, c'était le genre de débat où le modé-
rateur, débordé, en arrive à lâcher cette phrase à laquelle je
repense souvent : « Ce qui serait bien, vous voyez, ce serait
qu'on se mette d'accord sur ce qu'on entend par la réalité,
au moins entre nous. »

Ce sur quoi tout le monde s'accordait, quand même,
c'était la conviction, avec Dick, d'avoir affaire à tout autre
chose qu'un grand écrivain de science-fiction, ou même un
grand écrivain tout court. À tout autre chose, oui, mais à
quoi ?

Un de ses premiers romans, *Le Temps désarticulé*, raconte l'histoire d'un type qui vit dans une petite ville américaine des années cinquante et gagne sa vie – mal, mais enfin il la gagne – en répondant aux questions d'un concours organisé par le quotidien local : « Devinez où sera le petit homme vert demain. » Les bulletins-réponses se présentent sous la forme de grilles et le petit homme vert se trouve sur une des centaines de cases que dessinent ces grilles. Il en change chaque jour et chaque jour Ragle Gumm (c'est le nom du héros) essaye de deviner quelle sera la suivante. De façon difficilement explicable, son intuition tombe juste presque à tous les coups et cette série de succès fait de lui une figure pas très bien définie de la communauté : mi-artiste, mi-phénomène de foire, un type à part.

Un jour, il fait une drôle d'expérience : entrant dans la salle de bains, il tâtonne pour tirer le cordon de la lampe, à gauche de la porte, et ne le trouve pas. Vérification faite, il n'y a pas de cordon de lampe, mais un interrupteur à droite de la porte. Cet interrupteur, de toute évidence, a toujours été là. Pourtant, Ragle qui vit dans cette maison depuis vingt ans cherchait un cordon de lampe et savait où le chercher. Son geste était un geste réflexe, parfaitement intégré à sa routine subcorticale. D'où peut venir ce réflexe ? se demande-t-il.

La plupart des gens, devant ce genre d'incidents, se contentent de dire « c'est bizarre » et de passer outre. Mais Ragle fait partie de la catégorie de gens qui ne passent pas outre, cherchent une signification à ce qui n'en a peut-être

pas, une réponse à ce qu'il est déjà hasardeux de considérer comme une question. Il se met à enquêter. De bizarres
impressions de décalage, de déjà-vu, l'assaillent. Il capte
des messages radio où il est question de lui. Il sent qu'autour de lui on complote, on lui cache quelque chose. À la
fin, il découvre la vérité.

La vérité, c'est qu'on n'est pas en 1952 mais en 1997, et
que la guerre fait rage entre la Terre et ses colons rebelles
de la Lune, qui bombardent sans relâche notre planète. Heureusement, la défense terrienne a pour chef un génie straté-
gique, Ragle Gumm, qui à force de réflexion, d'expérience
et surtout de flair prévoit presque toujours où tomberont les
prochains missiles, en sorte qu'on peut évacuer les villes
visées avant la catastrophe. Un jour, hélas, le poids écra-
sant de sa responsabilité a eu raison de sa résistance psychologique. Il a craqué et s'est réfugié dans un fantasme
de tranquillité : les insouciantes années cinquante de sa
petite enfance. Syndrome de retrait, ont diagnostiqué les
psychiatres : rien à faire pour l'en arracher. Les autorités
terriennes ont alors eu l'idée d'adapter son environnement
à sa psychose, de reconstituer autour de lui le monde où il
se sent à l'abri. Dans une zone militaire ultrasecrète, on a
bâti comme en studio une ville américaine d'avant-guerre,
peuplé cette ville d'habitants-comédiens et gratifié Ragle
d'un hobby permettant d'exploiter malgré tout son talent. En
croyant résoudre les énigmes puériles du journal, localiser la
prochaine apparition du petit homme vert, il trouvait en réalité les points d'impact des missiles et continuait à protéger

les populations terriennes. Jusqu'au jour où il a eu un doute, à la faveur d'incidents minuscules commencé à recouvrer la mémoire. Le cordon de lampe a été le déclencheur.

Ce roman date des années cinquante, comme une bonne partie des nouvelles que vous avez entre les mains et où se décline obsessionnellement l'idée du type qui à partir d'un détail infime prend conscience que *quelque chose ne va pas*, que la réalité n'est pas la réalité. Quand il les a écrits, Dick se voyait comme un pauvre bougre d'écrivain prolétaire, malchanceux, condamné pour gagner – mal – sa vie à taper le plus vite possible des histoires de petits hommes verts qui le détournaient de l'œuvre littéraire sur laquelle il comptait pour laisser son empreinte dans les sables du temps. Pourtant, il pressentait que cette appréciation ne rendait qu'incomplètement compte de la réalité : qu'en réalité, et à son propre insu, il faisait tout autre chose. Autre chose, oui, mais quoi ?

Au fil des années, il s'est fait là-dessus toutes sortes d'idées. Comme il était, à sa façon brouillonne, très cultivé, il connaissait et citait avec pédanterie les versions antérieures de l'intuition qu'il développait de livre en livre : la caverne de Platon ; les cosmologies des gnostiques alexandrins ; le songe de Tchouang-tseu qui, quatre siècles avant notre ère, se demanda s'il était un philosophe chinois rêvant qu'il était un papillon ou un papillon rêvant qu'il était un philosophe chinois ; et la version plus menaçante de cette question, posée en 1641 par René Descartes : « Comment sais-je que je ne suis pas en train de me faire tromper par un démon maléfique infiniment puissant qui veut me pousser à croire en l'existence du monde externe – et de mon corps ? » Dans la Californie des années soixante-dix, ces doutes vertigineux qui étaient devenus sa marque de fabrique devaient rencontrer la drogue. Timothy Leary soutenait qu'il était aussi absurde, dans la seconde moitié du XXe siècle, de poursuivre une vie religieuse sans LSD que d'étudier l'astronomie en prétendant se passer de télescope. Car c'était bien de ça qu'il s'agissait : de religion, c'est-à-dire d'accès à la Réalité, dont le mot « Dieu » n'est jamais que le plus ancien nom de code. Dick, par ailleurs adonné à tous les adjuvants chimiques possibles et imaginables, n'a pris d'acide qu'une fois mais elle lui a suffi. Il s'est retrouvé dans le monde cauchemardesque et fuyant de ses livres (« Mes enfants, devait-il raconter à ses amis, j'ai été en enfer et ça m'a pris mille ans d'en sortir, en rampant ») et il en a déduit ce qu'il soupçonnait depuis longtemps : que les livres en question, sous couvert de fiction et de fiction à première vue aussi éloignée que possible de l'expérience quotidienne, disaient littéralement la vérité. Qu'en croyant, naïvement, composer des œuvres d'imagination, il n'avait jamais écrit que des *rapports*.

Sa dernière période n'est guère représentée ici, puisqu'il n'écrivait plus de nouvelles, et elle suscite l'embarras de ses plus fervents admirateurs. J'aimerais tout de même en dire quelques mots.

En 1974, il a connu une expérience mystique, qu'il devait définir par la suite comme l'invasion de son esprit par autre chose, un autre esprit qui avait pris le contrôle de ses centres nerveux et agissait, pensait, parlait même à travers lui. « Cet esprit, note-t-il, n'était pas humain. Le jeudi et le samedi, j'avais tendance à penser que c'était Dieu, le mardi et le mercredi que c'était extraterrestre, et quelquefois je pensais que c'était l'Académie des sciences soviétique qui essayait sur moi son transmetteur télépathique à micro-ondes psychotroniques. Il était pourvu d'un formidable savoir technique, de souvenirs qui remontaient à plus de deux mille ans, il parlait grec, hébreu, sanscrit, il n'y avait rien qu'il parût ignorer. »

Une seule chose est sûre, c'est que cette expérience a obsédé Dick durant les huit années qui lui restaient à vivre. Un flux d'informations essentiellement religieuses se déversait en lui par le canal de ses rêves ou des menues coïncidences qu'il mettait tout son génie tordu à interpréter. Il croyait dur comme fer, par exemple, que l'Empire romain n'avait jamais pris fin, que l'Amérique du XXᵉ siècle n'était en réalité qu'une sorte de gigantesque hologramme dans lequel cet empire cruel et trompeur faisait vivre ses sujets. Il croyait que Nixon était l'héritier des Césars, c'est-à-dire l'Antéchrist, et lui, Dick, sous sa défroque de freak californien, le chef des chrétiens clandestins qui tentait d'éveiller les hommes de l'illusion, de les conduire vers la lumière. Jusqu'à sa mort, il n'a cessé de noter les fragments de cette Révélation dans un document de plusieurs milliers de pages qu'il appelait son *Exégèse* et qui, de son propre aveu, oscille en permanence entre l'inspiration prophétique et le délire paranoïaque (« à supposer, précise-t-il lui-même, qu'il existe une différence entre les deux »).

Il y a dans *Substance mort*, un de ses plus beaux romans, un personnage étrange : c'est un agent des stups qui est aussi, dans le civil, un junkie. Grâce à une trouvaille narrative qu'il serait trop long d'exposer ici, c'est justement sur ce junkie que l'agent des stups est chargé de mener l'enquête. Ce dédoublement est à la base de *Siva*, où Dick, pour essayer de donner forme romanesque à l'*Exégèse*, s'attribue deux rôles : celui de Philip K. Dick, l'écrivain de science-fiction, et celui de son ami et alter ego Horselover Fat (Philip, c'est en grec : « celui qui aime les chevaux », et Dick signifie « gros » en allemand).

Dieu, ou quelqu'un que par commodité il appelle Dieu, parle à Horselover Fat. Cela fait de celui-ci un prophète – au sens premier : pas quelqu'un qui prédit l'avenir, mais quelqu'un qui révèle une vérité cachée sur le présent.

Bien entendu, tout le monde le croit fou, et il faut dire qu'il y a de bonnes raisons pour ça, car en plus de la folie qu'exprime l'espèce de tambouille syncrétique dans laquelle il patauge il a un lourd passé de toxicomane et de paranoïaque. C'est bien d'ailleurs ce qu'il pense lui-même et c'est ce que pense son ami Phil Dick, qui l'assiste avec curiosité et compassion dans l'ultime odyssée mentale que retrace *Siva*.

Le résultat est un document unique dans l'histoire de l'investigation psychique : au compte rendu d'une expérience qui ne peut être appréhendée que comme une révélation divine ou un système délirant (avec une forte présomption, évidemment, en faveur de la seconde hypothèse), se superpose, à peu près comme si Freud et le président Schreber avaient été la même personne, une critique de cette expérience conduite par un témoin qui parcourt toute la gamme des réactions possibles à la mystique sauvage.

Dénégation psychologique : « La rencontre de Dieu est à la maladie mentale ce que la mort est au cancer : l'aboutissement logique d'un processus morbide. »

Dénégation sociologique : « Le temps de la drogue était révolu et tout le monde se cherchait un nouveau trip. Pour Fat comme pour beaucoup d'autres, ce fut la religion. On peut dire que les drogues consommées dans les années soixante constituent la marinade où sa cervelle a macéré dans les années soixante-dix. » (Ou, comme le disait avec une rude concision Harlan Ellison : « *Took drugs ; saw God : big fucking deal.* »)

Mais aussi quelque chose comme une incertitude, un vacillement, un principe d'indécidabilité : « Peut-être que Horselover Fat n'a pas rencontré Dieu, mais ce que je crois malgré tout, c'est qu'il a rencontré quelque chose. »

Quelque chose, oui, mais quoi ?

Une chose m'a frappé, ces dernières années. Quand sortent des films comme *Matrix*, *The Truman Show* ou *eXistenZ*™, non seulement leurs auteurs ne font aucune référence à Dick, mais les critiques, le public non plus : c'est à peine s'il arrive que, hors du cercle des aficionados de longue date, on cite encore son nom. Alors on peut dire ce que disait Baudelaire, que le génie, c'est de créer un poncif, et que ce qu'a imaginé Dick appartient désormais à tout le monde. Mais on peut le dire aussi un peu différemment : on peut dire que nous vivons maintenant dans le monde de Dick, cette réalité virtuelle qui a été un jour une fiction, l'invention d'une espèce de gnostique sauvage, et qui est maintenant le réel, le seul réel. C'est lui qui a gagné, en ce sens ; c'est lui qui, comme Palmer Eldritch dans *Le dieu venu du Centaure*, nous a tous avalés. Nous sommes dans ses livres et ses livres n'ont plus d'auteur.

Je ne sais pas trop comment conclure, il n'y a pas moyen de conclure avec Dick. Alors je recopie, pour finir, la citation que j'ai mise en exergue de mon livre sur lui. Elle est extraite du discours mythique qu'il a prononcé à Metz, en 1977. Il pensait que ce discours, *digest* de l'*Exégèse*, était l'équivalent des prophéties d'Isaïe ou de Jérémie et peut-être leur accomplissement. Les honnêtes gauchistes français qui composaient son auditoire l'ont entendu comme l'élucubration d'un fou – ce qui ne les gênait pas, la folie était bien vue en ce temps-là – et d'un fou doublé d'un bigot – ce qui passait nettement moins bien. Voici :

« Je suis certain que vous ne me croyez pas, et ne croyez même pas que je crois ce que je dis. Pourtant, c'est vrai. Vous êtes libres de me croire ou de ne pas me croire, mais croyez au moins ceci : je ne plaisante pas. C'est très sérieux, très important. Vous devez comprendre que, pour moi, le fait de déclarer une chose pareille est sidérant aussi. Un tas de gens prétendent se rappeler des vies antérieures ; je prétends, moi, me rappeler une autre vie présente. Je n'ai pas connaissance de déclarations semblables, mais je soupçonne que mon expérience n'est pas unique. Ce qui l'est peut-être, c'est le désir d'en parler. »

Préface à l'intégrale des *Nouvelles*, Denoël, 2000

LE *Cavalier suédois*, DE LEO PERUTZ

Le Cavalier suédois commence par un prologue dans lequel une vieille dame, au milieu du XVIIIe siècle, évoque ses souvenirs d'enfance. Elle parle de son père, officier dans l'armée de Charles XII de Suède. D'un petit sac de sel et de terre qu'elle a cousu dans la doublure de sa redingote avant qu'il s'en aille à la guerre, parce qu'un palefrenier lui a dit que c'était un moyen infaillible de lier à jamais deux êtres. De visites clandestines que ce père mystérieux lui a rendues chaque nuit alors qu'il se trouvait, toute l'armée en atteste, à cinq cents kilomètres de son château et de sa fille. De l'annonce de sa mort, qu'elle a refusé de croire, et de la prière que, pour cette raison, elle a dédiée dans son for intérieur à un gueux qu'on allait mettre en terre sous ses fenêtres.

Bombardé, comme vous l'êtes en lisant cet article, par des informations dont l'enjeu lui échappe, le lecteur enregistre sans comprendre grand-chose. Il se dit que tout cela finira bien par s'éclaircir. Là-dessus, le récit commence. Il se passe pendant la guerre de Trente Ans, en Silésie. L'idée que nous nous faisons de la Silésie pendant la guerre de Trente Ans est tellement floue que nous sommes bien obligés de faire confiance à l'auteur, qui en profite pour nous entraîner dans un univers bizarre, sans repères, plus proche de la science-fiction que du roman historique : peut-être pas une quatrième dimension mais disons une troisième et demie.

Dans ce monde crépusculaire se déroule sur une bonne vingtaine d'années une histoire d'échange, de double et d'usurpation d'identité. À la suite d'une rencontre de hasard, un homme prend la place d'un autre. Le vagabond devient châtelain tandis que le châtelain est précipité dans l'Enfer de l'Évêque (on ne comprend pas très bien ce qu'est l'Enfer de l'Évêque, l'essentiel est qu'on en a peur). Histoire classique, en somme, extrêmement bien menée, dans un cadre spatio-temporel extrêmement dépaysant, et qu'on lit donc avec un vif plaisir, mais bon, comme on lit un tas de livres avec un vif plaisir.

On arrive aux dernières pages. L'auteur connaît son métier, tout semble parti pour se boucler harmonieusement. On arrive au dernier paragraphe. On arrive à la dernière phrase. Et là, il se passe quelque chose. Je la recopie, cette dernière phrase, juste pour que vous voyiez à quel point elle n'a l'air de rien : « La charrette qui portait l'homme sans nom à sa dernière demeure passa lentement sous les fenêtres de sa maison. » Elle n'a l'air de rien mais si vous avez lu tout ce qui la précède, il est totalement impossible qu'un grand frisson ne vous parcoure pas l'échine. Les bribes d'information inutilisables du prologue vous reviennent en un éclair à la mémoire. Elles ont toujours été là, à votre disposition, l'auteur n'a pas triché, il a juste différé jusqu'à cette dernière phrase le moment de les réactiver.

Et tout à coup vous comprenez ce que vous venez de lire, ce que depuis le début on vous a raconté sans que vous en preniez clairement conscience. L'auteur s'est contenté de pousser un pion sur l'échiquier, un de ces pauvres petits pions qui en fin de partie ont l'air de ne servir à rien, et de dire à mi-voix : « Échec et mat. » Alors tout se réordonne dans une autre lumière, qui de cette histoire habile fait une tragédie du destin.

La littérature peut procurer toutes sortes de jouissances, très différentes. Je ne sais pas si celle-là est la plus haute mais pour un certain type de lecteurs, dont je suis, c'est une des plus intenses. Par ailleurs, quand le lecteur est également auteur, c'est une de celles qui lui inspirent le plus de jalousie : il rêve, moi en tout cas je rêve, d'être capable de ça. Mettre mat le lecteur. Les fictions qui tendent vers ce but installent un suspense à double détente. À l'inquiétude banale : qu'est-ce qui va arriver au héros ? Comment va-t-il s'en sortir ? vient s'en superposer une autre : comment est-ce que l'auteur va s'en sortir ? Comment est-ce qu'il va retomber sur ses pieds ? Non seulement me mettre mat, mais le faire d'une façon vraiment inattendue, en me laissant pantois, médusé, sans que j'aie vu venir le coup.

Il y a des maîtres de cette discipline. Adolfo Bioy Casares, que son ami Borges félicitait d'avoir, dans *L'Invention de Morel*, conçu une des très rares intrigues qu'on pouvait sans exagération dire parfaites. Chez nous, le Belletto de *La Machine*. Japrisot dans la plupart de ses romans, où on s'affole pour lui en se disant que parti comme il est il ne va plus avoir d'autre porte de sortie que la solution navrante du réveil qui sonne et du héros qui soupire : « Dieu merci, ce n'était qu'un cauchemar » – or non seulement Japrisot parvient à expliquer rationnellement les prodiges qu'il a déployés, mais son explication est encore plus prodigieuse que ce qu'elle explique.

Leo Perutz était de cette famille. Juif pragois, c'est un exact contemporain de Kafka – mais il est mort beaucoup plus vieux, après la guerre, en Israël. Quand on a lu un de ses romans, on les lit tous, mais tous, il faut l'avouer, ne sont pas d'une égale perfection narrative, alors autant commencer par un de ses chefs-d'œuvre. *Le Cavalier suédois* était son préféré, c'est le mien aussi, et l'ultime paradoxe de ce livre qui semble tout entier tenir dans son intrigue, c'est que non seulement il supporte la relecture, mais il l'appelle. Je viens d'en faire l'expérience : c'est encore mieux la seconde fois.

Le Journal du dimanche, août 2000

LE HONGROIS PERDU

1

Nyíregyháza, à l'est de la Hongrie, est un gros bourg tranquille entouré d'une nuée de hameaux verdoyants. C'est dans l'un d'eux que le dernier prisonnier de la Seconde Guerre mondiale, András Toma, doit rentrer aujourd'hui après cinquante-six ans d'absence. Il est 10 heures du matin, on ne l'attend pas avant midi, nous venons d'arriver de Budapest et errons au hasard des chemins vicinaux, salués par des caquètements de basse-cour. Nous ne nous faisons pas trop de souci : le premier villageois que nous rencontrerons saura forcément où se passe l'événement.

Le premier villageois que nous rencontrons est une vieille dame qui, appuyée sur sa canne, prend le soleil devant son portail. Est-ce qu'elle connaît la maison de la famille Toma ? Bien sûr, elle la connaît. Et András Toma lui-même, avant qu'il parte pour la guerre, elle ne l'aurait pas connu aussi, par hasard ?

Un joli rire frais, un rire de jeune fille presque : « Si je l'ai connu ? C'est lui qui m'a donné mon premier baiser, quand j'avais seize ans. »

Quand on *écrit* seulement un reportage et qu'on entend ce genre de chose, d'abord les bras vous en tombent, ensuite on les ramasse et on reprend la conversation. Un reportage de télévision, c'est différent : une fois les bras tombés ils sont tombés, ce qui n'est pas entré dans la boîte au bon moment n'y entrera plus, en sorte qu'une phrase de rêve comme ça, lâchée quand on n'est pas sur ses gardes, c'est une petite catastrophe. Quand Geza, notre interprète, nous a traduit ce que venait de dire la vieille dame, Alain et Jean-Marie se sont regardés, puis d'une même voix ont dit : « Stop stop stop, fais-la taire », se sont rués vers le coffre de la voiture et, trente secondes plus tard, caméra et micro en main, ont fait demander à la dame si elle voulait bien répéter. Cette réplique est donc la seule de tout notre reportage qui, comme dans un film mis en scène, a exigé deux prises.

Erzebet s'est révélée une actrice d'excellente volonté. Puisqu'elle était filmée, elle a retiré son fichu, fait bouffer ses beaux cheveux blancs et redit sa réplique avec un petit rire encore plus frais et mutin, si c'était possible. Après quoi elle nous a conviés à prendre le café chez elle – le café et surtout la *pálinka*, cet alcool de prune et de planche que dans les campagnes hongroises on vous propose ou plutôt vous impose avec bonhomie dès 9 heures du matin. Tout en nous servant dans de grands verres à moutarde et en nous ordonnant de les descendre cul sec pour pouvoir aussitôt nous resservir, elle nous a raconté cette noce de l'automne 1944 où elle a rencontré András Toma. Elle avait donc seize ans, lui dix-neuf. Il était beau, il dansait à ravir. Comme on n'avait pas le droit, crainte des bombardements, d'allumer les lumières une fois la nuit tombée, tout le monde était sorti danser dehors, dans le noir. Quelqu'un jouait de la trompette, en sourdine. C'est alors qu'il l'a embrassée.

Trois jours plus tard, il revenait du hameau où il travaillait comme apprenti chaudronnier quand les Allemands l'ont enrôlé de force. L'Armée rouge venait d'entrer en Hongrie. La Wehrmacht battait en retraite vers le nord, entraînant au passage des soldats hongrois qui allaient mener en Pologne les derniers combats de la guerre. András Toma a fait partie de ces contingents, comme d'autres garçons du village. Beaucoup ont été faits prisonniers par les Russes, puis internés dans des camps. Ceux qui ne sont pas morts sont rentrés en 1945, 1946. Pas lui. On l'a pleuré, puis oublié. Erzebet a épousé un de ces anciens prisonniers de guerre, qui est devenu président de la coopérative du village – en sorte qu'aujourd'hui encore on l'appelle avec déférence la « Présidente ». Elle a eu des enfants, qui en ont eu à leur tour. Elle est veuve, maintenant, elle vit seule, mais il suffit de passer un quart d'heure avec elle pour comprendre qu'elle ne se laisse pas abattre : elle aime toujours chanter et danser, elle siffle vaillamment sa *pálinka*.

Il y a deux mois, elle a appris comme tous ses compatriotes l'histoire de ce Hongrois qu'on a retrouvé par hasard croupissant dans un hôpital psychiatrique au fond de la Russie. Il y était depuis 1947, il ne parlait pas le russe, il était devenu complètement autiste. On l'a rapatrié, les télévisions du monde entier ont montré quelques images de son retour : les portes vitrées de l'aéroport de Budapest s'écartent devant un fauteuil roulant où se recroqueville, sous un plaid, un pauvre vieillard terrifié. Les flashs des photographes crépitent, l'éblouissent. Autour de la voiture où on le fait monter, des femmes âgées se pressent en faisant de grands gestes et criant des prénoms différents : Sándor ! Ferenc ! András ! Dans les semaines qui ont suivi, des dizaines de familles l'ont réclamé : c'était le frère, l'oncle, le grand-oncle disparu. Une petite cellule de psychiatres et de militaires a été chargée des recherches. Ils ont fait parler le revenant, autant qu'on peut faire parler un homme qui a si longtemps vécu hors de toute communication, un mélange d'Hibernatus et de Kaspar Hauser. Ils ont petit à petit réveillé ses souvenirs, recueilli de sa bouche, parmi des bribes de phrases incohérentes, des noms de lieux et de personnes qui ont orienté l'enquête vers Nyíregyháza et vers une famille Toma qui, certaine d'être la bonne, attendait patiemment qu'on remonte jusqu'à elle. Des tests ADN ont confirmé qu'Ana Toma était bien la sœur du soldat perdu, et János Toma son frère. Ils ne demandent tous deux qu'à l'accueillir et c'est ainsi qu'après deux mois sous observation psychiatrique à Budapest il retourne parmi les siens, dans ce coin de campagne qu'il a quitté il y a cinquante-six ans.

Erzebet a suivi toute l'affaire avec une émotion croissante. Elle a retrouvé une photo de la fameuse noce où,
quelques heures avant le baiser, ils posent tous deux sur
le parvis de l'église. Elle repense au passé, à sa vie. Ç'a
été une bonne vie, bien remplie, elle n'était pas du genre
à se consumer dans le souvenir d'un mort. Mais ce retour
inattendu réveille en elle quelque chose d'à la fois doux
et cruel, qui lui fait battre le cœur. Ce qui n'a sans doute
été que la promesse d'une amourette devient le fantôme
de sa jeunesse, et l'increvable dame Tartine qui trottine
toute cassée dans sa cuisine en nous sortant de son garde-
manger, à un rythme emballé de dessin animé, des montagnes sans cesse renouvelées de gâteaux au pavot, nous
montre avec une totale et délicieuse absence d'inhibition,
derrière son visage raviné, celui de la jeune fille amoureuse
qu'elle a été et qui, ressuscitée aujourd'hui, ne songe qu'à
se presser, appuyée sur sa canne, vers un rendez-vous dont
elle attend tout.

Tout cela peut sonner bien sentimental, mais Jean-
Marie, Alain et moi revenons de Russie, de la ville où
pendant cinquante-trois ans le malheureux Toma a vécu
sans que jamais personne lui parle, le touche, le regarde
comme un être humain, dans la plus totale privation de
tout désir, de toute tendresse, de toute chaleur, et cela nous
fait du bien, pour tout dire cela nous met les larmes aux
yeux d'écouter cette vieille paysanne nous chanter d'une
voix étonnamment claire et juvénile la chanson qu'elle a
préparée pour son retour : une belle chanson populaire, qui

aurait pu être un lied de Schubert ou de Brahms, où il est question d'un beau gars qui s'en va au printemps pour un long voyage et qui promet à sa belle de rentrer quand tomberont les fleurs blanches de l'acacia. Les fleurs de l'acacia tombent cinquante fois, et voilà qu'un automne revient au village un vieil homme aux cheveux gris. « Tu vois, ma mie, dit-il à la belle qui est devenue vieille et grise aussi : j'ai tenu ma promesse, je suis rentré quand sont tombées les fleurs blanches de l'acacia. »

Le problème d'Erzebet, c'est qu'elle a prévu d'accueillir son amoureux revenu d'entre les morts en lui chantant la chanson de l'acacia, mais qu'on ne l'a pas conviée à la fête. János, le frère, qui comme elle habite le hameau, n'a que respect et affection pour la Présidente, mais Ana, la sœur, qui habite au bourg et chez qui va habiter András, la snobe. Erzebet est orgueilleuse : c'est un crève-cœur pour elle, mais si on ne l'invite pas, elle n'ira pas. Et si nous l'invitions, nous, qui ne sommes pas invités non plus ? Si nous y allions ensemble ? Erzebet est orgueilleuse mais ne joue pas les coquettes : elle bat des mains, demande juste le temps de mettre ses plus beaux atours ; en l'attendant nous n'avons qu'à faire un sort à la *pálinka*.

2

« C'est la Hongrie ici, viens ! » répète doucement le jeune psychiatre qui ressemble à John Lennon. Mais le vieil homme hésite à sortir du minibus. Il n'en est pas certain du tout, que ce soit la Hongrie. Depuis son retour, ceux qui s'occupent de lui doivent sans cesse le lui répéter, le rassurer. Là-bas, en Russie, on lui a dit que la Hongrie n'existait plus. Rayée de la carte. Alors qui sont ces gens qui lui parlent dans cette langue disparue ? Qui se comportent comme s'ils le connaissaient, lui tendent des bouquets de fleurs, lui envoient des baisers ? Est-ce que ça ne cache pas un nouveau piège ?

Le visage, sous la casquette, est en ruine. Un visage de *zek*, comme s'appelaient eux-mêmes les gens du goulag, le visage des types dont Soljenitsyne et Chalamov ont raconté les vies détruites. Il n'a plus qu'une jambe, on le soutient, on lui tend ses béquilles, il met cinq bonnes minutes à poser le pied à terre. Il n'a plus de dents non plus, alors il crache beaucoup : « *Soviet culture...* », murmure à notre intention un membre de la famille, avec un dégoût attristé.

Qu'est-ce qu'il comprend de ce qui lui arrive ? Ces journalistes qui s'agitent autour de lui, qui braquent sur lui des machines pleines de reflets noirs, qu'est-ce que cela veut dire pour lui ? Est-ce que ça le gêne seulement comme une lumière trop vive, un insecte qui bourdonne quand on voudrait dormir ? Est-ce que ça lui fait peur ? Il y a des clichés qu'on ne peut pas éviter : « un regard de bête traquée », « être regardé comme une bête curieuse », c'est bien cela.

Il y a eu un repas, des toasts, des déploiements d'affection sincères, touchants et qui probablement l'épouvantaient. Tout le monde s'émerveillait de sa ressemblance avec son père. Son frère János, un paysan endimanché, très doux, qui était encore enfant quand il est parti pour la guerre, a voulu lui poser des questions, sans doute pour nous montrer qu'il était capable d'y répondre. Il répétait des noms d'autrefois : Sándor Benkö, le maître d'école... Smolar, le voisin qui avait une moissonneuse-batteuse... Et l'autre, sous sa casquette, crachait, détournait la tête, parfois grommelait des bouts de phrases indistincts que le gentil János s'évertuait à interpréter comme la bonne réponse.

La Présidente, ne se sentant pas la bienvenue, est restée à la porte de la maison, dans sa belle robe aux broderies traditionnelles. Elle l'a vu, dévoré du regard, mais lui ne l'a pas vue. Elle ne lui a pas chanté sa chanson. Elle n'a pas débouché pour lui la bouteille de champagne qu'elle avait tenu à acheter en chemin. Nous avons décidé de la ramener chez elle. Il y avait trop de monde, trop de journalistes – qui de toute manière allaient bientôt repartir, ils étaient juste venus filmer quelques minutes pour le journal du soir. Nous, nous allions rester, nous avions tout notre temps.

Nous avons invité Erzebet à dîner avec nous, au restaurant de notre hôtel. Nous étions tristes, elle aussi, comme après un rendez-vous manqué. Nous venions de voir un homme en qui toutes les conditions de l'humanité avaient été détruites. Il était évidé de l'intérieur. Mort. Nous avons raconté à Erzebet que dix jours plus tôt nous étions à Kotelnitch, là où il a vécu cette mort.

3

Capturé en Pologne à la fin de la guerre, il a passé un an dans un camp près de Leningrad, puis été déporté 1 000 kilomètres plus à l'est, destination probable : la Sibérie. D'après ses récits lacunaires, il semble qu'au cours du voyage en train bon nombre de ses compagnons soient morts de faim, de froid et d'épuisement. Lui a survécu, mais craqué. C'est ce qui lui a valu, en janvier 1947, d'être transféré d'un camp de transit à l'hôpital psychiatrique de la ville la plus proche : Kotelnitch.

Au siècle dernier, Kotelnitch devait être le genre d'endroit où les personnages de Tchekhov soupiraient : « À Moscou ! À Moscou… » en regardant partir des trains qu'ils ne prendraient jamais. Aujourd'hui, c'est un bled gris et boueux où depuis dix ans plus aucune maison n'a d'eau chaude et où les gens, sur le ton de l'évidence, parlent de ces dix années, c'est-à-dire de la fin du communisme, comme d'une catastrophe historique : avant, on ne vivait pas trop bien, mais enfin on était chauffé, on avait du travail, surtout on était tous plus ou moins logés à la même enseigne. Maintenant Moscou ou Pétersbourg ressemblent à Manhattan, on voit à la télé des publicités attestant que dans ces univers de science-fiction la vie est à la fois luxueuse et trépidante, bref on se sent définitivement largué, floué.

En débarquant à l'hôpital, cinquante-trois ans après András Toma, nous espérions vaguement retrouver des contemporains des premiers temps de son séjour : une très vieille infirmière à la retraite, par exemple, dont nous aurions ravivé les souvenirs à petites lampées de vodka. Mais la première chose que nous a expliquée le médecin-chef, le docteur Petouchov, c'est que personne, malade ou soignant, n'a connu cette époque. Pas de témoin, donc.

Et pourtant, si : il y en a un. Le jour de son arrivée, on lui a ouvert un dossier médical sous le nom de Toma, Adrian Adrianovitch; nationalité : hongroise; âge : vingt-deux ans; diagnostic clinique : schizophrène. Toute son histoire tient dans ce dossier qu'on nous a laissé consulter et où, tous les quinze jours, pendant un demi-siècle, les psychiatres ont noté leurs observations.

C'est un document impressionnant : une vie entière, et un processus de destruction implacable, débités en petites phrases neutres, plates, répétitives. Exemples :

« 15 janvier 1947 : Le patient ne parle ni le russe ni l'allemand. Il est passif pendant les examens, il essaie d'expliquer quelque chose en hongrois.

30 octobre 1947 : Le patient ne veut pas travailler. Si on l'oblige à sortir, il crie et court dans tous les sens. Il cache ses gants et son pain sous son oreiller. Il s'enveloppe de chiffons. Il ne parle que le hongrois.

15 octobre 1948 : Le patient est sexuel. Il ricane sur son lit. Il ne se plie pas à l'ordre de l'hôpital. Il fait la cour à l'infirmière Guilichina. Le patient Boltus est jaloux. Il a frappé Toma.

30 mars 1950 : Le patient est complètement renfermé. Il reste sur son lit. Il regarde par la fenêtre.

15 août 1951 : Le patient a pris des crayons aux infirmiers. Il écrit sur les murs, les portes, les fenêtres, en hongrois.

15 février 1953 : Le patient est sale, coléreux. Il collectionne des ordures. Il dort dans des endroits pas convenables : couloir, banc, sous le lit. Il dérange ses voisins. Il ne parle que hongrois.

30 septembre 1954 : Le patient est débile et négatif. Il ne parle que hongrois. »

Cela continue comme ça, des pages et des pages. À les lire, on se pose forcément des questions. De toute évidence, depuis le début de sa captivité et surtout depuis l'épisode terrible du train, cela ne tournait plus rond dans la tête d'András Toma. Et on a beau savoir qu'en plein stalinisme l'institution psychiatrique soviétique n'avait pas pour première mission de soigner des malades mentaux, il est clair qu'on n'a pas affaire à un internement politique et qu'il avait vraiment besoin de soins. Il n'en a reçu aucun. Nulle part dans ce dossier il n'est question de médicaments, encore moins de thérapie. Il est vrai que les médicaments permettant de traiter la schizophrénie n'existaient pas à cette époque, on ne les a découverts que dans les années soixante et il est peu probable que même alors ils aient atteint Kotelnitch. Mais était-il vraiment schizophrène, ou avait-il seulement déraillé à la suite d'un traumatisme majeur ? Ce jeune homme manifestement choqué, muré dans l'épouvante, personne n'a jamais essayé de lui parler, de l'écouter. Quand on demande pourquoi au docteur

Petouchov, il hausse les épaules et, sur le ton de l'évidence, répond qu'il ne comprenait que le hongrois et que personne ne le parlait à l'hôpital. Au fil des pages, cela devient une litanie : « Le patient parle hongrois », c'est son symptôme. Et, de fait, c'en est un. Un type qui, année après année, s'obstine à parler sa langue que personne ne comprend et refuse d'apprendre celle que tout le monde parle autour de lui a forcément un gros problème d'adaptation. Est-ce qu'il a cru se protéger, se réfugier dans une forteresse imprenable comme le font les enfants autistes ? Était-ce une forme de résistance, comme celle de certains héros de Kafka ou du Bartleby de Melville ? Ce qui est sûr, c'est qu'aucun psychiatre n'a tenté, d'une façon ou d'une autre, d'entrer en communication avec lui.

Il y a une chose poignante dans ce dossier. Les dix premières années, András Toma a été un patient teigneux, violent, rebelle. Un jeune type costaud qui se bagarrait, qui écrivait sur les murs comme on lance des bouteilles à la mer, qui crachait des jurons à la gueule de ses geôliers. Un cas difficile. Vers le milieu des années cinquante, il a changé, et ce changement coïncide avec quelque chose qui est arrivé chez lui, à Nyíregyháza.

4

La vie avait repris. Les prisonniers de guerre étaient rentrés, les uns après les autres. Et ceux qui n'étaient pas rentrés, il a fallu se résoudre à les déclarer morts. C'est un acte douloureux, mais psychiquement indispensable : un disparu est un fantôme, source d'une angoisse sans nom capable de contaminer plusieurs générations, alors qu'un mort, on peut en porter le deuil, le pleurer, l'oublier. Le 11 décembre 1954, dix ans après son départ, l'acte de décès d'András Toma a été délivré à sa famille. Il ne l'a pas su, mais tout s'est passé, étrangement, comme s'il l'avait su. Il était mort, il n'existait plus. Alors il a baissé les bras.

Il est devenu un patient docile. Toujours muré en lui-même, ne frayant avec personne, marmonnant en hongrois, mais tranquille. Travailleur. « Stabilisé », dit son dossier. Du pavillon des agités, on l'a transféré à celui des calmes. C'est ce pavillon que le docteur Petouchov nous a autorisés à visiter, à filmer à notre guise – enfin, presque à notre guise : au bout de trois jours, il s'est un peu alarmé de nous voir toujours là et nous a signifié que ça commençait à bien faire.

Avec un mélange de naïveté et de gourmandise voyeuse, nous nous étions préparés à ce que l'hôpital psychiatrique d'une petite ville de la Russie profonde soit un endroit dantesque, un cercle particulièrement reculé de l'enfer. C'est d'ailleurs le cas, mais pas plus que dans nombre d'établissements d'Europe occidentale. La grille est ouverte sur la grand-route pluvieuse, la cour ressemble à un terrain vague au milieu duquel achève de rouiller, échoué ici Dieu sait comment, un vieux wagon de l'armée. Les bâtiments, tristes et décrépits, sont propres. Des posters de lagons polynésiens font ce qu'ils peuvent pour égayer les murs d'un vert pisseux. La vie se passe à attendre l'heure des repas, invariables bouillies que les infirmières trimballent dans de grands seaux émaillés. La radio diffuse à longueur de journée de la musique apaisante. Quand nous sommes arrivés, c'était une *Fantaisie* de Mozart, un de ces morceaux mystérieusement désolés qui sans avoir l'air d'y toucher vous arrachent le cœur. Alain l'a enregistré tandis que Jean-Marie filmait le couloir, la lumière jaune, un vieux malade qui, assis sur un banc, battait la mesure, et nous avons tous trois pensé que cette musique sur ces images, avec en arrière-plan la grêle sonnerie d'un téléphone, un claquement de porte métallique, un traînement de pantoufles, avait l'évidence absolue de l'outre-tombe. Nous avons pensé aussi, mais c'est un autre problème, que cela n'avait de sens qu'en son direct, si le spectateur savait ou au moins devinait que ces notes avaient réellement retenti dans ce couloir jaune, que nous les avions enregistrées sur le vif, alors que si, disposant de ces images, nous avions cherché par quelle musique les accompagner – tiens, pourquoi pas Mozart? –, cette rencontre bouleversante aurait été une pure obscénité. Bref.

Deux mois avant notre visite, András Toma vivait encore dans ce pavillon. Il dormait dans ce lit, à l'angle du dortoir, et son voisin était ce type que nous appelons le gisant parce qu'il reste toute la journée étendu, raide, les doigts croisés sur la poitrine, le visage figé dans un rictus qui ne signifie sans doute plus rien depuis longtemps. D'autres ont l'air moins mal en point. Ils marchent de long en large, certains même lisent. Ils ont échoué ici parce que la vie était trop dure dehors, l'alcool trop fort, leurs têtes trop pleines de voix menaçantes, mais à présent ils sont « stabilisés » aussi. Ils ne sont pas dangereux, à peine agités. On les renverrait bien chez eux, mais ils n'ont pas de chez-eux, alors on les garde. On ne les soigne pas vraiment, on ne leur parle guère, mais on les garde. C'est peu. Ce n'est pas rien.

On a gardé Toma. Il avait une famille pourtant, un pays où on aurait pu le renvoyer, ce n'était théoriquement pas impossible de signaler son existence au consulat de Hongrie à Moscou, mais l'idée n'est venue à personne : c'est si loin, Moscou, pour ne rien dire de la Hongrie. Il est resté là, comme un colis en souffrance, et petit à petit même la souffrance s'est érodée. Passé les années de révolte, le dossier n'enregistre plus qu'un sursaut. « 15 février 1965 : Le patient s'est attaché à la dentiste de l'hôpital. Il la poursuit pour qu'elle lui arrache des dents saines. La dentiste refuse. Le patient se fracasse la mâchoire à coups de marteau. » Ce sera son seul accès de violence au cours de ces années pétrifiées, son seul élan aussi vers un autre être humain. Tous les quinze jours, les psychiatres écrivent dans son dossier : « Pas de changement dans l'état du patient. »

Ces psychiatres n'étaient pas de mauvaises gens, pourtant. Celui qui nous a cornaqués, sur l'ordre du docteur Petouchov, est un type souriant et triste, un vrai personnage de Tchekhov qui, quand on lui demande comment on vit ici, répond en haussant doucement les épaules : « Ici on ne vit pas. On survit » – phrase que nous réentendrons, telle quelle, dans la bouche d'au moins deux habitants de la ville. C'est avec une sorte de tendresse qu'il parle de Toma, nous montre la menuiserie où ce patient solitaire et mutique passait ses journées à bricoler des pièges à rats et des pompes à essence miniatures. Il était bien gentil, pourvu qu'on le laisse tranquille, alors on le laissait tranquille. Il n'était pas fou, non, juste perdu, échoué là. Il avait le droit de sortir, alors on l'envoyait faire des courses, avec un coéquipier parlant russe. Il a connu les rues boueuses de Kotelnitch, son marché mal approvisionné. Il a traversé sans rien y comprendre la grisaille soviétique et la décomposition post-soviétique. À la belle saison, il allait travailler aux champs, dans une ferme que l'hôpital possédait à la périphérie de la ville. Il en revenait chargé de choux, qu'il distribuait en silence à ses compagnons de chambrée. En 1996, trente ans après l'épisode de la dentiste, il lui est encore arrivé quelque chose. Citons le dossier :

« 11 juin 1996 : Le patient se plaint de douleurs dans le pied droit. Diagnostic : artérite. Les parents du patient doivent être consultés au sujet de l'amputation. Le patient n'a aucun parent.

28 juin 1996 : Le patient est amputé aux deux tiers de la cuisse droite. Pas de complications.

22 juillet 1996 : Le patient ne se plaint pas. Il fume beaucoup. Il commence à marcher avec des béquilles. Le matin, son oreiller est humide à cause de ses larmes. »

L'artérite, en principe, se manifeste symétriquement et, à son arrivée à Budapest, les examens n'en ont révélé aucune trace dans son autre jambe. De là à penser qu'on l'aurait amputé pour rien... Par égard pour leurs confrères russes, les médecins hongrois ne le disent pas officiellement. Certains préfèrent même dire, parce que c'est moins affreux, que cette amputation a, d'une certaine façon, servi à quelque chose. Qu'on se serait avisé, à cette occasion, qu'il pouvait éprouver des émotions, peut-être même souffrir, que cette souffrance aurait attiré l'attention sur lui et de fil en aiguille provoqué sa délivrance. Cette version pieuse, malheureusement, est fausse. Trois ans et demi se sont encore écoulés, sans que personne s'émeuve de son sort, jusqu'à ce jour de décembre 1999 où une huile des services de santé est venue visiter l'hôpital. Le docteur Petouchov, en promenant son hôte, est passé devant le vieil unijambiste et l'a présenté comme le doyen de ses patients. Je l'imagine lui pinçant affectueusement l'oreille, comme Napoléon à ses grognards : un brave vieux bien tranquille, qui ne parle que hongrois, ha ha ! Il a raconté le peu qu'il savait de son histoire. Il se trouve qu'une journaliste locale couvrait l'événement et, comme ce ne devait pas être bien passionnant à raconter, qu'elle a fait son article sur le thème : « Le dernier prisonnier de la Seconde Guerre mondiale est parmi nous. » Le slogan était lancé. Les journaux de Moscou l'ont repris. Les médias ont débarqué à l'hôpital. Le docteur Petouchov, plutôt content de lui, s'est mis à donner des interviews et à collectionner les cartes de visite des *Izvestia*, de CNN, de Reuter, aujourd'hui de *Télérama*... Le consulat hongrois a alerté son gouvernement, qui a organisé le sauvetage du compatriote perdu. Six mois plus tard, sans rien comprendre à ce qui lui arrivait, András Toma était de retour en Hongrie.

5

Trois jours après son arrivée au village, c'était la Sainte-Erzebet, que la Présidente nous a invités à célébrer avec elle. Durant ces trois jours, nous avions battu la campagne à la recherche de témoignages et n'étions pas retournés voir le revenant. Elle non plus ne l'avait pas revu. Elle n'en parlait pas, on sentait que ce rendez-vous manqué, cette chanson restée dans la gorge lui faisaient mal. Mais elle avait quand même décidé de faire la fête, cuit le pain, mis la *pálinka* au frais, couvert la table de cochonnailles et de compotes. Au moment de porter le premier toast, nous avons entendu une voiture se garer devant la maison. Alain a regardé par la fenêtre et dit : « Mais… mais c'est lui ! » L'instant d'après, elle était dehors.

Nous avons dû courir pour la retrouver sur la route, penchée à la portière de la voiture. Elle lui avait pris la main, déjà elle chantait la chanson. Au troisième couplet, quand l'homme aux cheveux gris revient sous l'acacia dont les fleurs blanches sont tombées cinquante fois, sa voix s'est brisée. Nous n'en menions pas large non plus. Elle est quand même arrivée au bout, en pleurant. Rencogné à l'arrière de la voiture, il regardait sans comprendre cette vieille femme qui lui touchait la main, lui caressait la joue, lui embrassait la main et puis la joue, et qui s'est mise à lui parler en pleurant et riant, en l'appelant András, mon petit András. « Tu ne te souviens pas de moi, mon petit András ? Erzebet, Erzebet que tu as embrassée au mariage, il faut que tu te souviennes, tu vas te souvenir… » Les jeunes gens qui l'avaient amené, et qu'on nous avait présentés à la fête comme les enfants de son frère János, souriaient d'un air un peu gêné. « Tu sais comment s'appelle cette dame, oncle András ? a gentiment demandé la nièce. E… Er… Erz… » Il a secoué la tête, marmonné : « Je ne sais pas », puis il y a eu un silence et il a dit : « Ma jambe me manque. » Cinq minutes après, quand la voiture est repartie, Erzebet l'a suivie des yeux en envoyant des baisers.

Elle était déçue qu'il ne l'ait pas reconnue, mais joyeuse de l'avoir revu, de lui avoir parlé, d'être délivrée de sa chanson, et nous étions joyeux avec elle, tout excités aussi d'avoir mis en boîte ce qui devait, pensions-nous, être la dernière scène du film. Il fallait fêter ça, et le repas de la Sainte-Erzebet a tourné à la franche beuverie. Jusqu'à la tombée de la nuit, nous avons descendu *pálinka* sur *pálinka* et fait danser la Présidente sur de vieilles mélodies hongroises, en sorte que nous traînions une sévère gueule de bois quand, le lendemain matin, estimant le reportage bouclé, nous sommes allés dire adieu à András Toma et à sa sœur.

De cette seconde et dernière visite, nous n'attendions à vrai dire pas grand-chose. Nous ne pensions pas tirer de lui plus que les lambeaux de phrases déjà enregistrées, en outre nous étions un peu gênés parce que les retrouvailles de la veille s'étaient faites à l'insu de la maîtresse de la maison qui, pour d'obscures raisons villageoises, n'aime pas la Présidente. À ce que nous avions compris, son neveu et sa nièce étaient allés chercher András sous prétexte d'un petit tour dans la campagne et, ni vu ni connu, ils l'avaient amené chez sa vieille amoureuse en cachette de sa sœur.

Pour ne pas arriver les mains vides, nous avions apporté une bouteille de whisky, ce qui était courageux vu notre état. Nous avons trinqué. Il a goûté, fait la grimace, mais tendu son verre pour qu'on le resserve. À part ça, il restait prostré dans son coin, à cracher et parfois grogner. Sa sœur parlait de lui, pour lui, avec affection mais comme s'il n'avait pas été présent. Au bout d'une heure, nous nous sommes levés pour prendre congé. Nous avons remis le matériel dans le coffre de la voiture. C'est alors, sur le pas de la porte, qu'il s'est passé quelque chose. Il s'est mis à parler. Les grognements sont devenus des phrases et pendant presque une heure il n'a plus arrêté. Jean-Marie et Alain ont couru rechercher caméra et micro, Geza nous traduisait au vol ce qu'il pouvait, c'est-à-dire peu. Nous ne comprenions évidemment rien, nous qui ne parlons pas hongrois, mais lui ne comprenait pas la moitié de ce que mâchonnait cette bouche édentée, la sœur pas davantage, et quand, de retour à Paris, nous avons décrypté les cassettes avec trois interprètes hongroises

successivement épuisées, il nous a fallu plusieurs jours,
en rembobinant sans arrêt, en réécoutant dix fois la même
phrase, pour étendre d'un petit quart supplémentaire notre
intelligence de ces hiéroglyphes verbaux. N'empêche, il
parlait bel et bien, et pas tout seul. Après cinquante ans
de rumination autistique, il s'adressait à autrui, et c'était
bouleversant comme les premiers mots qu'articule l'enfant
sauvage dans le film de Truffaut, ou Kaspar Hauser dans
celui de Werner Herzog.

Je relis les cahiers sur lesquels j'ai noté nos diverses
tentatives de transcription. Il est question, pêle-mêle, de la
Sibérie, de bataillons hongrois dans un entrepôt de pommes
de terre, de sa jambe qu'un forgeron hongrois pourrait
peut-être ressouder, du sol gelé qu'on ne pouvait pas creuser pour enterrer les morts, du froid et du soleil, de la traversée du Dniepr, de béquilles hongroises et de béquilles
russes, qui sont de la camelote, de cigarettes, de choux, de
trains, d'Adolf Hitler. Des phrases surnagent, quasi duras-
siennes : « La neige m'a volé ma force, maintenant je n'en
ai plus. On te vole ta force, ensuite tu ne peux aller nulle
part. » Les souvenirs de l'atroce exil russe se mélangent à
ceux de sa jeunesse en Hongrie. On perd sans cesse le fil,
pourtant il y en a un.

À un moment, ravie de son soudain appétit de communication, sa sœur a voulu qu'il chante, une chanson hongroise. Pour la première fois, il a souri, et son visage de *zek*
est devenu celui d'un paysan madré et d'un enfant : « Une
chanson hongroise ? a-t-il dit. J'en connais une. » Et il s'est

mis à fredonner : « Je suis rentré quand sont tombées les fleurs de l'acacia... Une femme m'a chanté ça hier.

– Une femme ? Hier ? a répété sa sœur, interloquée.

– C'est une chanson de femme. Elle était là, hier, près de la voiture. Elle l'a chantée pour moi... »

La sœur a rigolé. Elle ne comprenait pas et pensait donc qu'il n'y avait rien à comprendre. Mais nous qui avions été, la veille, témoins de ce minuscule fragment de son passé, nous comprenions. L'essentiel de son expérience s'est déroulé sans témoin, dans une solitude presque inimaginable, et c'est pourquoi personne ne comprendra jamais tout ce qu'il dit. Mais il essaie quand même de le dire. Sorti d'un abîme de silence, il retrouve sa langue et avec elle la parole, quelque chose qui ressemble à un échange. Il a soixante-quinze ans, on lui a volé sa vie, mais il vit malgré tout. Et cela nous a fait un bien fou, avant de partir, de repasser chez Erzebet pour lui dire qu'il se rappelle la chanson de l'acacia.

Télérama, mars 2001

Cet article, paru dans Télérama, accompagnait un reportage de 52 minutes que j'ai réalisé pour le magazine télévisé « Envoyé spécial ». Jean-Marie Lequertier en était le cameraman, Alain Kropfinger l'ingénieur du son. À peine bouclé ce double récit, en mots et en images, j'ai commencé à avoir envie de retourner à Kotelnitch – de façon insistante, mystérieuse, sans savoir ce qui m'attirait dans cette petite ville russe peu attirante.

J'y suis bel et bien retourné, j'y ai tourné, au long cours, un film documentaire qui n'avait au début pas de sujet et en a trouvé un en chemin : une effroyable tragédie. Retour à Kotelnitch *est sorti en 2003 mais je n'en avais pas fini avec Kotelnitch. J'ai passé les quatre années suivantes à ne pas pouvoir écrire, puis, finalement, à écrire* Un roman russe. *Ce livre est à la fois une novélisation de mon documentaire, une psychanalyse à ciel ouvert et la dernière étape de ce cycle qui a pris forme sans préméditation, dans une fidélité tâtonnante aux embardées de la vie et aux sollicitations de l'inconscient.*

ADIEU L'AMI
(La mort de Sébastien Japrisot)

Mark Twain, un jour, a donné une interview restée célèbre parce que d'un bout à l'autre, et avec un sérieux imperturbable, il met en boîte le journaliste. C'est ainsi qu'il raconte l'histoire de son frère Bill. Eh oui, vous ne le saviez pas, personne en fait ne le sait, mais j'avais un frère, Bill : un frère jumeau. Nous nous ressemblions tant que, lorsque nous étions bébés, il fallait, pour nous donner notre bain ensemble, nouer au poignet de chacun un ruban de couleur différente. Un jour, tragique, l'un des deux bébés s'est noyé dans la baignoire. Et ce qui est encore plus tragique, c'est que les deux rubans s'étaient dénoués. En sorte, concluait Mark Twain, qu'on n'a jamais su qui est mort : Bill ou moi.

À peu de chose près, c'est l'argument du deuxième roman policier de Sébastien Japrisot, *Piège pour Cendrillon,* un conte cruel et doux que je relis pour ma part tous les quatre ou cinq ans avec un malaise enchanté. Son livre suivant, *La Dame dans l'auto avec des lunettes et un fusil,* raconte l'histoire d'une secrétaire qui sur un coup de tête emprunte la voiture de son patron – une Thunderbird – et se lance à l'aventure sur l'autoroute du Sud. Il lui arrive des choses tellement ahurissantes et à proprement parler incroyables que le lecteur en tire une jouissance à double détente. Il y a un suspense classique : on se demande comment la fille va s'en tirer, et on se le demande d'autant plus qu'elle est extrêmement sexy et attachante – Japrisot, d'une façon générale, réussissait très bien ses héroïnes. Mais il y a aussi un suspense structurel : on se demande avec presque autant d'inquiétude comment, ayant déployé cette succession de prodiges, l'auteur va s'en tirer, lui, pour retomber sur ses pieds sans recourir à cette échappatoire déshonorante : le réveil sonne, la fille se frotte les yeux, mon Dieu, quel horrible cauchemar! Or le plus beau du livre, c'est que l'explication est non seulement parfaitement logique, mais encore plus ahurissante, gracieuse et poétique que tout ce qui l'a précédée.

On pense en lisant cela à l'éloge que fait Borges, dans sa préface à *L'Invention de Morel,* de ces fictions qui reposent entièrement sur l'intrigue, sur une intrigue absolument inédite, mais où le dévoilement de celle-ci, au lieu d'épuiser la magie et le désir d'une seconde lecture, ne fait que les renforcer.

À cette famille de livres appartiennent par exemple *L'Étrange Cas du Dr Jekyll et de M. Hyde,* de Stevenson, *Le Cavalier suédois* de Leo Perutz, *Des fleurs pour Algernon* de Daniel Keyes, ou *La Machine* de René Belletto.

Ce sont des livres mystérieux, souvent écrits par des auteurs eux aussi mystérieux, ce qu'était à sa façon Sébastien Japrisot. Quand je commençais à le lire, j'avais vu une photo de lui dans un album de portraits d'écrivains par Édouard Boubat, ou plutôt deux photos : l'une avec moustache, l'autre sans. C'est un jeune type en peignoir de bain, avec un sourire de pub pour dentifrice, une espèce de brushing et l'air un peu frimeur, un peu voyou, de ces garçons qu'à Nice, où il est né, on appelle des cacous. Une tête de cacou, oui, vraiment pas d'homme de lettres. Il avait écrit à dix-sept ans, sous son vrai nom qui était Jean-Baptiste Rossi, un roman autobiographique appelé *Les Mal partis*, racontant ses amours de collégien avec une bonne sœur. Ensuite, il a été le premier traducteur français de J.D. Salinger. On a refait ses traductions depuis, sous prétexte qu'elles n'étaient pas parfaitement fidèles, mais je persiste à penser qu'entre la langue d'un angliciste pointilleux et celle d'un écrivain inspiré par un autre il n'y a, comme on dit, pas photo. Puis il a travaillé dans la publicité et, comme il avait de lourds impôts à payer, il s'est pris par la main pour écrire en trois semaines un roman policier en se disant qu'on ne sait jamais, ça pourrait peut-être marcher. *Compartiment tueurs* a marché, en effet, et les suivants encore plus. On s'est arraché Japrisot, on lui a proposé de travailler pour le cinéma, ce qui tombait bien parce que le cinéma, a priori, ça l'amusait plus que la littérature : c'était un monde plus drôle, avec de plus jolies filles, de plus belles bagnoles, un rêve de cacou. Il a écrit, puis plus ou moins novélisé des scénarios comme *Adieu l'ami*, *Le Passager de la pluie*, *La Course du lièvre à travers les champs* – un polar bizarre de René Clément, avec Trintignant, à l'époque où on le voyait courir dans tous ses films, Léa Massari et Robert Ryan, qui m'avait transporté, adolescent, et que j'aimerais bien revoir, mais il ne repasse jamais nulle part. Il a même fait carrière à Hollywood et été l'amant de Natalie Wood, ce qu'il ne se faisait pas prier pour raconter, paraît-il, après boire.

À partir de *L'Été meurtrier*, roman et film (le film offre à mon sens son meilleur rôle à Isabelle Adjani, absolument démente en vamp de village myope et tragique), les livres sont devenus de moins en moins policiers, de plus en plus épais et de plus en plus rares. Denoël, l'éditeur auquel Japrisot a été fidèle toute sa vie, annonçait tous les quatre ou cinq ans une livraison imminente, c'était repoussé d'une saison, de trois, on n'y croyait plus, et puis finissaient par paraître *La Passion des femmes*, *Un long dimanche de fiançailles*, quant au dernier, *Une rose blanche et rouge*, il est mort sans l'avoir fini et certainement sans l'avoir commencé. De toute manière, commencer et finir, c'était pratiquement la même chose pour lui. Il allait vite, très vite. Sinon, écrire l'accablait. Il préférait rêvasser, ou faire des scénarios lucratifs et pas foulants pour son ami Jean Becker, des choses comme *Les Enfants du marais* qui nous semblent le parangon du spectacle pour blaireaux mais qui sans aucun doute lui plaisaient sincèrement. Il avait des tirages énormes dans le monde entier, et peut-être un peu d'amertume à n'être pas, malgré ou à cause de cela, vérita-

blement reconnu. Je regrette de n'avoir pas écrit ces lignes
de son vivant, je me dis que ça lui aurait fait plaisir qu'un
type mille fois moins connu que lui, mais jouissant d'une
petite réputation dans la littérature dite sérieuse, le tienne
pour un grand écrivain, en tout cas un des plus singuliers
de son temps. Bref. Il a mené comme ça, en Charente puis
pas loin de Vichy, une vie assez pépère, genre garagiste
retraité avec des moyens confortables. Il lisait peu, seulement Lewis Carroll à qui, sauf erreur de ma part, il a
emprunté tous ses exergues. Je l'imagine en survêtement,
jouant à la pétanque en forçant un petit peu sur le pastis
ou le saint-pourçain, puis tout d'un coup, après des années
sans rien faire, angoissées ou non, je ne sais pas, allant
s'asseoir devant sa machine à écrire et crachant en deux
mois un gros livre labyrinthique et sentimental, songeur
et haletant, ne ressemblant à rien d'autre qu'à du Sébastien
Japrisot et, dès le premier jet, totalement abouti. Quand il
l'apportait à l'éditeur, on ne pouvait plus y changer une vir-
gule – les virgules, soit dit en passant, sont chez lui exceptionnellement distribuées, c'était un ponctueur hors pair, ce
que ne sont pas toujours les bons écrivains mais que ne sont
jamais les mauvais. Cet inventeur de fictions aussi tarabis-
cotées qu'évidentes était aussi un styliste. Il y a chez lui des
attaques, des rapidités, des détentes, une musique facile et
savante qui sent souvent le Midi mais jamais l'ersatz de
pagnolade, témoin la première phrase de *La Passion des
femmes* : « Soudain, ce jeune homme obstiné se dit qu'il y
va, et il y va. » Et la dernière : « Tout ce que je puis dire,

c'est qu'un matin de juillet, l'année dernière, j'ai pensé soudain que ça commençait à bien faire et qu'il fallait que j'y aille, et j'y suis allé. »

Le Nouvel Observateur, mai 2003

UNE JEUNESSE SOVIÉTIQUE, DE NIKOLAÏ MASLOV

C'est une chose que je n'ai jamais bien comprise, cette histoire de carte chez Petrovitch. Est-ce qu'il en faut vraiment une, est-ce que c'est un club privé? De toute manière, ça se trouve en sous-sol au fond d'une arrière-cour – ou plutôt ne se trouve pas : il faut qu'un habitué vous y emmène. C'est ce qui m'est arrivé dès mon premier soir à Moscou, à l'automne 2000, et ce n'était qu'un soir puisque je devais prendre à 11 heures à la gare de Iaroslav le train de nuit pour Kotelnitch, une petite ville perdue de la province de Kirov, juste avant l'Oural. J'étais allé là-bas faire un reportage sur un soldat hongrois oublié depuis la fin de la guerre, j'y suis retourné à plusieurs reprises, sans trop savoir ce qui m'y attirait, en me donnant le prétexte de tourner un film documentaire qui, contre toute attente et en grande partie par malheur, a fini par exister. Chaque fois que je prenais ce train de nuit, je me disais que c'était la dernière fois, que je ne retournerais plus à Kotelnitch (aujourd'hui j'ai cessé de le croire), et chaque fois c'était le même rituel : dîner chez Petrovitch, quelques coups de l'étrier chez Emmanuel Durand qui habite à deux pas de la gare, et je montais fin soûl dans mon compartiment, en sorte que chaque début de tournage est associé pour moi à une très sévère gueule de bois. Ces années-là, je me suis mis à passer du temps à Moscou aussi, quinze jours par-ci, un mois par-là, je m'y suis fait des amis ou plutôt je m'en suis fait un, par qui j'ai connu tous les autres : Emmanuel Durand, donc, que tout le monde là-bas appelle Manu. C'est un grand type barbu, saturnien, grave et tendre, avec un pan de chemise qui dépasse toujours de son pull et un vaste front de penseur – c'est d'ailleurs un philosophe de forma-tion, il a écrit une thèse sur Wittgenstein avant de rencon-trer Irina et de venir s'installer à Moscou où il a ouvert une librairie, il y a presque dix ans. C'était encore alors les années rock'n'roll, celles où tout semblait à la fois dange-reux et possible, et connaître Manu et les gens que connaît Manu, l'accompagner dans ses virées nocturnes, donne facilement l'illusion que ces années ne sont pas mortes, que Moscou est encore un des endroits les plus excitants de la planète. Chaque jeudi, comme le savent tous les cor-respondants étrangers, il y a table ouverte chez Manu et Irina, dans leur appartement de Bolchoïe Kazionnoïe, et chaque soir, plus informellement, dans leur cuisine où l'on fait, défait et refait le monde comme il a été fait, défait et refait dans les cuisines d'intellectuels russes tout au long du siècle passé. C'était clandestin, ça ne l'est plus : la peur est partie, la chaleur est restée. J'ai passé dans ces cuisines, et en particulier dans celle-ci, quelques-uns des meilleurs moments de ma vie.

Petrovitch, pour y revenir, est une sorte de super-cuisine, un espace convivial où souffle l'esprit des cuisines, avec son charme immense mais aussi sa limite : c'est qu'on y est entre soi, et heureux avant tout d'être entre soi. Ce restaurant qui le vendredi se transforme en boîte de nuit et qui a été fondé au début de la perestroïka par un célèbre caricaturiste, Andreï Biljo, est un lieu de rencontre certes très ouvert, mais enfin ouvert aux artistes, éditeurs, journalistes, à la classe moyenne cultivée, à l'intelligentsia. On n'y croise pas de Nouveaux Russes (cette histoire de la carte, c'est sans doute pour pouvoir les snober s'il leur prenait la fantaisie de pointer leur nez, mais bien sûr elle ne leur prend pas), on n'y croise pas non plus de gens comme Nikolaï Maslov qui s'y sentiraient affreusement mal à l'aise, et c'est pour essayer de m'expliquer cette nuance que Manu, un soir, m'a pour la première fois parlé de lui.

C'était il y a quatre ans. Pangloss, la librairie-maison d'édition de Manu, venait de publier la première traduction russe d'*Astérix*. Un jour s'y est pointé un type d'environ quarante-cinq ans, trapu, timide, qui a pendant presque une heure fait mine de feuilleter des livres avant de se jeter à l'eau, c'est-à-dire d'ouvrir son carton à dessin en demandant à Manu s'il voulait bien regarder son travail. Il avait entrepris de raconter sa vie en bande dessinée. En soi, c'était déjà quelque chose de surprenant car la bande des-

sinée n'existe pratiquement pas en Russie, personne n'en
fait hormis quelques jeunes types branchés qui bidouillent
des mangas dans leur coin, et celui-là avait l'air de tout
sauf d'un jeune type branché, plutôt d'un paysan sibérien
– ce qu'il était. Il avait trois planches à montrer, Manu s'est
assis avec lui pour les regarder de près. Ça lui a plu, il a
dit ce qu'aurait dit n'importe quel éditeur : ça me plaît,
continuez, je suis curieux de voir la suite. L'autre a secoué
la tête, on ne l'avait pas compris : il n'était pas venu chercher des encouragements, mais un financement. Il travaillait comme veilleur de nuit dans un entrepôt, il fallait bien
dormir le jour, il avait une femme médecin qui comme
tous les médecins ne gagnait rien, deux grandes filles qui
faisaient des études en attendant de ne rien gagner à leur
tour, bref si on voulait qu'il continue il ne suffisait pas de
le lui dire en lui tapant gentiment sur l'épaule, il fallait
l'aider. Pour un type aussi fier, ça ne devait pas être une
démarche facile, mais il n'en avait pas plus honte que de
son dénuement : il devait le faire, ce livre, et quelqu'un
devait donc payer pour. Manu a réfléchi, sorti de son portefeuille 200 dollars, et il a continué comme ça pendant
trois ans. 200 dollars par mois, c'était lourd pour une toute
petite boîte comme Pangloss, mais c'était ce que touchait
Maslov dans son entrepôt et ça lui a permis de le quitter
pour se consacrer à plein temps à son récit. Sa famille était
sceptique, méfiante même. Quand Manu venait leur rendre
visite dans le studio qu'ils habitent à quatre, il sentait bien
qu'on se demandait où était l'embrouille : subventionner

un veilleur de nuit pour qu'il raconte sa vie en petits dessins, ça ne rimait à rien. Maslov lui-même, quand il a terminé et qu'on lui a donné un contrat à signer, s'est étonné de le voir revêtu de la seule signature de l'éditeur et non constellé de cachets comme le sont tous les documents russes aussi bien que soviétiques : pas de cachets, c'est louche, et quant à cette histoire d'être publié en France, peut-être dans d'autres pays étrangers, il n'y croyait carrément pas. Ce n'est décidément pas un client de Petrovitch et, même lorsque son livre paraîtra, je doute qu'il ait jamais la carte – ni qu'il la veuille.

C'est un Russe comme il y en a beaucoup, il raconte une vie de Russe comme il y en a beaucoup, mais il est assez rare que les étrangers, à Moscou, côtoient ce genre de Russes. En province, oui, et j'en fréquentais pour ma part lors de mes voyages à Kotelnitch. Je me rappelle le slogan : « un spectacle unique en son genre », rajouté à l'intersection de la faucille et du marteau qui accueille le visiteur à l'entrée de la ville, et, au-dessus de ces emblèmes, le panneau plus récent qui en figure les armoiries anciennes : un chaudron, ou bien une marmite, c'est ce que signifie le mot *kotel* en russe. De fait, un séjour dans ce genre de patelin offre, sinon un spectacle car il n'y a rien à voir, du moins une expérience unique en son genre, une sorte de cinq-étoiles du dépaysement dépressif. Et il y a tout lieu de penser que cette sensation d'encalminage au fond d'une marmite de soupe froide et figée d'où auraient depuis longtemps, à supposer qu'il y en ait jamais eu, disparu tous les

bons morceaux constitue l'ordinaire des villes de 10 000 ou
20 000 habitants de la Russie profonde. C'est ce que décrit
Ikonnikov dans ses *Dernières nouvelles du bourbier*, qui
se passent aujourd'hui, c'est ce que décrit Maslov qui
commence son autobiographie en 1971, et ce que décrivait
Tchekhov il y a plus d'un siècle n'était guère différent. Les
mêmes beuveries dans les mêmes cahutes en rondins, les
mêmes rues boueuses entre les mêmes palissades, la même
résignation goguenarde à une vie qui n'est qu'une survie
et à ce que le sort des générations à venir ne soit pas meilleur. Le même repli sur soi, orgueilleux et offensé, doublé de la même xénophilie sentimentale, qui très souvent
est de la francophilie. J'ai connu à Kotelnitch une jeune
fille qui comparait explicitement l'arrivée de trois Français
dans sa ville à celle des Rois mages à Bethléem, qui faisait passer en boucle dans la boîte de nuit du coin la précieuse cassette où quelqu'un lui avait enregistré *Tombe la
neige* d'Adamo, et qui jusqu'à sa mort violente, atroce, a
passé chaque jour de sa vie à se demander, comme le jeune
Nikolaï Maslov : « Qu'est-ce qu'on porte aujourd'hui sur
les Champs-Élysées ? Quelles sont les couleurs préférées
des Parisiennes, cette saison ? Comment promène-t-on les
chiens à Montmartre ? Qu'est-ce que les Français donnent
à manger à leurs animaux domestiques ? » J'ai connu son
compagnon, qui est devenu l'officier local du FSB et qui
avait fait le même service militaire que Maslov, en Mon-
golie : il racontait aussi, *off duty*, l'absurde instruction
politique, le saucisson qui n'existe que sur les affiches de

propagande, les brimades d'une armée où des statistiques officielles font état de 7 000 morts annuels par bizutage, et, planant au-dessus de tout cela, le souvenir extatique d'une équipée clandestine dans la toundra – lui aussi, après cela, a tâté du cachot. J'ai connu des mères moins chanceuses que celle de Maslov, à qui il est au moins resté un fils pour lui dire de ne pas trop pleurer après la mort de l'autre : des mères qui, entre Afghanistan, Tchétchénie, bagarres de pochetrons et chutes de stalactites sur la tête, avaient perdu *tous* leurs enfants. J'ai connu, parce que mon malheureux soldat hongrois y a vécu cinquante-six ans, un hôpital psychiatrique comme celui où a échoué Maslov, une station presque inévitable dans le chemin de croix d'un paysan déraciné à Moscou.

Tout cela est ordinaire, cette vie est ordinaire, comme est ordinaire en Russie la conviction que « quand on fait partie d'un troupeau, peu importe qu'on y soit le premier ou le dernier », mais ce qui n'est pas ordinaire, c'est la façon dont il le raconte. La première fois que Manu m'a montré une de ces planches, il m'a prévenu : « Tu verras, c'est naïf. » Je n'étais pas d'accord. Ce n'est pas naïf, c'est même étonnamment savant. Maslov a passé un an à peindre des natures mortes dans une école d'art où on lui enseignait que « tout, dans l'homme, doit être beau » et que « l'art socialiste a pour vocation de montrer les avantages de la vie soviétique ». Il a été grouillot dans une galerie où on n'exposait que des portraits de Lénine. De la bande dessinée occidentale, il n'a connu, sur le tard, que des albums de Corto Maltese furtivement feuilletés lors de ses visites chez Pangloss. Cela veut dire qu'il a trouvé seul dans son coin, sans tradition ni modèles, ces cadrages toujours nets et rigoureux, cette économie du rapport entre le texte et l'image, ces nuances sourdes de grisaille. Il l'a trouvé, pense Manu, parce qu'il n'avait pas le choix, qu'il ne savait ni bien parler ni bien écrire, seulement tenir des crayons gras, et qu'il fallait absolument que d'une façon ou d'une autre il témoigne. Qu'il dise : « Voilà, ç'a été cela ma vie, et peu importe qu'elle ait été triste, maintenant que je lui ai donné forme personne ne pourra plus me la prendre. » Personne ne pourra plus, sa vie lui appartient, c'est une déroute modeste et un discret triomphe ; un acte de résistance, aussi, à tout ce qui écrase. Maslov, raconte Manu, a deux héros : le poète Essenine, suicidé en 1925, et son propre grand-père, qui était un paysan illettré et qui a été arrêté par la Guépéou dans la dernière grande purge des années trente. L'année dernière, il est allé à Novossibirsk chercher dans les archives désormais accessibles le dossier de ce grand-père. Il avait été arrêté avec six autres kolkhoziens, on leur demandait de se dénoncer mutuellement et lui n'a dénoncé personne. Jusqu'au bout, atteste le procès-verbal, il a répété la même chose : « Je ne suis pas du tout contre la révolution, mais avant on avait du pain, maintenant on n'en a plus. Alors, où est le pain ? » On l'a fusillé le soir même.

Je ne sais pas si Nikolaï Maslov reprendra un jour ses crayons, d'après Manu il n'y songe pas pour le moment, il estime avoir fait ce qu'il avait à faire. Je sais que pensant à lui je pense à ce que disait T.E. Lawrence, que les seuls livres qui valent le coup sont ceux dont l'auteur serait mort s'il n'avait pas pu les écrire. Le sien en fait partie, cela suffit pour une vie.

Denoël, 2004

Neuf chroniques pour un magazine italien

1

À un moment du dîner, entre le bouillon et les sushis, il y a eu un blanc. Pas désagréable, pas embarrassant : le genre de blanc dont on pourrait profiter pour se regarder avec un peu plus d'intensité et peut-être pour que les visages se rapprochent au-dessus de la table. À ce moment-là, on a le choix entre dire quelque chose comme « j'ai très envie de t'embrasser » ou le faire directement, sans se croire obligé de l'annoncer – pour ma part j'ai longtemps été de la première école et depuis quelques années plutôt de la seconde, c'est un des avantages de vieillir, on est plus direct. Mais ce n'est pas ça, la situation de ce soir, pas tout à fait, alors on sourit tous les deux, jouissant de cette gêne légère, très légère et même agréable puisqu'elle est partagée, et je me mets à parler de cette chronique que je dois écrire pendant le week-end pour un magazine italien. « Sur quel sujet ? demande-t-elle. – Eh bien, justement, je ne sais pas. Le principe, c'est un regard masculin sur le monde féminin, ou si tu préfères quelque chose sur les rapports entre les hommes et des femmes, mais écrit par un homme et a priori plutôt lu par les femmes, c'est comme ça du moins que j'ai compris ce que m'a expliqué la rédactrice en chef. Tu n'aurais pas une idée, toi ? – Oh si, bien sûr, tu n'as pas besoin de chercher loin : tu n'as qu'à raconter notre dîner. » Et c'est ce qu'on se met à faire. Je veux dire qu'on dîne, qu'on mange nos sushis, qu'on parle, qu'on vit donc une certaine situation et qu'en même temps on se la raconte. Ça fait un peu caricaturalement postmoderne, le commentaire sur la réalité qui prend la place de la réalité, en même temps c'est comme quand, au lit, on se décrit ce qu'on fait tout en le faisant : je fais partie des gens qui trouvent ça excitant, et apparemment elle aussi. La situation est donc : vendredi soir, restaurant japonais à Paris, *blind date*. On ne se rencontre pas par internet mais à l'instigation d'une amie commune qui a dit tiens, vous devriez faire connaissance. En ce moment nous sommes seuls tous les deux – enfin, pas vraiment seuls, mais disponibles, et heureux de nous accorder sur ce mot. Disponibles. Chacun la quarantaine et des miettes, divorcé, deux enfants, moi j'écris, elle est peintre, notre amie commune m'a dit à moi que son amie était séduisante, à elle que j'étais séduisant, et là-dessus aussi nous semblons tous les deux assez d'accord. L'objet de la rencontre est donc clair, il n'y a pas lieu de faire semblant de ne pas y penser, comme c'est étrangement le cas dans beaucoup d'interactions entre hommes et femmes : on ne pense qu'à ça, on le sait très bien, mais c'est comme si c'était honteux, comme si en le reconnaissant on se plaçait en position de faiblesse et de ridicule, ou alors de cynisme. J'ai passé ma jeunesse à m'entortiller dans des dîners de drague qui n'osaient pas vraiment s'avouer, je me rappelle que j'enviais les pédés chez qui les choses semblaient se passer de façon plus simple et directe, le désir se manifester plus librement, alors que chez nous les hétéros on n'avait pas tellement avancé sur la question que posait Montaigne : « Qu'a fait l'action génitale aux hommes, si naturelle, si nécessaire et si juste, pour n'en oser parler sans vergogne ? » (Est-ce que ce n'est pas parfaitement dit ?) Ce soir, donc, dans ce restaurant japonais, nous examinons la possibilité de nous accoupler et nous l'examinons, je ne dirais pas avec détachement, mais avec une espèce de légèreté qu'accentue le parti que nous venons de prendre, prétextant les besoins de cette chronique, de dire et de commenter ce qui reste d'habitude des arrière-pensées. Qu'est-ce que nous attendons, en vérité, qu'est-ce que nous recherchons ? Soyons francs : le grand amour, le vrai, celui qui durera. *Lui* pour elle. *Elle* pour moi. Nous sommes à la moitié de la vie à peu près, nous avons divorcé, aimé et cessé d'aimer, quitté et été quittés, mais nous continuons à croire, à vouloir croire, non seulement que ça existe mais que ce n'est pas encore vraiment arrivé, que c'est devant nous, qu'à un moment, imprévisible, inattendu, ce sera là et que nous le reconnaîtrons alors sans hésiter, sans doute possible. L'idée qu'en fait c'est derrière nous, que peut-être c'est déjà arrivé et que nous n'avons pas su le garder est trop triste, nous la repoussons de toutes nos forces. Quant à moi, je dois avouer une chose : comme j'ai envie d'y croire, j'y crois un peu trop facilement. On dit qu'on ne s'y trompe pas, mais justement je me trompe, et ensuite me détrompe, et ça fait des dégâts. Je sors précisément d'une histoire comme ça. Coup de foudre, évidence absolue de part et d'autre, impression de passer trois mois sous ecstasy à se répéter qu'on a une chance folle, que ce dont tout le monde rêve nous est arrivé, à nous, qu'on ne se quittera plus, qu'on vieillira ensemble... J'étais sincère, évidemment, mais on peut être sincère et se tromper, ou en tout cas se persuader qu'on s'est trompé aussi sincèrement qu'on s'est persuadé du contraire. Résultat : désinvestissement aussi massif que l'investissement a été énorme, et elle n'y comprend rien, elle souffre et elle me dit, avec une sorte d'étonnement : « C'est incroyable, moi je suis anéantie, et toi tu es juste un peu emmerdé. Tu n'es pas méchant, tu n'aimes pas faire de peine, alors tu es un peu emmerdé. » Et c'est vrai. Je viens de passer une partie de l'après-midi avec cette femme qui a été pendant trois mois la femme de ma vie et qui me considère encore comme l'homme de la sienne, j'ai été tendre, moitié par tendresse réelle, moitié pour ne pas me sentir un salaud, et le soir je me retrouve à raconter un peu complaisamment l'histoire à cette autre femme que je ne connais pas, qui m'écoute d'une façon qui me fait penser qu'elle la connaît, l'histoire, qu'elle a souffert comme souffre mon ancienne

amoureuse, qu'elle s'en est remise comme mon ancienne
amoureuse s'en remettra, et que ça ne lui déplaît pas de
l'entendre du point de vue de l'homme, parce que cette
fois ce n'est pas à elle que ça tombe dessus. Ensuite c'est
à elle de me raconter ce qu'elle vit en ce moment, avec un
type qu'elle aime, mais qui vit loin, en Californie, alors lui
vient en France, elle va là-bas, c'est un peu compliqué…
Elle l'aime, d'accord, mais est-ce que c'est *lui*? Elle réfléchit. Non, ce n'est sans doute pas *lui*. D'ailleurs, si elle a
eu besoin de réfléchir, ça prouve que ce n'est pas *lui*. Et si
elle est ce soir avec moi… Nous avons fini les sushis, nous
buvons du thé vert, nous ne nous connaissons pas mais
nous parlons librement, il y a un peu de séduction mais pas
de rapport de force, et parce que le jeu est de tout se dire,
il est sans véritable enjeu. C'est un rapport humain amical,
reposant, à la fois un peu vain et, estimons-nous, civilisé.
Dans la guerre des sexes, un petit moment de trêve, comme
une cigarette partagée au fond de la tranchée. On se dit
tout, sauf une chose qu'on sait tous les deux parfaitement,
c'est que le sort de l'homme, à nos âges, est beaucoup plus
enviable que celui de la femme, qu'une procession de filles
jeunes et désirables l'attend, lui, et elle des hommes plus
rares, mariés, fuyants, c'est affreusement injuste mais
c'est la vérité. À voix haute cette fois, on se demande si
on va coucher ensemble. D'un commun accord, on décide
qu'en tout cas pas ce soir. On va se revoir, se rappeler. Je
règle l'addition, je la raccompagne à scooter, on se dit en
se quittant qu'on a passé une bonne soirée, et c'est vrai. En

roulant vers chez moi, je me demande : ça veut dire quoi,
« d'un commun accord » ?

2

C'est une spécialiste de Kierkegaard, et quoi de
plus sexy, je vous le demande, qu'une spécialiste sexy
de Kierkegaard ? Je la connais depuis plusieurs années,
je l'ai toujours trouvée extrêmement attirante mais j'étais
avec quelqu'un, elle aussi, et il nous arrivait de nous dire,
plaisantant à demi, que le jour où nous serions libres ce
serait bien de voir ce que cela donnerait, nous deux. Ce
jour arrive : je suis libre, elle aussi – plus ou moins, mais
plutôt plus que moins, laisse-t-elle entendre. Je propose
que nous couchions ensemble et plus si affinités, et j'ai le
pressentiment très fort qu'affinités il y aura. Quelle bonne
idée, dit-elle avec un sourire radieux. Le seul problème,
c'est qu'elle part en voyage très tôt le lendemain matin, le
moment n'est donc pas idéal – c'est ce qu'elle dit –, malgré quoi nous nous embrassons comme des adolescents
sur le boulevard et je rentre chez moi presque heureux de
ce contretemps qui me laisse dix jours, le temps de son
voyage, pour savourer le plaisir d'être un peu amoureux
et la perspective d'attendre son retour. J'essaie, en son
absence, de la joindre sur son mobile, je n'y arrive pas,
mais comme elle est en Colombie je mets ce silence sur
le compte d'une défaillance technologique. Au moment

annoncé de son retour, je lui fais livrer une gerbe de fleurs. Quelques heures après, je reçois un SMS : elle ne rêve que de me revoir très vite. Parfait : c'est un rêve facile à réaliser, je n'attends que ça. J'appelle. Ses téléphones, fixe et mobile, sont toujours sur répondeur. Je laisse des messages, j'envoie des SMS et des e-mails. Rien. Au bout de quelques jours, elle m'annonce, toujours par SMS, qu'elle repart en voyage, qu'on se voit absolument dès son retour, et à son retour, c'est pareil. Elle ferme tous les canaux par quoi je tente d'entrer en communication avec elle. Un mur, défiant toutes mes demandes d'explication. Car la situation n'est pas seulement frustrante : elle est inexplicable. Vous me direz qu'il y a une explication simple, très simple : c'est que je ne lui plais pas. C'est possible, très possible, pourtant je n'y crois pas. D'abord parce qu'il lui serait facile, si c'était vrai, de me le dire – ou de me dire qu'elle aime quelqu'un d'autre, ou qu'elle ne veut pas gâcher notre belle amitié… Ensuite parce qu'une fille qui, si c'était vrai, ne le dirait pas d'une façon ou d'une autre serait une coquette ridicule et que cette fille-là est tout sauf une coquette ridicule. Enfin, cela vous fait peut-être rire après ce que je viens de raconter, parce que je suis certain que je lui plais. Non que je me figure être irrésistible, vraiment pas, mais là j'en suis certain, sinon je n'insisterais pas comme ça. Je sens bien que cette conviction m'entraîne dangereusement vers une interprétation du style : elle me fuit parce qu'elle m'aime, et à partir de là tout droit vers le déni de réalité qui fait dire à un personnage de Molière, pour expliquer le

silence de ses soupirants imaginaires : « Ils m'ont révé-
rer si fort jusqu'à ce jour / Qu'ils ne m'ont jamais dit un
mot de leur amour. » Je sens bien tout cela mais j'insiste
quand même, je continue à attendre un signe d'elle et pour
tromper cette attente je lis la correspondance de Kierkegaard, qu'elle se trouve avoir traduite en français. Le clou
de cette correspondance, c'est l'histoire de Régine, cette
jeune fille avec qui le philosophe s'est fiancé avant de
rompre ces fiançailles, peut-être parce qu'il estimait que
sa mélancolie l'empêcherait d'être un bon époux, peut-être
pour une autre raison, il ne l'a jamais dit et nul ne le saura
jamais. Ce qu'on sait en revanche, c'est qu'il était passionnément épris d'elle, qu'il l'est resté jusqu'à la fin de ses
jours mais qu'un beau matin, sans un mot d'explication,
il a coupé les ponts. Il a pris soin dès lors de se conduire
de la façon la plus odieuse possible, à la fois pour que la
bonne société de Copenhague l'accuse et plaigne Régine
et pour que Régine, de son côté, ait de bonnes raisons de
le haïr. Il pensait que la haine et le mépris qu'elle ressenti-
rait pour lui feraient d'elle une femme accomplie et qu'en
la maltraitant ainsi il était, en secret, son bienfaiteur. Ces
lettres, où il charge son meilleur ami d'espionner Régine
et d'évaluer ses progrès sur le chemin de la frustration,
du ressentiment et, du même coup, de la conscience de
soi, sont passablement délirantes mais, pour moi qui y
cherche des renseignements non sur l'auteur mais sur sa
traductrice, elles sont stimulantes aussi. Tout étant préférable à l'hypothèse hélas la plus plausible selon laquelle

elle a mieux à faire que de répondre à mes messages, j'en viens à l'identifier, elle, au tortueux Kierkegaard et moi-même à la virginale Régine, qui a fini par se faire une raison mais a tout de même dû passer une bonne partie de sa vie à attendre en vain une explication, comme moi j'en attends une. Ne rien comprendre, c'est le plus cruel, et ne rien expliquer, le plus indélicat. Je pense ça, je poursuis ma lecture et je tombe sur cette phrase, qui me terrasse : « Dans toute relation amoureuse qui aboutit à une impasse, la délicatesse est en fin de compte ce qu'il y a de plus offensant. » (Sauf que là, me dis-je aussitôt, il n'y a pas de relation amoureuse, donc pas d'impasse – et donc je réinsiste.)

3

C'est ma meilleure amie. Nous avons été amants autrefois, il n'est nullement exclu que nous le redevenions un jour et depuis plus de vingt ans que nous nous connaissons, nous nous voyons toujours en tête-à-tête – d'ailleurs, nous n'avons pas de relations communes. Nous nous racontons tout ce qui nous arrive, avec une totale confiance, en riant beaucoup et en pouvant même pleurer. Cette amitié amoureuse est une des choses précieuses de ma vie, de la sienne aussi je pense, et je compte beaucoup sur cette réussite-là pour démontrer au Jugement dernier que je n'ai pas été quelqu'un d'absolument nul. Elle, elle n'a besoin de rien démontrer, car Dieu vomit les tièdes et elle est le contraire de la tiédeur. Tout ce qu'elle vit, elle le vit avec passion, à commencer par la passion sans laquelle elle ne peut respirer. Elle aime son mari d'une passion familière et entêtée, ses quatre enfants d'une passion inquiète, son amant d'une passion chavirée, et son projet, maintenant, est de mettre fin à leur liaison avant que cette passion se transforme en chagrin. C'est ce qu'ils se sont promis tous les deux, ils rêvent d'une rupture aussi incandescente que leur rencontre, ils sentent que le moment est venu mais ils n'y arrivent pas. « Ça y est, m'a-t-elle dit la dernière fois que nous nous sommes vus : j'ai rompu. » Mais aujourd'hui : « Je l'ai revu, ça recommence, je ne peux pas m'en passer et lui non plus. – Alors pourquoi vous en passer ? – Parce que cette histoire me rend folle : les rendez-vous, l'attente des rendez-vous, le déchirement de chaque séparation, penser à lui tout le temps, même avec les enfants, même avec mes patients (elle est psychiatre), je voudrais sortir de là, je voudrais souffler, je voudrais un peu de calme. De calme, tu comprends ? » Elle a maigri, elle fume beaucoup, ses yeux brillent, je me dis que le calme ne sera jamais son fort et je crois que je l'envie un peu. D'autant plus qu'aujourd'hui je ne me sens pas trop fier. Il y a quelque temps, je lui ai parlé de ces chroniques que j'écris et je lui ai fait lire la première, une histoire de *blind date* sans conclusion. Elle l'a trouvée amusante, un peu triste, et ce qui l'a surtout attristée, c'est une phrase où je dis que passé quarante ans les hommes sont mieux lotis que les femmes sur le plan amoureux. « Tu vas recevoir des lettres d'insultes », m'a-t-elle prévenu. Justement, j'en ai reçu une, que je lui montre. « J'ai quarante ans, dit ma correspondante, je suis belle, je suis heureuse en amour, j'ai bien l'intention de continuer à l'être et vous êtes un pauvre con à qui je claque la porte à la figure. » « Le fait est, me dit mon amie, que j'aurais tout à fait pu t'écrire cette lettre moi aussi. La question que je me pose, c'est : est-ce que tu croyais ça en l'écrivant ? » Là, j'hésite. Ce qui est drôle, c'est que je l'ai écrit après une conversation avec une femme qui soutenait cette opinion sur un ton de lucidité amère, que moi je soutenais le contraire et que j'ai pensé en le rapportant exprimer un point de vue féminin. Après tout, c'est une chose que beaucoup de femmes disent, dont elles se plaignent comme d'une injustice, plus sociale d'ailleurs que biologique, mais aussi criante que l'inégalité, en sens inverse, des espérances de vie : six ou sept ans de moins pour les hommes, mais eux ont plus de chance à cinquante ans d'être avec une fille de vingt-cinq qu'une femme de cinquante avec un garçon de vingt-cinq, c'est comme ça. « C'est comme ça, admet mon amie, mais d'une part les femmes sont beaucoup moins soucieuses de se rassurer avec des partenaires plus jeunes, et d'autre part c'est une vérité purement sociologique, contre laquelle ta lectrice a raison d'avoir tort. Elle parle de désir et toi pas, de singularité et toi de généralité, c'est toute la diffé-rence, c'est la même différence qu'entre l'érotisme – qui se nourrit d'expérience, d'élection, de toute l'histoire du corps – et la pornographie – qui est neutre, qui a peur de choisir et se soumet au règne de l'interchangeable. En ce sens, ta petite phrase confortablement cynique est du côté de la pornographie et ce n'est pas étonnant vu l'état où tu étais il y a deux mois. Rappelle-toi, on s'est vus alors : tu n'aimais personne, tu ne désirais personne, tu rencontrais des femmes en essayant de savoir ce qu'elles attendaient de ces rencontres pour te dispenser de chercher ce que tu en attendais, toi. En prétendant te mettre à leur place, tu projetais sur elles de misérables clichés de magazine, heureusement que depuis tu es retombé amoureux, et pour comble d'ironie de la femme que tu venais de quitter, quand tu t'es aperçu qu'elle pouvait te quitter aussi. Tu sais ce que tu devrais faire ? Tu devrais, *via* ta chronique, répondre à ta correspondante et lui dire que oui, tu as écrit une connerie, une connerie un peu vraie d'ailleurs, mais d'une vérité si médiocre qu'elle juge seulement celui qui la formule, et que ça t'ennuie beaucoup qu'elle te claque la porte à la figure. Tu ne mérites pas ça, je peux le lui assurer. Tiens, ça me fait penser à une jolie définition de mots croisés. En cinq lettres : "jeune psychopathe originaire des Carpates". Tu ne trouves pas ? C'est "amour", parce que, comme dit Carmen qui sait de quoi elle parle : "L'amour est enfant de Bohême, il n'a jamais jamais connu de loi…" Alors voilà : pas d'âge, pas de loi, pas de généralité : c'est ça l'amour, c'est ça en tout cas le désir. »

4

Aujourd'hui, comme d'habitude, on va parler d'amour, ou de ce qui nous en tient lieu, mais aussi de cinéma. J'ai une raison pour ça, c'est que si tout se passe bien je vais réaliser un film à la fin de cet été. Je dis si tout se passe bien parce que dans ce métier que je découvre rien n'est sûr jusqu'au premier jour du tournage : un comédien peut faire faux bond, l'argent manquer, dès qu'on a assemblé deux pièces sur un bord du puzzle une troisième qu'on croyait solidement arrimée vous lâche sur un autre, il vaut mieux pour se lancer là-dedans ne pas être cardiaque. Après des mois passés à m'angoisser parce que le film risquait de ne pas se faire, je m'angoisse aujourd'hui parce qu'il semble bien parti pour se faire et je me demande si ce n'est pas pire, en tout cas je suis terrorisé : un lapin pris sur la grande route dans le faisceau des phares d'une voiture. Le scénario du film, c'est une histoire plus ou moins fantastique, mais surtout c'est une histoire de couple, et un jour de la semaine dernière où on faisait une lecture préparatoire ensemble, l'acteur principal m'a dit : « Tu sais, tu t'apprêtes à filmer deux personnes qui se parlent et se croisent et s'évitent et se déchirent dans l'espace clos d'un appartement, il faudrait que tu revoies *Le Mépris* de Godard, qui montre ça, je t'assure, comme personne ne l'a montré au cinéma. » J'avais vu *Le Mépris* autrefois, je me rappelais que c'était beau mais pas à quel point c'était beau. Beau et terrible. Absolument terrible. Débrouillez-

vous pour trouver le DVD et regardez ça avec celui ou celle
que vous aimez, vous risquez un sévère cafard mais c'est
une expérience bouleversante, vraiment. C'est d'après un
roman de Moravia, ça se passe à Cinecittà au début des
années soixante. Un scénariste français, que joue Michel
Piccoli, est chargé de travailler avec Fritz Lang, que joue
Fritz Lang, sur une adaptation de *L'Odyssée*. Il est à Rome
pour ça, puis à Capri, dans la villa de Curzio Malaparte,
avec sa femme, que joue Brigitte Bardot. Le producteur,
que joue Jack Palance, remarque qu'elle est très belle, ce
qui n'est pas difficile, et propose à un moment de la rac-
compagner dans son Alfa Romeo rouge. Elle consulte son
mari du regard, elle espère bien qu'il va dire non, pas question, ma femme rentre avec moi, mais le mari qui est un
peu lâche et veut être bien vu du producteur dit mais oui
bien sûr, pourquoi pas, vas-y, ma chérie, je vous rejoindrai
plus tard en taxi. Elle ne dit rien, elle le regarde et c'est
fini, enfin ça commence à être fini, tout le film raconte par
quelles étapes crucifiantes ça passe pour finir, un amour.
Un peu plus tard commence la scène que l'acteur m'incitait
à revoir. Elle dure 35 minutes, 35 minutes à deux dans un
appartement. Ils vont d'une pièce à l'autre, se font couler
un bain qu'ils prennent chacun à son tour, lui avec son chapeau et son cigare, comme Dean Martin dans *Some Came
Running* de Minnelli, elle fume une cigarette assise sur
les toilettes avec une perruque noire, ils changent de vêtements, ils mettent le couvert pour un repas qu'ils ne pren-
dront pas, ils donnent de petits coups de poing à une statue

en bronze et selon que l'on frappe le ventre ou les seins cela ne fait pas le même bruit, et en faisant tout cela, en accomplissant les parcours familiers qu'on accomplit tout le temps dans un lieu où on vit ensemble, ils échangent des phrases banales et atroces. Il comprend qu'elle lui en veut mais il ne sait pas encore ou ne veut pas savoir encore de quoi, et elle refuse de le lui dire parce que ce n'est déjà plus la peine. À un moment elle dit qu'elle veut faire chambre à part. Il dit : « Alors tu ne veux plus qu'on fasse l'amour ? » Elle sourit et répond : « Regardez-moi ce con… », et lui qui a encore un espoir demande : « C'est un sourire moqueur ou plein de tendresse ? – Plein de tendresse », répond-elle, et on sait bien que ce n'est pas vrai, et lui le sait aussi et à partir de là c'est une noyade en direct. Il n'a plus aucune chance, il a perdu. Quoi qu'il fasse, qu'il soit ironique ou brutal ou implorant, il sera lamentable, il ne pourra plus être que lamentable parce qu'un homme qu'on n'aime plus est lamentable, c'est tout. Je regardais ça avec la femme que je me suis remis à aimer et qui s'est remise à m'aimer, malgré quoi ou à cause de quoi ça ne va pas très bien entre nous et même si ça allait parfaitement bien ce serait pareil : les larmes aux yeux, la chair de poule, quelque chose qui vous vrille les entrailles, quelque chose qui, en plus de la beauté car c'est une des scènes les plus belles de tout le cinéma, a à voir avec la terreur pure, et peu importe d'ailleurs auquel des deux personnages on s'identifie au moment où on le voit. Car c'est la chose la plus terrible du monde, le désamour, le moment où l'autre cesse de vous aimer et où on sait que c'est sans appel, sans merci, qu'on n'est plus rien, qu'on n'existe plus dans son regard ni sur la terre ni même dans le regard de Dieu, si on y croit. C'est la chose que tout le monde redoute le plus au monde, qu'on est prêt à tout faire pour éviter ou repousser, parce que ça arrive fatalement un jour, je crois que ça arrive dans toutes les vies, à un moment ou à un autre, et que chacun est condamné un jour à tenir l'un ou l'autre rôle, l'un *et* l'autre rôle, et que le rôle de celui qui n'aime plus n'est même pas plus enviable que le rôle de celui qui n'est plus aimé.

(Ce n'est pas très gai, je sais, ce que je raconte là, mais qui a dit que l'amour était gai?

– Qui? Vous. Moi quelquefois. Je tâcherai de m'en souvenir dans la prochaine chronique.)

5

Il y a quelques mois, peu de temps après avoir rencontré Hélène, je l'ai emmenée dîner chez François et Emmanuelle. Il y a quelques années, peu de temps après avoir rencontré Emmanuelle, je l'avais emmenée dîner chez François. Nous nous sommes beaucoup vus tous les trois. Emmanuelle et moi étions alors très amoureux, nous avons vécu ensemble un an, au bout duquel l'amour s'est délité. Nous nous sommes séparés, avec tristesse mais sans ressentiment, et très vite Emmanuelle est allée vivre avec François. Il y a eu, à l'époque, quelques mois un peu embarrassés, et puis nous sommes redevenus très proches, sans que le fait qu'Emmanuelle soit désormais la femme de François et non la mienne change réellement le mode de cette proximité : c'est comme si nous avions simplement échangé nos chaises autour de cette table de cuisine accoudés à laquelle nous avons passé tant de soirées à boire du vin, fumer des joints, nous raconter nos vies. François et Emmanuelle sont mes meilleurs amis, ceux chez qui je débarque dans les moments de solitude et de vague à l'âme, certain de trouver couvert, gîte le cas échéant, et à toute heure du jour et de la nuit une affection idéalement indulgente. Je connais les difficultés de leur couple, ils connaissent – Emmanuelle de première main – mes difficultés à simplement *être* en couple. Quand nous avons un peu bu, nous nous félicitons rituellement de ces relations entre nous trois. On peut les trouver malsaines, régressives, vaguement incestueuses, mais moi je les aime, ces relations, eux aussi, et j'imagine mal qu'une femme qui entre dans ma vie ne rencontre pas tôt ou tard François et Emmanuelle. Cela va de soi pour moi, mais pas forcément pour la nouvelle venue, et Hélène s'est demandé à quoi rimait cette présentation qui lui donnait un peu, m'a-t-elle dit sur le trajet du retour, l'impression d'un examen de passage – qu'elle l'ait passé haut la main ne changeant rien à l'affaire. Qu'est-ce que je voulais au juste ? Lui montrer Emmanuelle ? La montrer à Emmanuelle ? Obtenir l'assentiment des deux ? Voulais-je que chacune, trouvant l'autre séduisante, soit flattée d'avoir avec elle un homme en commun, et me rengorger moi d'être cet heureux homme ? « Le problème, disait-elle, quand on rencontre les ex de l'homme qu'on aime, c'est que soit on les trouve bien et la jalousie n'est pas loin, soit non et l'image de l'autre en prend un coup, évidemment le premier cas de figure est préférable. C'est comme cette histoire juive, tu sais : c'est une fête, il y a beaucoup de monde, et Moshé montre à Rachel son collègue Aaron et puis la femme de son collègue Aaron, et puis – il baisse la voix – cette fille, là-bas, c'est sa maîtresse, à Aaron ; alors la femme de Moshé regarde bien la maîtresse d'Aaron et elle dit à Moshé : "Eh bien, la nôtre est mieux." Emmanuelle m'a plu, je l'ai trouvée belle et intelligente, j'ai aimé sa tendresse à ton égard, j'ai trouvé ça sexy, mais il y a quelque chose que je n'ai pas aimé, c'est ta façon de me montrer ça, le message que confusément tu faisais passer. C'est comme si tu me disais : regarde quel ex merveilleux je suis. C'est comme si tu avais hâte que ce soit fini entre nous, qu'on ait tiré notre temps de passion et d'orages (les orages s'annonçaient déjà, le soir de ce premier dîner) et qu'on puisse enfin s'ébattre dans le royaume paisible de l'amitié amoureuse. Eh bien je vais te dire une chose : avec moi ça ne marchera pas. Quand ce sera fini, ce sera fini. Quand on ne s'aimera plus, on ne sera pas amis. »

Il y a quelques jours, j'ai rappelé cette conversation à Hélène, que ça a fait rire. C'est que nous sommes à présent dans une drôle de situation. Je résume les épisodes précédents – dont il a été quelquefois question dans ces chroniques. Coup de foudre, l'hiver dernier. Trois mois dans un tonneau d'ecstasy. Projet de vivre ensemble. À peine commençons-nous à visiter des appartements, je panique : je ne désire que ça, vivre avec quelqu'un en général et avec elle en particulier, en même temps je me tétanise. Je ne bande plus, je ne la vois plus, je ne vois plus que ma panique – je sais, ce n'est pas glorieux, mais je suis censé être l'envoyé spécial de *Flair* dans le cœur des hommes, et le cœur des hommes est un drôle de marigot. Elle souffre, prend peur aussi, on se sépare. Chacun erre de son côté, en se promettant pour moins souffrir de ne rien savoir de ce que fait l'autre et en faisant tout pour le savoir. Jalousie, vertige de la perte, horreur d'être passé par bêtise ou névrose à côté de ce qu'on désirait le plus, de ce qu'on avait toujours désiré. Retrouvailles timides. Et ensuite, quoi ? Ensuite, on prend bien soin de ne pas parler d'amour, sachant que ça porte malheur, à nous en tout cas. Nous ne formons pas de projet ensemble puisque nous avons rompu. Nous sommes des ex, nous sommes amis, seulement amis, cochon qui s'en dédit, ne réveillons pas le chat qui dort. Nous faisons donc l'amour amicalement, dormons chez l'un ou l'autre amicalement, partons en vacances ensemble amicalement. Il n'est pas exclu que nous finissions par partager un appartement en toute amitié, comme Sherlock Holmes et le docteur Watson. C'est comme cette autre histoire où tout ce que vous demandez vous est accordé à une condition, une seule : c'est que vous ne prononciez pas un certain mot. Vous pouvez y penser tant que vous voulez : du moment que vous ne le prononcez pas, tout va bien. Le problème, maintenant, c'est : combien de temps peut-on tenir sans le prononcer ?

6

Cette chronique m'angoisse un petit peu parce que je dois l'écrire à l'avance. Évidemment, je les écris toujours à l'avance, un mois environ avant qu'elles ne paraissent, mais là, à cause de l'été, des vacances, du film que je vais tourner fin août, le décalage est plus long, j'écris en juillet quelque chose que vous lirez en octobre et je ne peux m'empêcher de penser à tout ce qui peut se passer dans l'intervalle. On éprouve ça quand on enregistre à l'avance une émission de radio ou de télévision qui est censée se dérouler en direct et que l'animateur vous rappelle qu'il faudra dire bonsoir alors qu'il est 10 heures du matin et ne pas faire allusion à l'actualité parce que celle du jour de l'enregistrement sera depuis longtemps périmée et celle du jour de la diffusion, on ne peut pas la connaître, tout ce qu'il faut espérer si on parle, mettons de géopolitique, c'est qu'il ne se passera pas entre-temps quelque chose comme le 11 septembre. Je l'ai éprouvé avec une particulière acuité il y a deux ans, quand j'ai écrit une histoire pour le grand quotidien *Le Monde*, qui publie chaque été, une fois par semaine, une nouvelle d'un écrivain plus ou moins connu. La commande était libre, carte blanche, les seules

contraintes étaient le nombre de signes, la date de parution – mi-juillet – et la date de remise du texte – fin mai.
J'ai accepté le principe en avril, passé quelques semaines
à me demander ce que je pourrais bien raconter, puis une
idée m'est venue, qui m'a paru sur le moment très drôle. Il
était prévu que mi-juillet, justement, ma compagne d'alors
me rejoigne en vacances dans l'île de Ré. J'ai décidé de
faire en sorte qu'elle prenne le train le jour précis de la
parution de la nouvelle et qu'elle la lise dans le train. J'ai
alors écrit la nouvelle, qui lui était explicitement adressée
et se présentait sous forme de prescriptions de lecture :
tu es dans le train Paris-La Rochelle le 20 juillet 2002 à
16 h 15, tu lis ces lignes, je te demande de faire ceci, je te
demande de faire cela – et ceci, et cela, c'était principalement se laisser aller à des rêveries sexuelles et pour finir
aller se masturber dans les toilettes. En somme, c'était une
lettre porno qui avait pour particularité de devoir être lue
non seulement par sa destinataire mais aussi par le million
de lecteurs du *Monde*, million au nombre duquel devaient
bien se trouver quelques personnes assises dans le même
train. Je n'avais évidemment pas prévenu mon amie, tout
reposait sur la surprise et je me suis énormément amusé
– et excité, bien sûr – à mettre en scène ce truc qui était
à la fois un jeu érotique, un détournement réjouissant du
plus respectable des journaux français et une performance
littéraire à ma connaissance inédite. Mon excitation, cela
dit, se mêlait d'une légère inquiétude. Entre le moment, fin
mai, où je remettrais le texte au *Monde* et celui, fin juillet,

où je retrouverais sur le quai de la gare de La Rochelle mon amie éperdue de désir et de gratitude, bref où on pourrait considérer l'opération comme un succès, tout pouvait arriver, du contretemps bénin à la catastrophe sans remède : elle pouvait rater le train, le train pouvait dérailler, elle pouvait ne plus m'aimer, ou moi ne plus l'aimer – et encore, ça, c'est ce que j'imaginais, moi, on peut faire confiance aux dieux pour être plus retors quand il s'agit de châtier les petits malins qui s'aventurent à les défier en prétendant comme je le faisais contrôler entièrement un événement futur. J'avais raison, d'ailleurs, de faire confiance aux dieux pour déjouer mes plans. L'histoire a provoqué un petit scandale en France (vous pouvez la lire en italien sous le titre *Facciamo un gioco*, c'est elle qui a donné à la rédactrice en chef de ce journal l'idée de me proposer la présente chronique), mais je n'en avais cure, tout occupé que j'étais par le 11 septembre privé qui a fait que les choses ne se sont pas du tout passées comme prévu : j'ai rompu avec la destinataire de la nouvelle, ce qui devait être drôle et léger a finalement été affreusement triste et je me suis dit que jamais, jamais plus je ne me mêlerais de maîtriser le réel.

Pourquoi est-ce que je raconte cette mésaventure ? Parce qu'elle a à voir, je crois, avec cette peur de l'engagement dont souffrent beaucoup les hommes, dont beaucoup de femmes se plaignent et dont je suis pour ma part un exemple hélas caractéristique. Cette peur, en fait, repose sur une appréhension lucide et même sage de la réalité : la conscience de l'impermanence des choses et des sentiments, de notre inaptitude à les maîtriser, du risque de n'être plus demain celui que nous sommes aujourd'hui, et cela vaut aussi, évidemment, pour l'autre. Mais cette lucidité, cette sagesse sont paralysantes : si on les écoutait, on ne ferait rien, ni projets, ni enfants, ni nouvelles érotiques – je ne présente pas ma nouvelle érotique comme un suprême accomplissement humain mais je tiens à dire que malgré le cafouillage qui l'a accompagnée je ne regrette pas de l'avoir écrite, au contraire. Pour faire quelque chose, pour vivre quelque chose, il faut consentir à ne pas anticiper, à ne pas calculer, à ne pas redouter de souffrir et de faire souffrir – et en écrivant cette phrase je me dis, et je crois ne pas parler seulement pour moi, que c'est ça le plus difficile : souffrir, au fond, on l'accepte assez bien, mais ce dont beaucoup d'entre nous ont le plus peur, c'est de faire souffrir, c'est ça qu'on a le plus de mal à accepter et c'est aussi cela, par conséquent, qu'il est le plus nécessaire d'accepter. Pardon, je suis un peu emphatique, mais il me semble que je viens seulement de le comprendre, et pas seulement dans cette chronique, mais dans ma vie. Courir le risque que l'autre souffre, courir le risque qu'aujourd'hui soit trahi par demain, se jeter à l'eau et nager. Comme disait le général de Gaulle devant qui quelqu'un criait : « Mort aux cons ! » : « Vaste programme. »

7

« Hier, m'a dit Hélène, j'ai rencontré sur la plage un type que j'ai un peu connu autrefois, on ne s'était pas vus depuis des années, on s'est raconté ce qu'on devenait. Sa femme jouait plus loin avec leurs deux petits enfants, pendant toute notre conversation elle ne s'est jamais approchée, elle s'est contentée à un moment de faire un signe de la main, pour dire bonjour. C'est une jolie Japonaise, gracile, un peu énigmatique comme sont souvent les Japonaises. Elle est romancière, m'a dit son mari. Elle vit avec lui en France, elle a appris le français qu'ils parlent avec leurs enfants, mais elle continue à écrire en japonais. Ses livres paraissent au Japon, ils ne sont traduits en aucune autre langue, et lui ne comprend pas le japonais. C'est bizarre, non, de vivre avec une femme qui écrit sans pouvoir lire ce qu'elle écrit ? Mais le plus bizarre, c'est que ses livres sont autobiographiques et paraît-il assez pornos. – Comment le sait-il, ai-je objecté, s'il ne peut pas les lire ? – C'est elle qui le lui a dit, c'est ce que lui disent aussi leurs amis japonais quand il les interroge là-dessus et ils ont l'air tellement gênés que ça doit être, pense-t-il, extrêmement croustillant. » J'ai trouvé que ça ressemblait à un point de départ de roman, et précisément de roman japonais. Un peu pervers, un peu chic, avec juste une petite faiblesse dans l'intrigue, c'est que s'il voulait vraiment lire les écrits de sa femme, il pouvait facilement se les faire traduire, rien que pour lui. « C'est ce que je lui ai fait observer, a dit Hélène, et il a reconnu que oui, bien sûr, il y pensait souvent mais que depuis des années qu'il y pensait il n'avait toujours pas sauté le pas : un peu par peur sans doute, et beaucoup parce que cette situation l'excitait. » À cinquante mètres d'eux, les enfants construisaient un château de sable avec leur mère, ils riaient, Hélène s'est demandé si eux liraient ses livres, plus tard. Il y a eu un silence songeur, puis elle a ajouté négligemment : « Et les chroniques que tu écris, toi, pour ce magazine italien, ça t'amuserait que je les lise ou bien ça t'ennuierait ? » La question m'a pris au dépourvu, j'ai répondu : « Mais toi, ça t'amuserait ? – Mettons que ça m'amuserait : tu me les donneras à lire ? » J'ai répondu oui, que pouvais-je répondre ? Et le soir, devant l'ordinateur, j'ai ouvert les fichiers contenant, en français, les six chroniques déjà écrites. Je les ai relues en essayant de me mettre à la place d'Hélène qui en est l'héroïne principale. Cela commençait par une rupture, il y avait ensuite des rencontres passagères, puis des retrouvailles prudentes, échaudées, et aux dernières nouvelles un statu quo d'amitié amoureuse. La chronique que je venais d'envoyer était un examen vétilleux de cette situation volontairement précaire, assortie de considérations sur ma peur de ne plus éprouver demain les mêmes sentiments qu'aujourd'hui, et donc de faire souffrir, et donc de m'engager... Air connu, déprimant et qui me déprimait encore davantage à mesure que j'imprimais les textes : comme cadeau à une femme, c'est sûr, on fait mieux.

Là-dessus j'ai ouvert la boîte à lettres et trouvé un mail de Fiona. Fiona est la rédactrice en chef de ce journal, c'est

elle qui m'a recruté et nos échanges étaient purement formels – j'envoyais le texte, elle le publiait – jusqu'au jour, il
y a un mois, où à la fois parce que j'étais débordé et parce
que je ne savais plus trop quoi raconter j'ai annoncé que
j'arrêtais. De l'Inde du Nord où elle passait ses vacances,
Fiona m'a téléphoné et dit que non, je n'arrêtais pas. Elle
savait parfaitement qu'elle ne pouvait pas me contraindre,
j'étais aussi libre de partir qu'elle de me virer si mes articles
ne lui convenaient pas, n'empêche que moralement elle
s'était en m'engageant engagée vis-à-vis de ses lectrices,
et moi en acceptant engagé vis-à-vis d'elle, je n'arrêtais
donc pas, c'était comme ça et pas autrement. Bon bon, ai-je
dit, d'accord, et à partir de là nos relations sont devenues
affectueusement sadomaso, sans distribution fixe des rôles.
Dans son mail, donc, Fiona accusait réception de ma nouvelle chronique et me disait que non, décidément, ça n'allait
pas. Le pire, c'est que ce n'était pas ma prose qui n'allait
pas, mais ma vie. Toute ma vie, tout ce que j'étais : un vrai
désastre. Je la cite : « Emmanuel, pensez-vous vraiment
que je puisse publier une phénoménologie de l'angoisse
dans une rubrique portant votre signature comme envoyé
spécial dans le cœur des hommes ? Je comprends que vous
soyez tenté de dire, comme Moïse devant le buisson ardent :
pourquoi moi ? pourquoi ai-je été choisi pour ça ? Pourquoi
est-ce que cette fille me persécute pour que je livre le fond
de mon cœur et de mes tripes alors qu'il fait si chaud et que
j'ai tellement d'autres choses à faire ? Je comprends tout ça,
mais quand même, Emmanuel, il n'y a rien d'autre que ça

dans votre vie, aucun autre sentiment que vous éprouviez en ce moment pour une femme? Quelque chose de beau ou de douloureux, de la passion, de la jalousie, de la tendresse, de la colère, peu importe, mais enfin autre chose que la pulsion à fuir et se dérober qui, dites-vous, est le principal trait de votre caractère? Ça ne vous lasse pas, à la longue? » Vous commencez à comprendre, j'imagine, qu'on ne résiste pas à Fiona. Elle me demandait de refaire le texte, il allait bien falloir que je le refasse, et en plus de lui plaire à elle j'avais envie qu'il plaise à ma nouvelle lectrice : Hélène. J'essayais d'imaginer l'état d'esprit de la romancière japonaise si elle décidait un beau matin de faire lire à son mari six ans de romans pornos consacrés à leur vie conjugale. Quant à nous, depuis huit mois seulement que nous nous connaissions, nous nous étions arrêtés à l'amitié sexuelle, un état à vrai dire délicieux mais qui dans mon esprit ne pouvait durer qu'à condition de ne pas prononcer un certain mot. Et ce mot, bien sûr, je brûlais depuis quelque temps de le prononcer, et j'avais peur de le prononcer, affreusement peur, pour toutes les raisons détaillées dans la chronique qui avait tellement chagriné Fiona. C'était comme si cette dame que je ne connaissais pas, cette rédactrice en chef d'un journal féminin où j'écrivais sans le lire, faute d'en comprendre la langue, s'était transformée en une sorte de Jiminy Criquet, apôtre de l'amour sans recul ni prudence et qui perché sur mon épaule me répétait : « Enfin, si tu as tellement envie de lui dire que tu l'aimes, espèce de con, dis-le-lui ! »

Eh bien d'accord, Fiona. C'est dit.

8

« Et pourquoi pas un peu de sexe, la prochaine fois ? » m'a demandé Fiona, la rédactrice en chef de ce magazine. Pourquoi pas, en effet ? J'ai repensé aux chroniques précédentes et je me suis dit que pour quelqu'un qu'on avait engagé sur sa réputation d'aimable pornographe j'étais resté remarquablement chaste. Petites histoires de drague sans lendemain, internet et *blind dates* foireux, considérations sur la peur de s'engager, heureusement qu'entre-temps je suis tombé amoureux, pour être plus précis retombé amoureux, et de la femme que je quittais il y a six mois. C'est une femme qui aime non seulement faire l'amour mais en parler, deux choses que la sagesse populaire estime contradictoires (plus on en parle, moins on le fait), mais sur ce point comme sur une quantité d'autres je me méfie de la sagesse populaire, je crois au contraire que le sexe et la parole font excellent ménage. J'aime qu'une femme me raconte sa vie sexuelle, de quelles façons semblables ou différentes elle a désiré les hommes qu'elle a désirés, ce qu'elle leur faisait, ce qu'ils lui faisaient, comment étaient leurs queues, et vous pouvez toujours me dire qu'il y a de l'homosexualité dans cette curiosité-là, vous ne m'offenserez pas : je suis parfaitement d'accord. L'heure d'écrire cette chronique approchant, j'ai donc consulté mon amoureuse : 1 500 signes avec du sexe dedans, tu n'as pas une idée ? Elle en avait plusieurs, de quoi alimenter quelques chroniques, en voici une : « J'étais dans une boîte, un jour, avec des amis. Il y avait beaucoup de monde, il faisait sombre, les gens étaient serrés, j'avais longtemps dansé et j'étais revenue bavarder près du bar – enfin, bavarder : former avec ma bouche des mots que la musique et le bruit empêchaient mon amie d'entendre – et rire comme elle parce que nous ne nous entendions pas. J'avais un peu bu. Je portais une jupe, j'étais de profil par rapport au bar, d'autres corps se pressaient contre le mien mais c'était fugitif, des passages, sauf qu'à un moment quelque chose qui devait être une main s'est posé sur mes fesses et ne s'est pas retiré. J'ai bougé, moi, m'écartant un peu, mais la main a maintenu sa pression. J'ai analysé la situation : un type est en train de me mettre la main aux fesses. Même sans être exagérément féministe, c'est un geste qu'on associe à la drague lourde, qu'on réprouve, qui appelle peut-être même une paire de claques. Un type qui vous met la main aux fesses, normalement, on le rembarre avec plus ou moins de discrétion. Mais cette main avait, comment dire, quelque chose d'amical. Elle était ferme mais pas lourde, insistante mais pas indiscrète, elle était chaude, en fait j'étais contente qu'elle ne se laisse pas décourager par quelques tortillements faussement agacés, j'étais contente qu'elle reste où elle était. Contente aussi de ne pas savoir à qui elle appartenait. J'ai continué à parler, et la main que je n'avais pas découragée s'est sentie encouragée, les doigts ont glissé sous ma jupe, par en haut, les doigts puis la paume entière. Il y avait beaucoup de monde, oui, les gens étaient serrés, mais je me demandais quand même si personne autour de nous ne voyait ce qui se passait : une main qui se faufile sous ma jupe et qui maintenant se plaque sur ma culotte. J'ai bougé de façon à faciliter son passage, et là où elle était, de toute façon, la main ne pouvait pas ignorer que j'étais excitée. La main s'est mise à me caresser, très bien, et pendant ce temps je continuais à parler à mon amie en me demandant si cela se voyait sur mon visage qu'une main inconnue était en train de me faire jouir. Le plus drôle, c'est que me faisant face elle devait forcément voir, derrière moi, l'homme ou la femme qui s'activait dans ma culotte. – Comment ça, l'homme ou la femme ? Tu veux dire que tu as un doute ? – Oui, j'ai un doute, a priori je pense plutôt à un homme, mais qui sait ? – Quand même, entre une main d'homme et une main de femme qui te caresse, tu devrais pouvoir faire la différence. – Vraiment ? Tu disais la même chose, l'autre jour, quand je t'ai bandé les yeux et défié de dire avec certitude si je te prenais dans ma bouche, dans ma chatte ou dans mon cul : tu disais que c'était trop facile, que tu reconnaîtrais au premier contact et, rappelle-toi, tu t'es trompé. Disons que c'était un homme, cela dit, moi aussi je pense plutôt que c'était un homme. Je termine l'histoire : il m'a fait jouir, il a senti, de l'intérieur, qu'il me faisait jouir, il est resté encore un peu, comme pour m'apaiser, et puis il s'est retiré. J'ai continué à parler, à faire comme si rien ne s'était passé et puis, quelques minutes plus tard, je me suis retournée. Il y avait des gens en train de parler, de boire, de fumer, la personne la plus proche de moi était un homme, ni beau ni laid, l'essentiel est que si c'était lui, mais ce n'était peut-être pas lui, lui était peut-être déjà parti, il ne m'a adressé aucun signe. C'est ça que j'ai aimé dans cette histoire : d'avoir été branlée dans un lieu public par un inconnu, d'accord, mais surtout que cet inconnu le soit resté, qu'il n'ait rien fait de plus, qu'il n'ait pas cherché à me draguer. Ça lui avait suffi de me faire jouir, il ne demandait pas son dû après, c'était un don sans contrepartie : l'exact contraire d'un viol. Tu sais, ça m'est arrivé tôt dans la vie, j'avais vingt ans, et ça m'a donné une grande confiance : dans le sexe, dans les hommes, dans la générosité possible des hommes, au point qu'à chaque fois que j'en ai rencontré un qui devait compter, je me figurais fugitivement que c'était lui : l'homme qui aimait faire jouir les femmes sans leur demander rien, l'homme qui aimait leur plaisir. J'ai pensé ça à ton sujet, le premier soir. Je me suis demandé, pas si c'était toi bien sûr, mais si tu aurais été capable de faire ça. Si tu aurais aimé faire ça. Je crois que oui. Les hommes qui me plaisent, c'est ceux dont je peux penser ça. »

9

Quand même, la jouissance des femmes, pour les hommes, il n'y a pas grand-chose de plus mystérieux et passionnant au monde. La jouissance des hommes pour les femmes aussi, je suppose, mais je le suppose un peu par esprit de symétrie et presque d'équité parce que malgré tout c'est un truc plus simple, plus mécanique – encore que ça devienne plus subtil à partir du moment où on la dissocie de l'éjaculation, mais on parlera de ça, si vous voulez, une autre fois. Ce que je voulais aujourd'hui, c'est utiliser cette chronique, comme un site de palabre électronique, pour susciter et recueillir des réactions sur une particularité sexuelle dont j'ignore si elle est rare ou répandue, hautement prisée ou vaguement ostracisée, et même si elle a un nom, scientifique ou familier. Deux fois dans ma vie, j'ai rencontré des femmes qui coulaient en jouissant. Quand je dis couler, je ne parle pas des sécrétions vaginales que nous connaissons tous, mais d'un jet de liquide dru, abondant, qui d'un coup vous remplit la bouche – car cela ne se produit, à ma connaissance, que dans le cas d'orgasmes clitoridiens obtenus par stimulation orale. La première fois que ça m'est arrivé, je devais avoir une vingtaine d'années, je n'ai pas bien compris ce qui se passait et, pour tout dire, j'ai cru que ma partenaire pissait. Nous avions beau être déjà assez intimes, j'ai pensé que pisser dans la bouche de son amant comme ça, sans préavis, était quand même un peu cavalier. Cela faisait une grande tache sur le drap, le goût était acide, l'odeur aigrelette, pourtant ce n'était pas de l'urine. Alors quoi? Qu'est-ce qui était sorti d'elle, mêlé à son plaisir? Je n'ai pas osé le demander à ma partenaire, qui semblait aussi troublée que moi par ce qui venait de se produire : ça n'avait pas l'air d'être dans ses habitudes. Cela s'est reproduit, par la suite. Pas à chaque fois que je la léchais, mais souvent, et c'était associé aux orgasmes les plus violents, en sorte que j'en suis venu à considérer ces inondations comme un indice de satisfaction maximale, que je m'évertuais à déclencher. C'était comme si ma langue forait dans un barrage, et j'adorais le moment où ce barrage finissait par céder. C'est arrivé souvent au cours de notre liaison, je pense que ma partenaire, voyant que son abandon me plaisait, a cessé de résister pour retenir les vannes, pourtant nous n'en avons jamais parlé. Nous étions jeunes : peut-être n'osions-nous ni l'un ni l'autre reconnaître notre inexpérience, alors nous faisions tous les deux comme si c'était courant. Ça ne devait pas l'être tant, ou alors j'ai manqué de chance puisqu'au cours des vingt-cinq années qui ont suivi aucune autre femme n'a coulé de la sorte dans ma bouche. Jusqu'à celle dont je suis à présent et j'espère pour longtemps amoureux. Elle aussi, quand ça lui est arrivé avec moi, était troublée, mais un des avantages d'être plus vieux, c'est sans doute qu'on se parle plus facilement, et elle m'a raconté toute l'histoire de son point de vue. La première fois, elle devait avoir l'âge de ma partenaire de l'époque et non seulement elle n'avait rien compris mais elle s'était sentie horriblement honteuse. Elle savait bien que ce n'était pas de l'urine mais ça y ressemblait, et l'idée de pisser en jouissant avait de quoi filer des blocages même à une fille délurée. Elle l'était, délurée, elle aimait baiser, elle aimait le désir des hommes, et leurs mains, et leurs queues, et leur langue, mais malgré tout, leurs langues sur son clitoris, cela lui faisait toujours un peu peur, c'était le seul truc auquel elle se prêtait sans se donner, avec une réticence persistante, un souci de contrôle : elle n'avait pas envie de couler comme ça de nouveau, ni d'avoir honte, ni de ne pas savoir. C'était surtout ça, le problème : ne pas savoir. Ne pas savoir si c'était normal ou pas normal, propre ou sale, possiblement excitant ou définitivement dégoûtant. Bien sûr, elle a cherché à se renseigner : demandé à sa gynéco, consulté des livres de sexologie. En vain, ou presque. Certaines femmes, en jouissant, font ça, on parle de femmes fontaines. Mais c'est quoi, *ça*? Ça s'appelle comment? Et pourquoi *certaines* femmes et pas d'autres? Quel pourcentage, ces femmes, de la population féminine? Un pour cent, dix pour cent? Est-ce que c'est plutôt comme d'avoir les yeux verts ou plutôt comme d'avoir un orteil en surnombre? Est-ce que c'est un talent que seules cultivent quelques privilégiées ou une infirmité? Un don ou un handicap? « C'est drôle, me dit la femme que j'aime, d'avoir une particularité sexuelle dont personne ne parle, alors qu'on parle apparemment de tout, qu'on ne peut pas ouvrir un magazine féminin sans tomber sur un test du genre êtes-vous plutôt vaginale ou clitoridienne, suivi d'un banc d'essai de lubrifiants. Ça me fait un peu, en fait, comme si je ne savais pas que toutes les femmes ont des règles et que j'avais passé toute ma vie d'adulte à garder le secret sur ce truc mystérieux qui m'arrive, à moi seule, tous les mois. Tu ne veux pas en parler dans ton magazine italien? Qui sait? Ça va peut-être libérer un tas de filles qui comme moi se croyaient un cas un peu bizarre. Tu recevras des lettres, on les lira ensemble, ça deviendra un grand débat de société

et on sera bien contents, aux prochaines élections euro-
péennes, de voir progresser le parti des femmes fontaines
heureuses de l'être et des hommes qui aiment les lécher. La
Fountain Pride, c'est un programme, non ? »

Flair, décembre 2003 – août 2004

*Cette chronique a écœuré Fiona au point de mettre fin à
ma collaboration avec* Flair, *et c'est, plus ou moins consciemment, pour cela que je l'ai écrite : j'en avais marre. Par la suite,
j'ai découvert que ces éjaculations féminines, répertoriées sur
les sites pornos d'internet sous le nom de squirt, faisaient la joie
de très nombreux amateurs – dont moi, à l'occasion.*

LA MORT AU SRI LANKA
(avec Hélène Devynck)

Plus tard, ils nous l'ont raconté lors d'une de ces conversations étranges d'après la catastrophe : ça les avait fait rire, le premier jour, d'entendre un de nos enfants commander des spaghettis bolognaise. Nous venions d'arriver à Tangalle, six heures de route pour 200 kilomètres depuis Colombo, nous déjeunions sous la véranda de cet hôtel de rêve, l'Eva Lanka, perché sur une colline au-dessus de la mer. Eux étaient à la table voisine : un couple de Français, la trentaine, un grand brun, une très jolie blonde, avec une petite fille aussi jolie et blonde que sa mère, et un homme plus âgé à qui son nez d'oiseau et ses boucles grisonnantes donnaient une ressemblance marquée avec l'acteur Pierre Richard. Pas l'air de touristes, plutôt de résidents. En tout cas de gens qui ont leurs habitudes dans le pays, et nous avons pensé que ce serait bien de les revoir : ils avaient de bonnes têtes, et certainement de bons tuyaux.

Nous les avons revus, oui, dans l'après-midi du 26 décembre. Du désastre, nous n'avions rien vu ni entendu. Nous ne connaissions même pas le mot « tsunami ». Hésitant le matin entre la piscine et la plage en contrebas de l'hôtel, nous avions paresseusement choisi la piscine, et il a fallu un mouvement affolé du personnel, d'ordinaire plutôt alangui, pour que nous comprenions qu'il s'était passé quelque chose. Deux heures plus tard, l'hôtel s'était rempli d'Occidentaux à demi nus, blessés, hagards. Parmi ces rescapés, il y avait les chanceux qui avaient seulement perdu toutes leurs affaires, passeport, argent, billets d'avion, et les autres, ceux qui cherchaient leur femme, leur mari, leur enfant. Et puis ceux qui ne cherchaient plus, parce qu'ils savaient.

Philippe, l'homme qui ressemblait à Pierre Richard, était là, en maillot de bain, et il parlait, parlait, fébrilement. La vague l'avait surpris devant son bungalow où, pendant que sa fille Delphine – la jolie blonde – et son gendre Jérôme faisaient le marché au village, il était resté garder la petite Juliette et sa meilleure copine, Osandy, la fille de leur ami sri lankais M. H. Les fillettes jouaient à l'intérieur du bungalow, il avait essayé de les en sortir mais le flot l'avait emporté, il s'était accroché à un arbre. Au moment où il allait lâcher, une planche l'avait sauvé en le plaquant contre l'écorce. En retrouvant Delphine et Jérôme indemnes, il savait déjà, presque avec certitude, que Juliette et Osandy étaient mortes. Tous trois étaient allés à l'hôpital de Tangalle, où les corps commençaient à affluer. Juliette était là, dans sa robe rouge, et Osandy, et le père d'Osandy, et d'autres villageois dont ils connaissaient la plupart, depuis dix ans qu'ils venaient ici.

Ils ne pleuraient pas. Philippe parlait. Delphine se taisait, Jérôme la regardait, puis, petit à petit, il s'est mis à parler lui aussi et même à plaisanter. Cet humour noir où ne perçait aucune trace d'hystérie nous a laissés pantois, le premier soir. Puis nous avons compris : ils ne pouvaient pas encore s'offrir le luxe de s'effondrer. Il y avait encore quelque chose à faire : récupérer le corps de Juliette et le ramener avec eux. Dans le chaos régnant, il allait falloir tenir bon jusqu'à ce que cette opération soit accomplie.

Le lendemain, nous avons laissé Delphine avec nos enfants à l'hôtel – oui, avec nos enfants qu'elle s'est employée à distraire en leur montrant des colibris, des plantes carnivores, une énorme tortue au fond d'un puits. Nous sommes allés avec Jérôme et Philippe à Tangalle. À l'hôpital, juste après la catastrophe, on avait donné à Jérôme un bout de papier sur lequel étaient griffonnés trois mots en cinghalais qui devaient vouloir dire quelque chose comme « petite fille blanche, quatre ans, blonde, robe rouge ». Il n'avait rien de plus officiel et craignait par-dessus tout qu'on ajoute sa fille à une des fournées de cadavres non identifiés qu'on commençait à brûler par crainte de l'épidémie.

« Pour trouver l'hôpital, pas de problème, a-t-il blagué comme nous arrivions au village : suivez les mouches. » L'odeur, même de très loin, était suffocante. Des cercueils entraient et sortaient, pour les morts que leurs familles avaient reconnus. Les autres, on les chargeait sur des pick-up et, à l'intérieur, il y en avait des dizaines, à même le sol. Dehors, dans le terrain vague entourant le bâtiment principal, un petit groupe d'Occidentaux s'était rassemblé, ceux qui ne voulaient pas s'éloigner sans avoir retrouvé celui qu'ils cherchaient, mort ou vif. Ils étaient en haillons, couverts de blessures hâtivement zébrées d'un désinfectant violacé, les yeux agrandis par l'épouvante.

Juliette n'était plus à l'hôpital. Les corps de Blancs avaient été transférés dans la nuit, les uns à Colombo, les autres à Matara, on ne pouvait pas en dire plus. Matara est à quelque 40 kilomètres de Tangalle, mais aucun véhicule, faute d'essence, ne pouvait nous y conduire. Il fallait, dans le meilleur des cas, attendre le lendemain. Pour tromper l'attente et l'angoisse, nous avons erré dans le village dévasté. Sur la plage jonchée de bateaux échoués, nous avons vu les ruines du bungalow où Juliette et Osandy avaient péri. Il restait des bouts de mur, sur lesquels Delphine avait peint à la fresque, avec un vrai talent, des motifs de palmiers et de colibris. Nous avons vu, plus loin, la vieille demeure cinghalaise que Philippe avait achetée deux mois plus tôt et où la famille aurait dû, les travaux terminés, s'installer en janvier. À chaque pas dans la boue et les décombres, des villageois l'arrêtaient, le serraient dans leurs bras. Alors que, la veille encore, il pensait ne jamais retourner au Sri Lanka, il promettait déjà de revenir, très vite. Il ne pouvait pas les laisser comme ça. Ils étaient ses amis, ils avaient tout perdu, il fallait qu'il les aide comme avait essayé la veille de l'aider un pêcheur qui, le voyant errer à demi nu dans la rue, avait insisté pour qu'il accepte 1 000 roupies – le quart, peut-être, de son salaire. Le Sri Lanka, depuis vingt ans, faisait partie de la vie de Philippe et c'était une chose touchante, cette façon qu'il avait, au cœur de la catastrophe, de mettre en valeur pour nous la droiture de ses habitants, leur solidarité : « Tu as vu le vieux type, là, devant la maison de mon ami M. H. ? Eh bien, c'est son beau-père, il vient de Colombo. Ne me demande pas comment il est arrivé de Colombo, les routes sont coupées, il n'y a pas d'essence, n'empêche qu'il était là le soir même. »

À Eva Lanka, le jardin d'Éden ressemblait de plus en plus au Radeau de la Méduse. Tous les étrangers sinistrés sur la côte s'y rassemblaient, à la fois pour être en sécurité au cas où le tsunami frapperait de nouveau, et parce qu'ils étaient, là, logés, nourris, vêtus. Les propriétaires italiens s'acquittaient de cette tâche sans se départir d'une courtoisie à la fois lymphatique et glaciale, mais avec une efficacité qui valait largement de plus exubérantes démonstrations de compassion. Le personnel traitait les réfugiés avec autant d'égards que les clients payants. Épargnés comme nous, ceux-ci faisaient ce qu'ils pouvaient, à l'exception notable d'un groupe de Suisses allemands qui suivaient à l'hôtel un stage de médecine ayurvédique et continuaient, vêtus d'amples peignoirs et de bizarres bonnets de bain, à vaquer au soin de leur corps et de leur âme comme si rien ne s'était passé. Le soir, quand on mettait en marche le groupe électrogène et qu'on pouvait recharger lés batteries de nos portables – seuls moyens de contact quand, par extraordinaire, la ligne passait, avec les familles dévorées d'inquiétude, les services d'assistance et les ambassades débordées –, tout le monde se rassemblait autour de la télévision pour découvrir l'ampleur croissante du cataclysme.

Au fil des heures, des repas de plus en plus frugaux mais toujours cérémonieusement servis, des cigarettes fumées à la chaîne, une amitié naissait. On se racontait nos vies, si différentes, nous, Parisiens stressés, eux, Bordelais hédonistes, établis à Saint-Émilion, amateurs de grands crus, de bonne chère, de vie au grand air. Les enfants tombaient amoureux de Philippe, qui blaguait sans cesse avec eux. On parlait de Juliette aussi, de la naissance de Juliette le jour même du mariage de ses parents, des quatre ans de vie de Juliette, et cela sans pathos, sans baisser la voix comme dans une sacristie. Ils continuaient à tenir bon. Ils nous impressionnaient. Nous les aimions.

À l'hôpital de Matara, le lendemain, c'était encore pire qu'à celui de Tangalle. Un médecin légiste retirait par poignées les entrailles des cadavres, et il n'y avait dans la chambre froide que six tiroirs, que Jérôme s'est fait ouvrir tous les six. Juliette n'y était pas. Entré avec un linge sur le nez comme tout le monde, il l'avait vite jeté : « Je suis marchand de vin, mon nez c'est mon outil de travail, cette odeur-là, ça y est, je l'ai enregistrée, classée, à côté de la violette et de la pierre à fusil, elle ne me fait plus rien. » Transformé en machine à rechercher sa

fille, ce type nonchalant et railleur devenait Terminator.
Il restait un espoir : un photographe de la police prenait,
avant qu'on les évacue, des clichés de tous les morts, et
ces clichés passaient en boucle sur un écran d'ordinateur.
Jérôme a fendu la foule qui se pressait devant l'écran, pris
la souris des mains du policier et cliqué, cliqué, jusqu'à
ce qu'apparaisse la photo de deux fillettes blanches, tête-
bêche, dont l'une avait à la jambe un pansement comme
Juliette. Et la suivante, c'était son visage : blonde, belle,
pas encore abîmée. Jérôme a remué ciel et terre et obtenu
d'un fonctionnaire compatissant – tous l'étaient, à défaut
d'être tous efficaces – l'assurance qu'elle avait été trans-
férée à Colombo, à la morgue de la police. Nous avons
décidé de partir pour Colombo le lendemain : véhicule ou
pas véhicule, on trouverait un moyen, rien hormis la mort
ne ferait obstacle à Jérôme.

Le soir, discutant du rapatriement de Juliette avec
sa compagnie d'assistance, Jérôme a découvert qu'elle
serait dans un cercueil plombé, qu'on n'aurait pas le droit
de l'ouvrir à l'arrivée, à cause du risque sanitaire, et qu'il
leur faudrait donc enterrer leur fille au lieu de l'incinérer.
Ils y tenaient terriblement, à cette incinération. « Tu as
déjà vu un enterrement avec un cercueil d'enfant ? disait
Jérôme. Moi oui, et je suis sûr d'une chose, c'est que je ne
veux jamais revoir ça. » Mais c'était ça ou bien repartir
sans Juliette. Jérôme a pris Delphine dans ses bras. C'était
une chose qu'ils faisaient peu. Une tendresse bouleversante
émanait de ce couple, mais ils évitaient les gestes de ten-

dresse, comme tout ce qui risquait de les faire s'effondrer.
Il lui a dit, doucement, que c'était à elle de décider.

Le début du dîner a été silencieux. Delphine était
prostrée, le regard dans le vide, le menton tremblant légèrement. Puis, au bout d'un quart d'heure, elle a relevé la
tête et dit : « Juliette restera ici. Elle sera incinérée ici. »
C'était extraordinaire, cette décision. L'évidence, la net-
teté, l'absence d'atermoiement et de regret. Tout le monde
a failli pleurer et, assez vite, tout le monde s'est mis à rire,
à parler des grandes bouteilles qu'on ouvrirait quand nous
viendrions à Saint-Émilion, des disques rares des Rolling
Stones que Philippe ferait écouter aux enfants, des guignols ayurvédiques qui, à deux pas de nous, mâchonnaient,
impavides, leur riz complet avec leur bonnet de bain sur la
tête – ça faisait plaisir d'être un peu vache, c'était humain,
et nous avions un besoin terrible d'être humains.

À l'Alliance française de Colombo, on nous a trouvé
des billets dans un avion qui partait à l'aube. Avant cela, il
restait une dernière épreuve pour Jérôme. Il est allé seul à
la morgue, voir pour la dernière fois – croyait-il – sa fille
et ordonner sa crémation selon le rite bouddhiste. Il est
revenu impassible, il a dit à Delphine que Juliette était toujours belle, à nous que ce n'était pas vrai, et il a descendu
cul sec un grand verre de whisky.

C'est alors qu'entre en scène Nigel, un Sri Lankais
d'une trentaine d'années, corpulent, jovial et, à voir sa voiture, franchement prospère. Il nous a demandé comment
nous nous étions tirés de la catastrophe. Jérôme, très natu-

rellement, a répondu qu'ils avaient perdu leur fille. L'autre a juste dit « *Sorry* », puis tout aussi naturellement s'est enquis de la situation : l'avait-on retrouvée, où était son corps… Jérôme a expliqué, parlé de la crémation prévue pour le lendemain. « C'est bien que vous m'en parliez, a dit Nigel. J'irai là-bas moi-même et je veillerai à ce que les choses soient bien faites. » Nous avons commencé à comprendre que quand Nigel veillait à ce que les choses soient bien faites, elles l'étaient. Il nous a conduits dans un somptueux restaurant où il a d'emblée annoncé qu'il réglait la note, puis il est reparti, nous laissant boire, manger, fumer 850 cigarettes et nous émerveiller de cette rencontre. Elle n'étonnait pas Philippe, qui rappelait le billet de 1 000 roupies donné par un pauvre pêcheur : tous les Sri Lankais, du haut au bas de l'échelle sociale, étaient comme ça. Delphine était bouleversée, mais contente : ce qui venait de se passer confirmait la justesse de sa décision. Cette cérémonie prise en charge par un parfait inconnu, c'était le destin et, dans la tragédie, une sorte de perfection de la bonté humaine.

Vers la fin du dîner, Nigel est revenu avec sa femme, qui est belle et neurochirurgien et qu'il était tout fier de nous présenter. Il a pris à part Jérôme et Philippe et les a emmenés faire un tour, ce ne serait pas long. Ils sont allés tous les trois dans une boutique de vêtements, la plus somptueuse que Nigel ait pu trouver, et il y a acheté la plus somptueuse des robes de petite fille. De là, ils sont allés à la morgue, où ils ont habillé Juliette et l'ont préparée pour la cérémonie. Nigel a assuré qu'à l'heure où notre avion atterrirait tout serait terminé et les cendres transférées à Kandy, la capitale des montagnes, où il les disperserait lui-même dans le jardin botanique. Delphine aime les jardins, passionnément, et le jardin botanique de Kandy est, dans tout le Sri Lanka, l'endroit qu'elle aime le plus. C'est à ce moment précis, quand Jérôme lui a dit ça, qu'elle a compris que le deuil commençait, et qu'elle pouvait se mettre à pleurer.

Paris Match, janvier 2005

La suite de l'histoire, c'est que ce Nigel que nous nous représentions comme une incarnation de la bonté humaine n'a finalement rien fait de ce qu'il avait promis de faire. Cependant, Juliette a été incinérée, et ses cendres, quelques semaines plus tard, dispersées par Philippe dans le jardin botanique de Kandy.

CHAMBRE 304, HÔTEL DU MIDI
À PONT-ÉVÊQUE, ISÈRE

Sur la table, devant moi, sont disposés quatre feuillets arrachés à un carnet à spirale et recouverts, recto verso, de notes écrites ou plutôt griffonnées au feutre noir. Ces notes devaient servir à une description détaillée de la chambre 304 de l'hôtel du Midi à Pont-Évêque, Isère. Je les ai prises dans la nuit du 12 au 13 juin 2005, nuit à la fin de laquelle est morte la sœur d'Hélène, Juliette.

On avait diagnostiqué son cancer quatre mois plus tôt, le pronostic était, comme on dit, réservé, mais on ne pensait pas que ça irait si vite. La veille de la nuit dont je parle, Hélène m'a appelé en larmes pour me dire que Juliette était en train de mourir, que c'était une question d'heures et qu'elle partait à la gare de Lyon attraper le premier train sans repasser par la maison. Je l'y ai retrouvée et pendant tout le voyage je n'ai pu que lui tenir la main, répéter de temps à autre son prénom, et que je l'aimais.

Elle regardait devant elle, fixement. Quelquefois elle fermait les yeux.

Juliette habitait près de Vienne, qui n'est pas loin de Lyon. Toute la famille était là, le côté de Juliette et celui de Patrice, son mari. Je connaissais peu les uns, pas du tout les autres : Hélène et moi ne vivions ensemble que depuis le début de l'année, j'étais la plus récente des pièces rapportées. Ce que je savais de Juliette m'inspirait de la sympathie mais je ne l'avais vue qu'une seule fois dans ma vie. Ce deuil n'était pas le mien, j'étais là pour Hélène. Le soir de notre arrivée, tard, nous sommes allés à l'hôpital, au service de réanimation. Juliette était très faible, mais il était entendu que sauf accident elle ne mourrait pas cette nuit-là. Les médecins estimaient pouvoir la maintenir au moins jusqu'au lendemain soir et elle-même, en accord avec son mari, avait prévu que cette dernière journée serait celle de ses adieux aux siens. Elle avait demandé, pour ce moment, qu'on l'aide à être le mieux possible. Le mieux possible, cela voulait dire qu'elle tenait à être consciente, à ne pas trop souffrir et à être physiquement présentable, pour ses trois filles surtout, pour la dernière image qu'elles auraient d'elle.

Ce samedi était aussi le jour de la fête de l'école. Il y avait un spectacle auquel devaient participer les deux aînées, Amélie qui avait sept ans et Clara qui en avait quatre. Deux jours plus tôt, elles pensaient encore que leurs deux parents y assisteraient. La veille, leur père avait dû leur dire que ça n'était pas sûr que maman soit rentrée de l'hôpital. Et ce qu'il devait leur dire à présent, c'est qu'elle ne rentrerait pas de l'hôpital, qu'après le spectacle elles iraient l'y voir et que ce serait la dernière fois.

J'ai été et je suis encore scénariste, un de mes métiers consiste à construire des situations dramatiques et une des règles de ce métier c'est qu'il ne faut pas avoir peur de l'outrance et du mélo. Je pense tout de même que je me serais interdit, dans une fiction, un tire-larmes aussi éhonté que le montage parallèle des petites filles dansant et chantant à la fête de l'école avec l'agonie de leur mère à l'hôpital. Ce qui rendait la chose encore plus déchirante, s'il est possible, c'est que la fête de l'école était très bien. Vraiment. J'ai deux fils de dix-huit et quatorze ans, j'en ai donc vu pas mal, des fêtes de fin d'année à la maternelle et à l'école primaire, des spectacles de théâtre, de chansons ou de pantomime, et bien sûr c'est toujours attendrissant, mais aussi laborieux, approximatif, pour tout dire un peu bâclé, au point que, s'il y a une chose dont les plus indulgents des parents savent gré aux instituteurs qui se cassent la tête à organiser ces spectacles, c'est de faire court. Le spectacle auquel participaient Clara et Amélie n'était pas court, mais il n'était pas non plus exécuté à la va comme je te pousse. Il y avait dans ces petits ballets et ces saynètes une qualité de précision qui n'avait pu être atteinte qu'avec beaucoup de travail et de soin.

Leurs grands-parents les ont donc emmenées à l'hôpital, avec la petite Diane qui avait un an et dont je me demandais ce qu'elle pouvait ressentir, en quels termes, plus tard, elle essaierait de se le représenter. En fin de journée, ç'a été notre tour. J'ai accompagné Hélène. Juliette avait perdu conscience. Elle avait fait tout ce qui lui restait à faire. Patrice, son mari, était allongé sur le lit, il la tenait dans ses bras, lui parlait à voix basse. C'était à lui et à lui seul de rester auprès d'elle jusqu'au bout. Juste avant de partir, à la tombée de la nuit, Hélène a laissé son numéro de portable à l'infirmière de garde en demandant qu'on l'appelle quand ce serait fini.

Il y a encore eu un dîner, dans le jardin de la maison. C'était une soirée de juin très chaude, les voisins faisaient des barbecues, on entendait des enfants qui s'éclaboussaient en jouant dans les piscines gonflables. Nous sommes rentrés tôt, Hélène et moi, à l'hôtel du Midi de Pont-Évêque, où nous avions déjà passé la nuit précédente. Il était interdit de fumer dans la chambre, on n'y trouvait pas de cendriers, nous nous sommes donc servis d'un verre à dents en plastique avec un peu d'eau au fond pour qu'il ne brûle pas. Cela faisait une infusion vraiment dégoûtante. La fenêtre que nous avions laissée grande ouverte donnait sur le parking de l'hôtel. On entendait de loin en loin les graviers crisser sous les roues, des portières claquées, quelques mots échangés : des bruits de nuit d'été. Allongés nus sur le lit dont nous avions rejeté les draps, nous ne pouvions ni dormir ni faire l'amour, et Hélène était trop tendue pour pleurer. Parler aussi était difficile.

À un moment, j'ai dit que j'allais annuler mon voyage à Yokohama, prévu pour la semaine suivante. Il existe à Yokohama un festival de cinéma français, on m'avait invité à y présenter un film que je venais de réaliser. Je n'étais jamais allé au Japon, ce voyage me faisait plaisir et me flattait, mais je n'allais pas laisser Hélène seule pour enterrer sa sœur. Ce qui m'ennuyait, ai-je dit en plaisantant à demi, c'est que j'avais prévu d'écrire là-bas le texte pour le livre collectif des amis d'Olivier Rolin. J'en avais déjà parlé à Hélène, mais vaguement. Elle connaissait un peu Olivier, mais lointainement. Chacun, pour des raisons que j'ignore, était plus ou moins persuadé que l'autre ne l'aimait pas, Hélène qu'Olivier la voyait comme une bimbo frivole et bêcheuse [1], Olivier qu'Hélène le prenait pour un soiffard emphatique, et il fallait à chaque rencontre quelques verres pour lever le malentendu. J'ai raconté le principe du livre, mes hésitations sur le choix de la chambre. Le ton de l'entreprise appelait un établissement d'un exotisme un peu sophistiqué, par exemple l'hôtel de l'Amitié entre les peuples à Magadan, la capitale de la Kolyma. J'ai dit Magadan, à la fois parce qu'Hélène était en train de lire les souvenirs bouleversants d'Evguenia Guinzbourg et parce que je croyais me rappeler que le livre d'Olivier commençait là. En fait non, je viens de le vérifier, c'est à l'hôtel du Pôle (*Zapolarié Gostinitsa*) de Khatanga. Dans ce registre glacial, décati et crépusculaire, j'avais, moi, en réserve, l'hôtel Viatka de Kotelnitch, province de Kirov, un exemple parfait de style brejnévien en déshérence, où pas une ampoule n'avait dû être changée depuis l'inauguration et où si je mets bout à bout mes séjours j'avais passé pas loin de deux mois. À l'autre bout de

---

1. Non. (Note d'Olivier Rolin.)

l'échelle, le seul autre hôtel où je pouvais me vanter d'avoir réellement habité, je veux dire vécu plusieurs semaines, était le fastueux Intercontinental de Hong Kong. Il y avait dans le film que je tournais là-bas une scène dans une chambre d'où se découvrait la vue la plus impressionnante sur la baie, et c'est cette chambre-là que j'occupais. Hélène était venue m'y rejoindre. En nous retrouvant dans le lobby, en montant et descendant dans les ascenseurs, nous pouvions nous croire dans *Lost in Translation*. L'hôtel qui m'attendait à Yokohama devait être, j'imagine, du même genre, et je m'étais promis, comme un agréable devoir de vacances, d'y décrire scrupuleusement ma chambre, description sur laquelle je grefferais des souvenirs d'autres chambres et, si tout se passait bien, une esquisse de récit où figurerait Tahar Tagoul. « C'est qui, Tahar Tagoul? » a demandé Hélène. J'ai expliqué. Deux ans plus tôt, j'avais passé quelques jours d'été chez Olivier en Bretagne, nous avions un peu navigué sur son bateau, *Maline*, et pendant plusieurs heures, dans la friture de messages hachés que diffusait la radio du bord, une voix anonyme a cherché à établir le contact avec un certain Tahar Tagoul. Ce nom nous a enchantés et Olivier, qui écrivait alors *Suite à l'hôtel Crystal*, s'est promis d'y intégrer Tahar Tagoul : il serait parfaitement à sa place dans sa galerie de personnages interlopes. Il ne l'a pas fait, j'ignore pourquoi [1], mais j'étais décidé à y remédier. Tahar Tagoul à Yokohama, c'était mon cahier des charges.

---

1. On m'a fait comprendre qu'il valait mieux pas. (Note d'Olivier Rolin.)

Je bavardais, je bavardais, dans l'espoir de distraire un peu Hélène. Nous étions allongés l'un contre l'autre dans cette chambre où il faisait trop chaud, nous pensions à Juliette en train de mourir à l'hôpital, à Patrice qui la tenait dans ses bras, aux parents de Juliette et d'Hélène qui, trois chambres plus loin dans le même couloir, devaient penser à la même chose, aux petites filles dans leurs lits de petites filles, à leurs vies de petites filles qui cette nuit se déchiraient pour toujours, et je dévidais pour dire quelque chose mes souvenirs d'hôtels luxueux ou sordides, d'Olivier sur son bateau et de Tahar Tagoul. Hélène les écoutait, souriait parfois, quoi faire d'autre ? Je crois que c'est elle qui à un moment m'a dit : « Si tu ne vas pas à Yokohama, tu n'as qu'à décrire cette chambre-là. On peut le faire là, maintenant, ça nous occupera. » J'ai pris mon carnet, un feutre noir, et noté sous sa dictée que la chambre, d'une superficie d'environ douze mètres carrés, était entièrement tapissée, plafond compris, d'un papier peint en jaune. Pas d'un papier peint jaune, a-t-elle insisté : d'un papier qui devait être blanc à l'origine et qu'on a peint *en* jaune, avec un relief imitant un tissage à gros points. Après, nous sommes passés aux boiseries, tours de portes, tours de fenêtres, plinthes et tête de lit, peintes, elles, dans un jaune plus soutenu. C'était une chambre très jaune, en somme, avec, sur les draps et les rideaux, des touches de rose et de vert pastel qu'on retrouvait sur les deux reproductions de lithographies accrochées au-dessus et en face du lit. Toutes deux, éditées en 1995 par Nouvelles Images SA, trahissaient à la fois l'influence de Matisse et celle du style naïf yougoslave. Allongé sur le coude, je transcrivais en hâte ce que relevait Hélène, qui allait et venait maintenant dans la pièce, comptant les prises électriques et tâchant de comprendre le système de va-et-vient commandant les lumières. Elle était nue, je la regardais bouger, je commençais à avoir envie d'elle. Mais elle était partie pour compléter le programme et tout inventorier. Je passe les détails : c'était une chambre banale dans un hôtel banal, quoique très bien tenu – et très aimablement. La seule chose un peu intéressante et d'ailleurs la plus difficile à décrire se trouve dans le petit dégagement qui tient lieu d'entrée. Je recopie mes notes : « Il s'agit d'un placard à double accès, dont une porte ouvre sur le dégagement et l'autre, à angle droit, sur le couloir desservant les chambres. C'est l'équivalent d'un passe-plat avec deux étagères, celle du dessus destinée au linge, celle du dessous aux plateaux de petit déjeuner, comme l'indiquent clairement deux pictogrammes gravés dans le verre de deux petites impostes, permettant à la fois d'indiquer ce qui doit être placé où et de voir si ç'a été ou non placé. » Je ne suis pas sûr que ce soit tout à fait clair, tant pis. Nous nous sommes demandé si cette sorte de placard, assez peu répandu, avait un nom qui épargnerait ces descriptions laborieuses. Il y a des gens qui sont très forts pour ça, qui dans tous les domaines ou du moins dans un tas de domaines connaissent les noms des choses. Olivier en fait partie, son frère Jean aussi. Moi non. Hélène un peu plus. Le mot « imposte », dans les lignes que je viens de citer, je sais que c'est elle. Je sais aussi que parmi beaucoup d'autres raisons je l'ai aimée, cette nuit-là, de connaître le mot « imposte » et de l'utiliser à bon escient.

L'aube est arrivée. Nous avions fini notre inventaire et le téléphone n'avait pas sonné. Hélène s'est mise à avoir peur. Peur de l'acharnement thérapeutique, peur qu'on retienne sa sœur alors qu'elle était prête, peur qu'on lui fasse manquer le bon moment pour mourir. J'ai essayé de la rassurer. Moi non plus je n'en menais pas large. Nous avons fermé les rideaux, tiré le drap sur nous, dormi mal mais un peu, serrés l'un contre l'autre en cuillers. Le téléphone nous a réveillés à 9 heures. Juliette était morte à 4 heures du matin. Elle avait trente-trois ans.

Nous sommes revenus cinq jours plus tard à l'hôtel du Midi, pour l'enterrement. Nous avons occupé la même chambre. Il y avait un mariage ce jour-là, des voitures pavoisées de voile blanc se garaient à grand bruit sur le parking. Tout l'été, j'ai gardé dans un tiroir mes quatre pages de notes. Je me disais, quand j'y pensais, que ce bout de chagrin compact ferait mauvaise figure dans un ensemble à vocation romanesque et ludique, et qu'il faudrait que j'écrive autre chose, mais je n'ai pas trouvé quoi. C'est cette chambre d'hôtel-là que j'ai décrite, et c'est cela qui s'y est passé. J'ignore où cela me mène, mais je ne sais plus écrire que ce qui s'est passé.

Texte paru dans *Rooms*, d'Olivier Rolin
et autres auteurs, éditions du Seuil, 2006

ÉPÉPÉ, DE FERENC KARINTHY

La précédente édition de ce livre m'a été envoyée à l'automne 2000 par le directeur de Denoël, Olivier Rubinstein, accompagnée de ce mot laconique : « Ça devrait te plaire. » Ce que j'ignorais encore, c'est que chaque fois qu'il arrive à la tête d'une maison d'édition, le premier geste d'Olivier est de récupérer les droits d'*Épépé* pour le mettre à son nouveau catalogue, avec l'espoir d'en faire un jour le livre culte qu'il a manifestement vocation à être. Ce qu'il ignorait, lui, c'est combien ce roman étrange tombait à pic pour moi. Je l'ai lu, en effet, tandis que je tournais un film documentaire sur un Hongrois perdu dont je ne crois pas hors sujet de rappeler ici l'histoire.

Cet András Toma, qu'on a un peu abusivement présenté comme le dernier prisonnier de la Seconde Guerre mondiale, avait dix-neuf ans en 1944. Entraîné par la Wehrmacht dans sa débâcle, capturé en Pologne par l'Armée rouge, il a été transféré de camp de prisonniers en camp de prisonniers, toujours plus à l'est, puis, sans doute à la suite d'une bouffée délirante, interné à l'hôpital psychiatrique d'une toute petite ville russe appelée Kotelnitch. Il devait y rester cinquante-cinq ans.

Ce n'était pas un prisonnier politique mais un prisonnier de guerre, citoyen d'un pays désormais frère, et qui, la guerre finie, n'avait aucune raison d'être retenu en Union soviétique. Ce qui s'est passé, c'est qu'il ne parlait pas russe mais hongrois, et que personne autour de lui ne comprenait le hongrois. Que deux personnes qui n'ont pas de langue commune échouent à se comprendre au premier contact, c'est normal, mais avec un peu de bonne volonté elles finissent en général par trouver un terrain d'entente. Ce peu de bonne volonté a dû manquer au personnel de l'hôpital, et à András Toma non pas l'obstination mais la souplesse et peut-être l'intelligence : toujours est-il que cette incompréhension mutuelle du premier contact a duré, totalement inchangée, pendant cinquante-cinq ans. Pendant cinquante-cinq ans cet homme a marmonné seul dans sa langue, entouré de gens qui parlaient une autre langue, qu'il n'a jamais pu ou jamais voulu comprendre. Tous les quinze jours, les médecins notaient sobrement dans son dossier : « Parle hongrois. » C'était devenu son symptôme.

Au reste, il ne le parlait même plus. Quand on l'a par miracle retrouvé et rapatrié dans son pays, ce qui lui tenait lieu de langue n'était plus vraiment le hongrois mais une sorte de dialecte privé, autiste, celui du monologue intérieur qu'il avait ressassé tout au long de son exil. Des lambeaux de phrases surnageaient pourtant, où il était question de la traversée du Dniepr, d'un long voyage en train où presque tous ses compagnons étaient morts, de la terre trop gelée pour qu'on puisse les enterrer, de bottes qu'on lui avait volées et de sa jambe coupée qu'il réclamait qu'on lui rende. On reconnaissait aussi le nom de Hitler qu'il appelait « Hitler Adolf », à la hongroise, en plaçant le nom de famille avant le prénom. Il trouvait qu'Adolf Hitler était un petit futé et cette appréciation, plusieurs fois répétée, a jeté un froid.

J'ignore si vous lisez cette préface avant ou après le livre. Si c'est après, je n'ai pas besoin de justifier le récit que je viens de faire. Si c'est avant, je ne pense pas ruiner votre plaisir en résumant l'argument d'*Épépé* – il est peu probable, de toute façon, que vous l'abordiez complètement vierge : on vous en a parlé, ou bien la quatrième de couverture vous a séduit. C'est l'histoire d'un type qui se retrouve dans un pays dont il ne comprend pas la langue, et la relation au jour le jour de sa difficile survie dans ces conditions. Il y a cependant une grande différence entre András Toma et Budaï, le héros de Ferenc Karinthy. Le premier était un paysan peu instruit qui ne parlait que sa langue maternelle et qui, par une résistance psychique difficile à expliquer mais le fait est là, s'est révélé incapable d'acquérir ne serait-ce que les rudiments d'une autre, dont pourtant son salut dépendait. Le second est tout le contraire : un linguiste professionnel, maîtrisant des dizaines de langues et doué d'une faculté d'analyse exceptionnelle. On est toujours gêné, dans la fiction, quand les héros se conduisent comme des imbéciles, on se dit qu'on ferait mieux à leur place, mais on ne peut rien se dire de tel en ce qui concerne Budaï : défié sur son terrain, il est mieux armé et se sert mieux de ses armes que l'écrasante majorité d'entre nous, ce qui ne l'empêche pas d'aller de défaite en défaite. C'est une des forces du livre que son héros soit aussi industrieux, aussi combatif, qu'il explore aussi exhaustivement toutes les possibilités de s'en sortir – c'est-à-dire de comprendre quelque chose, ne serait-ce qu'un mot, à la langue que l'on parle autour de lui – et qu'en dépit des prodiges de méthode qu'il déploie l'objet de son étude lui reste aussi obstinément opaque.

Il y a une autre grande différence, c'est que l'histoire d'András Toma est vraie alors que celle de Budaï se déroule non seulement dans la fiction mais dans un univers parallèle, un pays de fantaisie aussi peu soumis aux lois du réalisme que les îles où échoue le Gulliver de Swift. Le livre n'est pas si loin, il faut bien le dire, de ces pénibles films d'animation des pays de l'Est, si en vogue dans les années soixante, où on voyait un petit homme coiffé d'un chapeau melon errer parmi des foules au regard vide dans une métropole tentaculaire où toutes les rues se ressemblaient. C'était supposé illustrer l'angoisse de l'homme moderne, la déshumanisation des cités, et lors du débat qui suivait il y avait toujours quelqu'un pour prononcer gravement l'adjectif « kafkaïen ». Ce qui fait échapper *Épépé* à ce cliché, c'est la précision et la rigueur avec lesquelles sont rapportées les tentatives d'évasion de Budaï, et la jubilation qu'on devine chez l'auteur à mesure qu'il agence son histoire et défie le lecteur de le prendre en défaut. Si je cherche quelque chose qui évoque cette jubilation-là, ce n'est pas du côté des épigones de Kafka, mais plutôt du merveilleux film de Harold Ramis, *Un jour sans fin*. Même argument de cauchemar, privé de toute justification rationnelle : un type coincé dans un patelin sinistre y revit sans fin la même journée. Même façon exhaustive, presque mathématique, d'explorer *toutes* les conséquences du postulat. Même griserie de la fiction. La différence, c'est que les scénaristes d'*Un jour sans fin*, nourris à la fois de contes de fées et de conventions hollywoodiennes, se tirent d'affaire en faisant triompher l'amour, alors que le pauvre Budaï perd Épépé, dont comble d'infortune il n'est même pas certain qu'elle s'appelle Épépé – ni Bébé, ni Diédié, ni Étiétié…

Drôle de livre, tout de même, pour qu'essayant de le situer j'appelle à la rescousse d'un côté une des histoires vraies les plus désespérantes dont j'ai jamais eu connaissance, de l'autre une comédie fantastique à la Capra. Drôle de livre, qui détonne dans la production de son auteur au point qu'on est tenté de se demander : « Qu'est-ce qui lui a pris ? » De cette production, à vrai dire, le lecteur français connaît peu de chose, puisque deux autres récits seulement sont traduits. *Automne à Budapest* est une évocation sensible et relativement audacieuse de la révolution de 1956 et de son écrasement par les chars russes, *L'Âge d'or* une comédie grinçante sur les amours d'un jeune Juif dragueur, planqué dans un immeuble de Budapest en décembre 1944, tandis que les Soviétiques assiègent la ville et que le parti pro-nazi des Croix fléchées y fait régner la terreur. À cette époque, ai-je appris par sa fille et traductrice Judith, Ferenc Karinthy était lui-même déserteur et planqué dans un hôpital de Budapest où, pour justifier presque un an de présence, il a subi pas moins de quatre opérations aussi injustifiées que bénignes : amygdales, appendice, végétations, et Judith ne sait plus quelle était la quatrième. Il avait hérité de son père Frigyes Karinthy, un des plus célèbres écrivains hongrois de l'entre-deux-guerres, une vision du monde humoristique et détachée, qu'équilibrait le sérieux de son activité sportive. Champion de water-polo dans sa jeunesse, il a été ensuite entraîneur d'un des plus importants clubs de Hongrie, et enfin arbitre international, ce qui en plus de ses activités littéraires l'a fait voyager dans le monde entier. Il a animé des jeux radiophoniques, publié des dizaines de romans et de pièces de théâtre, d'inspiration uniformément réaliste. Communiste jusqu'en 1956, il s'est abstenu ensuite de toute prise de position politique et tenu à un rôle d'observateur ironique. À aucun prix il ne voulait s'exiler de son pays, ni surtout de sa langue – alors que comme Budaï il en parlait pas mal d'autres. Il est mort en 1992, ses œuvres comme celles de son père, quoique dans une moindre mesure, continuent à être lues en Hongrie. Voilà le peu que je sais de lui, et s'il n'avait pas écrit *Épépé*, au retour d'un voyage au Japon, je n'aurais, honnêtement, aucune raison de le savoir. Mais il a écrit *Épépé*.

Je viens de le relire pour écrire cette préface et je m'aperçois que c'est la deuxième fois. J'entends : que je le relis, donc la troisième fois que je le lis. Il n'y a pas tant de livres qu'on lit trois fois en cinq ans. Je me suis amusé, pour les cinq qui viennent de s'écouler, à dresser ma liste : *Ethan Frome*, d'Edith Wharton, *La Supplication*, de Svetlana Alexievitch, *Austerlitz*, de W. G. Sebald, *Autobiographie de mon père*, de Pierre Pachet, *L'Oreille interne*, de Robert Silverberg. Ces livres ont en commun une tonalité sombre et même désolée. Les deux Américains, Wharton et Silverberg, racontent des histoires de solitude déchirantes mais sans écho dans l'histoire collective. Les Européens, en revanche, évoquent plus ou moins directement les expériences sur l'espèce humaine qui ont été conduites à grande échelle dans l'Europe du siècle passé. Le roman de Ferenc Karinthy relève de la fiction pure, pour autant qu'une chose pareille existe : fiction horlogère, ludique, refermée sur son propre aboutissement. Mais il s'enracine lui aussi dans ce que Georges Perec appelait « l'histoire avec une grande hache ». J'ai failli tricher, dix lignes plus haut, en dressant la liste de mes relectures récentes, pour y intégrer des livres que je n'ai pas lus trois fois ces cinq dernières années mais que j'avais envie de nommer, comme on a envie quelquefois de nommer ceux qu'on aime. Je pensais à *W ou le Souvenir d'enfance*, et ce que je pense tout à coup, ce qui me paraît absolument certain, c'est que Perec aurait adoré *Épépé*.

Denoël, 2005

L'INVISIBLE

C'est une espèce de synopsis, ou de note d'intention, pour un film dont j'ai agité l'idée vers 2005, 2006, dans l'espoir d'échapper à la difficulté d'écrire Un roman russe. *Je l'ai laissé tomber par la suite, sans exclure d'y revenir : je sais par expérience que la plupart des projets abandonnés refont un jour surface, sous une forme ou une autre. Cet embryon de fiction est finalement paru dans une revue consacrée aux écrits intimes. Y avait-il sa place ? Je me le suis demandé. Tout compte fait, je pense que oui.*

Le garçon a huit ans. Il est en vacances. Ses cousins, un peu plus âgés, lui disent en faisant de grands mystères qu'ils ont découvert un truc pour devenir invisible. Il y a une potion à boire, ce n'est pas très bon. Ils lui tendent le verre, le mettent au défi. Le garçon a un peu peur, il hésite, puis il boit, jusqu'à la dernière goutte.

Ce n'est pas bon, en effet, c'est de l'eau savonneuse, mais ça, on le lui dira seulement plus tard. En attendant, ça marche : il est devenu invisible. Ses cousins l'appellent, le cherchent, tendent les mains dans ce qu'ils pensent être sa direction, mais il a changé de place. Il circule dans la pièce, passe entre eux, les frôle, comme si on jouait à colin-maillard et qu'ils avaient les yeux bandés, mais ils n'ont pas les yeux bandés, simplement ils ne le voient plus. Il peut se planter en face de son cousin, à sa portée, lui faire des grimaces : le regard du cousin flotte sur lui sans le voir. C'est à la fois effrayant et grisant.

Enivré de son pouvoir, le garçon sort sur la terrasse de la maison, où les adultes finissent de déjeuner. Il crie : « Je suis invisible ! » On se tourne vers lui, on lui sourit gentiment, comme à un petit garçon qui joue. Les parents n'étaient pas dans la confidence, bien sûr, et les cousins qui l'ont suivi sur la terrasse éclatent de rire en chœur, ravis du succès de leur farce.

C'était une farce, d'accord. Le garçon a été affreusement déçu, affreusement vexé. N'empêche que pendant cinq minutes il a ressenti ce que c'était, d'être invisible.

J'ai envie de faire un film pour explorer cette sensation, déplier ces cinq minutes d'extase et de cauchemar dans une vie d'homme. Imaginer ce que serait la vie d'un homme en qui prendrait corps ce pouvoir.

Un pouvoir. Un talent. Un don. L'homme sur qui cela tombe, sans raison ni justice, est un roi, mais aussi un rat. Il est élu, mais aussi exclu. C'est surtout cela, au fond, que je voudrais raconter : comment un don peut exhausser mais aussi dévaster une vie.

J'imagine ce film raconté, en voix *off*, par son protagoniste.

Raconté à une femme.

À cette femme, il va dire ce que le pouvoir, qui à présent le quitte, a fait de sa vie.

Ça ne marche pas comme dans les films, ou comme l'imaginaient ses cousins. Pas besoin de potion, c'est bien plus simple que ça : il lui suffit, ou du moins lui suffisait de le désirer pour disparaître à tout moment du champ de vision et de conscience d'autrui. Pas besoin non plus de se mettre tout nu pour éviter qu'on voie se balader dans l'espace un costume surmonté d'un chapeau et précédé d'une pipe fumante. Les adaptations du roman fondateur de H.G. Wells ont popularisé ces images saisissantes, quand on parle de l'homme invisible au cinéma c'est en général à ça qu'on pense, mais lui n'a pas ce genre de problèmes d'intendance, il peut s'effacer corps et biens. Là où il est, s'il le veut, les autres ne voient rien. Ne perçoivent rien. C'est comme s'il n'était pas là.

Cependant, il n'est pas immatériel. Ce n'est pas un courant d'air qu'on traverse. Les gens qu'il frôle sentent son contact. On peut le toucher, il peut toucher. S'il décide par exemple de suivre un couple qui, après avoir marché dans la rue, monte dans une voiture à deux portes, il lui faudra pas mal d'astuce et de contorsions pour se glisser sans qu'ils se doutent de rien sur la banquette arrière. Il n'est pas tout à fait hors d'atteinte.

Ce pouvoir fabuleux, qu'en a-t-il fait? Et chacun d'entre nous, qu'en ferions-nous? Est-ce que nous resterions dans les pièces d'où on nous croit partis pour écouter ce que nos amis disent de nous? Est-ce que nous passerions de l'autre côté du guichet, à la banque, pour aller tranquillement jusqu'au coffre et nous remplir les poches de grosses coupures? Est-ce que nous chercherions à redresser des torts, à punir des méchants, à délivrer des otages en Irak? Est-ce que nous serions plutôt profiteurs ou plutôt altruistes? Est-ce que nous nous mêlerions des affaires du monde ou seulement des nôtres?

L'homme du film, je ne le vois pas en Superman. Ce qui l'intéresse, ce n'est pas d'agir sur le monde mais de le posséder en secret, c'est-à-dire en observant ce que font les autres quand ils ne se savent pas observés. Quand ils se croient seuls. C'est un obsédé de l'intimité, et particulièrement de l'intimité des femmes.

J'imagine une scène, vers le début du film (vers la fin, il devrait y en avoir une autre qui fonctionnerait sur le même principe, mais dont l'issue serait différente). L'homme du film s'intéresse à une femme. C'est une femme qu'il connaît, mais pas sur un pied d'intimité. Peut-être est-ce une collègue de bureau, s'il a un emploi de bureau, et dans ce cas il leur arrive de déjeuner ensemble à la cantine. Peut-être lui confie-t-elle ses peines de cœur. C'est un jeu d'enfant pour lui de pêcher ses clés dans son sac à main, d'en faire un double, il n'a même pas besoin pour ça d'être invisible. Quand elle rentre chez elle, il est là, il l'attend. Il la suit ou la précède dans l'appartement qu'il a eu largement le temps de repérer, en sorte qu'il en connaît les passages difficiles. Il reste tout près d'elle : depuis le jour d'été où les cousins lui ont fait boire le verre d'eau savonneuse, il ne s'est toujours pas lassé de ce jeu enivrant qui consiste à s'approcher de l'autre, aussi près qu'on peut, sans toucher ni être touché. Il est avec elle, tout près d'elle, tandis qu'elle se déshabille, va aux toilettes. Il y a des gens qui, même seuls chez eux, ferment la porte des toilettes quand ils y sont, et c'est tout un art, dans ces pièces généralement exiguës, de se retrouver du bon côté de cette porte au bon moment. Plus tard, quand elle prend un bain, il se tient accroupi au bord de la baignoire. Tout près. Il peut sentir son souffle ; elle pourrait, s'il ne le retenait, sentir le sien.

Plus tard encore, il la regarde dormir.

Il ne passe peut-être pas qu'une soirée, invisible, dans l'appartement de cette femme. Peut-être qu'il y habite plusieurs jours avec elle, à son insu. J'aimerais filmer ces scènes en usant d'une règle très simple, mais qui prend le contre-pied des films traitant le thème, du moins ceux que je connais. Dans ceux-ci, on ne voit pas l'homme invisible, seulement les effets visibles de ses actions. C'est le coussin du fauteuil qui se creuse sous son poids, les rideaux qui s'écartent tout seuls, la cigarette qui bouge et se consume dans l'air. Moi, je voudrais qu'au contraire on le voie et

qu'on voie en même temps les autres ne pas le voir. Je
voudrais filmer, plutôt que des trucages, ce ballet de deux
corps, ou plus, dans l'espace : l'un voyant l'autre, et l'autre
– les autres – ne le voyant pas. Il faudra un contraste entre
les scènes « normales » et celles où l'homme fonctionne en
mode invisible : les premières très découpées, avec beaucoup de plans fixes, beaucoup de champs-contrechamps,
les secondes en plans-séquences très sinueux, très enve-
loppants. Ce qui serait bien, pour ces scènes-là, ce serait de
travailler non pas avec un spécialiste des effets spéciaux,
mais avec un chorégraphe.

Il n'a pas toujours été, il n'est pas seulement ce rôdeur,
ce voyeur. Il y a eu d'autres femmes dans sa vie que ces
femmes épiées avidement, en silence.

Des femmes avec lesquelles, sous son aspect visible,
il a noué des relations amoureuses. Mais ça n'a pas marché, ça ne pouvait pas marcher. Chaque fois qu'une relation
commençait, dans la vie réelle, il se promettait de ne pas
user de son pouvoir, et puis il finissait par céder à la tentation. Une femme qui a été regardée quand elle se croyait
seule ne peut pas mettre de mots sur cette expérience mais,
d'une façon ou d'une autre, elle le sait. Quelque chose
l'alerte dans le regard, tendre pourtant, de l'homme qui est
dans son lit, qui la tient dans ses bras. Tôt ou tard, elle finit
par lui dire qu'elle ne sait pourquoi mais qu'elle le trouve
bizarre, qu'elle n'a rien de précis à lui reprocher mais qu'il
la met mal à l'aise, qu'elle ne peut pas avoir confiance en lui.

Une d'entre elles, peut-être, a deviné la vérité. Et celle-ci l'a haï.

De toute façon, il se retrouve seul.

Celui qui a un tel don est seul.

Est-il seul pour autant à avoir le don ? Pas forcément.

Il y a d'autres invisibles, et même s'ils ne chassent pas en meute ils forment une sorte de société secrète. Il y a dans la ville des lieux, des bars, des librairies ou des grands magasins, où ils se retrouvent, se reconnaissent, se regardent frôler les gens normaux. Ils se lancent des défis, ludiques ou cruels. C'est un rêve d'enfant, d'être invisibles, et ceux qui le sont jouent à des jeux d'enfants – d'enfants pas comme les autres, d'enfants souvent méchants.

Ils vivent leur condition de façons différentes. L'homme du film a eu, un moment, un ami qui le fascinait par sa capacité à user de son pouvoir de façon rationnelle, cynique, non névrotique : raids ultrarapides et ciblés, délits d'initié, c'était un génie de la finance, riche et célèbre, quelqu'un que tout le monde regardait ; personne, sauf l'homme du film, n'a jamais su la vérité sur lui. D'autres, moins talentueux, plus timorés, ont dû pour s'intégrer à la vie normale renier leur don, le laisser s'atrophier à force de ne pas s'en servir ou l'étouffer à force de volonté – comme quelqu'un qui est le jouet de pulsions criminelles et dont la vie s'épuise à les combattre. D'autres encore sont complètement passés de l'autre côté : ils ne sont presque plus jamais visibles et peut-être ne sont-ils plus capables de l'être. Ce sont des hors-la-loi, des spectres, des épaves, et les intégrés ont affreusement peur d'eux : c'est ce qu'ils pourraient devenir, c'est contre cela qu'ils luttent.

Certains cherchent le contact de leurs pareils, d'autres le fuient.

L'homme du film, je l'imagine entre les deux. Un moment attiré par cette société parallèle, et puis s'en éloignant. Il a eu cet ami flamboyant. Il a aimé une femme invisible. Tous les deux, ils ont partagé ce secret, connu la griserie d'en jouir ensemble, gloire et honte confondues, de se sentir ensemble supérieurs aux normaux, de leur jouer des tours, de prendre des risques. Peu à peu, c'est devenu comme une drogue, une surenchère perpétuelle, il a compris qu'avec elle il passerait lui aussi de l'autre côté, cesserait à tout jamais d'être visible, et cela, il ne l'a pas voulu.

Parfois il la rencontre. Plus personne ne la voit, sauf lui. Elle le défie de la rejoindre là où elle est, dans le monde fantomatique où personne ne la voit plus. Il baisse les yeux.

Un invisible n'a pas besoin de travailler. L'argent, les biens circulent, il n'y a qu'à se servir. Mais s'il n'est pas passé dans le monde de ceux qu'on ne voit plus jamais, s'il a encore une existence sociale, il doit exercer un métier. J'ignore lequel pour le moment, ce qui est certain c'est que c'est un métier sans prestige et que, contrairement à son ami le trader, il ne montre aucun désir d'y faire carrière. Il passe pour le raté de sa famille. S'il voulait, il pourrait lui aussi se servir de son don pour devenir frauduleusement riche et célèbre, mais ça ne l'intéresse pas. Ce qui brille dans sa vie brille ailleurs, dans le cercle magique où il voit sans être vu.

C'est un type anonyme, sans éclat. L'homme des foules. L'homme qui attend sur le quai du métro, vêtu d'un vieux jogging et d'une veste de surplus, la monture de ses lunettes raccommodée avec du chatterton. L'homme qui pousse son caddie au supermarché et le remplit de surgelés pour célibataire dépressif. L'homme qui regarde son linge tourner derrière le hublot de la laverie automatique.

C'est un roi, mais un roi secret.

Lui seul le sait.

Quand le film commence, il est en train de perdre son don.

Son don le quitte.

Cela se passe sans doute progressivement, capricieusement. Il y a des ratés. Ce qu'il faisait sans effort, comme on respire, devient problématique. Un jour, il voudrait devenir invisible et il n'y arrive pas. Un autre, il voudrait redevenir visible et il n'y arrive pas. Ou il redevient visible au mauvais moment, avec les embarras qu'on imagine

C'est comme de vieillir : il y a des choses qu'on pouvait faire, qu'on aimait faire, et un moment arrive où on a du mal à les faire, et on devine que bientôt on ne pourra plus les faire du tout.

C'est commun, c'est terrible.

C'est encore plus terrible quand il n'y avait pas *des* choses, mais une seule chose, et que cette chose unique vous abandonne.

L'homme invisible du film, il n'a que ça.

Les gens qui ont un don, un talent, ils n'ont souvent que ça.

Ils ne sont souvent que ça : leur royauté secrète, et la misère immense qui l'accompagne.

On tient à cette misère plus qu'à tout : ça s'appelle la névrose.

S'il n'est plus invisible, s'il ne règne plus en secret sur le secret des autres, sur la jouissance des femmes, alors il n'est plus rien.

S'il n'est plus rien, alors il peut devenir un homme.

Il peut devenir enfin visible pour une femme – celle à qui il raconte son histoire.

Il peut se tenir devant elle, détrôné, essoré, à nu, et elle peut lui dire : « Tu es là. »

Les Moments littéraires, printemps 2010

CAPOTE, ROMAND ET MOI

En janvier 1993, Jean-Claude Romand a tué sa femme, ses enfants, ses parents, son chien, et tenté de se tuer lui-même sans toutefois y réussir. Dans les jours qui ont suivi, on a appris qu'il n'était ni médecin ni chercheur à l'Organisation mondiale de la santé, comme tout le monde le croyait, et que tout ce qu'on savait de sa vie était faux. Encore étudiant, il avait prétendu avoir réussi un examen auquel, en fait, il n'était pas allé et, à partir de là, avait accumulé les mensonges pendant dix-huit ans sans jamais, contre toute vraisemblance, être percé à jour. Il n'était pas médecin mais il n'était rien d'autre : ni espion ni trafiquant d'armes ou d'organes, comme on l'avait d'abord cru et espéré, tant il est difficile d'admettre que quelqu'un puisse n'être rien. Il passait ses journées dans sa voiture, sur les aires de repos des autoroutes. Et quand il a compris qu'enfin des soupçons prenaient corps, il a préféré tuer les siens plutôt que d'affronter leurs regards.

Je me rappelle les premiers articles sur cette affaire : c'étaient ceux de Florence Aubenas, dans *Libération*. Je me rappelle avoir tout de suite pensé que j'allais écrire un livre là-dessus. Je me rappelle avoir relu *De sang-froid*, dont l'ombre s'étend forcément sur tout projet de ce genre, et un livre d'entretiens avec Truman Capote où il dit : « Si j'avais su ce que j'allais avoir à endurer au long des six ans qu'il m'a pris, je n'aurais jamais commencé ce livre. »

(J'ai entendu l'avertissement : j'allais en prendre, moi, pour sept ans.)

Capote, en 1960, était un romancier fêté, mais qui se sentait au bout du rouleau et cherchait un moyen de démentir la phrase de Scott Fitzgerald selon laquelle il n'y a pas de second acte dans la vie d'un écrivain américain. Il avait développé une théorie sur ce qu'il appelait le *non-fiction novel*, qu'on pourrait appeler le roman documentaire, et cherchait un sujet qui lui permettrait d'illustrer cette théorie. Quelque chose qui, normalement, relèverait du reportage et donc il ferait une œuvre d'art. Il est tombé un jour, dans le *New York Times*, sur un bref article rapportant l'assassinat d'une famille de fermiers par des inconnus dans le Kansas. Il s'est dit : un crime, l'Amérique profonde, pourquoi pas ? Il est parti pour le Kansas, s'est installé dans la petite ville où cela s'est passé. Il a rencontré le sheriff qui menait l'enquête, commencé à parler avec les gens. Le minuscule Capote, avec sa voix de crécelle et ses manières de folle griffeuse, cela faisait un drôle d'effet chez les *red-*

necks. Tout le monde pensait qu'il se lasserait, mais non, il s'est incrusté.

J'ai d'abord pensé faire comme lui : aller dans le pays de Gex, près de Genève, où s'était déroulée toute l'affaire, et m'incruster. Boire des coups avec les gendarmes, coincer mon pied dans les portes que voudraient me refermer au nez des familles traumatisées, fréquenter ce que dans les articles sur les faits divers on appelle les « sources proches de l'instruction ». Mais l'affaire était bien différente du crime à la fois atroce et banal sur quoi Capote avait jeté son dévolu. D'un côté, l'agression de l'extérieur dans ce qu'elle a de plus sauvage et fortuit : deux voyous inconnus qui, surgis de la nuit, font irruption dans une famille d'industrieux fermiers et la massacrent pour rien, pour 50 dollars. De l'autre, la gangrène du mensonge qui pendant dix-huit ans dévore de l'intérieur un homme. L'essentiel, pour moi, était d'avoir accès à cet homme. Alors je lui ai écrit. Je lui ai dit que je voulais comprendre, correspondre avec lui, lui parler. Il ne m'a pas répondu. J'ai laissé tomber. Puis commencé un livre de fiction, *La Classe de neige*, qui n'avait rien à voir et pourtant parlait exactement de la même chose : d'un père meurtrier, d'un enfant enveloppé de mensonge, de pas dans la blancheur, de vide et d'absence. Quand le livre est paru, il s'est passé quelque chose : Romand l'a lu, en prison, en a été touché parce qu'il lui rappelait sa propre enfance, et deux ans après ma première lettre il m'a répondu : maintenant, il était d'accord. Le projet auquel je croyais, non sans soulagement, avoir échappé me rattrapait par la manche.

Capote s'était lancé dans une enquête sur un meurtre non élucidé. Tout a changé pour lui quand les meurtriers ont été arrêtés et qu'il s'est retrouvé en face d'eux. Il ne s'agissait plus de reconstituer, autour de cette onde de choc, la vie d'une petite ville du Kansas, mais d'affronter deux hommes dont l'un, Perry Smith, lui est devenu proche, comme une sorte de frère monstrueux : « comme si, dit-il, nous avions été élevés ensemble dans la même maison, et que j'en étais sorti, moi, par la porte de devant, et lui par la porte de derrière ». Deux hommes qui ont bientôt été jugés, condamnés, et dont il a compris qu'il devrait, pour écrire son livre, les accompagner jusqu'à la mort. C'est à partir de là que l'histoire racontée par *De sang-froid* et l'histoire de la rédaction de *De sang-froid* se mettent à diverger de façon si fascinante, et que se met en place une des situations littéraires les plus vicieuses que je connaisse.

Perry appelait Capote « *amigo* », il le considérait comme son seul ami et attendait de lui qu'il plaide sa cause, qu'il lui trouve de meilleurs avocats, qu'il l'aide à faire appel de la sentence et au moins à repousser l'exécution. De 1960 à 1965, Capote a vécu dans un état d'angoisse atroce un insoluble dilemme moral. Il désirait passionnément terminer et publier son livre, que tout le monde attendait et qu'il savait devoir être un chef-d'œuvre. Mais il fallait pour qu'il le termine que l'histoire soit elle-même terminée, c'est-à-dire que soient pendus deux hommes qui le tenaient pour leur bienfaiteur. Son avenir, son accomplissement d'écrivain étaient suspendus à leur mort, et tout en réconfortant Perry et Dick, tout en les assurant d'une amitié qui au moins en ce qui concerne Perry était sincère, il priait et demandait à ses proches de prier pour que leurs appels soient rejetés et qu'on leur passe enfin la corde au cou.

La peine de mort n'existant plus en France, je n'ai pas connu ces affres-là – les plus effroyables, j'imagine, que puisse connaître un écrivain. Le procès de Romand, auquel j'ai assisté, n'avait pratiquement aucun enjeu pénal. Les faits étaient établis, reconnus, et la perpétuité acquise d'avance – la seule marge concernant la peine de sûreté, qui a été fixée à vingt-deux ans. Mais, de lettres en visites au parloir de la prison, j'ai su ce qu'était l'intimité d'un meurtrier qui, malgré tout, vous fait confiance. Je dis « malgré tout », parce que j'ai toujours assuré à Romand que je n'étais pas son avocat et que je n'écrirais pas sa version de son histoire. Mais alors, laquelle ? Le travail d'enquête objectif que je n'avais pas fait juste après les crimes, je l'ai fait par la suite. J'ai sillonné le pays de Gex sur les traces de Romand, muni de ses conseils et de ses plans. J'ai vu ses proches. Il a accepté qu'on me communique le dossier d'instruction : c'est une pile de cartons deux fois plus haute que moi et à l'heure où j'écris je le garde toujours dans un placard, prêt à le lui rendre quand il sortira de prison. J'ai pris des centaines de pages de notes, de bouts de récits écrits de points de vue différents, et passé quelque chose comme cinq ans dans cette fondrière de papier, à ne pas savoir comment m'y prendre. Une fois par an au moins, je relisais *De sang-froid*, à chaque fois plus impressionné par la puissance de sa construction et la limpidité cristalline de la prose. J'essayais d'imiter son approche délibérément impersonnelle sans me rendre clairement compte qu'il y a une chose très étrange dans ce chef-d'œuvre : c'est qu'il repose sur une tricherie.

Capote aimait Flaubert par-dessus tout. Il avait fait sien le vœu d'écrire un livre où l'auteur soit, comme Dieu, partout et nulle part, et il a accompli le tour de force de gommer entièrement de l'histoire qu'il racontait son encombrante présence à lui, Capote. Mais, ce faisant, il racontait une autre histoire et trahissait son autre visée esthétique : être scrupuleusement fidèle à la vérité. Il rapporte tout ce qui est arrivé à Perry et à Dick, de leur arrestation à leur pendaison, en omettant le fait que durant leurs cinq années de prison il a été la personne la plus importante de leur vie et qu'il en a changé le cours. Il choisit d'ignorer ce paradoxe bien connu de l'expérimentation scientifique : que la présence de l'observateur modifie inévitablement le phénomène observé – et lui, en l'occurrence, était beaucoup plus qu'un observateur : un acteur de premier plan. Et je pense que cette histoire-là, celle des relations de Capote avec ses personnages, il ne l'a pas seulement gommée du livre pour des raisons esthétiques, parnassiennes, parce que le « je »

lui semblait haïssable, mais aussi parce qu'elle était trop
atroce pour lui, et au bout du compte inavouable.

Je m'obstinais, quant à moi, à vouloir copier *De sang-
froid*. À vouloir raconter la vie de Jean-Claude Romand de
l'extérieur, en m'appuyant sur le dossier et sur ma propre
enquête, et je crois ne m'être jamais consciemment posé
la question de la première personne. Je croisais les points
de vue, me demandais sans relâche quelle version raconter, de quelle place, et je ne pensais pas, tout bonnement, à
la mienne. Et si je n'y pensais pas, je suppose, c'est parce
que j'en avais peur. J'étais enlisé, plongé dans une vraie
dépression, et pour la seconde fois j'ai décidé d'abandonner
le projet. Cela m'a fait un bien fou de prendre cette décision. Je me suis senti libéré, sans regret pour la masse de
travail investie en pure perte. Fini Romand, fini le cauchemar. Simplement, quelques jours après ce retour à la vie, je
me suis dit que ce serait bien d'écrire pour mon usage personnel, sans aucune perspective de publication, une sorte
de rapport sur ce qu'avait été pour moi cette histoire. Cela
permettrait, pensais-je, de boucler le dossier et de ne plus
y revenir. J'ai repris mes vieux agendas et, sans pour la
première fois depuis des années me torturer l'esprit, j'ai
écrit la première phrase : « Le matin du samedi 9 janvier
1993, pendant que Jean-Claude Romand tuait sa femme et
ses enfants, j'assistais avec les miens à une réunion péda-
gogique à l'école de Gabriel, notre fils aîné. » J'ai continué
ainsi et c'est seulement au bout de quelques pages que j'ai

compris que j'avais enfin commencé à écrire le livre qui m'échappait depuis si longtemps. En consentant à la première personne, à occuper ma place et nulle autre, c'est-à-dire à me défaire du modèle Capote, j'avais trouvé la première phrase et le reste est venu, je ne dirais pas facilement, mais d'un trait et comme allant de soi.

Six ans se sont écoulés depuis. C'est un cliché de parler d'un travail qui ne vous laisse pas indemne, mais je n'ai pas peur de ce cliché. À la fierté d'avoir mené à bien quelque chose qui en valait la peine – de cela, et peu importe que cela paraisse présomptueux, je suis certain –, se mêle toujours la crainte d'avoir, en dépit de mes scrupules, commis une mauvaise action. J'ai fait d'autres choses depuis : des films. Commencé des livres, que j'ai abandonnés : un vrai cimetière de projets. Et un frisson familier m'a parcouru l'échine devant les cartons finaux du film *Truman Capote*, rappelant qu'après *De sang-froid* l'écrivain n'a plus terminé un seul livre et que l'épigraphe de son grand œuvre inachevé était cette phrase de sainte Thérèse d'Avila : « Il y a plus de larmes au ciel sur les prières exaucées que sur celles qui ne le sont pas. »

Télérama, mars 2006

MARINA LITVINOVITCH
EST-ELLE L'ESPOIR DE LA RUSSIE ?

Il y a très peu de taxis à Moscou, mais il suffit de lever la main pour qu'une voiture s'arrête et, moyennant 150 roubles, soit 5 euros, vous conduise à peu près où vous voulez dans la limite des boulevards circulaires. Si piètre que soit mon russe, j'ai lancé le premier conducteur qui m'a pris sur le meurtre d'Anna Politkovskaïa, en lui demandant s'il avait idée de qui avait pu le commanditer. Le type a haussé les épaules et désigné du doigt le plafond de sa Jigouli en soupirant : *Navierkh*, « ça vient d'en haut ». Je rapporte cette réponse pour ce qu'elle illustre de méfiance fataliste envers le pouvoir.

Pourtant, au moment où j'écris, l'enquête semble s'orienter non vers le haut, mais vers le plus bas du bas : un trio d'officiers sibériens que Politkovskaïa avait dénoncés comme les assassins d'un Tchétchène de trente ans, Zelimkhan Murdalov, torturé et tué en janvier 2011 à Grozny. L'un de ces officiers a pris onze ans de prison, et les deux autres n'ont cessé de tenir cette journaliste de Moscou pour responsable des misères qu'on leur faisait, alors qu'après tout, « buter du terroriste jusque dans les chiottes », selon l'heureuse expression du président Poutine, on les avait envoyés là-bas pour ça. C'est ce genre d'attitude, cette prise de responsabilité, qui distinguait Politkovskaïa de l'immense majorité des journalistes russes, même d'opposition, et c'est de cela que me parle Galina Mursalieva, qui, depuis 1999, partageait son minuscule bureau à *Novaïa Gazeta*.

« Anna, me dit-elle, ne se contentait pas de répéter qu'il fallait arrêter la guerre en Tchétchénie, que l'armée était un lieu d'atroces brutalités et que les droits de l'homme étaient violés en Russie. Elle enquêtait précisément, elle accumulait des preuves et elle donnait des noms. Les gens qu'elle dénonçait, article après article, militaires tortionnaires, juges corrompus, avocats aux ordres du parquet, lui adressaient des coups de fil, des lettres et des mails de menace, le plus souvent courageusement anonymes. » À l'inverse, ceux qui pâtissaient de leurs exactions savaient qu'ils trouveraient en elle une oreille toujours attentive. Du moins, certains le savaient, car le bihebdomadaire *Novaïa Gazeta* ne tire qu'à 170 000 exemplaires, ce qui n'est pas grand-chose à l'échelle de la Russie, et depuis belle lurette Anna n'était plus invitée à la télévision.

« Elle n'avait d'autre tribune que son journal, mais cela n'empêchait pas, m'explique Galina, que dans le fauteuil où vous êtes assis se soient succédé des gens dont les parents avaient été enlevés, les fils bizutés à mort, les maisons explosées. Elle ne se contentait pas de les écouter, puis de raconter leurs histoires : elle les conseillait, les adressait à des avocats fiables, ne les laissait jamais tomber ensuite. Plus qu'une journaliste, elle était une sorte d'ONG à elle toute seule. Honnêtement, poursuit Galina, Anna était unique, et personne dans la presse russe ne peut revendiquer son héritage. Si vous cherchez des femmes qui travaillaient comme elle, mieux vaut aller voir du côté des ONG. »

C'est ce que j'ai fait. Dans de petits bureaux sombres qui ressemblaient tous à celui d'Anna Politkovskaïa, j'ai rencontré Svetlana Ganushkina, du Comité d'assistance civique pour les réfugiés, Valentina Melnikova, du Comité des mères de soldats, Tatiata Kasatkina, de Memorial, Ludmila Alexeeva, directrice du Moscow Helskinki Group, pour la défense des droits de l'homme. Toutes ces femmes, comme Anna Politkovskaïa, ont en commun de figurer sur des listes qu'on trouve sur internet et qui émanent de petites organisations extrémistes n'hésitant pas à appeler au meurtre des ennemis de la Russie, c'est-à-dire de tous ceux qui critiquent l'action du gouvernement. Il manquait à cette liste Marina Litvinovitch, que m'a présentée quelques jours plus tard Elena Melacheva, de *Novaïa Gazeta* : une grande fille blonde de trente-deux ans, belle, grave, rieuse, et qui n'a rien, loin de là, d'une Politkovskaïa *bis*, mais dont l'histoire est tout aussi intéressante car elle raconte quelque chose de différent sur les ambiguïtés de la Russie d'aujourd'hui. Et ses espoirs.

Que certaines figures de l'opposition se rapprochent du pouvoir ou se laissent récupérer par lui, c'est classique. Le contraire est beaucoup plus rare. Marina était étudiante en philo à Moscou quand, contrainte de gagner de l'argent pour continuer ses études, elle est entrée par la petite porte à la Fondation russe pour une politique efficace, officine d'un certain Gleb Pavlovski, un ancien dissident devenu dans les années quatre-vingt-dix consultant politique très en vue et membre de l'entourage de Boris Eltsine. C'était – et c'est toujours – une sorte de Jacques Séguéla russe, qui a travaillé activement à la communication du président, puis de son dauphin, Vladimir Poutine.

Marina, qui est ambitieuse et intelligente, est rapidement devenue sa principale collaboratrice et sa spécialiste en internet. À ce titre, après les élections de 1999, elle crée le site de la présidence et, en 2000, elle est carrément appelée au Kremlin. Elle a vingt-six ans, c'est le début d'une brillante carrière dans les cercles du pouvoir. Chaque semaine, elle participait à une réunion en très petit comité portant sur la politique à l'égard des médias et réunissant des membres de l'administration présidentielle, dont Vladislav Sourkov, le conseiller numéro un de Poutine, les présidents des deux principales chaînes de télé – qui venaient donc hebdomadairement prendre les ordres du Kremlin – et, assez souvent, Poutine lui-même.

Dire que Marina n'avait aucun état d'âme serait excessif, mais elle croyait alors que Poutine serait l'homme des réformes et elle ne trouvait pas anormal de compter sur les médias pour expliquer ces réformes. Quand je lui demande si à cette époque, c'est-à-dire au début de la seconde guerre de Tchétchénie, elle lisait *Novaïa Gazeta* et les articles d'Anna Politkovskaïa, elle répond que oui, bien sûr, cela faisait partie de son métier de lire la presse, mais qu'il y a une différence entre lire et prêter attention et qu'elle ne s'y attardait guère : au fond, comme ses patrons, elle trouvait ce petit canard et ses vertueux petits journalistes trop menu fretin pour qu'on prenne même la peine de les museler.

Le premier signal d'alarme, pour elle, a été la tragédie du *Koursk*. Elle a été choquée à la fois par la chape de plomb coulée par les médias qu'elle supervisait et par la réaction, sur le plan humain, du président. Elle se rappelle avoir personnellement insisté pour qu'il quitte Sotchi, où il était en vacances, pour se rendre à Mourmansk auprès des familles des marins, qui n'étaient alors pas encore morts. Il a accepté de le faire, mais il ne l'a plus refait, ni pour les victimes de la prise d'otages par des terroristes tchétchènes du théâtre de la Doubrovka, à Moscou, ni pour celle de Beslan. « Il ne sait pas, dit Marina, exprimer sa compassion.

– Il ne sait pas l'exprimer ou il n'en éprouve pas ? »

Elle réfléchit, puis lâche : « En fait, je crois qu'il n'en éprouve pas. »

En 2002, Sourkov, qui l'aime bien, lui propose de travailler directement pour le président, mais ça ne se fait pas. Elle se demande quelquefois ce qu'aurait été sa vie si elle avait eu cette promotion ; si elle aurait eu le courage, comme elle l'a fait, de partir après le massacre du théâtre de Moscou. En effet, c'est là que ses dernières illusions tombent. Elle comprend que tout se passe dans le secret, que le gouvernement se fiche des victimes, que les Tchétchènes sont diabolisés et que la politique à l'égard des médias se réduit désormais à de la propagande pure et simple. « Il y a eu, se rappelle-t-elle, un sujet épouvantable sur la première chaîne, sur un meeting d'homosexuels soutenant Grigori Iavlinski, le candidat du parti d'opposition Iabloko. Or ce meeting n'existait pas, ces homosexuels étaient des figurants, il s'agissait juste de faire passer Iavlinski pour le candidat des pédés, ce qui n'est pas un bon point en Russie. »

Elle quitte donc le Kremlin et commence à évoluer dans le petit monde dramatiquement divisé de l'opposition. Elle travaille, toujours comme conseillère politique, pour le parti libéral SPS, et assiste en témoin impuissant aux disputes avec Iabloko, querelles qui valent aux deux partis d'opposition de s'effondrer aux élections parlementaires de 2003. Au lendemain de ces résultats catastrophiques, elle rejoint l'oligarque Mikhaïl Khodorkovski, patron de Ioukos et homme le plus riche de Russie, qu'elle voit alors comme le seul artisan possible d'une union entre les forces de l'opposition, et au côté de qui elle commence à sillonner le pays.

Quand Khodorkovski est arrêté, jugé, emprisonné, Marina plonge dans une profonde dépression. Mais, paradoxalement, ce qui l'en sort, c'est la tragédie de Beslan. Elle s'y rend pour la première fois début 2005, quelques mois après le massacre, et depuis y est retournée vingt fois. Elle va voir les familles des victimes, elle comprend que celles-ci demandent de l'aide, et que ça ne peut pas seulement être l'aumône de l'État. Ce qu'elles veulent, c'est que la vérité soit dite. Et cette vérité, comme pour le massacre du théâtre de la Doubrovka, c'est que, certes, les terroristes sont coupables, mais que le FSB est responsable de la mort de la plupart des civils.

Depuis un an et demi, donc, cette jeune femme qui, il y a quatre ans encore, travaillait à encadrer les médias pour le compte du gouvernement, n'a plus qu'une seule obsession, c'est de démontrer la responsabilité de ce même gouvernement dans un massacre et son indifférence à l'égard des victimes. Alors elle se bat avec ses armes, avec l'expérience acquise quand elle était de l'autre côté. Elle crée un site internet, baptisé « La vérité sur Beslan », assure les relations publiques du Comité des mères de Beslan, et sait vers qui se tourner pour lever les fonds permettant de payer les avocats.

Sur la première chaîne de télévision, dont il y a si peu de temps encore elle validait l'information, on lui a consacré un sujet, l'accusant de manipuler les familles des victimes pour se faire de l'argent et déstabiliser le pays. Marina figure désormais sur les listes des ennemis de la Russie. Et parce qu'on la croit juive, elle est aussi en bonne place sur les sites antisémites qui fleurissent. Début 2006, elle se fait agresser alors qu'elle rentre chez elle : on la prévient que la prochaine fois ce sera plus sérieux. Désormais, elle circule accompagnée d'un garde du corps. Mais si elle a peur, c'est moins pour elle-même que pour son fils de cinq ans, qu'elle élève seule.

Parallèlement, Marina poursuit sa carrière de consultante en politique, mais cette fois au côté de Gary Kasparov, l'ancien champion d'échecs en qui elle voit, sinon un candidat sérieux aux élections de 2008, du moins un homme œuvrant à cette fameuse union des forces d'opposition qui semble si mal engagée et dont elle continue pourtant à rêver.

Toutes les personnes que j'ai rencontrées, ces militantes historiques des droits de l'homme, ces femmes d'une autre génération, en rêvent aussi mais n'y croient guère. Elles croient, et s'en désolent, à l'apathie profonde du peuple russe. Chez Marina, j'entends autre chose. De l'idéalisme, de la compassion, mais pas seulement : elle est jeune, elle veut faire carrière, et c'est ce qui, paradoxalement, rend son parcours à mes yeux tellement encourageant. Qu'une fille ambitieuse et pragmatique, qui avait tout pour faire carrière au Kremlin, choisisse de jouer la carte de l'opposition démocratique, ce n'est pas seulement à son honneur, comme l'est un combat noble et perdu d'avance, mais peut-être un signe des temps, le signe que quelque chose pourrait changer en Russie. Dans quelques conditions politiques que ce soit, on ne peut imaginer une Politkovskaïa au pouvoir. Marina, si, et c'est une bonne nouvelle.

Marie-Claire, décembre 2006

LE DERNIER DES POSSÉDÉS

1

J'ai connu Limonov à Paris où il a débarqué en 1980, précédé par le succès de scandale de son premier roman, *Le poète russe préfère les grands nègres*. Expulsé d'Union soviétique, il avait passé cinq ans à New York, dans une dèche qu'il racontait avec éclat : petits boulots, survie au jour le jour dans un hôtel sordide et parfois dans la rue, coucheries hétéro et homosexuelles, cuites, rapines et bagarres, cela pouvait faire penser, pour la violence et la rage, à la dérive urbaine de Robert De Niro dans *Taxi driver*, pour l'élan vital aux romans de Henry Miller, dont Limonov avait le cuir coriace et la placidité de cannibale. Ce n'était pas rien, ce livre, et son auteur, quand on le rencontrait, ne décevait pas. On était habitué, dans ces années-là, à ce que les dissidents soviétiques soient des barbus graves et mal habillés, habitant de petits appartements remplis de livres et d'icônes où ils passaient des nuits entières à parler du salut du monde par l'orthodoxie, on se retrouvait devant un type de trente-cinq ans, sexy, rusé, marrant, qui avait l'air d'un marin en bordée et derrière ses petites lunettes rondes portait sur le monde l'œil à la fois myope et arrogant d'une rock star. On était en pleine vague punk, son héros avoué était Johnny Rotten, le leader des Sex Pistols, il ne se gênait pas pour traiter Soljenitsyne de vieux con. C'était rafraîchissant, cette dissidence *new wave*, et Limonov à son arrivée a été la coqueluche du petit monde littéraire parisien. Cette faveur aurait pu ne durer qu'une saison, mais le voyou de charme avait plus d'un tour dans son sac et, bon an mal an, en multipliant les éditeurs pour écouler sa production, il a vécu de sa plume pendant dix ans. Ce n'était pas un auteur de fiction, il ne savait raconter que sa vie mais sa vie était intéressante et il la racontait bien, dans un style direct, concret, sans chichis littéraires, avec l'énergie d'un Jack London russe. On a eu droit ainsi à ses souvenirs d'enfant dans la banlieue de Karkhov, en Ukraine, puis de délinquant juvénile, puis de poète *underground* à Moscou, sous Brejnev. Il parlait de cette époque et de l'Union soviétique avec une nostalgie narquoise, comme d'un paradis pour *hooligans* dégourdis, et il n'était pas rare qu'en fin de dîner, quand tout le monde était ivre sauf lui, car il tient prodigieusement l'alcool, il fasse l'éloge de Joseph Staline, ce qu'on mettait sur le compte de son goût pour la provocation. Il écrivait dans *L'Idiot international*, le journal de Jean-Édern Hallier, qui n'était pas blanc-bleu idéologiquement mais rassemblait des gens libres et brillants. Il avait un succès incroyable avec les filles. C'était le barbare préféré de tout le monde.

Les choses ont commencé à se gâter au début des années quatre-vingt-dix. Il disparaissait pour de longs voyages dans les Balkans, aux côtés des troupes serbes. On l'a vu un jour dans un documentaire de la BBC, parlant poésie avec Radovan Karadžić sur une colline dominant Sarajevo assiégé, puis tirant à la mitrailleuse sur la ville. Il est retourné en Russie où dans le bordel de l'après-communisme il a fondé un parti politique qui portait le nom engageant de Parti national-bolchevik et, pour ce qu'on en savait, s'apparentait à une milice de *skinheads*. Notre aimable compagnon était devenu gravement infréquentable et je n'ai pas le souvenir, dans les dix années qui ont suivi, d'avoir reparlé ou entendu reparler de lui. En 2001, on a appris qu'il était arrêté, jugé, emprisonné pour des raisons assez obscures où il était question de trafic d'armes et de tentative de coup d'État au Kazakhstan. Une pétition de soutien a circulé mais on s'est d'autant moins précipité pour la signer qu'elle émanait de milieux où se publiaient également des ouvrages comme *La France LICRA-isée* ou *Ratko Mladić, criminel ou héros ?* C'était l'époque où, pour ma part, j'ai commencé à séjourner souvent en Russie, principalement dans un trou de province appelé Kotelnitch, où je tournais au long cours un film documentaire, mais aussi à Moscou où j'ai acheté un jour un livre de Limonov, traduit nulle part sauf sans doute en Serbie, qui s'appelait *Anatomie du héros*. Il y avait dans ce livre un cahier de photos où le héros en question, généralement vêtu d'un treillis militaire, posait en compagnie de Karadžić, du criminel de guerre serbe Arkan, de Jean-Marie Le Pen, du populiste russe Jirinovski, du mercenaire Bob Denard et de quelques autres humanistes. L'affaire semblait classée, sans appel, cela ne m'empêchait pas d'être intrigué par le destin de ce type si doué, si séduisant, si libre, et qui se retrouvait *là*. J'avais l'impression vague que ce destin racontait quelque chose sur la folie du monde, mais je ne savais pas quoi au juste.

Puis il y a eu, en octobre 2006, l'assassinat de la journaliste Anna Politkovskaïa. Je suis allé à Moscou faire un reportage. J'ai lu attentivement ses livres et ses articles. Peu avant sa mort, elle avait suivi le procès de trente-neuf militants nationaux-bolcheviks accusés d'avoir envahi et vandalisé le siège de l'administration présidentielle aux cris de « Poutine, va-t'en ». Pour ces crimes, ils avaient écopé de lourdes peines de prison et Politkovskaïa, sans manquer de souligner ce qui la séparait de Limonov, prenait clairement leur défense : les *nasboly*, comme on les appelle ici, étaient à ses yeux des héros du combat démocratique en Russie. Au cours de ce reportage, j'ai rencontré les représentants des maigres forces d'opposition au gouvernement de Vladimir Poutine : journalistes indépendants, dirigeants d'ONG, mères de soldats tués ou mutilés en Tchétchénie. C'est un très petit monde, aussi respectable que peu représentatif, mais dans ce petit monde je me suis aperçu avec étonnement que tout le monde parlait de Limonov et des siens comme de gens courageux, intègres, seuls ou presque à donner confiance dans l'avenir moral du pays. Quelques mois plus tard, j'ai appris que se formait sous le nom de *Drougaïa Rossia*, l'autre Russie, une coalition composée de Gary Kasparov, Mikhaïl Kassionov et Édouard Limonov – soit un génie des échecs, un ancien Premier ministre de Poutine et un écrivain punk : drôle d'attelage. Quelque chose, apparemment, avait changé : peut-être pas Limonov lui-même mais la façon dont il était perçu, la place qu'il occupait. C'est pourquoi, quand Patrick de Saint-Exupéry, que j'avais connu correspondant du *Figaro* à Moscou, m'a parlé d'une revue de grands reportages dont il préparait le lancement et demandé si j'aurais un sujet pour le premier numéro, j'ai sans même réfléchir répondu : Limonov. Patrick m'a regardé avec des yeux ronds : « C'est une petite frappe fasciste, Limonov. » J'ai dit : « Je ne sais pas, il faudrait aller voir. – Très bien, a dit Patrick sans demander davantage d'explications, va voir. »

J'ai mis un peu de temps à remonter la piste, trouver un numéro de téléphone. Ce qui m'a frappé, quand Limonov a répondu, quand je lui ai dit mon nom et ce qui m'amenait, c'est qu'il se souvenait parfaitement de moi. Nous nous étions croisés cinq ou six fois, plus de vingt ans auparavant, il était connu à l'époque, moi un jeune journaliste intimidé, à peine un figurant dans sa vie, pourtant il se rappelait que j'avais une moto rouge : « Une Honda 125, c'est ça ? » C'était bien ça. Sur quoi il a accepté sans problème que je vienne passer deux semaines à ses côtés. « Sauf, bien sûr, a-t-il ajouté, si on me remet en prison. »

2

Deux jeunes costauds au crâne rasé, vêtus de noir, très polis, viennent me chercher pour me conduire à leur chef. On traverse Moscou dans une Volga noire aux vitres fumées – la voiture type du FSB, plaisante le conducteur – et je m'attendrais presque à ce qu'on me bande les yeux mais non, ils se contentent d'inspecter rapidement la cour de l'immeuble avant de sortir, puis la cage d'escalier, le palier enfin, donnant sur un petit appartement sombre, meublé comme un squat, où deux autres crânes rasés tuent le temps en fumant des cigarettes. Édouard, me dit-on, se partage entre trois ou quatre lieux dans Moscou, en change aussi souvent que possible, s'interdit les horaires réguliers et ne fait jamais un pas sans au moins deux gardes du corps – des militants de son parti. Il sort d'une pièce, en jean et pull à col roulé noirs. Est-ce qu'il a changé ? Pas changé ? Pas changé : toujours mince, la peau lisse et mate de Mongol, le ventre plat, la silhouette d'adolescent. Changé, parce qu'il porte désormais moustache et barbichette, qui avec les lunettes et la crinière grisonnante me font tout à coup penser à un passage du *Journal d'un raté* que j'ai relu dans l'avion et recopié dans mon carnet. Je le lui lis, en guise d'entrée en matière : « Il fait bon, par un mois de mai remarquablement doux et humide, être président de la Tchéka d'Odessa, debout sur le balcon face à la mer, barbiche et veste de cuir, rajustant son pince-nez avant de regagner les profondeurs de la pièce et d'entamer l'interrogatoire de la princesse N., compromise dans un complot contre-révolutionnaire, célèbre pour son exceptionnelle beauté, âgée de vingt-deux ans. » Et ceci encore, tant que j'y suis : « Je rêve d'une insurrection violente à la Pougatchev ou à la Stenka Razine. Je ne deviendrai jamais Nabokov, je ne courrai jamais après les papillons dans les prairies suisses, sur des jambes anglophones et poilues. Donnez-moi un million et j'achèterai des armes et je susciterai un soulè-vement dans n'importe quel pays. » C'était le film qu'il se racontait à trente ans, émigré largué sur le pavé de New York, et maintenant, trente ans plus tard, voilà : il est dans le film. « C'est bien cela, Édouard Veniaminovitch ? »

Il rit. La glace est rompue. Il marche de long en large, à grands pas, dans la pièce aux rideaux tirés, tapissée de photos où on le voit avec des militaires dont quelques-uns au moins doivent être recherchés par la Cour de La Haye. C'est son nouveau rôle : le révolutionnaire professionnel, le technicien de la guérilla urbaine, Trotski dans son wagon blindé. Planques, garde rapprochée, ivresse de la clandesti-nité et du risque – qui est réel, car en plus de se faire foutre en prison il a été plusieurs fois sévèrement agressé. Par qui ? Qui lui en veut, au juste ? « Si vous voulez des menaces récentes, dit-il, regardez ça », et il me montre une interview récemment donnée par Andreï Lougovoï à la *Komsomol-skaïa Pravda*. Je demande ici un peu d'attention. Lougovoï est cet ancien officier du FSB qu'on soupçonne fortement d'avoir organisé l'empoisonnement de Litvinenko, lui aussi ancien du FSB mais passé, à Londres, au service de l'exoligarque et ennemi juré de Poutine Boris Berezovski. Lougovoï, que la Russie refuse d'extrader, s'y répand en déclarations d'où il ressort, premièrement qu'il n'est pour rien dans le meurtre de Litvinenko, deuxièmement qu'il sait qui y est pour quelque chose : Berezovski lui-même, qui n'a pas hésité à faire tuer un de ses hommes pour qu'on en accuse le Kremlin. Et cette opération de déstabilisation ne fait que commencer. Il y a une liste d'hommes à abattre, en tête de laquelle figure l'opposant d'extrême gauche (c'est ainsi que le désigne Lougovoï) Édouard Limonov. Gare au polonium, donc. Il me semble qu'on nage en plein James Bond, mais qui sait ? De toute façon, il y a moins tordu, plus concret. Il y a cette milice de jeunes poutiniens qui s'appellent les *nachy* : les nôtres. Entre *nasboly* et *nachy*, c'est la guerre. Le problème, c'est que chaque fois qu'il y a de la baston, ce sont les *nasboly* qu'on arrête, juge et emprisonne, et les *nachy* s'en tirent sans être inquiétés, au contraire. Et ils ne se contentent pas de cogner, ils font aussi campagne contre lui. Des rayonnages où ils voisinent avec des écrits situationnistes et kominterniens, il sort une brassée de brochures luxueusement imprimées, beaucoup mieux que son journal à lui. Je les parcours, et plus tard les étudierai en détail. Ce sont des pamphlets qui le présentent comme le dangereux promoteur d'un « fascisme *glamour* », photos et citations à l'appui. Les photos, où on voit un petit Limonov couvé d'un regard tendre par Adolf Hitler, me semblent par excès de malhonnêteté manquer leur cible. Les citations, en revanche... On peut toujours dire qu'elles sont tripatouillées, mais j'ai lu, moi, *Anatomie du héros*, où s'étalent, noir sur blanc, les éloges des « trois grands partis du XXᵉ siècle » : fascisme, communisme et nazisme et, même s'il est concédé que Hitler est admirable pour sa stratégie de conquête du pouvoir, qu'il a ensuite commis des « erreurs », il est difficile de ne pas trouver ça accablant. Je lui dis : mais tout ça, vous l'avez bien écrit ? Il hausse les épaules : des conneries, vieilles d'il y a dix ans, vraiment pas de quoi s'exciter. Et surtout, comme ceux qui le traitent de fasciste sont les sbires de Poutine, il a beau jeu de dire : c'est qui, les fascistes ? Qui les persécuteurs, qui les persécutés ? Qui abuse du pouvoir et qui va en prison ? Je ne vais pas tarder à me rendre compte que l'argument, ici, a son poids.

3

J'imaginais quoi, au juste ? Un desperado au bout du rouleau, des meetings de paumés au fond d'arrière-salles banlieusardes ? C'est raté : il ne mange plus de ce pain-là, ne porte plus de treillis militaire, fait attention à ne pas dire n'importe quoi. Il ne va plus qu'aux réunions importantes, comme cette conférence de presse qu'il tient avec Kasparov, ce matin, à la Maison des journalistes. L'ancien champion d'échecs est massif, chaleureux. Lui, à ses côtés, en veston et cravate, un petit cartable à la main, fait plus intellectuel qu'aventurier et même, je trouve, un peu *tchinovnik*, comme on appelait sous l'Empire les ronds-de-cuir. L'ex-Premier ministre Kassionov, en principe troisième membre de la troïka, n'est pas là, en revanche il y a Lev Ponomarev, le grand manitou de la défense des droits de l'homme en Russie, qui, comme Politkovskaïa, a depuis quelques années pris fait et cause pour les nationaux-bolcheviks. Les journalistes russes et étrangers, venus assez nombreux, considèrent cette hétéroclite brochette de démocrates avec une bienveillance un peu lasse. Ils ont déjà fait des papiers sur eux, ce n'est pas un grand sujet. Tout le monde sait très bien qu'ils n'ont aucune chance, aucun poids politique, aucune implantation dans le pays, que leur espérance la plus folle n'est pas de remporter les élections parlementaires de décembre, ne parlons même pas des présidentielles de mars 2008, mais simplement de pouvoir y participer, de faire un tout petit peu entendre leur voix. Tout le monde sait très bien qu'ils n'ont aucun programme, que si un coup de baguette magique les portait au pouvoir ils ne seraient d'accord sur rien – et je pense pour ma part qu'au bout de huit jours Limonov serait déjà dans la rue à manifester contre ses anciens camarades, à moins qu'il ne les ait tous fait fusiller. On les écoute donc, patiemment, exposer leurs déboires : réservations de salles pour leurs meetings annulées à la dernière minute, livre de Kasparov que l'éditeur lanterne à publier, bâtons dans les roues en tous genres. Je pense à ce que me disait hier mon ami Pavel : cette histoire d'opposition en Russie, c'est comme vouloir roquer quand on joue aux dames, ce n'est pas prévu par la règle du jeu, ça n'a aucun sens, tous ces types sont des guignols. Je m'ennuie un peu, je feuillette mon carnet et retombe sur une citation du *Journal d'un raté* : « J'ai pris le parti du mal : des feuilles de chou, des tracts ronéotés, des partis qui n'ont aucune chance. J'aime les meetings politiques ne réunissant qu'une poignée de gens et la cacophonie des musiciens incapables. Et je hais les orchestres symphoniques : si j'avais un jour le pouvoir j'égorgerais tous les violonistes et les violoncellistes. » Je le regarde écouter Kasparov. Ronger son frein. Effiler les pointes de sa moustache d'un geste qui ressemble à un tic, et qui me déplaît. Je me demande ce qu'il pense, ce qu'il espère. Est-ce qu'il y croit ? Est-ce que ça l'amuse, de jouer pour un temps ce rôle d'homme politique à peu près respectable, lui l'outlaw, le chien enragé ? Est-ce une ruse tactique ? J'ai acheté hier et commencé à lire un de ses livres écrits en prison : son autobiographie politique. Il y raconte la fondation de son parti, les premières recrues, les galères, les congrès, les scissions, les persécutions, et on se dit en le lisant que tout cela est à la fois héroïque et dérisoire, mais aussi que ses modèles, communiste et fasciste, ont commencé comme ça. Que les gens raisonnables y croyaient aussi peu et qu'un jour ça a pris, que contre toute attente ces histoires de révolutionnaires obscurs, miteux, voués aux vaines palabres, sont devenues la grande Histoire. Voilà ce qu'il doit se raconter. Et, après tout, qui sait ?

Dans la voiture, en revenant de la conférence de presse, on écoute la radio qui en rend brièvement compte. *Drou-*

gaïa Rossia, résume le journaliste sans ironie, envisage de poursuivre en justice le directeur de salle qui les a plantés. Limonov secoue la tête, mécontent : c'était idiot, de dire ça, ensuite c'est la seule chose que les journalistes retiennent et ça fait passer le parti pour une bande de minables, des types dont l'action politique consiste à poursuivre en justice des directeurs de salle. Lui, en quinze ans de lutte, il a appris quoi dire et ne pas dire. Il est froid et rusé, fier d'être froid et rusé. Pas comme ce pauvre Kasparov, « qui réagit toujours de façon trop émotionnelle ». Champion du monde d'échecs, mais trop émotionnel. Sacré Édouard.

4

La conférence de presse ne m'a pas fait très forte impression mais je me rends compte jour après jour que, s'il est grillé en Occident, dans son pays Limonov a la cote. C'est même une star. Ce que je vais rapporter maintenant n'a aucune valeur statistique, mais quand même. En deux semaines, j'ai fait le compte, j'ai parlé de lui avec plus de trente personnes, aussi bien les inconnus dont je réquisitionnais la voiture, puisque tout un chacun à Moscou fait le taxi sauvage, que des amis appartenant à ce qu'on pourrait, avec beaucoup de précautions, appeler les bobos russes : artistes, journalistes, éditeurs, se meublant chez IKEA et lisant l'édition russe de *Elle*. Tout sauf des excités. Personne ne m'a dit un mot contre lui et, chez les bobos, on réagissait comme si j'étais venu interviewer à la fois Houellebecq, Lou Reed et Cohn-Bendit. Deux semaines avec Limonov, quelle chance tu as. Je disais : mais quand même, rien que ce nom, Parti national-bolchevik, ça ne vous gêne pas ? Et leur drapeau, qui copie le drapeau nazi, sauf que dans le cercle blanc sur fond noir, au lieu de la croix gammée, il y a la faucille et le marteau ? Et les crânes rasés, les têtes de morts sur les brassards ? Mes interlocuteurs haussaient les épaules, me trouvaient bien chochotte. Des mômeries, pas de quoi fouetter un chat, et puis les humanistes aux mains pures, il y en a tant qu'on veut mais ce sont des trouillards, alors que les *nasboly* payent de leur personne, ils vont en taule pour leurs idées.

J'ai accompagné Limonov à la soirée de la radio *Écho de Moscou*, qui est l'événement mondain de la rentrée, quelque chose comme la fête de Canal +. Il y est venu avec ses gardes du corps, mais aussi sa femme, Ekaterina Volkova, une jeune actrice à succès : ravissante, sympathique, *cool* au possible. Dans le gratin politico-médiatique qui se pressait à cette soirée, personne n'a été plus photographié et fêté que le couple Limonov, auquel la presse *people* consacre des articles enamourés et très clairement *nasbol-friendly*. Ekaterina, dans ses interviews, raconte avec une fraîcheur ingénue qu'avant de rencontrer Édouard Veniaminovitch elle ne s'intéressait pas à la politique mais que maintenant elle a compris : la Russie est un État totalitaire, il faut lutter pour la liberté, participer aux marches du désaccord, ce qu'elle fait aussi sérieusement que ses séminaires de yoga. (Si totalitaire que soit l'État, cela dit, de telles déclarations ne lui causent appa-

remment pas plus de tort qu'à, disons, Emmanuelle Béart
ses prises de position en faveur des sans-papiers. Il suffit
d'imaginer ce qui se serait passé sous Staline ou même sous
Brejnev dans l'hypothèse de toute façon invraisemblable où
des propos pareils auraient pu être imprimés pour relativiser
un tant soit peu la dictature poutinienne.)

Dans un autre registre : on a récemment demandé à une
quinzaine d'écrivains russes en vue qui parmi leurs collègues
comptait à leurs yeux : dix ont mis Limonov en tête – et
quand on a posé la même question à Houellebecq, justement,
et à Beigbeder, qui sont les deux auteurs français les plus
populaires en Russie, ils ont répondu la même chose : Limonov, Limonov, ils ne connaissaient que lui, ce qui a confirmé
l'opinion générale. Pendant qu'il était en prison, un écrivain
qui monte, Serguei Chargounov, a reçu d'une fondation
américaine un prix littéraire important, 10 000 dollars, qu'il
a par solidarité publiquement versés à Limonov. Ce Chargounov est aujourd'hui chef de la jeunesse du parti *Spravedlivaïa Rossia*, opposition bidon et agréée par le Kremlin que
préside Mironov, le chef de la Fédération de Russie. Je livre
ces quelques exemples, en vrac, pour donner une idée de
l'ahurissante confusion qui règne dans ce pays en matière de
clivages idéologiques, et d'ailleurs dans toutes les matières.
Ça n'a pas l'air de poser trop de problèmes aux Russes, mais
pour un Occidental le statut de quelqu'un comme Limonov
est un casse-tête, un champ de mines – que j'ai essayé de
déminer en compagnie de Zakhar Prilepine.

5

Zakhar Prilepine a trente-trois ans. Il vit avec sa femme et ses trois enfants à Nijni-Novgorod, où il exerce le métier de journaliste. Il a écrit trois livres de fiction, qui lui ont valu une nomination sur la *shortlist* du Booker Prize russe, des ventes appréciables et une réputation qui est en train de passer de la case jeune espoir à la case valeur sûre : un type sérieux, carré, pas poseur, qui écrit des romans âpres et réalistes sur la vie des vrais gens. Son premier livre traitait de la Tchétchénie, où il a été soldat, le second des doutes et des errances d'un jeune gars de province qui croit donner un sens à sa vie engluée en entrant au Parti national-bolchevik. C'est un livre composé à partir de l'expérience de l'auteur et d'amis de son âge, car notre Prilepine est depuis près de dix ans un *nasbol* convaincu. Il en a la dégaine : costaud, boule à zéro, vêtements noirs, Doc Martens aux pieds, et avec ça la douceur incarnée. Il faut se méfier, je sais, mais après quelques heures avec lui je mets ma main au feu que Zakhar Prilepine est un type bien : honnête, courageux, tolérant, le contraire de la brute fasciste, le contraire aussi du dandy décadent qui trouve sexy l'imagerie nazie ou stalinienne.

Or voici ce que raconte Zakhar Prilepine. Lui, parce qu'il est un lecteur avide, un connaisseur autodidacte des recoins les moins fréquentés de la littérature russe, a connu Limonov par ses livres. Il est tombé dessus par hasard, ç'a été la rencontre littéraire de sa vie : quelqu'un qui avait vécu tellement de choses, avec un tel courage, et qui les rapportait avec cette liberté, ce naturel ; quelqu'un qui osait tout ; un héros, un modèle. Mais la plupart de ses copains, ce qu'ils ont connu d'abord, c'est *Limonka*, le journal de Limonov, dont le titre fait bien sûr référence à son nom, mais veut aussi dire : la grenade. J'en ai feuilleté quelques anciens numéros. Cela tient de *L'Idiot international* (où Limonov s'est fait son idée du journalisme), d'*Hara-Kiri*, de la presse *underground* américaine. C'est terriblement *trash*. Il y est moins question de politique que de rock et de style. Le style *fuck you*, *bullshit* et bras d'honneur, la punkitude en majesté. Maintenant, il faut s'imaginer ce que c'est qu'une ville russe de province, la vie sinistre qu'y mènent les jeunes, leur avenir totalement bouché, leur désespoir s'ils ont un peu de sensibilité et d'aspirations. Qu'un seul numéro de *Limonka* arrive dans une de ces villes moyennes et tombe entre les mains d'un de ces jeunes mecs désœuvrés, moroses, tatoués, grattant sa guitare et buvant ses bières sous ses précieux posters de Cure et de Che Guevara, c'était gagné. Très vite ils étaient dix, vingt, toute la bande d'inquiétants bons à rien qui traînaient dans les squares, pâles et vêtus de jeans noirs déchirés : les *usual suspects*, les clients habituels du poste de police. Ils avaient un nouveau mot de passe, ils se repassaient *Limonka*, c'était leur truc à eux, le truc qui leur parlait d'eux. Et il y avait ce type qui leur parlait, ce type qui n'avait peur de rien, qui avait mené la vie aventureuse que tout le monde à vingt ans rêve de mener, ce type sur qui circulaient des légendes, et qui leur disait – je cite : « Tu es jeune. Ça ne te plaît pas de vivre dans ce pays de merde. Tu n'as envie de devenir ni un popov ordinaire, ni un enculé qui ne pense qu'au fric, ni un tchékiste. Tu as l'esprit de révolte. Tes héros sont Che Guevara, Mussolini, Lénine, Mishima, Baader. Eh bien voilà : tu es déjà un *nasbol*. »

Ce qu'il faut comprendre, me dit Zakhar, c'est que les *nasboly*, c'est la contre-culture de la Russie. La seule, tout le reste est bidon, embrigadement et compagnie. Alors évidemment qu'il y avait là-dedans des fachos, des *skins* avec des chiens-loups que ça branchait de faire le salut hitlérien pour foutre les boules aux gens *prilitchnyi*, comme il faut. Il y avait les fachos de base et aussi les fachos intellos, l'éternelle et mélancolique cohorte des types malingres, fiévreux, mal dans leur peau, qui lisent René Guénon et Julius Evola, qui ont des théories fumeuses sur l'Eurasie, les Templiers, les hyperboréens, et qui un jour ou l'autre finissent par se convertir à l'islam. Mais tout ça se mélangeait, les fachos, les ultra-gauchistes, les dessinateurs de BD, les bassistes de rock qui cherchaient des complices pour former un groupe, les types qui bidouillaient de la vidéo, ceux qui écrivaient des poèmes en cachette, ceux qui rêvaient vaguement de descendre tout le monde à l'école et de se faire exploser après, comme ça se fait en Amérique. Les satanistes d'Irkoutsk, les Hell's Angels de Viatka, les sandinistes de Magadan : tous *nasboly*. Mes copains, dit doucement Zakhar Prilepine, et on sent bien qu'il peut avoir tout le succès de la terre, le Booker Prize, les traductions, les tournées aux États-Unis, ce qui lui importe c'est de rester fidèle à ses copains, les paumés de la province russe.

Bientôt, à Krasnoïarsk, à Oufa, à Nijni-Novgorod, une section se créait du Parti national-bolchevik. Un jour, Limonov venait, accompagné de trois ou quatre de ses gars et d'une fille qui, en ces temps héroïques, n'était pas encore une vedette de cinéma, plutôt une longue adolescente en cuir au crâne rasé, très belle – les femmes de Limonov sont toujours belles. Toute la bande venait les chercher à la gare. On dormait chez les uns, chez les autres, on passait les nuits à parler, on préparait des actions – bombage de slogans sur les trains, déroulé sauvage de banderoles pendant les défilés officiels, *agit-prop* et *happenings* en tous genres. On se sentait vivants. On était contre la guerre en Tchétchénie, mais en même temps pour défendre les droits des minorités russes dans les anciennes républiques soviétiques ; contre les oligarques, la corruption, le cynisme des dirigeants et pour le retour à l'ordre, mais en même temps pour foutre le plus de bordel possible. On faisait vaguement alliance, un jour avec Jirinovski, le Le Pen russe (Limonov, soit dit en passant, les a présentés l'un à l'autre), un autre avec les communistes, ces alliances tournaient en eau de boudin, mais le parti grandissait. Au temps d'Eltsine, le chaos était tel qu'on ne faisait pas tellement attention à eux, mais avec l'arrivée de Poutine le vent a tourné.

6

On est au début 2001. Limonov et sa petite amie de l'époque (qui est mineure) passent l'hiver à Krasnoïarsk, en Sibérie, où il s'est lancé dans un livre-enquête sur un oligarque local, Anatoly Bykov, un gangster qui est devenu magnat de l'aluminium et une des plus grosses fortunes de Russie. Il s'est fait passer cette commande par un éditeur de Saint-Pétersbourg, à la fois parce qu'il aime les gangsters et parce qu'il a besoin d'argent pour son parti – pour lui, très peu : il est frugal, déteste toutes les formes de confort, tire de la pauvreté qui l'a accompagné toute sa vie une fierté aristocratique. J'ai commencé ce livre depuis mon retour de Russie, comme je lis très lentement en russe je ne peux pas vous en faire un vrai compte rendu mais les cinquante premières pages sont excellentes : du Capote pas esthète, du Mailer pas couillon, et je me dis, d'abord que si j'étais un éditeur français je m'assiérais sur le malaise qu'inspire l'auteur et publierais le livre sans délai, ensuite que j'aimerais assez, moi, écrire sur Limonov un livre du même genre. *Un héros de notre temps*, dommage que le titre soit pris. Bref. Tout en menant son enquête, Limonov se sent surveillé, suivi – il en a l'habitude, mais là, ça se resserre. Il est pressé de finir, parce qu'il veut rejoindre avant le dégel un petit groupe de quatre ou cinq *nasboly* qu'il a laissés dans une cabane perdue au milieu des montagnes de l'Altaï avec mission d'y passer l'hiver et de voir comment ils tiennent le coup – c'est l'idée des vacances que se fait Limonov :

un camp d'entraînement en conditions extrêmes. Il laisse sa fiancée à Krasnoïarsk, arrive finalement à Barnaoul, la capitale de l'Altaï, pour apprendre qu'un de ses hommes s'est jeté par la fenêtre, plus vraisemblablement qu'on l'en a jeté. C'est le premier mort du parti, ça commence à sentir mauvais. Il rejoint tant bien que mal l'ermitage montagnard où se morfondent les gars – *rebyata*, en russe, un des mots qui reviennent le plus souvent dans ses écrits – et, le lendemain à l'aube, le FSB les encercle et les cueille. Au dernier chapitre de son autobiographie politique, Limonov fait de cette capture un récit digne d'Alexandre Dumas qui culmine, lors du long voyage de retour à Moscou, sur une conversation mélancolique et fortement alcoolisée avec l'officier qui l'a arrêté. Celui-ci, impressionné par son prisonnier, lui demande, presque plaintif : « Pourquoi vous n'êtes pas avec nous ? On est du même monde, pourtant : des hommes, des vrais, des amateurs de commandos et de coups tordus... pourquoi vous ne nous aimez pas ? » Et Limonov, dédaigneux : « Parce que vous n'êtes pas dignes du beau nom de tchékistes. Parce que vous êtes des trous du cul et que votre fondateur, Félix Dzerjinski, doit se retourner dans sa tombe quand il vous voit. Lui, c'était quelqu'un, lui, je le respecte, mais vous... » L'officier baisse la tête, penaud, pour un peu il fondrait en larmes.

Au procès, Limonov et les siens seront accusés de trafic d'armes et d'avoir préparé un coup d'État au Kazakhstan voisin, dans le but de créer une république russe séparée. S'agissant des armes, on n'en a pas trouvé dans la cabane de l'Altaï (ce qui m'étonne, à vrai dire, c'est que le FSB n'en ait pas mis), et quant au coup d'État il dit qu'il n'y avait ni armes, ni hommes, ni contacts, tout au plus l'intention, qu'il ne nie pas vraiment : disons que le projet était à l'étude, il envisageait même, comme en témoigne une lettre interceptée par le FSB, de demander une consultation à son vieux camarade Bob Denard, l'ex-mercenaire devenu empereur des Comores. L'accusation demande quatorze ans pour Limonov, il en prendra quatre, dans l'indifférence générale de l'opinion russe et étrangère, et les purgera en partie à Lefortovo, la forteresse légendaire du KGB, en partie dans un camp de travail à Saratov, sur la Volga. Dans l'un et l'autre cas les conditions de détention sont rudes, il avait tout de même pas loin de soixante ans mais je le crois quand il dit sans sourciller que la prison, il a adoré ça. Une dernière citation du *Journal d'un raté*, trente ans plus tôt : « J'aime être un aventurier. Cela me sauve souvent. Quand je suis écœuré, misérable, que je voudrais pleurer, je pense : tiens bon, mon gars, c'est toi qui as choisi cette voie, toi qui ne voulais pas vivre la vie de tout un chacun. » Pour un homme amoureux comme lui de son destin, un homme qui croit que la vie est faite pour qu'on expérimente tout, c'était une aubaine, une occasion rêvée de mesurer ses forces. Elles ne lui ont pas manqué. Il est fier d'avoir forcé le respect des criminels de droit commun qui l'entouraient et qui, à sa levée d'écrou, se sont disputé avec les gardiens l'honneur de porter sa valise jusqu'à la sortie. À Lefortovo, la promenade quotidienne sur le toit a lieu à 7 heures du matin, et en hiver, quand il fait moins 25, la plupart des détenus préféraient dormir encore un peu. Pas Limonov qui, souvent seul, sortait, courait, boxait l'air glacé, faisait des pompes et des abdos. Il a trouvé moyen, dans une minuscule cellule pour trois, d'écrire six ou sept livres et d'en sortir la tête haute, en pleine forme, satisfait de l'expérience.

7

Ç'a été décisif, cette affaire de prison, pour sa légende et pour la conscience de son groupe. Cela revient comme une antienne, un risque assumé, presque un espoir, dans toutes les conversations avec des *nasboly*. Je me disais : Zakhar Prilepine, il est très bien mais c'est un écrivain, on sait ce que c'est, les écrivains, il faut que je voie des militants de base. Les gorilles qui presque tous les jours me conduisaient en Volga noire auprès de leur chef m'effarouchaient un peu, au début, mais je les ai bientôt trouvés de très gentils garçons. Pas beaucoup de conversation, cela dit, ou alors c'était moi qui m'y prenais mal. À la sortie de la conférence de presse avec Kasparov, j'ai abordé une fille, simplement parce que je la trouvais jolie, en lui demandant si elle était journaliste, et elle m'a répondu que oui, enfin, elle travaillait pour le site internet du Parti national-bolchevik. Toute mignonne, gracieuse, bien habillée : elle était *nasbol*. Le parti est interdit pour « extrémisme » depuis avril 2007, il n'y a donc plus de local ni de réunions mais, par elle, j'ai rencontré le responsable de la section de Moscou : un type à cheveux longs, le visage ouvert, amical, plus franc du collier on ne fait pas, qui m'a reçu dans un petit appartement de banlieue un peu crade, avec des disques de Manu Chao et, aux murs, des tableaux dans le genre figuration libre, peints par sa femme. « Et elle partage ton combat politique, ta femme ? – Oh oui, d'ailleurs elle est en prison, elle faisait partie des trente-neuf du grand procès de 2005. » Il a dit ça avec un grand sourire, tout fier – et, quant à lui, s'il n'était pas en prison aussi, ce n'était pas sa faute, seulement *mnié nié poviézlo* : pour moi, ça ne l'a pas fait. Pas encore, rien n'est perdu.

Comme ça se trouvait, il y avait un procès le jour même, et nous y sommes allés ensemble, au tribunal de la section urbaine Taganskaïa. Salle minuscule, les accusés menottés dans une cage et, sur les trois bancs du public, des copains à eux, tous du parti. Ils sont sept derrière les barreaux, six garçons aux physiques assez variés, ça va de l'étudiant barbu et musulman au *working class hero* en survêtement, et une fille un peu plus âgée, les cheveux noirs emmêlés, pâle, assez belle dans le genre prof d'histoire gauchiste qui roule ses cigarettes à la main. Ils sont accusés de *hooliganisme*, en l'occurrence de baston avec de jeunes poutiniens. Ils disent que c'est ceux d'en face qui ont commencé et que personne ne les accuse, eux, que le procès est purement politique et que s'il faut payer pour leurs convictions, pas de problème, ils paieront. La juge est neutre, professionnelle, courtoise, le type en uniforme qui représente l'accusation marmonne dans sa barbe une tirade incompréhensible à laquelle il ne semble pas croire une minute, la défense fait valoir que les prévenus ne sont pas des *hooligans* mais des étudiants sérieux, bien notés, et qu'ils ont déjà fait un an de préventive, ça devrait suffire comme ça. À l'issue des délibérations, les gendarmes libèrent les sept *nasboly* de leur cage et ils sortent en montrant le poing à leurs copains et en disant : *da smyert'*, jusqu'à la mort. Ils rigolent. Les copains les regardent avec envie. Ce sont des héros. On peut dire, bien sûr, que ce sont surtout des gamins qui jouent aux gendarmes et aux voleurs, mais quelques années de prison en Russie ne sont pas une plaisanterie et, pour pratiquement rien du tout, une bagarre qui n'a fait de blessés que dans leurs rangs, ils risquent tout de même d'en prendre deux de rabiot.

8

Un jour, nous sommes allés à la campagne – avec les *rebyata*, bien entendu. J'ai d'abord cru que c'était pour un meeting, une affaire politique, mais non, il s'agissait seulement d'aller inspecter une *datcha* que sa femme a achetée, à 150 km de Moscou. Nous avons profité du voyage pour bavarder, il était détendu, mordant, j'ai voulu revenir sur la Serbie, sur le film où on le voit, paraît-il, je ne l'avais alors pas vu, canarder Sarajevo à la mitrailleuse. Il assure qu'il n'a jamais tiré sur des cibles humaines, seulement dans la direction de la ville, qui était beaucoup trop loin pour qu'il atteigne quiconque. Juste comme ça, alors, pour le fun? Ma remarque l'énerve, passons. De retour à Paris, je joindrai le réalisateur, Paweł Pawlikovski, qui confirme qu'en effet, c'était sans doute trop loin. Il se rappelle un Limonov bodybuildé, manipulant des armes sans arrêt, jouant à Hemingway et pas pris tellement au sérieux par les Serbes. Quelques-uns avaient lu *Le poète russe* et le voyaient comme un loustic qui se faisait enculer par des nègres : pas notre genre. J'ai vu le film, finalement : face à Karadžić, Limonov a l'air d'un petit garçon intimidé, une terreur de cour de récré qui a trouvé à qui parler, et devant la mitrailleuse c'est carrément la foire du Trône. Dans la voiture, j'ai failli lui demander s'il avait tué un homme, dans sa vie. Je pense qu'il m'aurait répondu, et pas menti : comme il n'a aucune espèce de surmoi, et honte de rien, il n'est absolument pas menteur – bien que ces temps-ci, quand même, il fasse un peu attention à ce qu'il dit.

Avant d'arriver, il m'a raconté, pour l'anecdote, que le bout de terrain jouxtant celui de sa femme avait été acheté, avant sa mort, par ce journaliste russo-américain qui s'était fait descendre à Moscou : Paul Klebnikov, vous vous rappelez? Si je me rappelais Paul Klebnikov... C'était mon cousin, et mon ami. Correspondant du magazine *Forbes*, il a mené des enquêtes précises et courageuses sur la façon dont se sont constituées les grandes fortunes russes. On l'a abattu en 2004, d'une rafale de kalashnikov devant son bureau. Mes fils l'adoraient, c'était leur modèle, l'image que se fait un petit garçon d'un grand reporter : Mel Gibson dans *L'Année de tous les dangers*. L'enquête sur son assassinat, comme sur celui de Politkovskaïa, piétine : la rumeur en accuse un chef de guerre tchétchène, à qui Paul avait consacré un livre appelé *Conversation avec un barbare*. « Mais ça, dit Limonov, c'est de la foutaise, parce que la vérité c'est que ce Tchétchène, Nukaiev, était content du livre. Très content. Comme Bykov, l'oligarque sibérien, qui est très content aussi du livre que j'ai écrit sur lui. » Est-ce que Limonov sera content du livre que j'écrirai sur lui, si je l'écris ? J'avais cité son nom devant Paul, peu avant sa mort. Il avait fait la grimace. Il le voyait comme un écrivain brillant doublé d'une petite frappe fasciste, et je me suis demandé ce qu'il en penserait aujourd'hui, s'il était là. Je me suis demandé ce que j'en pensais moi-même. Je me le demande toujours, et je me dis que c'est un bon moteur pour un livre.

La *datcha* est beaucoup plus qu'une *datcha* : ce qu'on appelle une *ousadba*, c'est-à-dire un véritable domaine. La vieille maison de bois, à l'abandon, vandalisée, est immense. Il y a un étang, des bois de bouleaux. Sa femme a acheté ça il y a quelques années pour une somme ridicule, 5 000 dollars, reste maintenant à le restaurer, et Limonov discute avec un artisan du coin comme quelqu'un qui, ayant exercé tous les métiers manuels possibles et imaginables, sait discuter avec un entrepreneur et ne pas se faire arnaquer. D'une façon générale, je souhaite bien du plaisir à celui qui essaierait de l'arnaquer. Je me promène dans le parc, je le regarde de loin, petite silhouette vêtue de noir, dressée sur ses ergots dans une flaque de soleil, la barbiche en bataille, et tout à coup je me dis : il a soixante-cinq ans, une femme adorable qui en a trente de moins, un fils de dix mois dont, l'autre soir à la fête de la télé, il montrait les photos à tout le monde, même aux gros bras chargés de la sécurité. Peut-être qu'il en a marre de la guerre, des bivouacs, du couteau dans la botte, des coups de poings policiers qui à l'aube martèlent la porte, peut-être qu'il a envie de poser enfin ses valises. De s'installer ici, à la campagne, dans cette belle maison de bois, comme un propriétaire terrien de l'ancien régime. Il y aurait de grandes bibliothèques, des divans profonds, des cris d'enfants dehors, des confitures de baies, de longues conversations auprès du samovar, du temps qui passe doucement. Un roman de Tourgueniev, un film de Mikhalkov. Heureux comme Ulysse après un long voyage, il raconterait ses aventures. Récapitulons : il a été voyou à Kharkov, poète underground à Moscou, loser magnifique à New York, écrivain branché à Paris, soldat de fortune dans les Balkans et, à Moscou de nouveau, vieux chef d'un parti de jeunes desperados. Est-ce que sa septième vie pourrait se dérouler ici, paisiblement ? Est-ce que vous vous voyez finir en héros de Tourgueniev, Édouard Veniaminovitch ?

La question, que je lui pose au retour, le fait rire, mais non : il ne s'y voit pas, vraiment pas. Il a une autre idée pour ses vieux jours. Pour comprendre, me dit-il, il faut connaître l'Asie centrale, où il a fait plusieurs virées avec ses gars. C'est là qu'il se sent le mieux au monde, là qu'il se sent chez lui. Il faut connaître des villes comme Samarkand, Tachkent, Boukhara. Villes écrasées de soleil, poussiéreuses, lentes, violentes. À l'ombre des mosquées, là-bas, sous les hauts murs crénelés, il y a des mendiants. Des grappes entières de mendiants. Ce sont de vieux types émaciés, tannés, sans dents, souvent sans yeux. Ils portent une tunique et un turban noirs de crasse, ils ont devant eux un bout de velours sur lequel on leur jette des piécettes. La plupart du temps, ils sont ivres de haschich. Ils n'ont plus rien à foutre de rien ni de personne, ils ont largué toutes les amarres, ils emmerdent la terre entière. Ce sont des loques. Ce sont des rois.

Ça, O.K. Ça lui va.

XXI, janvier 2008

COMMENT J'AI COMPLÈTEMENT RATÉ
MON INTERVIEW DE CATHERINE DENEUVE

1

Il y a tout de même un passage qui me plaît : celui sur le ginkgo. À un moment, je l'ai lancée sur le jardinage, qu'on m'avait dit être une de ses grandes passions, et elle s'est mise à parler de ses arbres préférés dans Paris, en particulier du ginkgo de la place de l'Alma. Je me suis promis, la prochaine fois, d'y prendre garde. Elle dit qu'on en a planté beaucoup à New York, notamment sur la 5e avenue, et qu'on serait bien inspiré de faire de même à Paris. C'est tellement beau, et puis tellement robuste, c'est beau parce que robuste, c'est le seul arbre qui ait résisté à Hiroshima et on se doute bien, quand elle dit ça, qu'elle s'identifie au ginkgo, elle qui a résisté à tout, survécu à tout, elle qui à peine sortie de l'adolescence est devenue la plus grande vedette du cinéma français et n'a pratiquement jamais cessé de l'être. C'est ce presque demi-siècle d'une carrière légendaire que nous étions supposés survoler ensemble, il devait y avoir huit pages d'interview, une trentaine de photos de tournage choisies par elle devaient servir de fil conducteur. C'était l'idée, elle semblait raisonnable, malheureusement ça n'a pas marché. Je m'en doutais un peu en rentrant chez moi après le rendez-vous, je tâchais de me rassurer en me disant que sur deux heures d'enregistrement il y aurait forcément des choses intéressantes, mais j'ai reçu hier la transcription de ces deux heures, je l'ai lue et relue, crayon en main, et force est de reconnaître qu'en dehors du ginkgo et de deux ou trois trucs qui flottent de-ci de-là, il n'y a rien. Ce qui s'appelle rien. Ce n'est certainement pas sa faute à elle, j'aimerais penser que ce n'est pas entièrement la mienne non plus, mais ce *verbatim* mériterait d'être conservé au pavillon de Sèvres comme exemple d'entretien cafouilleux, avec interviewer à côté de ses pompes et interviewée pas concernée, et je me demande, forcément : comment en sommes-nous arrivés là ?

J'aurais dû me méfier, à la réflexion. Quelques jours avant, j'avais lu *À l'ombre de moi-même*, un recueil de carnets qu'elle a tenus de loin en loin, tout au long de sa carrière, le plus souvent lors de tournages à l'étranger. Ces carnets sont remarquables : simples, nets, aigus. Ce qui est remarquable aussi, c'est qu'elle a quand elle tourne *Tristana* la même écriture – style et calligraphie – que quand elle tourne *Dancer in the Dark*, trente ans plus tard. Cette maturité précoce, puis cette fermeté de cap sont impressionnantes. Bref. Après les carnets, il y a une interview récente avec le cinéaste Pascal Bonitzer. C'est un ami, je

l'ai appelé : c'était comment, Deneuve ? Un blanc au téléphone, puis un soupir accablé. « Atroce. Enfin, atroce...
Elle a été très bien, c'est moi qui ai été en dessous de tout,
je m'en veux encore... » J'ai relu l'interview : elle ne m'a
pas paru renversante, mais enfin il n'y avait pas non plus
de quoi se faire hara-kiri. J'ai pensé, cependant : il va falloir faire mieux que Pascal. J'ai lu un peu, vu et revu des
films. En revanche, je n'ai pas préparé de questions. Je me
disais : ça viendra comme ça viendra, faisons confiance
au flux de la conversation. Car je pensais conversation, en
fait, pas interview, et cela pour une raison qu'il coûte un
peu d'avouer à mon amour-propre mais qu'il me faut bien
expliquer, sans quoi toute cette histoire serait incompréhensible.

Si *Première* m'avait appelé en me proposant juste de
faire une interview de Catherine Deneuve, j'aurais dit : j'ai
de l'admiration pour Catherine Deneuve, sa beauté, son
talent, sa carrière, mais il y a d'autres gens pour qui j'ai de
l'admiration, je ne suis plus journaliste et même quand je
l'étais je n'aimais pas trop faire des interviews, c'est une
relation qui me met mal à l'aise, donc non. *Première* m'a
dit autre chose : on a pensé à un écrivain plutôt qu'un journaliste, et Catherine Deneuve a demandé que ce soit vous.
Évidemment, ce n'est plus pareil. Ça devient : Catherine
Deneuve désire vous rencontrer, et on répond oui, comment
donc, tout faraud. Je me laisse aller à penser : elle a lu mes
livres, vu mes films, elle va peut-être me demander d'écrire
un rôle pour elle – ou me laisser entendre qu'elle ne serait

pas hostile à ce que j'y songe. Je rêvasse, j'en parle autour de moi. Catherine Deneuve désire me rencontrer : je n'ai pas un tempérament de groupie mais quand même, le roi n'est cette semaine pas mon cousin. Je relis le beau chapitre que lui a consacré Frédéric Mitterrand dans *La Mauvaise Vie*, je recopie ces mots dans mon carnet : « Courtoise même quand vous êtes cinglante, distante même quand vous êtes chaleureuse, attentive et inatteignable, disponible et secrète, passionnée et retenue, intrépide et prudente, généreuse et méfiante, consciente du privilège de votre beauté et réticente à vous en prévaloir, cultivée sans être intellectuelle, fidèle jusqu'à en être possessive, sophistiquée et simple, gourmande et disciplinée, libre et bourgeoise, insolente et pudique, forte et vulnérable, cherchant l'excellence en toutes choses et abhorrant le toc et la tricherie, gaie et triste, là et pas là… » Ce listing de contrastes me servira de viatique, je ne vais pas poser de questions laborieuses, du genre c'était comment avec Buñuel ? et avec Truffaut ? je ne suis pas un simple journaliste de cinéma à l'affût d'anecdotes de tournage, non, mais un écrivain, comme Patrick Modiano avec qui on la sait très amie, et il va falloir qu'il se pousse pour me faire de la place, Patrick Modiano, ce que je vais faire ne sera pas une interview classique mais un portrait tout en nuances et complicité de la vraie Catherine Deneuve. Une conversation, un échange, une rencontre. C'est cela : une rencontre.

2

Rendez-vous est fixé au Panthéon, ce vieux cinéma du Quartier latin qu'a racheté Pascal Caucheteux, le producteur, entre autres, d'Arnaud Desplechin. C'est une de ses familles, Desplechin et Caucheteux, et quand le premier étage a été transformé en salon-bar, c'est elle qui s'est chargée de le décorer. Au hasard des brocantes, elle a chiné ces fauteuils, ces canapés, ces lampes, ces bibliothèques remplies de livres qui ont l'air lus. L'ensemble est chaleureux, confortable, on s'y sent bien. À l'une des rares questions sensées que je lui poserai – qu'est-ce que vous auriez fait si vous n'étiez pas devenue actrice ? –, elle répondra : « Je crois que je me serais mariée très jeune, que j'aurais eu des enfants très jeune et divorcé assez vite, donc j'aurais travaillé. Peut-être dans un cabinet d'architecte, ou bien dans l'art décoratif : j'ai toujours eu du goût pour ça. » Mais reprenons au début. Elle arrive. Pantalon et pull bleus, lunettes, la chevelure blonde, et ce phrasé rapide, si reconnaissable, qui faisait dire à Jean-Paul Rappeneau qu'elle avait le tempo de comédie idéal : le maximum de syllabes dans le minimum de secondes sans jamais en rater une seule. Soucieux jusqu'à l'obsession d'être simple et naturel, je plaisante sur le thème : ça fait tout de même quelque chose, d'être en face de Catherine Deneuve, d'ailleurs j'ai passé la matinée à me demander comment m'habiller, être à mon avantage mais pas endimanché pour autant... « Moi aussi, dit-elle, j'ai d'abord pensé me mettre en jupe, et puis comme on allait être assis sur ces canapés un peu bas, j'ai mis un pantalon, finalement... » Enhardi par tant de naturel et de simplicité, je raconte mon coup de fil à Bonitzer et, pensant l'amuser, peut-être même l'attendrir, que le pauvre Pascal a des remords. Elle n'est ni amusée ni attendrie : « Il a des remords ? Il peut. Ce n'était pas bien, il n'a pas assez travaillé. » Bon. J'entends l'avertissement, mais il ne m'empêche pas de partir à mon tour en vrille. Je commence à dire des choses comme : « On sent que c'est important, pour vous, la rigueur... » Points de suspension. Que voulez-vous qu'elle réponde, la malheureuse ? « C'est vrai, c'est très important, la rigueur. » Après la rigueur, ce sera le tour de la lucidité, de l'honnêteté, de la cohérence, d'une franchise non dénuée de brusquerie, toutes vertus que je lui prête sur un ton bénin, éthéré, comme embué par une vie intérieure ineffable, en sorte que comparé à moi Jacques Chancel à son plus mielleux c'est Noël Godin l'entarteur. Et quand, la liste de ses supériorités morales épuisée, on commence à regarder les photos qu'elle a choisies : « Ah oui, dis-je, je l'ai vu il y a longtemps, ce film-là, mais j'en ai un bon souvenir, il me semble que c'était très beau. – Je pense aussi, répond-elle. Très émouvant. » Tout occupé que je suis à ne pas mener une interview dans les règles mais une conversation simple et naturelle entre deux êtres humains, je ne pose pas une seule vraie question et du coup n'obtiens pas une seule vraie réponse. À ma décharge, il faut dire que je

me sens de plus en plus mal à l'aise. Qu'est-ce que je fais
là ? C'est elle qui a demandé à ce que je vienne, moi, pas
un autre, et elle me laisse ramer sans y faire la moindre
allusion. Comme l'écrivaient amèrement les frères Gon-
court d'une personne de leur connaissance : « Rien en
elle qui ait lu nos livres. » Ni vu mes films, ni rien. Je
me rappelle, quand j'étais journaliste, une interview de
Sigourney Weaver qui s'était arrangée pour me demander
si j'avais des frères et sœurs. Je n'étais pas naïf au point
de croire qu'elle s'en souciait réellement, je me doutais
bien que c'était un truc de coach et qu'elle devait le faire,
avec ou sans variantes, à tous les journalistes qui défi-
laient dans sa suite, mais cet effort pour faire ressembler
une interview à un rapport humain normal m'avait semblé
partir d'une bonne intention. Je n'attendais certes pas que
Catherine Deneuve inverse les rôles et m'interroge sur ma
vie, mon œuvre, mes couleurs préférées, mais enfin un clin
d'œil, un mot en passant, pour rappeler qu'elle m'avait élu,
cela m'aurait forcément mis en confiance et donné envie
d'écrire sur elle le meilleur article possible. Ne serait-
ce que pour cela, c'était son intérêt, ça ne lui coûtait pas
cher, elle devait je suppose en avoir conscience, or elle
ne l'a pas fait. J'aurais dû avoir la présence d'esprit de lui
demander pourquoi, c'est cela qui pour le coup aurait été
simple et naturel, mais je ne l'ai pas fait non plus, et je me
le demande encore.

3

Les jours suivants, j'ai pansé mon petit ego blessé en racontant ma mésaventure autour de moi. C'est devenu une sorte de sketch comique où j'apparais gentiment empoté et elle courtoisement odieuse, comme la douairière despotique qu'elle joue avec génie dans *Palais royal*, de Valérie Lemercier. Chacun risque son interprétation. Le précédent de Pascal conforte la thèse : elle s'y entend pour mettre les gens mal à l'aise, et les persuader par-dessus le marché que c'est eux qui se sont mal conduits. Comportement de star, comportement de merde. Mais cela, c'est ce que pensent ceux qui ne la connaissent pas. Ceux qui la connaissent, sans exception, rendent un autre son de cloche. Je viens de parler avec la comédienne Hélène Fillières, qui a joué sa fille dans le film de Tonie Marshall *Au plus près du paradis*. Deneuve est son idole, elle crevait d'excitation et d'angoisse à l'idée de se retrouver en face d'elle et elle a eu affaire à une femme simple, directe, franche du collier et soupe au lait, *rock'n'roll*, dit Hélène, une femme qui se promène d'autant plus volontiers en bigoudis sur le plateau qu'elle se sait un objet de désir universel et n'en fait pas tout un fromage, une femme dont le scénario prévoyait qu'elle, Hélène, l'embrasse à un moment sur la bouche, et embrasser Catherine Deneuve sur la bouche, ç'a été quelque chose d'incroyablement sexy et en même temps d'incroyablement rigolo : parce qu'on s'amuse, avec elle, on boit du rouge, on parle des hommes, et la légende est là mais elle ne pèse jamais. J'écoute Hélène Fillières, j'ai écouté Nicole Garcia, et Anne-Dominique Toussaint, ma productrice, qui lui voue une reconnaissance éternelle pour avoir accepté à la dernière minute, au pied levé, de remplacer une actrice empêchée : elle s'est mise au travail sans façon, comme on se retrousse les manches pour plonger les bras dans le cambouis, et elle a sauvé le film et elle ne l'a jamais fait sentir à personne. Ces récits ne cadrent pas avec mon expérience embarrassée et vaguement humiliante, et je me dis qu'à force de vouloir être simple et naturel je me suis mis d'entrée de jeu à une mauvaise place : dédaignant celle de simple journaliste, n'osant pas non plus en occuper une autre, totalement obnubilé par cette question et, du coup, la paralysant elle aussi. J'adore, et je lui ai cité, la phrase de Marguerite Duras interviewant la cantatrice Leontyne Price : « Devant elle, je pense à elle. » Je trouve cette phrase fulgurante de simplicité, d'évidence. L'essence du zen, et ce que j'aimerais atteindre, si possible dans cette vie : devant une personne, penser à cette personne et à rien d'autre. Le problème, c'est que devant quelqu'un comme Catherine Deneuve, la plupart des gens, et je me suis aperçu que je n'y faisais pas exception, pensent d'abord à eux-mêmes et à l'impression qu'ils vont lui faire. Et dès qu'on pense comme ça, c'est foutu : on est dans la demande, l'aliénation, la misère, même si elle le voulait elle n'y pourrait rien. Elle vous laisse vous noyer, c'est votre problème. Je repense à un moment de l'interview. Caucheteux, le producteur et maître de maison, nous a rejoints en passant, il a posé une fesse sur un accoudoir. Caucheteux est un type plutôt bourru, avec une veste informe et un jean qui pendouille, le genre à lire *L'Équipe* sans lever le nez pour dire bonjour. Elle avait allumé une cigarette, pas la première, et, partagé entre l'admiration sans réserve et l'hostilité naissante, je me demandais si fumer dans un lieu public où c'est évidemment interdit était un trait de rébellion sympathique ou voulait seulement dire : je suis Catherine Deneuve et j'aimerais bien voir qui oserait me demander d'éteindre ma cigarette. Caucheteux a eu un mouvement de menton goguenard et dit : « Ho ! » Elle a fait mine de ne pas comprendre, il a précisé fermement : « La clope. » Elle s'est excusée : « Il n'y a presque plus personne », elle a ri, tiré une bouffée encore, puis écrasé le mégot. L'espace d'un instant, elle était la femme simple et gentille, pas contrariante, pas chichiteuse, que l'on m'avait décrite et que je ne voyais pas. L'espace d'un instant, j'ai cessé de me voir moi en train de m'empêtrer et de chercher en vain la bonne place, je l'ai vue, elle, et je suis finalement – mais vraiment finalement, il m'a fallu du temps – d'accord avec Frédéric Mitterrand que j'avais appelé la veille du rendez-vous et qui, avec sa voix à lui, vous la connaissez, m'avait dit : « Tu verras, elle n'est pas décevante. »

Première, mars 2008

UN PROJET DE FILM RUSSE

1

Quand j'étais à Kotelnitch, j'ai connu un groupe de lycéennes dont quelques-unes étaient vraiment charmantes. Parfois, en les regardant, je pensais à ces filles longilignes, blondes, superbes, qu'on rencontre dans les boîtes de Moscou et qui, maîtresses de nouveaux Russes ou d'étrangers aventureux, vêtues de manteaux de fourrure sur des robes très courtes et très chères, roulant en Mercedes à vitres fumées, jugeant leurs compagnons au seul poids de leur carte de crédit, promènent sur le monde un regard d'une dureté glaçante. Je me disais : beaucoup de ces filles doivent venir de bleds comme Kotelnitch, de familles où on gagne 600 roubles par mois et ne bouffe que des pommes de terre. Beaucoup, avant, devaient être fraîches et joyeuses comme la jolie Liudmila. Un jour, elles ont pris le train pour échapper au sort de leurs infortunés parents et, armées de leur seule beauté, fait en toute connaissance de cause le choix de la prostitution de plus ou moins haut vol, dont un sondage récent révèle que les deux tiers des jeunes Russes l'envisagent sans aucun scrupule moral comme un moyen de se faire une place au soleil. Je me demandais ce que seraient les vies de mes lycéennes si elles restaient à Kotelnitch, ce que seraient leurs vies si elles en partaient, et où elles en seraient, disons quinze ans plus tard.

Je vis dans un pays tranquille, doucement déclinant, où la mobilité sociale est réduite. Né dans une famille bourgeoise du XVIᵉ arrondissement, je suis devenu un bobo du Xᵉ. Fils d'une historienne et d'un cadre supérieur, je suis écrivain et vis avec une journaliste. Mes parents ont une maison de vacances dans l'île de Ré, je projette d'en acheter une en Grèce. Je ne dis pas que ce soit mal, ni que cela préjuge de la richesse d'une expérience humaine, mais enfin du point de vue tant géographique que socioculturel on ne peut pas dire que la vie m'a entraîné très loin de mes bases, et ce constat vaut pour la plupart de mes amis. Je suis d'autant plus fasciné par les destins qui couvrent un spectre large, traversent des univers très variés, pas contigus, a priori étanches. Et la Russie, où depuis vingt ans tout change incroyablement vite, où des fortunes colossales s'édifient à partir de rien et où du même coup se creusent des gouffres sociaux vertigineux, la Russie où l'Histoire bouge encore est le pays de tels destins.

Je tourne depuis un moment autour d'un de ces destins, celui d'Édouard Limonov qui a été tour à tour délinquant juvénile dans une petite ville d'Ukraine, poète

underground à Moscou sous Brejnev, clochard puis valet
de chambre d'un milliardaire à New York, écrivain branché à Paris, soldat de fortune dans les Balkans et, à Moscou
de nouveau, dans le bordel du postcommunisme, leader
d'une formation extrémiste portant le nom engageant de
Parti national-bolchevik. Et cela fait longtemps que je
songe à raconter l'histoire d'une de ces beautés russes qui
font tant fantasmer les Occidentaux. On se demande d'où
elles viennent, où elles vont, ce qu'elles ont dans la tête en
dehors de l'obsession de devenir le plus riches possible ou
plus exactement de mettre le grappin sur le type le plus
riche possible – parce qu'elle existe, bien sûr, cette obsession, mais je suis convaincu que ce n'est pas tout.

J'ai eu, à un moment, un début et une fin.

Le début, c'est un bled pourri comme Kotelnitch,
un groupe de lycéennes comme Liudmila et ses copines.
C'est une très jolie fille à qui sa mère a transmis sa passion toute soviétique pour le patinage artistique. Enfant,
elle rêve d'être une championne de patinage. Adolescente,
elle zone avec les petits délinquants locaux mais continue
d'aller à la patinoire et d'y exécuter des figures au son de
pots-pourris symphoniques sirupeux. C'est son rêve, c'est
sa bulle. L'endroit où elle est reine.

Je passe vite sur la suite. Elle monte à Moscou, se
prostitue, devient maîtresse d'un nouveau Russe. En plus
d'être belle, elle est intelligente, elle a de la classe, un
humour ravageur de survivante, elle s'adapte partout. Plus
tard, elle sera mannequin, elle vivra à New York avec un

peintre connu. Il y aura d'autres hommes encore, d'autres milieux, d'autres expériences. J'entre d'autant moins dans les détails qu'ils ne m'intéressent pas vraiment, j'en arrive à la fin.

Elle a quarante ans. Elle est devenue la favorite d'un émir qui pour lui faire plaisir a fait construire dans la banlieue de Dubaï une immense patinoire pour elle toute seule. Et la dernière image, c'est elle en train de tourner, seule, inlassablement, sur son hectare de glace au milieu du désert, la sono diffusant les tubes qui ont bercé son enfance à Kotelnitch.

J'aimais bien ce début et cette fin. L'histoire entre les deux, en revanche... Mannequins russes sublimes, faste des oligarques, *jet-set* et cocaïne : il y a certainement une vérité derrière cette procession de clichés, mais c'est une vérité que je ne connais pas.

Reprenons.

2

Appelons notre héroïne Tania.

Disons qu'elle est née en 1978, dans une ville de garnison de l'Altaï ou du Kazakhstan. Famille de militaires. Le père sert dans les forces spéciales. Dans la dernière décennie de l'Union soviétique, il combat en Afghanistan, infiltre des bandes armées dans les montagnes tadjikes, plus tard

il fera la première guerre de Tchétchénie. C'est un héros,
son buste est constellé de médailles. C'est aussi un homme
au bout du rouleau : ulcères à l'estomac et au duodénum,
système nerveux délabré, atroces migraines, séquelles de
blessures à la tête. Pendant quinze ans, il a trimballé sa
femme et ses deux enfants de caserne en garnison, dans les
coins les plus chauds de l'Empire. En 1991, quand l'Empire
s'effondre, il n'en peut plus et se dit que l'heure est venue de
revenir à la vie ordinaire, qu'en réalité il n'a jamais connue.
Il pense qu'après tout ce qu'il a fait au service de sa patrie,
il mérite bien un appartement, une aide à la réinsertion.
Mais sa patrie n'existe plus, la hiérarchie militaire n'a rien
à lui proposer, le montant de sa retraite, que de toute façon
on ne lui paie pas, correspond avec l'inflation au prix d'un
demi-saucisson. La seule reconversion qui s'ouvre à lui,
c'est comme tueur professionnel, il est qualifié pour ça et
dans le chaos de ces années il y a pour cette qualification-
là une forte demande. Peut-être a-t-il exécuté un contrat,
Tania, qui était lycéenne à l'époque, le soupçonne sans en
être sûre et préfère ne pas le savoir. En tout cas, son passage dans le privé est aussi foireux que sa sortie de l'armée
et le seul repli possible pour la famille, expulsée de son
logement de fonction, c'est la petite ville où habitent les
parents de la mère. Disons Kotelnitch – étant entendu que
c'est un nom générique pour la *gloubinka*, la cambrousse
russe. Poussière l'été, neige sale l'hiver, gadoue entre les
deux. Trois cafés mornes, des trains qui passent et que personne ne prend jamais. Ils se retrouvent tous les quatre dans

une chambre de la petite maison de bois où les deux vieux survivent grâce à leur potager. Tania arrive là à quatorze ans. Son petit frère Ilia en a neuf. C'est là qu'elle finira le lycée et lui l'école primaire. C'est là qu'elle aura son premier amoureux. Elle fait partie d'un groupe de jeunes filles comme nos copines de Kotelnitch, mais elle n'est certainement pas aussi sage que la jolie Liudmila. Plutôt punkette de province, traînant dans les squares pelés avec la bande de bons à rien, jeans noirs déchirés, crânes rasés et chiens-loups, *usual suspects* pour la police et recrues potentielles d'organisations louches comme le Parti national-bolchevik de mon camarade Limonov. Tous ces gens, que ce soit le père de Tania, son petit frère qui tourne au délinquant juvénile ou ses petits amis qui ne valent guère mieux, communient dans la certitude amère d'être floués, citoyens de seconde zone d'un empire autrefois puissant mais devenu un pays du Tiers-monde, largués sur le bord de la route par la société qui sur les ruines de cet empire commence à prendre forme à Moscou, une société de gros gangsters et de petits malins où ils ne trouveront jamais leur place. Mais Tania, elle, veut y trouver sa place. Elle est belle, d'une beauté qui n'a rien à envier aux mannequins qu'elle voit à la télé, elle est maligne, elle a appris l'anglais, ou le français, ou les deux. Le train que personne ne prend, elle le prendra.

Deux ans plus tard, elle travaille dans une des boîtes de nuit de Jean-Michel, à Moscou, et le moment est venu de présenter Jean-Michel qui, contrairement à Tania, est un personnage réel. Je l'appelle ici par son vrai nom ; il est, après ma productrice Anne-Dominique Toussaint, le principal destinataire de ces notes, car j'espère si on va plus loin l'associer au projet.

3

La Russie des années quatre-vingt-dix, sous les deux mandats d'Eltsine, c'était le Far West. Une économie de marché décrétée du jour au lendemain et alors que personne ne savait ce qu'est un marché, une corruption, une criminalité, une pauvreté et une richesse également démentes, pas d'autres lois que celle de la jungle, tout cela est connu. Les étrangers qu'attirait ce monde dangereux et excitant étaient de vrais aventuriers dont les sagas restent à raconter. Jean-Michel est un de ces aventuriers.

Jean-Michel n'a que trois ans de plus que moi, mais cet écart suffit pour qu'il ait été, contrairement à moi, un soixante-huitard. C'était un jeune bourgeois curieux et dégourdi qui est passé par tous les trips des années soixante-dix : le maoïsme d'abord, puis la route, l'Asie, les communautés, la drogue, les religions orientales… Un compagnon de route d'*Actuel*, lié avec tous les gens qui comptaient dans ces diverses mouvances, et qui a négocié le tournant des années quatre-vingt en devenant, comme de juste, publicitaire. Il est passé de l'acide à la coke, de la Révolution à la *world music*, il s'est laissé porter par l'air du temps, par ses intuitions, par ses femmes. Ce n'est ni un ludion ni un suiviste mais quelqu'un qui a l'art de surfer sur la vague et de prendre la vie comme un jeu. C'est aussi un personnage exceptionnellement charismatique : petit, blond, aigu, à la fois ascétique et *cool*, les yeux d'un bleu extraterrestre, une certaine ressemblance avec Sting ou, plus frappante encore, avec Brian Eno. Gentil, en plus.

En 1995, il lui est arrivé quelque chose de terrible : la femme qu'il aimait est morte dans le crash de l'avion de la TWA. Il s'est effondré, plus rien n'avait de sens. Sur un coup de tête, comme on s'engagerait dans la Légion étrangère, il est parti refaire sa vie en Russie.

J'ignore comment ça s'est passé au début, je compte bien qu'il me le raconte un jour. Je sais que trois ou quatre ans après son arrivée il était à la tête d'un empire de la nuit à Moscou : des restaurants, des bars, mais surtout des boîtes, de plus en plus chic et chères, où nouveaux Russes et riches expatriés sont accueillis par de très jolies filles pratiquement à poil qui se disent étudiantes et leur font pour 500 dollars passer un bon moment. On en pense ce qu'on veut moralement, mais bâtir un tel empire en partant de rien, sans presque parler russe, dans un secteur contrôlé par la mafia et à une époque où on se retrouvait comme un rien les pieds dans le ciment au fond de la Moskova, cela suppose des nerfs d'acier, un sens des affaires et surtout du contact hors du commun. Il faudrait un Scorsese pour raconter cette aventure-là. Ce n'est pas ce que je me propose de faire, tout ce que je veux qu'on comprenne c'est que Jean-Michel est un type assez impressionnant, d'autant plus impressionnant qu'il n'a rien du patron de boîte de nuit ou du semi-truand style De Niro dans *Casino* : il ne frime pas, n'élève pas la voix, il a gardé de ses années baba l'habitude quotidienne de la méditation d'où il tire un calme quasi surnaturel. Comme dit un de nos amis communs : Jean-Michel, en fait, c'est Maître Yoda.

Je n'ai pas connu Jean-Michel dans les années les plus *rock'n'roll*, mais après 2000, sous Poutine qui a restauré l'ordre. Un ordre corrompu, pas regardant sur les libertés, mais les guerres de gangs sont éteintes, le business obéit désormais à des règles, on peut souffler. Jean-Michel crée de temps en temps un nouveau club qui est pour quelques mois la nouvelle attraction de Moscou. Des hommes de confiance gèrent, les pots-de-vin vont à qui de droit, les affaires tournent. Jean-Michel vit aujourd'hui avec une ravissante jeune femme d'origine kazakhe, Alina, qui a posé en couverture du *Playboy* russe, étudie la théologie orthodoxe, et songe très sérieusement, quand elle aura assez profité de la vie, à entrer dans les ordres. En attendant, ils passent tous les deux de plus en plus de temps dans le ryad que Jean-Michel s'est acheté à Marrakech. Là-bas, il s'occupe d'une plantation d'oliviers qui donne du travail à des centaines de paysans, et ces paysans le considèrent comme leur bienfaiteur. Il n'est pas impossible qu'il commence à s'ennuyer.

4

Revenons à Tania – dont je rappelle qu'elle est, elle, un personnage fictif. Débarquée de Kotelnitch et après un passage rapide par l'université, elle fait ses premières armes chez Jean-Michel. Il faut rendre cette justice à ses clubs qu'on n'y pratique pas l'abattage et que les filles n'y sont pas honteusement exploitées. Boîtes de luxe, filles de luxe, que les clients n'hésitent pas à emmener dîner, disons chez le directeur de L'Oréal-Russie. Beaucoup sont réellement étudiantes et font ça pendant quelques années plutôt qu'un petit job sous-payé. Personne ne les retient quand elles veulent s'en aller, le patron les pousse même à prendre leur envol, se réjouit de leurs premiers succès professionnels ou de leurs mariages, bref cela semble aussi *cool* que la prostitution peut l'être.

Disons que notre Tania tombe amoureuse de Jean-Michel. Lui, de son côté, l'aime beaucoup : il la trouve non seulement belle mais brillante, il est curieux de voir ce qu'elle deviendra si les petits cochons ne la mangent pas, mais il n'est pas question qu'ils couchent ensemble car Jean-Michel vit avec une autre femme et, s'il en change tous les six ou sept ans, il est durant chacun de ces cycles strictement monogame. Un jour, Tania lui dit, avec beaucoup de calme et de détermination : « Dans dix ans, tu verras, je serai ta femme. – Peut-être bien, répond Jean-Michel qui n'aime rien exclure, qui sait ? »

Tania a beaucoup trop de classe et d'envergure pour faire de vieux os comme entraîneuse dans une boîte de nuit. À la suite d'une rencontre qu'a favorisée Jean-Michel, elle fraie bientôt dans le milieu des Russes très riches, ces jeunes hommes brutaux qui braillent sans arrêt dans leur téléphone portable, se déplacent en Falcone avec une escouade de gardes du corps et, à Courchevel, remplissent leurs jacuzzis de Veuve Clicquot. Elle se marie avec l'un d'eux. Elle a un enfant, encore très jeune. Son mari se fait descendre, ce sont des choses qui arrivent. Elle est un peu mannequin, elle fait un peu de business, sur une moindre échelle mais moins dangereuse que son défunt mari. Ce n'est pas une fille qui passe d'homme en homme et n'existe qu'en fonction de ses hommes. Elle trace son chemin seule, elle est déterminée, responsable, et son homme, d'ailleurs, elle l'a depuis longtemps choisi.

Elle retrouve Jean-Michel et le conquiert pour de bon un peu avant le terme qu'elle lui avait annoncé. Il reconnaît de bonne grâce : tu avais raison. Quand l'histoire commence, ils vivent ensemble depuis trois ans.

5

Elle a trente ans. Son petit garçon en a huit, il a surtout été élevé pendant qu'elle luttait pour survivre par ses grands-parents paternels mais maintenant que les choses sont stabilisées elle le voit et s'en occupe davantage. Elle mène avec Jean-Michel, entre Moscou et Marrakech, une vie facile et luxueuse. Elle aime ce luxe, cette facilité, elle vit comme une victoire d'y avoir accès mais elle n'oublie pas d'où elle vient, ni que l'assiette de sushis qu'elle règle d'une carte Gold négligente représente plus d'un an de la solde de son père, au temps où il avait une solde. Elle est réellement élégante – tout sauf la pétasse écervelée et cupide qui dévalise les boutiques de l'avenue Montaigne. Comme beaucoup de Russes de sa génération, elle est soucieuse de spiritualité. Elle s'est fait baptiser dans l'Église orthodoxe, elle porte une petite croix au cou, elle entraîne Jean-Michel à la messe de Pâques, mais elle est attirée aussi par le bouddhisme. Elle fait du yoga, ils en font beaucoup tous les deux. Ils ne boivent pas, ne fument pas – hormis quelques pétards. Ils sont calmes et sereins, je dis ça sans ironie. Par ailleurs, elle s'occupe très activement d'une organisation caritative dans laquelle Jean-Michel investit une partie de son argent. Il s'agit de distribuer je ne sais combien de tonnes par mois de produits alimentaires à des familles miséreuses dans la région de Moscou : quelque chose comme les Restos du Cœur. Le *charity business* n'existe pratiquement pas en Russie, cela viendra comme le reste mais pour l'instant Jean-Michel est un précurseur : quand il demande de l'argent pour ses crève-la-faim à un copain oligarque qui vient de se faire construire à Sotchi une réplique du château de Chenonceaux où il ira deux fois dans sa vie, ce n'est même pas que l'autre lui rie au nez : il ne comprend simplement pas l'idée. La fondation repose sur la fortune de Jean-Michel et sur le dynamisme de Tania, qui y consacre la moitié de son temps, de façon très concrète et pragmatique.

Pour la suite, c'est encore flou, mais j'aimerais bien que le film pour commencer soit un portrait de femme. On verrait Tania vivre à Moscou, aujourd'hui, et au fil des rencontres et des conversations on saisirait des bouts de ce que je viens de raconter. On la verrait par exemple faire la tournée des petits vieux nécessiteux, et en l'écoutant parler avec eux, dans leur cuisine, on comprendrait qu'elle est à des années-lumière et en même temps très proche encore de leur monde désormais préhistorique. On la verrait suivre un séminaire *new age* (les Russes sont très clients pour ça), mais aussi allumer des cierges à l'église et prier devant l'iconostase comme n'importe quelle vieille babouchka. On la verrait avec ses beaux-parents, les parents de l'homme d'affaires assassiné, et avec son petit garçon, qui a la natio-nalité suisse. On la verrait avec Jean-Michel, on verrait que leur relation n'a rien à voir avec le cliché de la belle fille vénale qui s'est trouvé un riche étranger, que ce n'est pas seulement une relation d'amants mais de partenaires, faite de respect, de confiance, d'humour : on se dirait, il faudrait qu'on se dise, que c'est une belle relation. On la verrait évo-luer avec un parfait naturel dans une boîte luxueuse où elle montrerait à la fois l'œil à qui rien n'échappe d'une femme dure en affaires, exigeante avec les employés, et une sol-licitude de grande sœur pour des filles dont certaines se trouvent exactement là où elle se trouvait dix ans plus tôt. J'aimerais creuser ses rapports à la fois complices et pro-tecteurs avec une de ces filles, les faire parler ensemble de la vie et des hommes russes, connus pour être grossiers, pochetrons, veules, amants lamentables, mais ça commence doucement, tout doucement à changer. Par exemple, cette fille de vingt ans, qui fait à la fois l'*escort girl* et des études de management, a un petit ami très sympathique qui s'est récemment avisé que c'était important, dans la vie, que c'était même la chose la plus importante de bien se conduire : *khorocho sébia viésti.* Bien se conduire, cela veut dire concrètement des choses comme ne pas arriver en retard aux rendez-vous, ne pas parler trop fort, ne pas balancer la porte dans la gueule des gens qui arrivent derrière, en somme ne rien faire de ce que fait le gros porc de Russe lambda, riche aussi bien que pauvre et peut-être encore plus riche que pauvre. Avoir découvert ça, l'importance et l'intérêt de *khorocho sébia viésti*, c'est pour ce bobo russe en début d'ascension sociale une véritable révolution mentale qui fait de lui un mutant dans son pays, l'avant-garde d'une élite dont l'édition russe de *Elle* s'emploie à hâter l'avènement et qui fait rêver toutes les filles. C'est bien, découvre-t-il avec émerveillement, de faire rêver les filles, pas seulement de les tirer vite fait avant d'aller boire des bières entre potes. Il a pigé un truc que les autres n'ont pas encore pigé, et qui lui donne une bonne longueur d'avance dans la course à la réussite. Je donne cet exemple parce que j'ai entendu récemment une conversation très marrante à ce sujet et parce que toute cette partie du film devrait être tissée de menues notations de ce genre. On verrait qu'une femme comme Tania fait partie de la dernière génération à avoir connu le communisme et le sentiment d'enfermement qui va avec, à trouver du prestige aux étrangers, alors que sa cadette de dix ans a toujours été libre : le goulag, pour elle, c'est Jurassic Park, Soljenitsyne une figure à peu près aussi familière que le pape Jean XXIII pour une candidate de la Star Ac', et les étrangers aujourd'hui sont juste moins riches que les Russes, alors quel intérêt ?

6

Tout cela fait une chronique, des portraits, des vignettes, pas vraiment une histoire. Pour qu'il y ait une histoire, il faudrait qu'une crise mette en jeu cet équilibre, et la vague idée de crise que j'ai pour le moment a des chances de rejoindre au cimetière des fausses pistes la patinoire de Dubaï. J'en dis un mot quand même.

En très gros : il arrive quelque chose de grave à Ilia, le petit frère resté à Kotelnitch. Au petit frère ou à un petit ami avec qui elle a eu une relation d'adolescents très fusionnelle, peu importe. Il peut être mêlé à un meurtre, et ce meurtre peut être lié à une organisation extrémiste comme le Parti national-bolchevik de Limonov, qui exprime assez bien le désespoir des jeunes gens paumés de la province russe. Ilia, en tout cas, est en prison là-bas, et quand elle l'apprend, Tania décide d'y aller.

Depuis douze ans qu'elle a quitté Kotelnitch, elle y est quelquefois retournée, et ces brèves visites l'ont évidemment déprimée. Une fois, elle a fait venir Ilia à Moscou, elle lui a même trouvé un boulot mais ça n'a pas marché, il a tout fait pour se faire virer, son séjour a été un cauchemar. Ilia, les parents, Kotelnitch, elle y pense avec compassion, mais une compassion impuissante. Jean-Michel ne les connaît pas, elle ne tient pas à ce qu'il les connaisse. Mais cette fois, comme c'est grave, comme il la voit très bouleversée, il insiste pour l'accompagner.

La seconde partie du film se passerait donc là-bas. Je n'en connais pas les péripéties, mais j'en connais les décors et l'ambiance. Je connais quelques-uns des personnages : le père ravagé par ses nerfs malades, parano, fou d'amertume et de haine ; la mère qui pourrait ressembler à Galina, la mère de mon amie Ania qui s'est fait sauvagement assassiner à Kotelnitch ; le groupe d'anciennes copines ; la jolie Liudmila qui a épousé l'entraîneur du club de *bodybuilding* ; le petit frère national-bolchevik… J'imagine des scènes : toute une nuit où on va chez les uns, chez les autres, on ne sait pas chez qui on est, on ne sait pas qui est qui, ami ou ennemi, ça sent l'ivresse et vaguement la menace et ça se finit à l'aube sur la vieille barge rouillée, au bord de la rivière…

Et Jean-Michel, là-dedans… Ce monde-là, il ne le connaît pas. Quand il quitte Moscou, c'est pour Paris, New York ou Marrakech. En fait de Russie profonde, il a été en avion privé participer à une chasse à l'ours dans le chalet de trente pièces d'un copain oligarque en Sibérie. Il ne comprend pas tout ce qu'on dit autour de lui. Cependant, il en faut beaucoup pour le désarçonner. C'est un aventurier, il en a vu d'autres, les hôtels sordides ne lui font pas peur, ni les délires et les provocations d'un vétéran qui se vante du nombre d'hommes qu'il a tués. Il laisse venir, son regard bleu fait chavirer la mère de Tania. Quant à la bande des petits lumpen-bolcheviks, ils jouent les terreurs mais ne demandent qu'à se soumettre à un homme, un vrai, et sur ce terrain-là Jean-Michel vaut bien un Limonov. Ce qui sera difficile, pour lui, mais alors vraiment difficile, ce sera d'aider Tania. De la laisser vivre ce qu'elle a à vivre et en même temps de rester auprès d'elle. D'accepter de la perdre ou de ne pas la perdre, je ne sais pas encore.

7

Que l'intrigue soit celle-ci ou une autre, qu'elle se déroule à Kotelnitch ou ailleurs, la vraie question du film, c'est : vers quoi va Tania ? Je vois bien d'où elle part, je ne sais pas encore où elle arrive. Quel changement se fait en elle, quel choix elle a à faire.

Quand j'ai parlé de ce projet à Jean-Michel, il m'a raconté une histoire, visant à illustrer le caractère complètement irrationnel des femmes russes, même les mieux intégrées et les plus pragmatiques. Un de ses amis, un homme d'affaires français, vivait avec une femme à peu près sur les mêmes bases que sa compagne et lui. Bonne relation, adulte, confiante. Femme intelligente, les pieds sur terre. Du jour au lendemain, elle l'a quitté pour se marier avec un ami d'enfance retrouvé par hasard, milicien dans une petite ville de la ceinture de Moscou. Milicien, cela veut dire flic de base. Sous-payé, corrompu, certainement poivrot, voué à une vie minable. C'est lui qu'elle a choisi, avec lui qu'elle a eu coup sur coup deux enfants.

Est-ce que je veux que le film raconte ça ? Est-ce que je crois à ça, est-ce que ça m'intéresse d'y faire croire ? Et, question pas du tout subsidiaire : est-ce que je peux considérer une telle issue comme positive ?

Car dans le projet de ce film, il y a cette envie-là : qu'il finisse bien. Enfin, bien, je m'entends : pas forcément un *happy end* de comédie romantique. Mais que les personnages, à la fin, aient avancé. Que leurs choix les conduisent plus près d'eux-mêmes. Qu'ils ne s'enferment pas, ne se fourvoient pas, ne régressent pas, mais prennent conscience de ce qu'ils sont vraiment, de ce qu'ils désirent vraiment et agissent en conséquence.

Par rapport à ce programme, je ne suis pas sûr d'acheter l'histoire de la beauté russe qui plaque un séduisant aventurier doublé d'un maître zen pour un milicien de province. Je me méfie, forcément, d'un scénario opposant à la sophistication du dandy cosmopolite la rugueuse authenticité du blaireau russe, et donnant la préférence à celui-ci – car si c'est ce que choisit Tania, il faut que le spectateur approuve son choix. Je dois reconnaître cependant que ce scénario, avec tout ce qu'il charrie d'exalté et de pathologique, est on ne peut plus russe (voir Tolstoï, Dostoïevski et les autres), et que même si moi il me défrise nombre de jeunes femmes russes civilisées y adhéreraient sans sourciller.

8

En 1989 a été présenté au festival de Cannes un premier film soviétique – c'était encore, plus pour longtemps, l'Union soviétique –, qui s'appelait *Bouge pas, meurs, ressuscite*. Son auteur, Vitali Kanevski, un Sibérien de quarante-cinq ans, y racontait ses souvenirs de délinquant juvénile à la périphérie d'un camp de prisonniers près de Vladivostok. Un truc rude. Le film était joué par deux très jeunes adolescents, presque des enfants, un garçon et une fille qui ont enthousiasmé le public par leur intensité, leur grâce sauvage. On attendait beaucoup de Vitali Kanevski mais dans les chaotiques années quatre-vingt-dix sa trace s'est plus ou moins perdue. Il a fait un autre film, qui n'a pas eu le succès de son magistral coup d'essai, il vivote aujourd'hui en tournant des documentaires.

Un de ces documentaires contient une scène extraordinaire. Elle se passe en prison, et on découvre qu'un des prisonniers n'est autre que Pavel Nazarov, le jeune acteur prodige de *Bouge pas, meurs, ressuscite*. Il était parti pour devenir délinquant et, dix ans après le film qui aurait pu faire dévier son destin, c'est bien ce qu'il est devenu. Il le prend avec un fatalisme goguenard. Déjà, il est surpris et ému de voir débarquer Kanevski, mais il n'est pas au bout de ses surprises car Kanevski a amené avec lui Dinara Droukarova, la jeune actrice.

Ils ne se sont pas revus depuis l'année glorieuse où ils ont accompagné le film et le réalisateur à Cannes, puis dans les festivals du monde entier. Pendant le tournage et après, ils ont été comme frère et sœur, aussi proches que les jeunes héros qu'ils incarnaient, puis leurs vies se sont séparées. Tandis que Pavel replongeait dans la galère, Dinara a tourné d'autres films, elle est devenue actrice pour de bon, quelques années plus tard elle a épousé un producteur français, c'est maintenant une vraie Parisienne qui habite une péniche et discute avec ses amis acteurs ou cinéastes des dernières sessions de l'Avance sur recettes. Je la connais par Pascal Bonitzer. C'est dire que son chemin et celui de Pavel ont tellement divergé qu'ils ne devraient plus rien avoir en commun.

Or, ce qui rend bouleversantes leurs retrouvailles en prison, c'est qu'ils se retrouvent vraiment. Ils évoquent leurs souvenirs de ce tournage éprouvant, aventureux, qui a été l'expérience fondatrice de leurs vies, mais ils n'en restent pas à la nostalgie. Ils se racontent leurs vies au présent, et même si clairement un des deux s'en est sorti et l'autre pas, même si l'une a un avenir et clairement pas l'autre, il n'y a entre eux aucun malaise, aucune amertume. Face à face, ils sont de nouveau les enfants sauvages et merveilleux du film. La vérité de leur relation, telle que la capte cette scène qui à la fois serre le cœur et l'exalte, c'est ce qui les unit à jamais, pas ce qui les sépare.

Tout le film pourrait tendre vers une scène comme celle-ci.

9

Lors de mon dernier séjour à Moscou, mon ami Emmanuel Durand, un Français qui vit là-bas depuis quinze ans, a été décoré de l'ordre « Gloire de la Russie » pour services rendus à la connaissance des expéditions polaires russes. Par curiosité, je l'ai accompagné à la cérémonie qui a lieu dans un sous-sol de la basilique du Sauveur, construite en trente ans par les tsars pour célébrer leur victoire sur Napoléon, démolie en trois mois par Staline et reconstruite en trois ans par Poutine, à l'identique. Nous nous retrouvons avec une soixantaine de futurs décorés, plus leurs familles et leurs amis, tout ce monde en robes et costumes du dimanche affreusement mal coupés, cravates s'élargissant et s'arrêtant au-dessus du nombril, couperose et cheveux brillantinés : l'Union soviétique dans toute sa splendeur. On nous installe avec beaucoup d'égards, nous pensons que l'affaire sera vite pliée, ensuite on va dîner, mais nous découvrons avec horreur sur le programme que cette fantasia chez les ploucs est prévue pour durer quatre heures. Impossible de repartir : le traquenard. Coincés pour coincés, nous nous préparons à prendre notre mal en patience en nous disant que ce genre de tribulation, et Manu et moi en avons vécu pas mal ensemble, cela scelle les amitiés. Longue attente, puis discours, musique, applaudissements nourris. Les récipiendaires se succèdent sur l'estrade, on salue leurs accomplissements, il y a des militaires, des professeurs, des bureaucrates, mais aussi bien des responsables de cantines et même des collégiens méritants. Tout cela entrelardé de petits ballets dansés par les enfants des écoles et de chansons sentimentales ou patriotiques interprétées par des artistes amateurs. Et là, cela vient doucement, sans crier gare. Je ricanais sous cape pour tromper l'ennui et je m'aperçois que je suis ému, de plus en plus ému. Car les petits ballets sont kitsch, bien sûr, mais parfaitement exécutés, avec un soin, une conviction, un amour dont je peux dire, pour avoir assisté à pas mal de fêtes de fin d'année quand mes fils allaient à l'école, que nous n'avons en France plus la moindre idée. Car la grosse dame en robe longue ou le petit monsieur en costume étriqué qui se mettent à chanter une chanson chantent *vraiment* une chanson, avec tout leur cœur, exactement comme chantait Ania à Kotelnitch, et la vérité c'est que, comme Ania, ils chantent magnifiquement. Par contagion, même le petit discours de l'économe du réfectoire en arrive à me toucher profondément. En y repensant par la suite, je dirais qu'une des choses qui me touchent là-dedans, c'est l'absence d'humour. Nous vivons, en France, sous le règne de l'humour et du second degré obligatoires. Il n'est pas un échange qui n'y soit soumis. Même un type qui reçoit une décoration mettra dans ses remerciements un peu de dérision, un petit ton Canal +, pour bien montrer qu'il n'est pas dupe. Ici, dans ce morceau d'URSS congelé et peut-être de Russie éternelle, ça n'existe tout simplement pas : même la joie, on la prend au sérieux. Surtout la joie. Mais bon, ça, c'est ce que je pense par la suite, sur le moment je ne pense rien du tout, je suis seulement ému aux larmes par cette sincérité, cette naïveté, cette application, jusqu'à cette laideur des costumes, cette rusticité bien intentionnée des manières, cette humanité chaude, enfantine, démunie, qui était le revers bouleversant de l'horreur soviétique. Quand je dis que je suis ému aux larmes, c'est littéral : au moment où la grosse dame en robe-serpillière qui chante à pleins poumons une ballade à la gloire de nos valeureux soldats fait lever toute la salle pour reprendre avec elle le refrain, non seulement je me lève et je chante comme les autres, mais je pleure carrément. Manu me surveille du coin de l'œil avec un amusement attendri. Ensuite, il y a un buffet, et moi qui ne bois plus depuis un an, je m'enfile vodka sur vodka, à la santé de quelques-uns des décorés qui trinquent avec nous de bon cœur. *Na zdarovié, na zdarovié.*

Le lendemain, à un vernissage où se presse le tout-Moscou bobo, je rencontre Tania, mon éditrice. Je dis mon éditrice parce qu'elle a publié un livre de moi, en fait c'est surtout celle d'Anna Gavalda, qui est ici immensément populaire et avec qui elle est devenue très amie. Je suis un peu jaloux, à la fois de ce succès et de cette relation privilégiée avec Tania, pour qui j'ai toujours eu un faible, et ça ne s'arrange pas quand elle me dit que mon *Roman russe*, personnellement elle aime bien, mais c'est tout à fait invendable ici. Bref. Cette Tania-là ne vit pas tout à fait dans le même monde que son homonyme de fiction. Elle est plus cultivée, moins friquée et moins attirée par le fric, elle n'a jamais dû mettre les pieds dans une des boîtes de Jean-Michel, et si elle les y mettait elle serait certainement choquée. Mais elle est comme notre héroïne d'une grande beauté, drôle, chaleureuse, et malgré ce qui les sépare elles pourraient tout à fait se connaître et s'entendre. Cette fille splendide, par ailleurs, vit depuis des années seule avec son chat : c'est que sur le marché russe elle ne trouve pas d'homme à son niveau.

Je raconte à Tania ma soirée de la veille. J'essaie de lui expliquer ce qui m'a submergé au cours de cette soirée, cette vague d'amour pour ce pays, pour ces gens, cette espèce de retour d'acide qui fait qu'en plein cœur de Moscou je me suis cru téléporté à Kotelnitch, au banquet des parents d'élèves. Tania, cette Moscovite branchée, lectrice de Houellebecq, copine de Gavalda, m'écoute en souriant, j'ai l'impression qu'elle se moque un peu de moi mais c'est une impression qu'elle donne souvent. Pour finir, sans cesser de sourire, elle me dit : « Je comprends. Ce que tu as vu hier soir, c'est mon âme. »

Je n'en connais pas encore l'intrigue, mais je pense que c'est le sujet du film. Ces femmes qui ont aujourd'hui la quarantaine et pas mal d'heures de vol derrière elles, qui dans le gigantesque chamboulement de l'après-communisme ont su par leur talent, leur beauté, leur énergie se faire une place du bon côté de la société, ces femmes, si elles sont un peu sensibles, gardent forcément un pied dans le mauvais : le côté des perdants, des englués, des pauvres cons du Parti défunt et de l'éternelle gloubinka – qui sont souvent leurs parents. Et quand je dis un pied, je suis timoré, c'est Tania qui a raison : il s'agit de leur âme.

Texte écrit en mai 2008 et paru dans
La Règle du jeu, janvier 2010

Le projet de film en est resté là. Jean-Michel Cosnuau, en revanche, a fini par écrire le récit de ses aventures en Russie : c'est devenu un livre, appelé Froid devant ! *Quant à sa belle fiancée kazakhe, Alina, elle a déclaré le jour de ses vingt-cinq ans que le monde, le sexe, l'argent, le cycle des désirs comblés et renaissants, ça suffisait : l'heure était venue de se consacrer à son âme et à son prochain. Elle s'est retirée dans un monastère, au milieu d'une forêt grande comme un département français. Sept ans plus tard, elle y est encore. Sans changer de vie aussi radicalement, Jean-Michel a fait construire en lisière du monastère une maison de bois où il vient, aussi souvent qu'il peut, habiter auprès d'elle. Il y est bien. Il est contemplatif, mais reste entreprenant. À côté de la maison, il a racheté une ferme où on élève des poules, des chèvres, des cochons. Les amis viennent, déjeunent au réfectoire, se baignent dans l'étang, parlent théologie avec le père Alexis, le moine aux yeux très clairs et à la barbe fluviale qui enseigne la boxe aux enfants du village et, depuis qu'il l'a baptisé, confesse régulièrement Jean-Michel. À en croire celui-ci, on sort de l'opération tout ragaillardi, tout léger – comme du sauna, en mieux. Alina, en fichu, un peu plus forte qu'au temps où elle faisait la couverture de* Playboy *mais toujours belle, transporte les nonnes dans son minibus sorti droit de Woodstock, fait leurs courses, veille sur elles. Tout le voisinage, soit une dizaine de feux, profite de cette petite utopie, reposant sur l'idée qu'il n'y aura jamais de solution globale à des problèmes globaux, mais que des solutions locales à des problèmes locaux, c'est possible et déjà pas si mal. La dernière fois que je suis venu, la journée s'est passée, dans la chaleur et le bourdonnement des insectes, à mettre des champignons et des concombres en bocaux. On se serait cru chez Levine et Kitty, à la fin d'*Anna Karénine*. Vous vous rappelez ? Levine et Kitty, que Tolstoï nous donne en exemple parce qu'ils ont tourné le dos aux orages de la passion, à la corruption de la grande ville, et cultivent sagement leur domaine en faisant autant de bien qu'ils peuvent à leurs moujiks. C'est tout à fait ça – sauf que Levine, à la fin du week-end, ne rentre pas à Moscou gérer des boîtes de nuit, coucher avec des créatures de rêve et négocier avec des bandits.*

Je me rappelle une conversation avec Jean-Michel, un après-midi d'hiver, à Moscou. Il neigeait. Nous nous demandions pourquoi les destinées humaines sont si différentes, et ces différences si injustes. Jean-Michel soutenait que cette injustice n'est qu'apparente. Il a cité un proverbe zen : « Il n'y a pas un seul flocon de neige qui ne tombe exactement à sa place. » J'ai objecté que beaucoup de flocons de notre connaissance n'étaient pas à leur place, ou en tout cas qu'ils en auraient préféré une autre. Jean-Michel est resté un moment silencieux, puis il a répondu : « C'est peut-être qu'ils n'ont pas encore fini de tomber. »

LES CHUCHOTEURS, D'ORLANDO FIGES

J'ai rarement vu mon ami Olivier Rubinstein, le patron de Denoël, aussi fier et enthousiaste que quand il a publié en 2007 *La Révolution russe – 1891-1924 : la tragédie d'un peuple*, traduction française du livre d'Orlando Figes, *A People's Tragedy*. Il aurait voulu l'offrir à tout le monde et allait répétant : lisez, lisez, vous allez voir ce que vous allez voir. Il me l'a offert, j'ai vu. C'est un livre extraordinaire. Ce qui le rend si extraordinaire, ce ne sont pas tant les thèses que l'auteur développe – encore qu'elles soient neuves et originales – que la façon dont il entrelace le récit minutieux des grands événements et les histoires personnelles des individus qui, en première ligne ou non, y ont été mêlés. Certains, comme Maxime Gorki, le général Broussilov et le prince Lvov, sont connus ; d'autres, comme le réformateur paysan Sergueï Semenov ou le soldat-commissaire Dimitri Oskine, inconnus même des historiens, et tous ces héros, majeurs ou minuscules, se côtoient

avec autant de naturel que, dans *Guerre et paix*, le général
Koutouzov et le moujik Platon Karataïev. Orlando Figes
est le contraire d'un historien qui romance, il est difficile
d'imaginer un chercheur plus respectueux de ses sources
et un analyste plus rigoureux, il n'empêche qu'il déploie
des talents de romancier – souplesse du récit, fusion de
la narration et du commentaire, art du portrait, empathie
avec tous les personnages – qui m'ont donné l'impression
de me trouver devant tout autre chose qu'un excellent travail universitaire : un grand livre, et j'ai compris, c'est la
loi des coups de foudre littéraires, que j'allais lire tout ce
que son auteur écrirait ou avait déjà écrit. *La Révolution
russe* paraissait en France avec dix ans de retard, au cours
de ces dix ans il avait publié deux livres monumentaux que
j'ai commandés sur Amazon et, bien que lire en anglais me
demande un sérieux effort, dévorés. Le premier, *Natasha's
Dance*, relève du genre le plus casse-gueule qui soit puisque
c'est une histoire culturelle de la Russie, de la fondation de
Saint-Pétersbourg à la fin de l'ère soviétique, et c'est une
parfaite réussite, qu'il faudrait évidemment traduire. Le
second, c'est celui que vous avez entre les mains et c'est à
mon avis le plus beau, l'apogée de la méthode Figes.

L'édition en livre de poche des *Voyages de Gulliver*
qui avait cours pendant mon adolescence comportait une
préface de Maurice Pons, et cette préface m'enchantait
parce que le père de Maurice Pons était un grand angliciste, *le* spécialiste incontesté de Swift en France, et que

son fils racontait une enfance passée à l'ombre de Swift, dans son commerce quotidien, avec des portraits de Swift au mur, des blagues rituelles sur les Houyhnhnms et les Yahoos, et tous les swiftiens de la terre défilant à la table familiale. J'ai exactement le même rapport avec l'histoire soviétique dont ma mère, Hélène Carrère d'Encausse, est la grande spécialiste française. Petit garçon, j'ai sauté sur les genoux de ses prestigieux aînés, Richard Pipes, Alec Nove, Moshe Lewin ou Leonard Schapiro, et je considère ses brillants cadets, Figes ou Simon Sebag Montefiore, comme des sortes de cousins qui auraient repris la boutique. Il m'a fallu du temps pour assumer cet héritage, je m'en suis longtemps tenu prudemment éloigné, mais depuis que je suis adulte aucune période de l'histoire universelle ne me passionne autant, et d'une passion aussi constante, que les soixante-douze ans de l'expérience soviétique.

J'ai lu presque tous les témoignages accessibles de ceux qui l'ont vécue (la sainte trinité Soljenitsyne-Chalamov-Evguenia Guinzbourg, mais aussi tant d'autres qui, sans avoir été au Goulag, ont connu le goût cendreux de la vie quand on a peur). J'ai lu les romans de ceux qui, de première ou de seconde main, en ont donné des représentations plus ou moins teintées d'imagination. Et j'ai lu des dizaines, peut-être même des centaines de livres d'historiens. Tous m'inspirent la même fascination, mais aussi la conscience qu'un gouffre sépare ceux qui ont éprouvé dans leur chair cette expérience de la peur perpétuelle, de la faim jamais bien loin, du mensonge généralisé, de ceux qui sans l'avoir éprouvée essayent de la comprendre et de la décrire. C'est ainsi, cela ne disqualifie pas les seconds, et cela vaut d'ailleurs pour des expériences plus communes que les purges et les camps : je viens d'écrire un livre, *D'autres vies que la mienne*, où il est question de cancer, je n'ai jamais eu de cancer, tant mieux pour moi, pourvu que ça dure, je ne sais donc pas de quoi je parle. Je sais en revanche que c'est une des frontières qui séparent l'humanité en deux : d'un côté ceux qui ont connu la maladie mortelle, de l'autre ceux qui ne la connaissent pas ; d'un côté ceux qui ont été dans un camp de concentration, de l'autre ceux qui se sont contentés de lire des livres dessus. Alors on pourrait dire que seuls ceux qui sont du bon côté de la frontière (c'est-à-dire du mauvais) savent de quoi ils parlent et méritent d'être écoutés. D'une certaine façon c'est vrai, mais d'une certaine façon seulement : car il existe une catégorie particulière de gens qui savent mieux que les autres écouter et ensuite faire entendre ce qu'ils ont écouté. Des gens dont le talent particulier est de savoir se tenir face à l'expérience d'autrui et la faire résonner en eux-mêmes, lui donner forme, la transmettre. Martin Amis, qui partage ma passion pour tout ce qui est soviétique, note justement dans son livre sur Staline, *Koba la terreur* : « Votre fauteuil n'est jamais si confortable, votre bureau jamais si chaud, votre certitude de l'imminence du dîner jamais si grande que lorsque vous lisez un livre sur le Goulag. » Je suis certain que le bureau et le fauteuil d'Orlando Figes à Cambridge sont confortables, et jamais il ne cherche à sortir de son rôle d'historien, mais je n'ai jamais non plus lu un livre d'historien qui donne l'impression de s'aventurer si près de l'infranchissable frontière dont je parlais plus haut.

À la différence des précédents, composés sur la base d'archives, *Les Chuchoteurs* est un livre d'histoire orale. Orlando Figes en a formé le projet alors qu'il était un très jeune chercheur, à Moscou, dans les premières années de la *perestroïka*, c'est à cette époque qu'il a rencontré la famille Golovnia dont vous allez bientôt faire connaissance, mais il s'y est vraiment mis quand il n'a plus été possible de différer. Ce livre réfléchi et majestueux est né d'une urgence : la génération qui avait accédé à l'âge adulte sous Staline était en train de disparaître, ceux qui avaient connu la répression avaient plus de quatre-vingts ans, ils mouraient les uns après les autres et, certes, beaucoup laissaient des Mémoires ou des témoignages, mais il restait à faire quelque chose qui ne pouvait être fait qu'à ce moment-là, juste avant que les dernières voix se taisent, et par quelqu'un du dehors, quelqu'un qui savait tout ce qu'il est humainement possible de savoir de cette expérience quand on ne l'a pas soi-même vécue.

Dans un autre livre exactement contemporain, on sent la même urgence et le même devoir : je parle des *Disparus*, où Daniel Mendelsohn relate des années de recherches et de voyages visant à apprendre *tout* ce qu'en se donnant beaucoup de mal il est encore possible d'apprendre, soixante ans plus tard, sur les six membres de sa famille maternelle

qui ont été exterminés dans un *shtetl* de Galicie en 1942 :
les circonstances exactes de leur mort, les détails exacts
de leur vie. *Les Disparus* et *Les Chuchoteurs* sont parus la
même année, ils ont été écrits par des hommes du même
âge, qui est aussi le mien, et bien que le premier soit autobiographique, ce que le second n'est en aucune façon, bien
que le premier soit explicitement du côté de la littérature, à
quoi le second atteint sans jamais y prétendre, on éprouve
à les lire des émotions très voisines. Je pense qu'Orlando
Figes, même s'il ne le dit pas, a dû être tenaillé, aiguillonné,
par l'obsession que Daniel Mendelsohn décrit très bien :
celle du dernier coup d'œil en arrière, du moment où on
se dit qu'on a tiré tout ce qu'on pouvait d'une source ou
d'un témoin. Si on restait une heure de plus, pourtant, si
on posait une question de plus ou laissait se prolonger un
silence de plus, si on buvait une tasse de thé ou un verre
de vodka de plus, peut-être apprendrait-on quelque chose
de plus, quelque chose de précieux ou même de décisif,
quelque chose qui change tout ce qu'on croyait savoir. On
soupçonne cela, on voudrait creuser toujours davantage, en
même temps il faut bien s'arrêter à un moment, on ne peut
pas rester toute sa vie dans cette cuisine, et alors on s'en va,
et cette petite vieille qu'on quitte, dont la maison rapetisse
puis disparaît dans le rétroviseur, on sait qu'on ne la reverra
plus, qu'elle va bientôt mourir, et sa mémoire avec elle, et
que la question si importante à laquelle on n'a pas pensé,
la question que soulèvera une autre rencontre, plus tard, et
dont elle seule peut-être avait la réponse, on ne pourra plus

jamais la lui poser. C'est fini, c'est trop tard, il n'y a pas de seconde chance.

La matière du livre d'Orlando Figes, ce sont – outre des Mémoires inédits – de très longs entretiens conduits avec des centaines de personnes, toutes à peu près du même âge, mais d'origines géographiques et sociales très diverses, et toutes, à la notable exception de l'écrivain Constantin Simonov, qui tient ici le rôle dévolu dans *La Révolution russe* à Maxime Gorki, inconnues. Inconnues mais pas, ou plus, anonymes. Figes a travaillé avec le concours de la société Mémorial, créée en 1988 pour commémorer les quelque vingt-cinq millions d'êtres humains qui ont été non seulement tués mais délibérément effacés de la mémoire. Et les commémorer, c'est d'abord les nommer. En cela, comme Yad Vashem à Jérusalem, Mémorial et ce livre exaucent le vœu d'Anna Akhmatova dans *Requiem* : « Je voudrais, tous, vous appeler par vos noms. » Ou, pour le dire avec les mots d'Orlando Figes évoquant à la fin ses héros : « En un sens très réel, c'est leur livre. Je n'ai fait que leur donner la parole. Ce sont des histoires pour nous ; pour eux, c'est leur vie. »

Pendant soixante-douze ans, on a mené en Union soviétique une expérience à grande échelle visant à créer un nouvel être humain. L'aspect le plus immédiatement visible de l'expérience, celui qui était revendiqué et mis en avant, consistait à abolir la propriété privée. Son aspect ultime (encore que, comme disait Philip K. Dick, un connaisseur, on n'ait jamais affaire en ces matières qu'à des « vérités avant-dernières », *penultimate truths*) consistait à abolir la réalité. Il était moins explicitement revendiqué, mais c'est tout de même à un compagnon de Lénine, Piatakov, et non à George Orwell, qu'on doit cette phrase : « Un vrai bolchevik, si le Parti l'exige, est prêt à croire que le noir est blanc et le blanc noir. » C'est de cet aspect-là que l'expérience soviétique tire cette qualité fantastique, à la fois monstrueuse et monstrueusement comique, que met en lumière toute la littérature souterraine, du *Nous autres* de Zamiatine aux *Hauteurs béantes* de Zinoviev en passant par *Tchevengour* de Platonov. C'est cet aspect-là qui fascine tous les écrivains capables, comme Dick, comme Martin Amis ou comme moi, d'absorber des bibliothèques entières sur ce qui est arrivé à l'humanité en Russie au siècle dernier, et que résume parfaitement un de mes préférés parmi ses historiens, Martin Malia : « Le socialisme intégral n'est pas une attaque contre des abus spécifiques du capitalisme mais contre la réalité. C'est une tentative pour abroger le monde réel, tentative condamnée à long terme mais qui sur une certaine période réussit à créer un monde surréel défini par ce paradoxe : l'inefficacité, la pénurie et la violence y sont présentées comme le souverain bien » (*La Tragédie soviétique*). Ou encore, Leszek Kolakowski : « Des individus sous-alimentés, dépourvus du strict nécessaire vital, assistaient à des réunions où ils répétaient les mensonges du gouvernement sur leur bien-être et leur prospérité, et curieusement, ils croyaient à moitié à ce qu'ils disaient.

La vérité, ils le savaient, était l'affaire du Parti, les mensonges devenaient donc vrais même s'ils contredisaient ce qu'on pouvait observer dans la réalité. Ils vivaient dans deux mondes étanches et cette schizophrénie fut la réussite la plus remarquable du système soviétique » (*Histoire du marxisme*).

Sur le chemin qui, de l'abolition de la propriété, conduit à celle de la réalité, un troisième aspect de l'expérience a consisté à abolir la vie privée. C'est sous cet angle-là qu'Orlando Figes examine le système soviétique.

Un vrai bolchevik, disait Khrouchtchev, est bolchevik même quand il dort. Non seulement il est bolchevik avant d'être père ou mari, mais le fait d'être père ou mari menace la qualité de son bolchevisme, et on donne en exemple quiconque s'affranchit de ces liens personnels, par essence contre-révolutionnaires. L'homme nouveau, comme Sergueï Goussev dans le premier chapitre de ce livre, ne reconnaît pas sa fille abandonnée quinze ans plus tôt pour le service exclusif du Parti et, si elle se présente à lui, l'accueille d'un haussement d'épaules distrait (quant à la fille, elle trouve cette réaction tout à fait normale, et Lénine adorait que, plus tard, elle lui raconte l'anecdote). L'homme nouveau s'exalte à l'idée que chacun, dans la société nouvelle, surveille l'ardeur révolutionnaire de son prochain, et si son prochain est son père, s'il peut le dénoncer à la Tchéka et obtenir qu'il soit exécuté, c'est encore mieux : il devient un héros comme le jeune Pavlik Morozov, dont le

Parti a organisé le culte dans les années trente. L'homme nouveau, si on lui dit, comme Staline à Kaganovitch : « Il paraît que ton frère fricote avec des droitiers », répond placidement : « Alors, il faut régler son cas », et le règle sans tarder : le frère se suicide le jour même et s'il ne s'était pas suicidé on l'aurait envoyé au Goulag. L'homme nouveau pense ce que pense le frère cadet d'Elena Bonner le jour où on arrête leur père : « C'est fou, ça ! Ces ennemis du peuple, ils arrivent même à se glisser dans les papas ! », et se réjouit qu'on l'ait débusqué.

Je relève ces quelques exemples au hasard de mes notes, il y en a des dizaines dans le livre, et, les relevant, je m'avise tout à coup que je les présente comme monstrueux, que l'auteur auquel je les emprunte et certainement le lecteur qui nous lit les trouvent monstrueux aussi, mais que des traits semblables dans Plutarque sont jugés admirables et qu'on peut trouver de la grandeur, antique ou cornélienne, à la réponse de Staline quand les Allemands lui ont proposé d'échanger contre le feld-maréchal Paulus son propre fils Iakov, qui venait d'être fait prisonnier : « Je n'échange pas de feld-maréchaux contre de simples lieutenants » – et que périsse Iakov, qui se suicida en se jetant contre les barbelés de son camp de concentration ! Albert Camus disait qu'entre la justice et sa mère il préférerait toujours sa mère, et nous sommes, dans les sociétés où nous vivons, à peu près tous d'accord avec lui. Je trouverais dommage pourtant que nous devienne totalement incompréhensible l'héroïsme qu'il y a à choisir, si coûteux que ce soit, un idéal commun contre ses affections privées. Si la Révolution avait *vraiment* fait le bonheur des hommes et si le père de Pavlik Morozov avait *vraiment* risqué de l'en empêcher, comme des millions de gens l'ont cru en toute bonne foi, est-ce que Pavlik Morozov et surtout la société qui inspire et exalte les Pavlik Morozov nous sembleraient aussi haïssables ? La question est purement rhétorique, dans la mesure où le père de Pavlik Morozov était comme tous les koulaks un ennemi imaginaire et la Révolution une machine à dévorer ses enfants et à étendre exponentiellement l'empire du mensonge, et là où on s'en rend bien compte, *a contrario*, c'est dans le chapitre magnifique qu'Orlando Figes consacre à la guerre et à l'immense *soulagement* psychique qu'ont représenté les souffrances de la guerre pour des millions de Russes. Pour des millions de Russes, pour Akhmatova aussi bien que pour Simonov, ces années de guerre ont été les plus belles de leur vie et ils en ont jusqu'à leur mort gardé la nostalgie. C'est qu'on souffrait alors pour quelque chose : pour sa patrie, pour son village, pour les siens. C'est que les sacrifices avaient un sens et que l'emprise du mensonge se relâchait. C'est que l'on combattait enfin des ennemis véritables, alors que pendant la collectivisation, puis la Grande Terreur, les ennemis du peuple, c'était le peuple lui-même.

Antonina Golovina, sur l'émouvante figure de qui s'ouvre et se ferme le livre, a porté toute sa vie le poids d'une biographie « souillée ». En 1934, âgée de onze ans et en butte aux persécutions de son institutrice, elle a écrit avec une camarade d'infortune une lettre au directeur de leur école où elles faisaient valoir qu'étant des enfants, ce n'était pas leur faute si leurs parents avaient été des koulaks. Sur mon exemplaire, à la page 145 de l'édition anglaise, j'ai noté avec stupeur : « C'est la première fois depuis le début du livre que quelqu'un avance cet argument. » Que les fils ne puissent être tenus pour responsables des crimes des pères (en mettant de côté la question de la réalité de ces crimes), cela nous semble une des bases de la justice, un critère de l'avancement d'une civilisation, et, curieusement, Staline lui-même a éprouvé le besoin de rappeler ce principe dans une directive de 1935. Pourtant, dans la Russie soviétique, ce n'était même pas un principe formel, quelque chose à quoi on pouvait théoriquement se référer – ce qui explique mon étonnement devant le fait que cet argument soit venu à l'esprit de la petite Antonina Golovina. Il va de soi pour nous mais il était aussi hors de propos, dans le contexte, et témoignait par conséquent d'une intrépidité morale aussi vive, que celui de cet officier du NKVD qui un beau jour avait trouvé « totalement erroné » de fixer à l'avance le nombre de gens à arrêter et à fusiller dans un district, indépendamment de ce qu'on pouvait avoir à leur reprocher (l'officier du NKVD fut aussitôt arrêté et fusillé). Si certains ont eu un peu de mal à simplement *saisir* le principe de quotas qui présidait aux purges (dans un passage extraordinaire du *Vertige*, Evguenia Guinzbourg décrit son effarement au moment où elle comprend que les gens sont arrêtés *par ordre alphabé-tique*), tout le monde avait intériorisé la loi selon laquelle la femme ou l'enfant d'un ennemi du peuple étaient par contagion des ennemis du peuple eux aussi.

Malgré le peu de cas que l'idéologie soviétique, au moins dans ses temps héroïques, faisait de la famille, malgré le soin qu'elle prenait d'en séparer les membres, d'affranchir les enfants de l'influence délétère de leurs parents, dès qu'il s'agissait de punir la solidarité repre-nait ses droits et personne ne voyait rien d'étonnant à ce qu'il existe au Kazakhstan un camp de travail pour les femmes des traîtres à la patrie et des mini-Goulags pour leurs enfants. Personne ne trouvait étonnant que ces der-niers deviennent, lorsqu'ils survivaient, des citoyens de seconde zone, proscrits du Komsomol, de l'Université, de l'Armée rouge, du Parti, des *usual suspects* dès qu'il fal-lait trouver des responsables à une nuisance, et cet état de fait mais encore plus d'esprit constitue le cadre d'une grande partie des histoires racontées dans ce livre. Il y a ceux qui essayent de s'en sortir en dissimulant leurs ori-gines de classe, en se bricolant de fausses biographies, et qui passent toute leur vie dans la hantise d'être démas-qués : ainsi ce mari et cette femme qui vivent plus de vingt ans ensemble, qui s'aiment mais ne s'avoueront jamais qu'ils ont grandi tous deux dans des colonies pour enfants d'ennemis du peuple. Il y a ceux qui espèrent faire oublier la tache sur leur biographie en faisant du zèle, et comme faire du zèle, c'est dénoncer, les organes n'auront pas de meilleurs auxiliaires que les enfants de koulaks ou de purgés. Il y a les femmes qui renient leur mari (pour les y encourager, le coût du divorce, qui était de 500 roubles, descendait à 3 roubles quand on divorçait d'un prisonnier), les enfants qui renient leurs parents et, plus déchirant encore, les parents qui encouragent leurs enfants à les renier, qui espèrent qu'ils les renieront et qu'ils les renieront *sincèrement*, parce qu'ainsi ils seront mieux armés pour survivre. Il y a ceux qui, parce que cela permet de vivre, se forcent à croire vraiment ce qu'au fond d'eux-mêmes ils savent faux. Il y a ceux qui sont revenus de là où personne ne pensait qu'ils reviendraient, et ce moment où, comme dit Akhmatova, elle encore, « deux Russie se regarderont les yeux dans les yeux : la Russie qui a emprisonné et celle qui a été emprisonnée ». Il y a les enfants abandonnés qui se transforment en adultes du jour au lendemain, ces millions d'enfants nés dans les années trente qui se sont retrouvés à la rue, en bandes affamées et pillardes, et au bénéfice desquels on a abaissé à douze ans (*douze ans !*) l'âge de la responsabilité pénale, donc de la peine de mort... Bref.

Chacune de ces histoires de familles, d'amour et de désespoir qu'il a recueillies à la source, Orlando Figes les rapporte au style indirect, avec un mélange d'émotion et de réserve, de concision et de sens du détail superbement servis par la traduction de Pierre-Emmanuel Dauzat. Mais il ne se contente pas de les rapporter : il les organise, les monte, les entrelace, les éclaire les unes par les autres de telle sorte qu'ensemble elles racontent la grandiose et effroyable histoire de l'Union soviétique. Toutes ou presque sont tragiques mais elles le sont de façons différentes. Les unes sont atroces, les autres poignantes. Les unes nous disent, comme Varlam Chalamov, que cette tentative gigantesque pour extirper du cœur de l'homme tout ce qui le fait humain a réussi. Les autres, comme Evguenia Guinzbourg, qu'elle a malgré tout échoué : qu'on peut affamer l'homme, le torturer, le priver de tous repères, exercer sur lui les chantages moraux les plus subtils, mais pas lui prendre son âme – ou du moins, pas toujours. Que la peur, la faim et le mensonge font sortir le pire mais aussi des actes de bonté extraordinaires. Chacun se fera en lisant ce livre son anthologie personnelle, choisira les microromans, les héros, les moments de vérité qui le touchent le plus. Les miens, ce sont les dernières heures de Ioulia Piatnitskaïa, telles qu'une très vieille femme qui était avec elle au camp de Karaganda les raconte à son fils, cinquante ans plus tard, contre sa dernière volonté. Ce sont les lettres écrites par l'économiste Kondratiev (l'inventeur des « cycles de Kondratiev » dont on me parlait à Sciences po) à sa fille bien-aimée, Elena, qui avait cinq ans lors de son arrestation ; c'est le conte qu'il a écrit et illustré pour elle juste avant d'être abattu et sans qu'elle sache évidemment pourquoi il a ensuite arrêté de lui écrire. C'est le dessin du « coin de papa » fait par un autre *zek*, plutôt mieux loti celui-là, et je me rends bien compte, et je sais bien pourquoi, que ce qui me fait pleurer à tous les coups, ce sont les histoires de pères séparés de leurs petites filles – comme dans *Soleil trompeur*, le film roublard et pourtant bouleversant de Nikita Mikhalkov. Je relis mes notes, il y a mille choses encore dont je voulais parler, je m'aperçois que je n'ai rien dit de Constantin Simonov mais tant pis, vous n'allez pas tarder à faire sa connaissance. Je ne veux pas terminer cette préface, en revanche, sans avoir écrit le nom de Claudia Alexeïeva, la directrice d'école qui au plus fort des purges a protégé, parmi tant d'autres, les petites Elena Bonner et Ida Slavina. « Je voudrais, tous, vous appeler par vos noms. » Ils ne sont pas tous là, seulement quelques centaines sur vingt-cinq millions, mais ils parlent pour les autres. Écoutez-les.

Denoël, 2009

LA VOIX DE DÉON

1

Composer ce cahier n'a pas dû être une mince affaire, car Michel Déon, à ce que m'ont dit les gens de L'Herne, n'a consenti qu'avec une extrême réticence à ce qu'on sollicite ses amis. La crainte de les ennuyer ou de les contraindre, si peu que ce soit, à faire son éloge mettait au supplice sa proverbiale délicatesse. En ce qui me concernait, l'idée lui était venue de reproduire, si j'étais d'accord, une lettre que je lui avais écrite il y a vingt ans, après qu'il m'avait fait obtenir le prix Kléber-Haedens pour un roman appelé *Hors d'atteinte ?* En m'en adressant la photocopie, il me dit que cette lettre parle de la liberté du romancier. En la relisant, je trouve qu'elle parle surtout de moi, en tout cas pas de lui, et que c'est bien du Déon de ne laisser édifier un monument à sa gloire qu'avec ce genre de marbre. J'ai donc dit d'accord pour la lettre, à condition qu'on m'accorde quelques feuillets de post-scriptum sur vingt-cinq ans de commerce avec l'homme et trente-cinq avec l'œuvre.

Voici donc la lettre.

Paris, le 15 décembre 1988

Cher Michel,

J'ai une histoire à vous raconter. Il y a un peu plus d'un an, comme je terminais Hors d'atteinte ?*, j'ai lu un essai de Kléber Haedens appelé* Paradoxes sur le roman*. Je ne sais si vous l'avez en mémoire. Il s'agit d'un pamphlet dirigé secondairement contre le Nouveau Roman, mais avant tout contre la postérité de Flaubert : tous ces jeunes gens qui vont répétant le dogme de l'impassibilité de l'auteur, dont ni les opinions, ni les goûts, ni les sentiments ne doivent être devinés, qui doit mettre tout son talent – quand il en a – à s'effacer derrière des personnages grisâtres sous prétexte que la vie serait grisâtre aussi.*

À cette école, grande pourvoyeuse de romans dont les critiques aiment dire en se pourléchant que ce sont, enfin, « de vrais romans », Kléber Haedens opposait avec une verve ravageuse les livres insoucieux des règles, de la mesure française, qui exhibent leur auteur avec impudeur, prennent toutes les libertés, et que personne n'aurait l'idée de traiter mesquinement de « vrais romans » : de Gargan-tua à Ulysse, de Saint-Simon à Proust, toute la littérature, en somme, qui vaut le coup.

Lisant cela, j'approuvais de bon cœur. J'étais tout content d'entendre des choses si justes dites de manière si gaie. Jusqu'au moment où je me suis aperçu que ces choses si justes nous visaient, moi et le livre que je tâchais laborieusement d'écrire, décalqué de Madame Bovary *pour me prouver que j'étais, et on allait voir ce qu'on allait voir, un « vrai romancier », le solide artisan qui devant son établi répond de son travail – toute cette mythologie du mérite et de la compétence, vous voyez ce que je veux dire...*

J'en ai été très déprimé, et le nom de Kléber Haedens s'est associé pour moi, comme un reproche, au sentiment, non pas d'avoir raté un livre, ce qui n'est pas grave, mais d'en avoir réussi un qui n'en valait pas la peine. C'est pourquoi j'ai d'abord trouvé de l'ironie à être distingué pour ce livre, par un prix portant ce nom. Et puis, progressivement, j'ai pensé que la liberté, cela consistait aussi à se fourvoyer, à se donner des contraintes et à trahir sa pente ; j'ai pensé que Kléber Haedens, s'il était vivant, aurait peut-être partagé votre indulgence, à vous, cher Michel, et à vos camarades du jury. Et, en définitive, c'est le prix qui a fini par me réconcilier avec le livre.

Et voici le post-scriptum.

2

Je lisais beaucoup, à quinze ans, un peu de tout, mais seulement des livres de poche ou des livres qui se trouvaient dans la bibliothèque de mes parents. Eux-mêmes, autant que je me souvienne, n'achetaient pas de romans qui venaient de paraître. Ils trouvaient ça vulgaire, et les prix littéraires encore plus. Ils ont pourtant acheté *Un taxi mauve*, couronné par l'Académie française en 1973, ma mère me l'a conseillé et c'est devenu pour au moins deux saisons mon livre préféré. Il y avait des brumes, une princesse capricieuse, une actrice de cinéma, un aventurier mythomane, une famille irlandaise dont les premiers-nés mâles se transformaient en chiens et, en guise de promesse pour l'avenir, « la sensation précieuse de vivre en homme libre ». J'ai découvert ensuite *Les Poneys sauvages*, ces deux romans ont assuré pour moi la transition entre les lectures de l'adolescence (Jules Verne et Alexandre Dumas, à qui je garderai toute ma vie une gratitude émerveillée) et celles de l'âge adulte. Les premières vacances que j'ai passées seul, sans mes parents, c'était à vadrouiller dans les Cyclades, et là encore Déon m'accompagnait. Je lisais *Le Balcon de Spetsai*, *Le Rendez-vous de Patmos*, je pensais que c'était ainsi qu'il fallait vivre : à l'écart, à sa guise. Je me rappelle, à Spetsai, m'être fait montrer par un patron de bistrot la maison où Déon habitait, sur le port : elle n'était pas fermée, je n'ai évidemment pas osé frapper. On était en 1975, 76, il commençait à trouver que la Grèce, ce n'était plus ça. D'une façon générale, mais je ne le savais pas encore, c'est le propre des paradis qu'on vous explique toujours, et toujours à juste raison, que ce n'est plus ça, que vous arrivez au moins dix ou vingt ans trop tard. Lawrence Durrell ou Patrick Leigh Farmor, qui avaient découvert la Grèce après

la guerre, le disaient à Déon quand il s'y est installé à la
fin des années cinquante. On me l'a dit à Bali où j'ai pas
mal vécu à la fin des années soixante-dix, dont les vieux
babas parlent aujourd'hui comme d'une époque bénie, bref.
Ce qui est sûr, c'est que la vie dont je rêvais à dix-huit ans
s'inspirait beaucoup de celle de Déon et que j'espérais un
jour, comme lui, « n'avoir besoin que du nécessaire, ne pas
quitter d'un pouce celle que l'on aime, voir chaque jour le
soleil se lever et se coucher, manger quand on a faim, écrire
sur une table boiteuse, se répéter que ce qui est beau c'est la
mer, le ciel, un olivier retroussé par le vent, que l'amitié est
partout où l'on franchit un seuil ». Je retrouve cette phrase,
soulignée il y a plus de trente ans, dans mon vieux Folio
fatigué du *Rendez-vous de Patmos*. Je l'ai traîné dans mon
sac à dos, lu à bord du *Kiklades*. Sur le pont supérieur, le
moins cher, de ce vieux ferry qui desservait les îles, je me
rappelle avoir partagé le sac de couchage d'une jolie rou-
tarde suisse qui m'a causé une des pires vexations de ma
vie en me disant, sans malice mais avec l'accent valaisan
et alors que, hâlé, pas rasé, en espadrilles, je me figurais
ressembler à Déon : « Oh, toi, je parie que tu es à Sciences
po » – et le pire, c'est que c'était vrai. Autre phrase soulignée : « Rien n'a d'importance que d'aimer sa vie et de la
protéger », et cela me trouble, rétrospectivement, de l'avoir
soulignée : c'est bien qu'à dix-huit ans elle éveillait en moi
un écho, que j'y voyais un programme. Ce programme,
je l'approuve aujourd'hui, mais je m'en suis longtemps et
comme à plaisir détourné.

3

Quelques semaines après la parution de mon premier roman, au printemps 1983, j'ai reçu, postée d'Irlande, une lettre de Déon. Je précise que ce roman, je ne le lui avais pas envoyé, à la fois parce que le service de presse d'un débutant était chiche et parce que je n'imaginais pas qu'un auteur aussi connu, vivant de surcroît à l'étranger, porte grand intérêt à des primeurs qui en général se fanent à peine exposées. Il avait donc fallu que, soit alerté par un des rares articles bienveillants que mon livre avait suscités, soit en le parcourant sur un étal de nouveautés, il l'achète dans une librairie avant de le lire et de m'envoyer cette lettre d'une incroyable générosité que je garde précieusement mais que je ne reproduirai pas ici, parce que j'en ai une autre en vue. J'ai appris par la suite qu'il était coutumier du fait, et que sa curiosité s'étendait bien au-delà du cercle de cadets qu'un peu paresseusement je pensais être sa famille : ceux qu'on appelait alors les néo-hussards, les plus connus étant Patrick Besson, Éric Neuhoff et Didier van Cauwelaert. Un autre qu'il avait repéré dès son premier livre, et qu'il a par la suite suivi et soutenu aussi fidèlement que moi, est devenu un de mes meilleurs amis : c'est Jean Rolin, et chaque fois que nous avons l'un ou l'autre reçu un prix flatteur ou richement doté, souvent les deux, nous avons découvert que c'était un coup de Déon. En pensant à la façon dont il se démenait et se démène toujours en faveur d'écrivains qu'il aime, je me dis que s'il se fonde un jour un prix Michel-

Déon, ce sera le seul au jury duquel je serais fier de siéger et prendrais même très mal qu'on ne me convie pas. Bref : nous sommes quelques-uns, et peut-être un peu plus, pour qui Déon tient le rôle de l'aîné tutélaire, à la fois distant et jamais très loin, un peu intimidant et familier, qui prouve ceci, qui ne va pas de soi : qu'un écrivain de haut vol peut être un type bien. Loyal, attentif, généreux, il fait partie des quelques personnes que tous ceux qui le connaissent savent incapable d'une bassesse. Ceux qu'il n'aime pas, et il y en a car s'il est généreux il n'est pas toujours indulgent, il ne cherche pas à leur nuire mais s'en écarte sans mot dire : affaire classée. Il vit en assez bonne intelligence avec lui-même pour n'être pas encombré de lui-même, il a la gravité des hommes qui savent où est leur centre, la légèreté de ceux que leur ego n'entrave pas, une oreille infaillible pour distinguer ce qui sonne juste de ce qui sonne faux, hommes ou livres, et il est précieux de se le rappeler quand on est déprimé et qu'on se juge mal. Alors on peut se dire : Déon m'estime, c'est que je suis tout de même un peu estimable. Cette pensée m'a aidé, quelquefois.

4

Ce que j'ai à dire maintenant est un peu délicat mais tant pis, je le dis. À l'époque où je l'ai rencontré, je ne lisais plus guère les livres de Déon. Je le voyais comme un auteur qui avait enchanté mon adolescence et qui, sans

m'avoir déçu, n'était plus très présent pour moi. Je connaissais un peu l'homme désormais, sans partager ses choix
politiques j'admirais ce qu'il avait eu le courage et le talent
de faire de sa vie, pourtant si je repense à nos échanges
pendant dix ou quinze ans je me rends compte que c'est lui,
l'aîné, qui s'intéressait vraiment à moi, à ce que j'écrivais
mais plus encore peut-être à ce que j'étais, et moi, le cadet,
qui, tout occupé de moi-même, ne m'intéressais à lui, au
fond, qu'à raison de l'intérêt qu'il me portait. Perspicace
comme il est, cela n'a pas dû lui échapper et je ne pense
pas que ça lui était égal, mais ce qui devait l'attrister dans
cette attitude, c'était le désarroi et le manque de liberté
qu'elle trahissait chez moi. Si j'essaie de me l'expliquer,
cette attitude, ce qui me vient à l'esprit est le mot de Dostoïevski à qui un débutant était venu demander comment
devenir un grand écrivain : « Il faut souffrir, mon enfant,
beaucoup souffrir. » Pour souffrir, je souffrais, je me suis
longtemps employé à faire de ma vie un enfer et il serait
bien sûr exagéré de dire que je le faisais exprès, mais enfin
j'en tirais, outre le confort paradoxal qu'il y a à ne pas oser
être heureux, le bénéfice secondaire d'espérer que cette
souffrance fasse de moi un grand écrivain. J'ai appris à
l'usage que c'était une connerie, cette obsession de vouloir
être un grand écrivain, et sans doute le plus sûr moyen de
ne pas le devenir, mais, pour revenir à mon sujet, il est certain qu'avec cette obsession, le goût de la souffrance et le
culte de ses prêtres (Flaubert, Kafka et leurs enfants), je ne
pouvais guère porter qu'une estime distraite à quelqu'un

comme Déon qui n'a jamais au grand jamais pris la pose du grand écrivain, ne se soucie d'écrire que ce qui lui fait envie, ne craint pas le labeur mais sait en lever le nez pour regarder par la fenêtre ouverte le retour des bateaux, aime Larbaud et Toulet, la mer, sa femme Chantal et les déjeuners de soleil, et pense que notre plus grand devoir est de protéger notre vie et de l'aimer. Est-ce que l'amateur de gouffres que j'étais dédaignait réellement ou plutôt enviait cet exigeant hédonisme, c'est une question embrouillée et que je laisse de côté. Pendant ces deux décennies noires, en tout cas, je voyais Déon à la fois comme quelqu'un de totalement différent de moi et comme une sorte de vigie. Du rivage sur lequel je ne pouvais prendre pied, il me semble qu'il me regardait avec une amitié inquiète, compréhensive, qui malgré tout me réconfortait, et pour donner une idée du ton de cette amitié j'ai envie de reproduire le mot, inhabituellement bref, qu'il m'a envoyé après avoir lu mon avant-dernier livre :

« *Cher Emmanuel,*
Je ne sais pas quoi vous dire. J'ai passé deux jours uniquement avec vous, ne vous quittant que pour marcher dans la forêt avec mon chien, poursuivi par votre livre. Ma dernière nuit a été blanche. Vous étiez trop près.
*J'ai eu ce matin, lors de ma promenade quotidienne, une grande envie de vous voir. Il me semble que si vous aviez été là je vous aurais serré dans mes bras. Et nous n'aurions pas dit un mot d'*Un roman russe. »

5

Il y a, je dirais, six ou sept ans, j'ai relu *Les Hauts de Hurlevent*. Et une des choses qui m'ont frappé, contrastant avec l'extraordinaire violence des sentiments qui s'y donnent libre cours, c'est la présence du narrateur, M. Lockwood. C'est un homme entre deux âges, de mœurs paisibles, qui a pris pension chez une logeuse bavarde, passe ses journées à se promener avec son chien et laisse discrètement deviner au lecteur qu'il est venu s'enterrer dans ce coin de lande battu par les vents à la suite d'un chagrin d'amour. Jaloux de sa solitude, il est aussi curieux de ses semblables, c'est ainsi qu'il en vient à s'intéresser à Heathcliff et à se faire raconter son histoire. Je l'aimais beaucoup, ce M. Lockwood, il me rappelait vaguement quelqu'un et, le livre refermé, alors que j'étais plutôt soulagé de quitter les Linton, les Earnshaw et le déferlement de frénésie morbide qui caractérise leurs rapports, je serais volontiers resté un peu plus longtemps avec lui. J'avais envie, après *Les Hauts de Hurlevent*, non pas d'un livre dans le genre des *Hauts de Hurlevent* (ce que réclamait avec insistance ma sœur aînée quand elle l'a lu à l'âge de quatorze ans), mais d'un livre avec un narrateur, et un narrateur qui aurait eu un peu le ton et les manières de M. Lockwood. Ce n'était pas une question d'histoire, mais de tonalité, comme après avoir écouté une sonate de Schubert on a envie de rester, mettons, en *la* mineur. C'est Schubert qui m'a mis sur la piste, pointant le doigt vers celui que me rappelait vaguement M. Lockwood : je suis allé chercher *Un taxi mauve* dans ma bibliothèque. Cette bibliothèque, au gré de nombreux déménagements, a connu des purges rigoureuses auxquelles le rayonnage Déon a survécu, et je ne parle pas seulement des livres qu'il m'a dédicacés mais même des vieux Folio achetés bien avant de le connaître. A-t-il songé aux *Hauts de Hurlevent* en écrivant les premières lignes du *Taxi mauve*, je l'ignore, il me le dira un jour, mais moi j'avais retrouvé la tonalité que je cherchais et qui était, à ce moment, ce qui me paraissait le plus désirable en littérature et dans la vie. Je dis tonalité, je dis ton, mais le plus simple et le plus juste serait de dire voix. Cette voix égale, tranquille, un peu sourde, cette voix de marcheur jamais pressé, je l'ai tout de suite reconnue, et bien sûr je ne l'avais pas oubliée, je savais que c'était celle de Déon et donc des narrateurs des livres de Déon, romans, chroniques, souvenirs, peu importe, mais c'était comme de remettre un disque qu'on a beaucoup aimé autrefois et tellement écouté qu'à la longue on s'en est détourné, et voilà, trente ans ont passé, et on se retrouve à écouter la sonate en *la* mineur op. 120, et dès les premières notes quelque chose d'à la fois familier et magique vous étreint : on est de retour. C'est ce que j'ai éprouvé en relisant *Un taxi mauve*, et en m'apercevant avec étonnement que je me rappelais tout : la rencontre des deux chiens et des deux hommes, qui ouvre le livre ; l'échappée magique dans le Connemara, derrière le rideau de pluie ; les rêves dont la vedette est la camériste chinoise, réincarnation du Malais de Thomas De Quincey dont j'ai parlé dans mon

premier roman; l'enlisement dans la vase, la mort horrible
à laquelle le narrateur échappe de justesse; les fabulations
de Taubelman; l'histoire de la famille Templer, dont les
premiers-nés mâles se transforment en chiens... J'ai relu
Les Poneys sauvages ensuite et, là aussi, je me rappelais
tout, je retrouvais intact mon enchantement. Aux dernières
pages, j'ai pensé pas seulement aux *Trois Mousquetaires*,
ce qui va de soi, mais au *Vicomte de Bragelonne* et au texte
de Robert Louis Stevenson sur *Le Vicomte de Bragelonne*,
la plus belle critique littéraire que je connaisse. Si vous ne
l'avez pas lue, lisez-la, elle se trouve dans les *Essais sur
l'art de la fiction*, publiés à la Table ronde, j'aimerais la citer
tout entière, je me contenterai de ces lignes : « On respire
dans le dernier volume une plaisante et tonique tristesse,
toujours vaillante, jamais hystérique. Sur la vie encombrée
et bruyante de cette longue histoire, le soir tombe progressivement. Les lumières s'éteignent, les héros disparaissent
un par un et aucun regret ne teinte leur départ d'amertume.
Les jeunes leur succèdent, Louis XIV prend de l'ampleur,
une autre génération, une autre France se lèvent à l'horizon, mais pour nous et pour ces hommes que nous avons
si longtemps aimés l'inévitable fin approche et elle est la
bienvenue. Lire cela, c'est anticiper sur l'expérience. Ah,
si seulement nous pouvions espérer, quand ces heures de
longues ombres arriveront sur nous dans la réalité et non
plus en images, les affronter avec un esprit aussi paisible ! »
J'ai relu les chroniques grecques, j'ai relu *Mes arches de
Noé* et *Bagages pour Vancouver* et, comme je n'écris pas

ceci chez moi, je ne me rappelle plus dans lequel il raconte son premier amour, à Saint-Jean-Cap-Ferrat, dans cette villa qu'il rejoignait en skiff, mais je pense que peu d'écrivains ont été dépucelés aussi merveilleusement que Déon et que c'est une des raisons de sa foncière gratitude envers le simple fait d'exister. J'ai relu *Un déjeuner de soleil*, le seul de ses romans qui donne un peu dans le genre chefd'œuvre mais il a une excuse : c'est que c'en est un, et soit dit en passant, dans la galerie des écrivains imaginaires, j'aime beaucoup mieux l'insaisissable et généreux Stanislas Beren que son pédant cousin, le Sebastian Knight de Nabokov. (Nabokov autrefois était mon dieu, sa morgue et sa suffisance me sont avec le temps devenues insupportables, c'est drôle comme on change.) J'ai relu *Un souvenir*, qui ressemble à une longue nouvelle de Tchekhov (lui, c'est le contraire, plus le temps passe plus il m'est cher) et *La Montée du soir*, ma préférée parmi les aquarelles des années quatre-vingt : à l'époque, c'était parce que j'aimais tellement marcher en montagne, aujourd'hui c'est aussi parce que je commence à savoir ce que c'est que d'entamer la descente, sur l'ubac de la vie. C'est bien, d'avoir tout lu d'un auteur, et de le relire à la paresseuse, comme on circule dans une maison familière. De loin en loin, je remets le nez dans un livre de Déon pour le plaisir d'entendre sa voix sourdre des pages, cette belle voix d'homme si naturelle, si juste, si fraternelle, et de passer un moment en sa compagnie. Ce plaisir, je l'ai aussi quand je le vois, bien sûr, mais pour être honnête, moins. Parce que nous déjeunons au restaurant, lors de ses passages à Paris, et que nous ne sommes pas assez intimes pour, au lieu de parler de choses et d'autres sans contrainte, ce qui est déjà beau, nous taire et être juste contents d'être ensemble – comme dans l'histoire de Marcel Aymé qui rend visite à un ami emprisonné et qui au bout d'une heure de parloir entièrement silencieuse lâche doucement : « On est bien… » Maintenant que j'ai grandi, j'ai l'impression que ces silences-là seraient possibles entre nous, et cela me donne très envie de retourner voir Michel et Chantal à Tynagh.

Cahier de L'Herne sur Michel Déon, 2009

« *Espèce de crétin ! Warren est mort !* »

Je devais avoir douze ans quand j'ai découvert dans la bibliothèque de mes parents le recueil de Lovecraft *Démons et merveilles*. C'était un cadeau de mon oncle à ma mère, cadeau assez saugrenu car elle ne s'intéressait absolument pas à la littérature fantastique et n'a dû en lire, dans le meilleur des cas, que quelques pages. Moi, il m'a accroché pour la vie.

Le narrateur du premier récit, *Le Témoignage de Randolph Carter*, commence par raconter ses relations avec un certain Warren, personnage inquiétant adonné aux sciences occultes. Il l'a assisté dans des expériences que lui-même qualifie d'« impies », a percé avec lui des secrets heureusement ignorés des savants les plus audacieux, jusqu'à cette nuit sans lune où tous deux se sont retrouvés dans un vieux et sinistre cimetière de Nouvelle-Angleterre. Ils violent une sépulture, les premières marches d'un escalier humide apparaissent, Warren décide de descendre dans les profondeurs de la tombe. Jusqu'où ? on ne sait pas, mais on comprend qu'il a toutes les raisons d'espérer trouver là-dessous quelque chose de terrible et d'extraordinaire. Ils conviennent que, pendant que Warren descendra, Carter restera à la surface et qu'ils communiqueront par une sorte de talkie-walkie. La descente est longue, à croire que l'escalier s'enfonce jusqu'au centre de la terre. Au début, Warren est calme et déterminé, mais à mesure qu'il descend son sang-froid se fissure. Il semble qu'il voie, entende, ressente, surprenne, des choses absolument horribles qu'il ne peut ou ne veut décrire. Sa voix s'altère, exprimant un effroi indescriptible aussi – l'indescriptible est la spécialité de Lovecraft. Du récepteur que tient Carter, terrifié lui aussi, sortent en se bousculant des mots sans suite, comme si Warren en bas était devenu fou ou affrontait quelque chose de tellement abominable qu'on ne peut rien en dire, seulement hurler d'horreur, et Warren justement se met à hurler : « Partez, Carter, partez tant qu'il est encore temps ! C'est… c'est pire que tout ce que nous avons pu imaginer. – J'arrive, Warren, tenez bon », bredouille Carter, mais l'autre hurle de plus belle : « Non ! Non ! Ne faites pas ça ! Barrez-vous, Carter ! *Barrez-vous !* » Puis, silence. « Warren ? » Long silence, plus rien. Carter est paralysé d'effroi. Il n'ose ni descendre ni s'enfuir. Au bout d'un long moment d'épouvante pure, une voix se fait entendre dans le récepteur, une voix inoubliable et qu'on donnerait pourtant sa vie pour oublier, une voix qui est à la fois celle de Warren et pas celle de Warren, la voix d'un homme et de quelque chose qui voudrait se faire passer pour un homme, une voix que Carter entendra jusqu'à la fin de ses jours et qu'il fuira en vain entre les murs capitonnés d'un asile de fous, et cette voix dit, du fond de la tombe :

« *Espèce de crétin ! Warren est mort !* »

Je me rappelle avec une extrême précision la disposition des deux dernières pages de ce récit. Celle de gauche était pleine, avec un ou deux alinéas, celle de droite prenait fin à mi-hauteur. Il y avait une ligne de blanc, puis la fameuse phrase, en italiques :

« *Espèce de crétin ! Warren est mort !* »

Un peu plus tard, j'ai fait un rêve qui consistait en une seule image : celle de ces deux pages ouvertes, pareillement disposées, et dont les derniers mots, au milieu de la seconde page, étaient en italiques. Je n'avais pas dans mon rêve le souvenir du récit de Lovecraft mais je savais qu'il s'agissait d'une histoire d'épouvante (dont je m'étais mis alors à faire une grande consommation) et que ces derniers mots en constituaient la chute – mots sans doute anodins, auxquels le contexte donnait une signification abominable. Tout en lisant (dans le rêve), je craignais d'arriver à la fin, je multipliais les ruses, les pauses, les retours en arrière sur la page de gauche, pour différer le moment d'entamer celle de droite dont je savais que, comme un toboggan, elle me conduisait à la catastrophe, aux mots en italiques que j'entrevoyais en m'efforçant de détourner le regard.

En y réfléchissant à l'état de veille, je me suis persuadé que le texte de ces deux pages, ce texte inimaginable, débordant d'une épouvante telle qu'elle devait tuer celui qui avait le malheur de le lire, ne faisait que scander la progression du lecteur prisonnier du rêve, suivre et observer sa descente jusqu'à l'ordalie du dernier paragraphe. Il disait : « Le dernier paragraphe, les derniers mots sont si affreux qu'ils pétrifient comme la Gorgone. Et, pour qui les atteint, il n'y a plus de réveil possible, le rêve est terminé, c'est la réalité et elle est effroyable. Tu vas y arriver bientôt. Voilà. Tu y es.

"Tu y es." »

Le premier roman que j'ai écrit, *L'Amie du jaguar*, était une extrapolation de ce rêve, et ceux qui l'ont suivi aussi, bien que moins explicitement. Écrire est longtemps revenu pour moi à m'approcher de la phrase qui tue en même temps qu'à freiner ma glissade vers elle. J'ai fini par la lire, elle ne m'a pas tué. Il me semble qu'elle est devenue inoffensive. Peut-être a-t-elle perdu le prestige des italiques. Mais quand on m'a demandé ce texte sur les lectures fondatrices, j'ai repensé au moment où je l'ai entrevue, à douze ans, dans le livre de Lovecraft. S'il existe un mantra qui a déterminé ma vocation, c'est, oui, cette phrase absurde : « *Espèce de crétin ! Warren est mort !* »

TᴅM

1

Quand j'ai connu Emmelene Landon, il y a une quinzaine d'années, elle avait pour atelier une station de métro désaffectée dont la RATP, aussi bizarre que cela puisse paraître, lui avait confié les clés. Au bout d'un moment, elle a dû en avoir assez de peindre sur un quai où ne passait aucun train : elle a pris le Transsibérien, changé à Ulan Bator et débarqué à Pékin où elle est restée six mois à traîner, fumer des cigarettes épaisses et âcres dans les couloirs des Beaux-Arts et y accrocher sa première exposition personnelle. De retour en France, elle a travaillé dans les anciens entrepôts de la SERNAM (où se trouve aujourd'hui la Bibliothèque François-Mitterrand) ; au dernier étage d'un parking donnant sur le périphérique, porte de Versailles ; rue de Bagnolet, dans une fabrique à l'abandon (à côté d'un emboutisseur qui, comme on fait mûrir des pommes, laissait rouiller dans la cour des déchets métalliques) ; dans les laboratoires d'un institut de recherche pharmaceutique (elle prenait le train deux fois par jour pour y aller et y tenait son journal, qui a été publié dans le catalogue de l'exposition); enfin dans l'ancienne gare maritime de Cherbourg. Bientôt elle doit passer deux mois à bord d'un cargo qui la conduira en Australie, où elle est née, et où elle exposera ce qu'elle a peint pendant la traversée.

On peut de tout cela retirer l'impression d'une artiste qui a la bougeotte et un goût prononcé pour les moyens de transport. À y regarder de plus près, on s'aperçoit qu'elle investit plutôt des lieux de départ et d'attente. C'est d'ailleurs, je pense, ce qui la définit le mieux : elle est extrêmement attentive, expectante, aux aguets, avec le don, rare, de ne pas trop savoir ce qu'elle attend, ce qui lui laisse une chance d'advenir. C'est le genre de personne qui peut rester des jours dans l'embrasure d'une porte, à laisser venir le visible, et pour finir il se tord à ses pieds.

Le visible, mais pas seulement le visible. Le palpable, la matière, le dedans. L'organique. Dans un film de Cronenberg, *Faux semblants*, Jeremy Irons joue deux gynécologues jumeaux qui partagent une passion pour tout ce que contient le corps et s'émeuvent moins des seins d'une femme que des tissus humides et nacrés de son foie ou de sa rate. *Inner Beauty*, c'est ça qu'ils aiment : la beauté intérieure. Ce que fait Emmelene Landon est beaucoup moins morbide et beaucoup plus contemplatif mais c'est un peu pareil, surtout depuis son séjour dans le laboratoire de recherche et ses échanges avec les scientifiques. Il est d'ailleurs étonnant qu'il n'y ait aucune morbidité chez quelqu'un qui peut peindre à partir

de cellules cancéreuses, mais une sorte de quiétude vibrante.
Mon témoignage vaut ce qu'il vaut, je ne suis pas un grand
connaisseur en peinture, mais je le livre quand même : je possède un tableau d'Emmie Landon, c'est même le seul tableau
que j'ai acheté de ma vie, et j'en éprouve depuis des années
l'effet, comment dire ? bienfaisant. C'est une grande toile
lumineuse, à la fois abstraite et chinoise, qui me fait penser à
un hexagramme du *Yi-King*, et qui, comme les hexagrammes
du *Yi-King* (même, curieusement, ceux qui semblent a priori
défavorables), agit comme un foyer d'énergie. Il émane de
ces deux mètres carrés ocre et vert une radiation à la fois
apaisante et stimulante qui m'est devenue nécessaire et que
je retrouve, plus ou moins forte mais toujours présente, dans
tout ce qu'elle fait. Essayez. Plantez-vous devant un de ses
tableaux. Et, à votre tour, attendez.

2

J'ai écrit ce qui précède il y a deux ans. Depuis, Emmie
Landon a fait le grand voyage dont elle avait le projet. Au
temps où c'était seulement un projet, il s'agissait d'aller en
Australie à bord d'un cargo, finalement ç'a été le tour du
monde à bord d'un porte-conteneurs.

Cela représente deux fois plus de distance, deux fois
plus de temps, et un porte-conteneurs est un navire deux fois
plus gros que n'importe quel cargo. Je ne sais pas si elle a
fait deux fois plus de choses qu'elle n'en prévoyait mais il est

certain qu'elle en a fait beaucoup : elle a peint une quantité
de tableaux et d'aquarelles, qui représentent notamment les
divers océans traversés ; elle a pris des photos et filmé avec
une caméra vidéo ce qui se passait à bord, sur la mer et dans
le ciel ; elle a enregistré avec un Nagra les sons qui l'envi-
ronnaient et les mots qui lui passaient par la tête ; elle a tenu
un journal qui se nomme TdM : nom de code pour « tour du
monde », mais on peut aussi bien entendre, fait-elle observer,
« *Te deum* » ou encore « *tedium* », qui veut dire « ennui »,
car, comme c'est une personne qui ne passera jamais à côté
d'une expérience intéressante, elle a même trouvé le temps
de s'ennuyer. Bref, en trois mois, elle a bien abattu trois ans
de travail et le debriefing est loin encore d'être terminé, ce
que vous voyez maintenant n'est à mon avis que le dessus de
la ligne de flottaison.

Le *Manet*, si c'était un paquebot, pourrait transporter
trois mille personnes. Comme c'est un porte-conteneurs, il
n'en transporte que vingt-six, dont vingt-trois, croates et phi-
lippins, constituent l'équipage. C'est dire qu'un passager y
est une figure bizarre, dont on peut légitimement se demander ce qu'il fiche là. J'essaie d'imaginer les réponses qu'a pu
faire Emmie Landon à cette question.

« Je peins. » À première vue c'est ça, en effet : une
fille qui a installé tout un fouillis de toiles, de tubes et de
pinceaux dans la cabine de Suez et que ça ne semble pas
déranger de devoir sans arrêt faire attention aux mouve-
ments du navire, faire attention à ne pas en mettre partout,
faire attention quand elle a marché dans du bleu de Prusse à

nettoyer les traces de pas qui vont jusqu'à la proue. Une fille qui a l'air un peu ailleurs comme ça mais qui en fait aime bien faire attention. C'est peut-être ça, peindre, en tout cas c'est le début.

« J'observe les progrès de la rouille. » C'était son idée à l'origine : laisser des plaques de métal rouiller sur le pont pendant toute la durée de la traversée, mais elle a vite compris qu'il n'en était pas question : la rouille sur un navire est une maladie grave, et qui la propagerait se retrouverait vite débarqué, ou aux fers à fond de cale. En fait de fond de cale, elle se contentait de descendre quelquefois à cinq ou six étages en dessous du niveau de la mer. Elle restait des heures là, seule dans cette cathédrale de conteneurs, à jouer du violon. L'acoustique était, paraît-il, impressionnante.

« Je veux voir s'il y a vraiment une différence de niveau entre les océans Atlantique et Pacifique. » Et pas seulement la voir, mais la peindre.

« Je fais des cartes. » En fait, elle n'a jamais fait que ça : des cartes. Pour quelqu'un dont le travail consiste à montrer d'aussi près que possible la surface des choses et des corps, la peau du monde, on peut dire que la mer est le défi ultime : la plus immuable des surfaces et en même temps la plus changeante.

« J'essaie de montrer ce qu'il y a sous les cartes. » Sous les mers, les grands fonds ; sous la peau, les organes ; sous la couleur, la toile. Le dessous de tous les dessus, le dedans de tous les dehors. Cela, aussi, c'est son travail. On ne voit pas très bien ce qui n'est pas son travail.

« J'attends. » Personnellement c'est la réponse qui me satisfait le plus, et j'aimerais pour finir citer ce dialogue qu'elle rapporte avec un mécanicien, peu avant l'escale de Singapour :

« Vous aimez ce voyage ? lui demande-t-il.

– Pour moi, répond-elle, tout va bien du moment que ce que vous n'attendiez pas arrive. Vous pouvez réellement désirer faire quelque chose, vous pouvez en rêver, mais si en le faisant c'est ce que vous attendiez, il n'y avait pas de raison de le faire.

– Qu'est-ce que vous attendiez ?

– Je ne m'attendais à rien, parce que je ne voulais pas le gâcher. Je voulais racler la surface du globe, comme en peinture : ce geste.

– Vous pensez que partout où vous allez c'est comme le raclement d'une peinture ? Pour vous, c'est quoi, la réalité ?

– La réalité, c'est ce qui arrive. J'espère que les pirates ne seront pas la réalité demain. »

(Il y a beaucoup de pirates dans la mer de Chine, elle en avait très peur.)

3

Au mois d'août 2004, Susanne Hay s'est accidentellement noyée dans un lac, au Portugal. Susanne Hay était elle aussi un peintre extraordinaire, et la meilleure amie d'Emmie. Elles s'étaient connues aux Beaux-Arts, dans l'atelier de Leonardo Cremonini. C'est avec Susanne qu'Emmie a investi la station de métro désaffectée dont il est question au premier paragraphe de ce texte. Susanne et Emmie se ressemblaient par leur amour de la solitude, du violon et de la peinture, elles étaient intimes au point de pouvoir travailler ensemble – je veux dire dans le même espace, dans la même pièce : être seules ensemble –, mais leurs peintures ne se ressemblaient pas du tout. Celle de Susanne était brutalement figurative. Elle peignait avant tout des corps nus : corps surpris à la piscine ou dans le miroir, corps emprisonnés dans des cages ou des caddies de supermarché, corps morts, enfin, qu'elle allait observer à la morgue. Sa manière, sombre et dramatique, peut faire penser au Caravage, à Ribera, à Francis Bacon. Ses modèles semblent souvent épouvantés, et souvent leurs bouches s'ouvrent sur un cri. Tandis que Susanne peignait à la morgue, Emmie travaillait au laboratoire pharmaceutique : des cellules cancéreuses, et toujours vivantes, de personnes mortes, elle a tiré quelques-uns de ses tableaux les plus lumineux. Pour définir le trait de Susanne, elles se servaient toutes deux d'un mot, *skurril*, désignant « un petit détail fibreux, une tension visuelle, un frisson. *Skurril*, ce sont les mains qui, en cachette, se tendent vers les jetons sur les tables de jeu dans *Le Joueur*, de Dostoïevski. Une patte d'araignée est *skurril*. Une fissure. L'idée d'une queue de rat. Une caresse, aussi, peut être *skurril*. Susanne était *skurril* ». Emmie, à mon avis, pas du tout.

Leur ami commun Carl-Eric a confié à Emmie qu'après la mort de Susanne les objets se sont mis à le frapper, à se jeter sur lui. Il fallait faire quelque chose. Emmie a fait un livre. Il s'appelle simplement *Susanne*, il se termine sur une lettre de Susanne, qui dit : « Je suis un peu triste en ce moment, par moments, ce sont les mêmes mains froides qui me serrent la gorge mais ça passe et je suis plutôt bien, et l'esclave de ma vie croit être son seigneur. » *Susanne* est un livre de deuil mais ce n'est pas un livre triste. C'est un livre magnifique, où se produit un événement : sans cesser d'être peintre – et, à l'occasion, cinéaste –, Emmie devient écrivain – aussi singulièrement écrivain qu'elle est peintre. Elle a commencé là, grâce à Susanne, un peu comme si Susanne l'y avait engagée, et elle a continué. Il y a eu ensuite *Le Voyage à Vladivostok*, qui est une rêverie sur le Transsibérien et l'immense espace russe, et puis *La Tache aveugle*, où il est question de trois sœurs qui sont peintres, chacune à sa façon, et d'un autre peintre, un Anglais du XVIIIe siècle qui s'appelait Alexander Cousins et qui avant tout le monde s'est fait une spécialité de repérer dans des taches d'encre des figures, un bestiaire, des paysages, des coupes cellulaires. Ce Cousins a bien existé, ce n'est pas un artiste imaginaire comme je l'ai cru la première fois qu'Emmie m'en a parlé : il n'empêche qu'il pourrait avoir été inventé par elle, comme on s'invente des devanciers.

Il s'est passé autre chose, dans les années qui ont suivi la mort de Susanne, et il m'est difficile de ne pas

penser que c'est lié : Emmie s'est mise à faire des portraits. Avant, elle peignait l'intérieur des gens, les tissus
organiques, le fond des mers et des cartes. Elle le fait et
le fera certainement toujours, mais maintenant elle prend
soin aussi de nos corps et de nos visages. Je dis les nôtres
parce qu'elle ne peint que ses amis et que beaucoup de ses
amis sont aussi les miens. Je connais tous ses modèles,
bien ou moins bien, et il allait de soi pour moi que j'étais
voué à rejoindre un jour leur compagnie.

« C'est difficile, pour le peintre et le modèle, de
trouver une pose, écrit Emmie, toujours dans *Susanne*.
Ça peut prendre une heure. Susanne en cherchait une qui
lui faisait mal à elle, qui touchait un point à vif, et qui
par conséquent presque toujours faisait mal au modèle. »
Emmie ne procède pas ainsi. Elle ne fait pas mal au
modèle ni, je pense, à elle-même. Je parlais, il y a dix ans,
de l'effet bienfaisant que j'éprouvais à contempler le premier tableau d'elle que j'ai acheté. J'ai éprouvé la même
sensation en posant pour elle, une fois seul, l'autre avec
Hélène et Jeanne. C'était comme un exercice méditatif,
comme si en peignant son modèle Emmie trouvait et faisait grandir en lui une zone de calme, une flamme haute
et droite, abritée des courants d'air, et cela m'a fait penser à cette phrase que j'aime tant de Glenn Gould : « La
visée de l'art n'est pas la décharge momentanée d'un peu
d'adrénaline mais la construction, sur la durée d'une vie,
d'un état de quiétude et d'émerveillement. » Je ne sais
pas si cet état existe, ce serait peut-être trop beau, ni s'il

me sera donné de l'atteindre, mais les portraits d'Emmie en fixent pour chacun, si tourmenté qu'il soit dans la vie ordinaire, le pressentiment.

Texte paru à l'occasion de l'exposition
« Le tour du monde en porte-conteneurs »
à l'Espace maritime et portuaire des Docks Vauban,
Le Havre, en 2002

Version complétée publiée dans *Emmelene Landon*
par la Galerie Promenarts, Saint-Martin-de-Ré, en 2011

LA VIE DE JULIE

1

Autour de la 6ᵉ rue, au nord-est de San Francisco, le quartier de Tenderloin est un ghetto noir, un marché pour le crack, un foyer de misère et de criminalité – on y voit même des gens fumer des cigarettes, c'est dire. La plupart des hôtels travaillent en lien avec les services sociaux, qui leur versent directement les allocations des clients pour être sûrs que leurs chambres soient payées avant qu'ils courent s'acheter leurs doses. Au début des années quatre-vingt-dix, au plus fort de l'épidémie de sida, ces hôtels tenaient aussi lieu d'annexe aux hôpitaux surchargés, on y plaçait les malades pour qui il n'y avait plus rien à faire, en dehors d'injections quotidiennes de morphine. C'était le cas de l'*Ambassador*, où la jeune photographe Darcy Padilla a commencé à venir en 1992, accompagnant dans sa tournée un médecin à qui elle consacrait un reportage. Quand elle l'a terminé, elle est revenue seule, pour photographier au long cours des malades avec qui elle a noué des relations d'amitié. Aujourd'hui encore elle parle avec émotion de Brian, le transsexuel si fier de sa poitrine ; de Diane, qui ne pesait plus que 30 kg ; de Steven, à qui elle a offert un volume des nouvelles de Salinger et qui avait si peur de mourir seul qu'elle aurait aimé lui promettre d'être là, le moment venu, mais elle savait qu'il ne faut jamais faire de promesses qu'on n'est pas sûr de tenir, et même si elle passait plusieurs heures par jour avec Steven, lui faisant la lecture et le nourrissant de glace à la vanille, la seule chose qu'il pouvait encore absorber, elle n'était pas tout le temps avec lui et il est bel et bien mort seul, certainement dans l'horreur et le désespoir, à 3 heures du matin, pendant que Darcy dormait tranquillement avec son petit ami de l'époque, à sept ou huit blocs de là.

Les histoires de Brian, de Diane, de Steven et de beaucoup d'autres se ressemblaient : familles pauvres et violentes, premières fugues très jeunes, drogue, prostitution, vie dans la rue, et puis la maladie qui leur tombait dessus, les transformait en sac d'os et d'escarres et les entraînait jusqu'au trou noir, dans une chambre sordide de l'hôtel *Ambassador*. Ces gens qui avaient alors vingt ou trente ans sont tous morts aujourd'hui et il n'y a personne pour se souvenir d'eux, sauf Darcy qui garde chez elle des centaines de photos de chacun, dans des cartons qui portent leurs noms. Ces tirages noir et blanc où on les voit rire, pleurer, exhiber leurs plaies, leurs peurs et leurs misères, sont la seule trace qui reste de leur passage sur terre. Le livre dont rêvait alors Darcy, et qui devait s'appeler *Separate Lives,*

Different Worlds : Living Poor in Urban America, n'était pas centré sur l'un d'eux, elle pensait plutôt à une galerie de portraits et quand elle a rencontré Julie elle n'imaginait bien sûr pas qu'elle passerait les dix-huit années suivantes à faire la chronique de sa vie, jusqu'à sa mort.

Julie et Jack étaient des clients de l'hôtel *Ambassador* parmi d'autres mais ils se distinguaient des autres parce que, bien que séropositifs tous les deux, ils n'étaient pas malades et venaient même d'avoir un enfant. Elle avait dix-neuf ans, lui vingt, et Rachel neuf jours. Julie passait le plus clair de la journée avec Rachel dans le hall de l'hôtel où elle se sentait mieux que dans leur chambre infestée de puces. Elle se tenait là, assise dans le fauteuil près de la baie vitrée donnant sur la rue, la braguette de son pantalon grande ouverte sur son ventre encore dilaté par la grossesse. Elle était méfiante, hargneuse, si quelqu'un lui adressait la parole elle l'envoyait se faire foutre. Mais Darcy, gentiment, lui a proposé de photographier son bébé que depuis sa naissance personne n'avait photographié et elle s'est adoucie. Malgré sa réticence à signer quoi que ce soit, elle a accepté de signer le formulaire que lui a tendu Darcy : O.K. pour être photographiée, O.K. pour que les photos soient éventuellement publiées. Bientôt, Jack les a rejoints, il a pris Rachel dans ses bras, joué le jeune père attendri, et il était surtout attendrissant de voir les efforts et la maladresse qu'il mettait à tenir ce rôle. Ils étaient très contents, finalement, d'être photographiés en jeunes parents. C'était comme s'ils étaient des gens normaux, comme s'ils avaient une famille. Ce jour de janvier 1993, Darcy est devenue leur famille.

2

Darcy Padilla est une fille brune, énergique, belle, et ça l'a fait rire lors de notre première rencontre que de cette beauté assurée et de l'aisance avec laquelle elle occupe sa place dans le monde j'aie hâtivement conclu qu'elle venait d'un milieu favorisé. Elle a pris à témoin Andy, son compagnon : « Tu dirais quoi ? Prolo ou petit-bourgeois ? *Working class or lower middle class ? Let's say lower lower middle class.* » Petit, mais alors tout petit-bourgeois. Le père, d'origine mexicaine, était travailleur social, la mère servait les repas dans un hôpital. Dans les bourgades où ils ont grandi, en retrait de la côte californienne, Darcy et son frère étaient toujours les noirauds, les petits *chicanos*, et avec ça les premiers de la classe. École catholique, culte du mérite, fermes principes. Quand Darcy, à dix ans, a fait campagne pour être déléguée, son père s'est foutu de son slogan : Votez pour Darcy Padilla. « Tu es capable de trouver mieux, ma fille, et puisque tu y es, sache qu'il y a deux sortes d'hommes politiques : ceux qui font des promesses qu'ils ne tiennent pas et ceux qui s'interdisent les promesses qu'ils ne sont pas sûrs de tenir. Choisis ton camp. » Elle se l'est rappelé quand Steven a voulu lui faire jurer qu'elle lui tiendrait la main au moment de sa mort. Sa grande action, comme déléguée – car elle a, bien sûr, été élue – a été de réaliser un journal de la classe, dont elle assurait les photos. Du jour où elle a eu entre les mains un petit appareil automatique, elle a su ce qu'elle voulait faire dans la vie, et elle l'a fait. Je passe sur les études – brillantes –, les petits boulots, les stages. Je signale tout de même qu'à vingt ans elle en a effectué un au *New York Time*s et qu'au bout de trois mois on lui a proposé de l'engager. Elle a refusé, malgré la tentation de la sécurité, parce qu'un job à plein temps ne lui aurait pas permis de faire ce qu'elle voulait, comme elle voulait. Le premier reportage qu'elle a vendu portait sur une SDF qui vivait dans des cartons aux abords d'une gare routière. Elle a continué en photographiant les enfants des rues au Guatemala, un refuge pour femmes battues, des malades du sida en prison. La pauvreté est son sujet : si on l'envoie couvrir l'anniversaire d'un oligarque russe à Courchevel, je pense qu'elle trouvera le moyen de revenir avec des photos de gens édentés qui parlent tout seuls en tanguant dans la rue ou sniffent de la colle derrière les remonte-pentes. C'est auprès d'eux qu'elle s'estime commise d'office, mais elle trace très nettement la frontière. Elle a vu la misère de près, dans son enfance, car M. Padilla, comme on l'appelait avec respect, prenait en charge tous les toxicos et délinquants juvéniles de leurs divers lieux de résidence, et elle n'éprouve pas le moindre désir de se mettre elle-même en danger. Ce n'est pas Nan Goldin : aucun de ses amis proches n'est mort du sida, elle n'a jamais fumé un joint de sa vie, elle est positive, sportive, elle fait attention à ce qu'elle mange, elle habite un joli appartement bien décoré et bien rangé, et je pense que c'est d'être aussi ancrée dans cette vie idéalement *straight* qui lui permet de prendre en charge avec autant de justesse les vies en morceaux de gens comme Julie. Elle va vers eux, elle ne cesse de se demander ce que c'est que d'être à leur place, mais elle reste à la sienne. Comme dirait mon ami le magistrat Étienne Rigal, pour qui c'est le plus grand compliment qu'on puisse faire à un être humain : elle sait où elle est.

3

Julie avait un an quand sa mère, qui en avait dix-huit, l'a prise sous son bras à la suite d'une querelle violente avec son mari et a quitté leur bled en Alaska pour la Californie. Elle devait y chercher une vie meilleure mais ne l'a pas trouvée. Alcoolique, incapable de travailler, elle a dérivé au hasard des rencontres, des hommes qui voulaient bien les héberger un moment, elle et sa petite fille. L'un de ces hommes, qui a duré assez longtemps pour qu'elle le considère comme son beau-père, a violé Julie adolescente, et elle s'est enfuie à son tour. Elle n'a plus revu sa mère, jamais su par la suite ce qu'elle était devenue. À quatorze ans, elle vivait dans la rue et elle est devenue dépendante à l'alcool et aux amphétamines. Quand elle a rencontré Jack, dont l'histoire n'est guère différente, il se prostituait. Ils ont découvert qu'ils étaient séropositifs à l'occasion des examens de grossesse mais ni l'un ni l'autre, du moment qu'ils n'étaient pas encore malades, ne s'en souciait tellement. Ils se disaient qu'ils mourraient jeunes, de toute façon, tout le monde autour d'eux mourait jeune et ils étaient absolument incapables de s'imaginer un avenir. En attendant, Rachel leur donnait une raison de vivre. Ils en étaient fiers, ils l'aimaient, ils auraient voulu être de bons parents. Mais ils ne savaient pas ce que c'est, d'être de bons parents, personne ne leur avait montré comment s'y prendre. Darcy, qui a appris tôt à faire son lit et à ranger sa chambre, était consternée par le bordel qui régnait dans la leur – au début, ils n'osaient pas l'y recevoir – et j'ai été consterné, moi aussi, de voir sur une photo de Rachel endormie l'oreiller à côté de sa tête criblé de trous de cigarette : ce que ces trous veulent dire, c'est que sa mère ou son père, en s'assoupissant clope au bec, ont plutôt cent fois qu'une failli foutre le feu au lit où dormait leur petite fille de deux ans.

Julie, cependant, faisait des efforts : elle voulait arrêter de prendre du *speed* et c'est parce que Jack ne voulait pas, ou ne pouvait pas, qu'ils se sont séparés. Le *speed* le transformait en fauve, rien que sa façon de marcher – que Darcy m'a imitée – faisait peur dans la rue. Il n'est pas allé loin : dans un autre hôtel du quartier, à quelques blocs de distance, mais le rayon de leurs vies était tellement réduit qu'il aurait aussi bien pu aller vivre sur la côte est. Ils se sont perdus de vue, Darcy a continué à voir Julie et Rachel. Julie la présentait fièrement comme « ma photographe », elle était contente que Darcy lui offre des tirages, lui fasse de petits albums, mais bien sûr les photos qu'elle préférait étaient les photos joyeuses, celles où on voyait des enfants et pas, plaisantait-elle, « celles qui te plaisent à toi », où elle avait l'air d'une épave. Un nouveau couple s'était installé dans l'hôtel, toxico-séropo mais pas malade : à l'aune de leur milieu, des veinards. Ils avaient deux enfants, que Julie gardait les jours où ils étaient trop défoncés, et elle aimait que Darcy vienne ces jours-là, quand il y avait trois petits qui couraient dans les escaliers et se bagarraient sur les lits. On allait tous ensemble au McDo, Darcy les regardait engloutir les hamburgers qu'elle leur offrait et, pour

sa part, ne mangeait rien car la *junk food* est contraire à ses stricts principes diététiques – chochotterie qui faisait grandement marrer Julie et est devenue un de leurs *private jokes* favoris. Une fois, elle les a invités dans une cantine vietnamienne qui se trouve sur le trottoir d'en face mais où Julie n'avait jamais eu l'idée de mettre les pieds. La cantine existe toujours, j'y suis allé avec Darcy et elle m'a raconté qu'elle avait voulu payer le repas avec sa carte de crédit mais que le type ne prenait que le cash. « O.K., a-t-elle dit, je reviendrai demain vous payer », et elle se rappelle la stupeur de Julie, d'abord parce que Darcy inspirait assez confiance pour que, sans la connaître, un commerçant lui fasse crédit au lieu d'appeler la police, ensuite parce qu'elle est effectivement revenue payer le lendemain.

Photographe *free-lance* débutante, Darcy à l'époque tirait le diable par la queue mais elle avait conscience d'être, avec ses problèmes d'argent, incommensurablement plus riche – et d'abord riche d'avenir – que tous les gens qu'elle connaissait dans le Tenderloin, et elle s'est toujours comportée en conséquence. Autant qu'elle le pouvait, elle a toujours donné à qui lui demandait, et jamais fait comme si leur différence de condition n'existait pas. C'est en racontant à Julie ses histoires avec ses fiancés et ses reportages dans des pays dont l'autre ne connaissait même pas le nom qu'à défaut d'impossible égalité une relation de plain-pied, entre êtres humains, s'est instaurée. Julie se racontait aussi, avec une espèce d'humour bien à elle, brutal et sarcastique. Elle était obsédée par l'idée de ressembler à sa mère, d'être comme elle une alcoolique et une mauvaise mère, et que Rachel ait plus tard une vie aussi pourrie qu'elle. Darcy l'écoutait en s'abstenant de dire mais non, mais non, et quand Julie lui a annoncé qu'elle était de nouveau enceinte, sans savoir qui de ses partenaires d'une nuit était le père, elle n'a pas fait semblant de trouver que c'était une excellente nouvelle. Cependant, comme Julie a décidé de garder l'enfant, elle l'a soutenue dans sa grossesse. Elle a été, avec Rachel, présente à l'accouchement, dont elle a pris des photos. Elle a accompagné Julie déclarer le petit Tommy. Elle emmenait les enfants au dispensaire quand ils étaient malades et que Julie n'osait pas y aller elle-même, craignant à juste titre que devant son état d'intoxication on lui retire leur garde. Jamais en revanche elle n'a invité Julie chez elle et jamais Julie, qui à sa façon était intelligente, ne le lui a demandé.

4

En 1997, Julie a rencontré un certain Paul avec qui elle et ses deux enfants sont partis s'installer à Stockton, une cité ouvrière à 200 km de San Francisco. Les relations se sont distendues. Darcy voulait espérer qu'elle était casée, plus ou moins tirée d'affaire, installée dans une vie de ménagère suburbaine certes pas très enviable mais de loin préférable au naufrage généralisé du Tenderloin. Une nuit, elle a reçu un coup de fil affolé : Julie était à l'hôpital à la suite d'une fausse couche et la police était venue la voir pour lui dire que Paul était arrêté, ayant maltraité le petit Tommy. Elle a d'abord refusé de le croire. On lui a mis sous le nez le rapport, des photos : ecchymoses, plaies, visage couvert de vomi. Quand elle est sortie de l'hôpital, Paul était en prison et les deux enfants sous la garde des services sociaux. Elle avait le droit de leur rendre visite mais pas de les reprendre pour le moment. Pas pour le moment, d'accord, mais quand ? Ce n'était pas clair. Les conseillers se montraient évasifs et elle avait conscience, en les traitant de salauds et d'enculés, d'aggraver son cas mais elle ne pouvait pas s'en empêcher. Seule à Stockton, elle perdait pied, craignait de devenir folle et s'est mise, pour la première fois, à harceler Darcy, à la réveiller en pleine nuit en menaçant de se suicider. Elle aurait voulu que Darcy adopte Rachel et Tommy. Darcy, exaspérée, a fini par lui dire que si on lui avait pris ses enfants, c'était sa faute. *Fuck you*, a répondu Julie avant de raccrocher. Si elle n'avait plus donné signe de vie, Darcy pense honnêtement qu'elle ne lui aurait pas couru après : elle était vraiment devenue trop lourde à gérer. Mais elle a rappelé, après une semaine de bouderie, et lui a fait part d'une nouvelle inquiétude : elle ne savait pas où était Jack. La dernière fois qu'elle l'avait vu, quelques mois plus tôt, il allait mal. Darcy a appelé les hôpitaux, activé son réseau de médecins et de travailleurs sociaux et localisé Jack dans un hospice, en phase terminale du sida. De Stockton à San Francisco où se trouvait l'hospice, le voyage en bus coûtait 20 dollars, que

Julie n'avait pas, et Darcy a payé pour les quelques visites qu'elle a rendues à Jack. Il avait à son chevet des photos des enfants, prises par Darcy, et réclamait Rachel avec une insistance poignante, mais Julie n'arrivait pas à lui dire que Tommy et elle lui avaient été retirés. Elle éludait, disait qu'elle était à l'école, qu'elle viendrait la prochaine fois. Jack est mort sans revoir sa fille – le seul cadeau, disait-il, que lui ait jamais fait la vie.

5

Au fil des cinq années passées à la photographier, le grand projet de Darcy sur la pauvreté urbaine s'était resserré autour de la figure de Julie, et c'est déjà sous le titre *The Julie Project* qu'elle a déposé en 1998 un dossier de candidature pour une bourse de la fondation Soros. Elle a obtenu cette bourse, dont les deux précédents lauréats étaient Gilles Peress et Bruce Davidson, deux vedettes de l'agence Magnum, elle s'est envolée pour New York, et c'est au cocktail donné en son honneur qu'elle a remarqué le regard intense, braqué sur elle, d'un beau jeune homme aux yeux noirs et brillants. Le beau jeune homme s'appelait Andy, il venait d'achever ses études d'économie et travaillait pour une ONG. Portoricain, né dans le Bronx, il venait du même genre de monde que Darcy et il avait les mêmes valeurs – mais avec une réserve, quelque chose de posé et de réfléchi qui contrastait avec sa propre exubérance. En me racontant leur rencontre, Andy m'a dit : « Vous l'avez forcément remarqué, quand Darcy est dans une pièce on ne voit qu'elle, c'est quelqu'un qu'on ne peut pas rater. » Cette aura l'intimidait, mais ce qui lui a fait penser qu'il avait sa chance c'est qu'elle ne se la jouait pas : rien de bohème, aucune des postures bravaches qu'il croyait l'apanage des photographes. Leur histoire, au début, a été compliquée par la distance, elle à San Francisco, lui à New York, mais au bout de deux ans il a quitté sa ville et son job pour la rejoindre et non seulement s'installer avec elle mais devenir son partenaire professionnel – à la fois agent, comptable, assistant, et bientôt concepteur de son site internet. La répartition des rôles entre eux est simple : elle fait des photos, lui prend en charge tout le reste et c'est apparemment une affaire qui roule, douze ans plus tard ils sont toujours ensemble, ils se souhaitent et je leur souhaite que ça dure toujours.

Presque en même temps que Darcy, Julie a elle aussi fait une rencontre. Ce n'était pas à un cocktail de la fondation Soros mais dans un centre de réhabilitation pour toxicomanes où ils suivaient tous les deux un programme qu'ils n'ont jamais achevé. Darcy, à première vue, n'aurait pas misé un kopeck sur sa relation avec ce Jason ; il n'empêche que, douze ans plus tard, il était lui aussi toujours là. Jason, adolescent, s'était enfui de Portland, Oregon, où vivaient ses parents et, depuis, vivait dans la rue : drogue, prostitution, séropositivité, la triade habituelle, à quoi venaient dans son cas s'ajouter un Q. I. très inférieur à la moyenne

et des troubles maniacodépressifs qui lui valaient une allocation d'invalidité. Cette allocation, on ne le jugeait pas assez responsable pour la toucher et la gérer lui-même, il lui fallait un adulte référent et Julie a très vite tenu ce rôle pour lui. Une série de photos touchantes le montrent aussi content qu'un enfant découvrant ses cadeaux de Noël devant Julie qui, sérieuse comme un pape, compte les billets de sa pension et en détache quelques-uns de la liasse, qu'elle lui donne pour s'acheter de quoi rendre quelques heures la vie un peu moins dure. Il faisait penser au simple d'esprit Lennie dans *Des souris et des hommes*, et Julie qui de sa vie n'avait jamais dominé personne le dominait comme son acolyte George domine Lennie. Comme Lennie, Jason n'était pas méchant mais pouvait être brutal et même, pense Darcy, dangereux. « Regarde ce qu'il fait au

chat », m'a-t-elle dit, choquée, en me montrant une photo
où il l'empoigne par la peau du cou. Ce n'est évidemment
pas Andy qui ferait ça, et je suis prêt à témoigner qu'aucun
chat au monde n'est traité avec plus d'égards que Pablo,
l'angora qui règne sur leur joli appartement de Broderick
Street.

6

Julie ne prenait aucune précaution contraceptive,
savait qu'il est possible d'avorter mais de façon purement
théorique, comme on sait qu'il est possible d'aller sur la
Lune, et entre 1993 et 2009 elle a donné naissance à six
enfants. Rachel et Tommy au début, Elyssa à la fin, sont
les seuls dont elle s'est occupée, les trois autres lui ont été
retirés dès leur naissance par les services sociaux, non
sans de bonnes raisons, mais ces bonnes raisons la déses-
péraient. Elle savait que sa vie était une catastrophe, qu'elle
avait tout raté et que ça ne risquait pas de s'arranger. La
seule chose qu'elle aurait aimé réussir, qu'elle se croyait
maintenant capable de réussir, c'est élever un enfant et lui
donner une petite chance d'être mieux qu'elle. C'est pour
cela qu'elle s'inscrivait obstinément à ces programmes
de réhabilitation qu'elle n'achevait jamais : dans l'espoir
d'obtenir un certificat qui prouverait qu'elle avait changé,
qu'on pouvait désormais lui faire confiance. Elle espérait
qu'on lui rendrait Rachel et Tommy, mais depuis qu'elle

était avec Jason ils vivaient de nouveau à San Francisco, dans ce sinistre Tenderloin auquel la vie semblait la ramener toujours, et Stockton était trop loin, le voyage en bus trop cher et son propre état trop brumeux pour qu'elle continue à leur rendre visite. Je vais y aller, je vais y aller, disait-elle, je vais leur apporter des cadeaux, mais elle n'y allait pas et le jour de l'audience où on devait statuer sur leur cas elle ne s'est pas présentée, en sorte qu'elle a été définitivement déchue de ses droits parentaux et les deux petits confiés à un centre d'adoption. Elle ne devait plus jamais les revoir, ni savoir ce qu'ils sont devenus. Quand on lui a notifié la décision, elle était enceinte jusqu'aux dents, une fois de plus, des œuvres de Jason, et elle a eu si peur qu'on lui prenne son bébé que, le lendemain de l'accouchement, Jason et elle l'ont carrément kidnappé. Ils l'ont emmailloté dans un lange et se sont enfuis de l'hôpital. Darcy, qui avait la veille photographié l'accouchement, a reçu la visite de la police, qui les recherchait. Elle s'est mise elle aussi à leur recherche, espérant les trouver la première et les raisonner. Il y a eu deux ou trois jours d'extrême confusion, de nuits blanches, de coups de fil hagards, de rendez-vous et de médiations manqués, au terme desquels les parents kidnappeurs ont été arrêtés et la petite Jordan confiée, comme ils le redoutaient, aux services sociaux qui l'ont mise sans attendre dans le circuit de l'adoption. Jugés, Julie et Jason ont été condamnés à un an de prison. Ils ont purgé neuf mois, au cours desquels Darcy leur a régulièrement rendu visite. Libérés, ils ont repris leur vie de misère dans le Tenderloin. Deux autres enfants sont nés, Ryan en 2001, Jason junior en 2003, qui sont passés directement de la salle d'accouchement au centre d'adoption, c'est à peine si Julie les a quelques instants tenus tous les deux dans ses bras. Jason et elle étaient extrêmement déprimés, quittaient à peine leur lit cerné par les reliefs de *junk food* et par toutes ces merdouilles pathétiques qui sont les possessions des gens très pauvres. Julie passait ses journées à boire, Jason à fumer de l'herbe. Les rythmes de leurs addictions, de leurs moments d'exaltation et de leurs descentes s'accordaient mal. Il s'est écoulé deux ans comme ça, au cours desquels Darcy les a assez peu vus, à la fois parce qu'ils se terraient et parce qu'elle-même était très occupée. Pour améliorer leurs revenus, l'idée était venue à Andy qu'elle se lance dans la photo de mariage, et presque tous les week-ends, désormais, elle photographiait, en couleurs, des couples qui se juraient amour, assistance et fidélité, entourés de familles souriantes et suffisamment argentées pour s'offrir ses services, qui ne sont pas donnés. Grâce à cela, elle pouvait passer la semaine à photographier en noir et blanc des sans-abri et soumettre chaque étape de son *work in progress* à des fondations prestigieuses : après Soros, Getty, et après Getty, Guggenheim, qui à chaque fois lui accordaient leur bourse avec les félicitations du jury.

7

C'est pour son dossier de candidature à l'une de ces bourses que Darcy, recherchant sur internet les articles consacrés au kidnapping de Jordan, a googlé le nom de Julie et eu la surprise de tomber sur un avis de recherche ainsi libellé : « Si vous êtes Julie Baird, née le 10 août 1973 à Anchorage, Alaska, appelez-moi, je vous cherche. » Darcy a appelé, le cœur battant : c'était le père de Julie. Quand sa mère avait disparu avec elle, il les avait désespérément recherchées puis, de guerre lasse, avait laissé tomber. Les ressources nouvelles du net lui avaient donné l'idée de passer cette annonce et voilà, quelqu'un lui répondait : une photographe de San Francisco qui connaissait sa fille. Tout s'est passé très vite, ensuite, si vite qu'à son grand regret Darcy n'a pas pu être témoin des retrouvailles. Elle avait accepté un reportage sur les gangs d'adolescents mexicains à Los Angeles, tout était arrangé, et Julie, de son côté, n'a pas voulu attendre : son père l'invitait en Alaska où elle était née, où il vivait toujours, il leur offrait le billet d'avion, à elle et à Jason.

Elle est partie dans un état inextricable d'exaltation et d'angoisse, rêvant d'une vie nouvelle auprès de cette famille qu'elle ne connaissait pas, épouvantée à l'idée de leur déception et peut-être de leur rejet quand ils verraient débarquer une épave – ce qu'elle avait parfaitement conscience d'être. Darcy a, de son mieux, essayé de préparer le terrain en expliquant par mail et téléphone que les

trente-deux années écoulées depuis que Julie, bébé, avait quitté l'Alaska n'avaient pas été faciles pour elle, et puis elle est partie faire son reportage. Elle s'y est immergée, comme elle s'immerge dans tout ce qu'elle fait. Quand elle est rentrée, trois semaines plus tard, les nouvelles étaient mauvaises. À peine arrivée parmi les siens, Julie était tombée malade. Elle était hospitalisée à Anchorage. Darcy a pris le premier avion et, en la voyant, elle a tout de suite compris. Julie n'était plus seulement séropositive : elle avait le sida, et ce qui lui faisait le plus peur, ce n'était pas de mourir mais que son père apprenne de quoi elle mourait. Elle n'osait pas le dire, comptait pour cela sur Darcy qui, en bon petit soldat, s'y est collée. Bill Baird, le père, c'est le gros homme équipé d'un appareil respiratoire qu'on voit sur les photos, en chemise à carreaux de bûcheron du

Grand Nord. Darcy l'a tout de suite aimé, il a tout de suite aimé Darcy. Elle dit qu'il était bon. Il pleurait, comprenait, s'accusait. Il était heureux d'avoir retrouvé sa fille, malheureux de la retrouver dans cet état, mais c'était sa fille, il l'aimait, droguée ou pas droguée, malade ou pas malade, il la soignerait, s'occuperait d'elle.

Julie, cette fois, s'en est tirée, mais sa vie avait basculé du côté de la maladie. Elle avait maigri de 30 kg, à trente-deux ans on lui en aurait donné cinquante. Des lésions dans le palais et l'œsophage, dont aucun traitement ne venait à bout, imprimaient à sa bouche une espèce de mâchonnement perpétuel, grumeleux et rageur, à quoi même quelqu'un d'aussi peu difficile que Jason en matière de grâce féminine avoue ne pas s'être habitué sans mal. Bill Baird les a ramenés tous les deux à Valdez, où il habitait. À une heure d'avion d'Anchorage, quand les conditions météo permettent aux avions de voler, à dix heures par la route, Valdez est une ville pratiquement coupée de tout, dont les deux mille habitants vivent de la pêche et d'une conserverie de poisson. Bill, jusqu'à sa retraite, était le cuisinier de l'unique pizzeria du coin, il y avait fondé une seconde famille et ses trois grands enfants ont vu arriver d'un œil franchement méfiant cet épouvantail qu'on leur présentait comme leur demi-sœur. La rumeur s'est vite répandue que Jason et elle avaient le sida, ce qui n'a pas facilité leur insertion. D'un autre côté, la vie à Valdez n'est pas chère, l'État verse une prime aux personnes qui veulent bien s'établir en Alaska, et cette prime, ajoutée à l'allocation d'invalidité de Jason, leur a permis de louer un petit appartement, de loin le plus fastueux de la navrante série de leurs domiciles. Bill venait tous les jours voir sa fille et l'emmenait faire de grandes promenades en voiture. Il lui montrait les glaciers, les lacs, les aigles, la nature sauvage au milieu de laquelle elle aurait pu grandir et peut-être mener une vie simple et tranquille si sa folle de mère ne l'avait pas enlevée, et elle lui racontait, par bribes, la vie terrible qu'elle avait eue à la place, dans la jungle des villes. Bill, par bonté, candeur, ou simplement parce qu'on ne peut pas s'installer dans le désespoir absolu, faisait comme s'il était possible de recommencer à zéro. Il parlait de nouveau départ. Puis il est mort, d'une crise cardiaque. Sans lui, il n'y avait plus de raison de rester à Valdez. Jason, cependant, aimait bien l'Alaska. Il aimait bien l'idée de la chasse, de la pêche, des grands espaces, et surtout d'avoir un fusil. À l'enterrement de Bill, ils ont fait la connaissance de son frère, un brave type comme lui qu'on appelait oncle Mike et qui vivait avec sa femme, tante Rita, dans une sorte de cabane au milieu des bois, à Palmer. Il y avait près de chez eux une caravane à l'abandon, sur un terrain plus ou moins transformé en décharge mais que personne ne revendiquait : c'est là, *into the wild*, que Jason et Julie se sont installés. Pas d'électricité, pas d'eau courante, mais pas de voisins non plus, excepté des élans et des ours, et on pouvait toujours aller de temps à autre prendre une douche chez Mike et Rita. En dépit de son inconfort, Darcy approuvait cette nouvelle installation, d'abord parce que

Palmer n'est qu'à une heure d'Anchorage, donc de l'hôpital où Julie, fatalement, allait passer de plus en plus de temps, et ensuite, égoïstement, parce qu'elle-même redoutait les dix heures de route jusqu'à Valdez, seule au volant d'une voiture de location, et sans croiser personne, parfois, de tout le voyage.

8

Même si elle ne se consolait pas d'avoir perdu les siens, Julie ne voulait pas d'autre enfant : pour qu'il voie, en bas âge, sa mère mourir, ce n'était pas la peine. Mais Jason insistait. Vivant depuis dix ans dans une totale dépendance de Julie, il s'était mis en tête que sa vie affective et sexuelle prendrait fin quand elle mourrait et il voulait, c'était son expression, avoir quand elle ne serait plus là « quelque chose à lui ». Julie le rabrouait : quelque chose ! Un enfant n'est pas quelque chose ! N'empêche, elle s'est retrouvée enceinte. Et c'est au cours de sa grossesse que s'est produit un de ces nouveaux miracles qu'internet a rendu banals. À l'automne 2007, Darcy a reçu un coup de fil d'une certaine Karen, qui s'est présentée comme la mère adoptive d'un des enfants de Julie : celui que Jason et elle avaient déclaré sous le nom de Jason junior avant qu'il leur soit enlevé, en 2003, et qui s'appelait maintenant Zach. Quand Darcy m'a raconté l'histoire, je lui ai fait répéter, incrédule, ce qui suit : le petit Zach, lui a dit Karen, savait qu'il était un enfant adopté mais ne savait rien de ses parents biologiques, malgré quoi des rêves récurrents les lui montraient gravement malades et vivant dans le Grand Nord, entourés d'ours. Ils l'appelaient. Devant son anxiété croissante, Karen s'était lancée à leur recherche et, grâce d'abord à une négligence de l'administration, ensuite au site de Darcy, elle les avait retrouvés. Darcy, une fois encore, a joué le rôle d'intermédiaire, préparé le terrain, évoqué leur vie difficile avec le plus d'euphémismes possible mais tout de même dit qu'ils avaient le sida, et elle s'est envolée pour Anchorage où Julie se préparait à accoucher, munie de deux lettres : une, grave et émouvante, de Karen, et une de Zach lui-même, qui dit : « Maman, je t'aime. J'ai de bons parents mais je voudrais te connaître un jour. » Elle a pho-tographié Julie lisant ces lettres, éclatant en sanglots, puis clopant frénétiquement, dehors, pour se remettre de son émotion. Elyssa est née quelques jours plus tard. Jason n'a pas voulu assister à l'accouchement, par césarienne, tant il craignait que Julie meure sur la table d'opération. Darcy en revanche était là, comme d'habitude. On a placé le bébé tout contre sa mère, mais cette fois ce n'était pas comme d'habitude : on ne le lui a pas enlevé. C'était le premier de leurs quatre enfants que Jason et Julie ont pu ramener à la maison. Pour la première fois, grâce à oncle Mike et tante Rita, ils étaient équipés, préparés : ils avaient le berceau, le baby relax, les couches, les biberons et, certes, on ne les aurait pas retenus pour un casting de jeunes parents modèles, mais c'est dans ce rôle et cet équipage qu'ils ont quelques semaines plus tard accueilli Zach, leur fils perdu six ans plus tôt. Darcy, qui escortait Karen et Zach, garde de cette visite le souvenir d'un malaise à couper au couteau. Tout le monde en attendait beaucoup et rien ne s'est passé. Enfin, rien : de l'embarras, des échanges compassés. Le seul qui ait un peu détendu l'atmosphère, c'est Jason, que Julie avait longuement chapitré pour qu'il se tienne bien, ne jure pas, fasse bonne impression, et qui a joué avec Zach aux jeux vidéo, l'a fait sauter en l'air et un peu rire : comme père, il y avait mieux, mais cette espèce de grand frère déconneur, un peu simplet, a somme toute rassuré le petit garçon, dont les fantasmes anxieux lui représentaient ses vrais parents comme des gens violents, dangereux, qui pourraient le maltraiter et peut-être le tuer. Quand Karen et Zach sont partis, il y a eu un grand blanc. Darcy était tellement tendue qu'elle se rappelle avoir fait un truc bizarre, qui ne lui ressemble pas : comme Julie, tout en grommelant et se mâchonnant les dents, persistait dans l'espèce de langue de bois mondaine qui pendant toute la visite lui avait tenu lieu de programme, elle l'a tarabustée (« *Come on, Julie, stop pretending !* ») pour qu'elle avoue que ça s'était en fait très mal passé et qu'elle se sentait la dernière des merdes. Alors Julie s'est effondrée, répétant que Karen était une femme formidable, que bien sûr elle était contente que Zach ait une bonne mère mais qu'elle avait envie de mourir parce qu'elle n'avait pas pu être cette bonne mère elle-même, qu'en réalité elle aurait préféré que Zach soit malheureux pour qu'il ait envie de revenir auprès d'elle et que oui, d'accord, Darcy, elle était la dernière des merdes. Jason s'est approché, il l'a prise dans ses bras. Darcy les a photographiés comme ça : ce n'est pas la plus spectaculaire de ses photos, mais je crois que c'est une de celles qui m'émeuvent le plus.

9

La dernière année, Julie a fait plusieurs séjours à l'hôpital, d'où elle sortait chaque fois encore plus faible qu'elle n'y était entrée. À la maison, elle restait prostrée sur le divan, ne pouvait plus porter Elyssa. Jason, défoncé les trois quarts du temps, faisait le guignol avec son petit fusil de plastique mais veillait tout de même à ce qu'elle prenne aux heures prévues ses trente-quatre pilules quotidiennes. Elles ne servaient pas à grand-chose : non seulement Julie foutait le camp de partout, mais elle souffrait de plus en plus. Elle avait d'énormes bouffées d'amertume, répétant que c'était une connerie d'avoir fait Elyssa, que Jason ne saurait jamais se débrouiller tout seul avec elle, mais aussi de brefs accès de gaieté, surtout quand Darcy était là. Ça la réjouissait beaucoup, par exemple, que Darcy, tellement soucieuse de ce qu'elle mangeait, soit obligée quand elle venait chez eux de se mettre comme tout le monde au *Kentucky Fried Chicken*, et ce qui la réjouissait le plus là-dedans c'est que c'était une vieille blague entre elles. Ce n'est pas rien, de connaître quelqu'un depuis assez long-temps pour avoir une vieille blague en commun. Il ne fal-lait pas des heures pour faire le compte de ce qu'elle avait

eu de bien dans sa vie mais quand même, oui, il y avait eu
Darcy. La même merde sans Darcy aurait été pire, parce
que vécue sans témoin. Un soir, ayant confié Elyssa à oncle
Mike et tante Rita, ils sont allés tous les trois dans un bar
boire des margaritas, et Julie a dit à Darcy, en clignant de
l'œil : « Tu sais quoi ? On devrait prendre des vacances,
toutes les deux. – Où aimerais-tu aller ? – Je ne sais pas :
au Brésil. – Au Brésil ? », a dit Darcy et, parce qu'au fil des
ans elle s'était mise au diapason du vieil humour sauvage
de Julie, elle a ajouté : « Tu te vois sur la plage, en bikini ? »
Elles se sont marrées toutes les deux, et Jason s'y est mis
lui aussi, avec un temps de retard mais après il n'a plus
arrêté, la vanne lui a fait sa journée. Julie en bikini, ouaf
ouaf.

10

Un après-midi de septembre 2010, Darcy et Andy
étaient à la maison, à travailler, quand le téléphone a
sonné. C'était tante Rita qui, en larmes, leur a répété ce
que venait de dire le médecin, à l'hôpital où ils avaient
transporté Julie parce qu'elle étouffait encore plus que
d'habitude : on ne peut plus rien maintenant, ramenez-
la chez elle et préparez-vous pour la procédure de fin de
vie. *Prepare for the end-of-life procedure.* Darcy, après
avoir raccroché, s'est mise à pleurer. Andy l'a longuement
serrée dans ses bras. Il n'avait jamais rencontré Julie, ne

la rencontrerait jamais, si Darcy avait été psychanalyste il n'aurait pas davantage fréquenté ses patients, mais il la connaissait depuis qu'il connaissait Darcy et il avait lui aussi le cœur brisé. Ils sont sortis marcher un moment, en silence, dans l'Alta Vista Park qui domine le beau quartier où ils habitent et d'où les collines de San Francisco se découvrent jusqu'à l'océan, puis ils sont revenus s'occuper du billet d'avion. Tout au long du voyage, Darcy s'est demandé si elle allait photographier Julie en train de mourir. Si Julie et Jason voudraient bien et si elle-même, Darcy, en aurait le cœur. Elle l'a fait, finalement, sans que la question soit même posée : au point où elles en étaient, après dix-huit ans de cette espèce d'étrange collaboration, autant aller jusqu'au bout. Le fichier contenant ces dernières photos s'appelle *julie.end* et je ne vois pas

quels commentaires y ajouter, sinon que Darcy, qui n'est pas croyante, a prié pour que cette agonie atroce ne dure pas trop longtemps mais qu'elle a duré longtemps : près de trois semaines. Que Julie avait de soudains accès de panique, croyait la pièce peuplée d'inconnus qui allaient lui faire du mal. Qu'Elyssa voulait tout le temps jouer avec elle. Et que, la dernière nuit, Jason qui la veillait s'est éloigné une demi-heure de son chevet pour bricoler un truc, en sorte qu'elle est morte seule, pendant cette demi-heure, à l'aube du 26 septembre 2010, âgée de trente-sept ans.

11

Quelques semaines après la mort de son héroïne, le *Julie Project*, enfin achevé, a valu à son auteur le prestigieux prix Eugene-Smith. Cette récompense, c'est sûr, lui va mieux que le prix Helmut-Newton, s'il y en a un, et elle l'a d'autant plus touchée que *The Country Doctor*, le célèbre reportage de Smith sur un médecin de campagne pendant la Dépression, était son modèle et son guide quand elle est entrée pour la première fois à l'hôtel *Ambassador*. L'histoire, pour Darcy, finit bien. Je ne mets à dire cela aucune ironie, et j'admire sincèrement la santé morale qui lui épargne les tracas de conscience fréquents chez les artistes dont le talent et la gloire prospèrent sur la misère d'autrui. C'est que Darcy ne se voit pas tellement comme une artiste, avec ce que ce statut implique de narcissisme, mais comme une journaliste, investie de la mission de témoigner. Et l'histoire, à ses yeux, n'est pas finie. Julie morte, un nouveau chapitre s'ouvre, dont les héros sont ses enfants. Elyssa, d'abord, pour l'éducation de qui elle s'occupe de lever des fonds et qu'Andy et elle envisagent d'adopter si Jason, comme ils le craignent, n'arrive pas à l'élever ou meurt prématurément. Mais aussi Zach et les quatre autres. La petite Rachel, que Darcy a connue âgée de neuf jours, a dix-huit ans maintenant. Elle en avait six quand elle a vu Julie pour la dernière fois, elle doit encore avoir des souvenirs d'elle. Avec l'aide de Karen, Darcy cherche aujourd'hui à les retrouver, elle et les autres, et à leur faire connaître, s'ils le désirent, l'histoire de leur mère.

Quand elle m'a dit cela, je n'étais pas convaincu que ce soit une tellement bonne idée et j'avoue même avoir pensé que personne au monde, jamais, ne pourrait tirer un quelconque réconfort de se savoir sorti des entrailles de Julie. Et puis, la veille de mon départ, j'ai accompagné Darcy dans ce Tenderloin auquel elle aussi revient toujours, où elle connaît tout le monde et où elle a entrepris un nouveau reportage, sur les clients d'un centre d'accueil psychiatrique qui, hélas, vient de fermer. Elle en cherchait un en particulier, qu'elle avait déjà photographié une fois et dont elle n'avait pas l'adresse, à supposer qu'il en ait une. Nous avons donc traîné dans les rues, interrogé divers clochards et punks à chiens, et finalement, par chance, nous sommes tombés sur lui. C'était un garçon au visage enfantin, bousillé par l'héroïne, agité de tremblements épouvantables, mais qui s'exprimait de façon articulée et même avec une étonnante douceur. Sa chambre d'hôtel, où il nous a invités, m'a fait l'effet d'un cauchemar, mais Darcy m'a assuré ensuite que celles de Julie étaient bien pires. À un moment, le garçon a parlé de sa mère, qui l'avait abandonné à l'âge de quatre ans. « Je ne sais pas qui elle est », a-t-il dit tristement. Puis, avec cette conscience du langage qui me frappait depuis le début, il a ajouté : « Ou qui elle était. Vous voyez, je ne sais même pas à quel temps parler d'elle. Je ne sais rien, pas où elle est, si elle est vivante ou morte. Je pense que ça devait être une prostituée et une droguée, mais ça m'est égal, ça, je voudrais savoir, je voudrais tellement savoir, *I would like so badly to know who was my mom, and I'll never know*, et je ne saurai jamais. » Il s'est mis à pleurer en prononçant ces mots, très doucement, et j'ai pensé que Darcy avait peut-être raison, au bout du compte.

Six mois, mars 2011
(les photos de Darcy Padilla sont reproduites
avec l'accord de l'agence Vu)

Aux dernières nouvelles, que je tiens de Darcy, Jason est en prison pour avoir violé sa fille Elyssa, âgée de six ans. L'enfant, comme ses cinq frères et sœurs, a été adoptée.

LETTRE À RENAUD CAMUS

Renaud Camus, s'il faut le présenter, était jusqu'en 2000 un écrivain abondant – plus de quarante livres publiés – confidentiel, mais placé très haut par un cercle de lecteurs fidèles, dont je faisais partie. Nous avions le même éditeur, nous étions amis. En 2000, des textes à mon avis mal lus et mal cités l'ont fait accuser d'antisémitisme. Nous avons été quelques-uns, Alain Finkielkraut en tête, à essayer de le défendre, mais l'accusation était si accablante que la défense n'a pu être entendue. Jusqu'alors peu connu, le nom de Renaud Camus s'est retrouvé incarner les idées les plus « nauséabondes » – pour user de l'adjectif consacré en cette matière. Il aurait pu ne pas s'en remettre. Il s'en est remis, mais d'une façon que je trouve tragique et qui, de sa non-carrière, a fait un destin. De nouveaux amis ont surgi autour de lui, qui l'aiment pour ce qu'on lui reproche. Cet homme seul a soudain été très entouré. Cet écrivain a priori irrécupérable est devenu un idéologue d'extrême droite, l'oracle des milieux identitaires, l'inventeur et le théoricien de la notion de « grand remplacement ». Il pense que le peuple français est en train d'être remplacé par un peuple nouveau, conquérant et hostile, essentiellement arabo-musulman ; que les pouvoirs publics, par aveuglement ou opportunisme, couvrent cette opération ; que ceux qui la dénoncent, comme Marine Le Pen ou lui-même, sont les héritiers des résistants de juin 1940, seuls à refuser l'Armistice et l'occupation allemande. Je pense quant à moi qu'il a tort, que des observations souvent justes aboutissent dans sa pensée à des convictions délirantes, mais que ces convictions délirantes restent celles d'un homme intègre, pas d'une crapule. C'est tout cela que j'ai essayé de débrouiller dans cette lettre – réponse à sa demande que j'écrive un article dans la revue de son parti.

Mon cher Renaud,

Connaissant la finesse de ton oreille, je suis sûr que tu as perçu mon embarras, au téléphone, quand tu m'as proposé d'écrire un texte sur la dissidence soviétique pour la nouvelle revue du parti de l'In-nocence. Je t'ai demandé, pour gagner du temps, quelques jours de réflexion. En voici le fruit.

Je t'admire et te considère comme mon ami. Dans une récente livraison de ton journal, il y a un passage un peu mélancolique où tu déplores que tant de tes amitiés soient inactives, inactualisées, fantomatiques, et tu me cites parmi ces amis fantômes. Cela m'a attristé, d'abord parce que c'est vrai, ensuite parce que ça ne l'est pas tout à fait. Après tout, je passe en moyenne une semaine par an, depuis vingt-cinq ans, à lire ton journal et par conséquent à m'informer dans le détail de ce qui t'est arrivé, de ce que tu as vu, entendu, pensé, ressenti, parfois souffert, jour après jour. Ma curiosité à ce sujet ne faiblit pas, les moments d'agacement ne l'entament pas car les gens qu'on aime vraiment, même leurs défauts vous sont des qualités. Et moi, de mon côté, quand j'écris un livre, tu es un des lecteurs à qui je pense, dont j'anticipe les réactions et attends avec impatience la lettre qui, drôle, compréhensive, affectueuse, ne m'a jamais manqué. Alors bien sûr nous ne nous voyons pas, ne nous appelons pas, nous n'en avons pas pris le pli, mais si j'y réfléchis je n'ai pas tant d'amis à qui me lie un commerce aussi intime ni qui occupent une place si éminente dans mon esprit.

Le hasard fait qu'en ce moment je lis Nietzsche et que souvent, le lisant, je pense à toi. À ta sincérité, à ta liberté, à ton altitude. À ton sens de « la forme heureuse », qui est le contraire de la forme grâce à laquelle on fait son chemin dans le monde, aujourd'hui comme hier : système philosophique compact, petit roman bien fait. À ton extraordinaire talent pour brûler tes vaisseaux, scier les branches sur lesquels tu es assis, t'éloigner toujours davantage. Au contraste presque grandiose entre l'importance de ton œuvre et le silence qui l'accueille. Il m'arrive de me voir moi-même, sans trop d'amertume, comme un de ces honnêtes écrivains, très lus et estimés de leur vivant, qui ne passent à la postérité que par des notes en bas de page, parce qu'ils tiennent un petit rôle dans la correspondance ou le journal du génie méconnu en son temps, mais dont la gloire n'a cessé de grandir pour finalement occuper toute la place [1]. On aimerait, quand on se voit dans ce rôle, y faire bonne figure : avoir été lucide, fidèle, et j'espère l'être. Ce qui me gêne, cependant (et après avoir envisagé, lâche-

---

[1]. Ç'a toujours été le style de mes relations avec Renaud Camus : cette politesse chinoise un peu parodique où chacun fait l'éloge de l'autre en se qualifiant lui-même d'humble vermisseau. J'en fais un petit peu trop, là, quand même.

ment ou poliment, de m'excuser sur le manque de temps, je me suis dit que ta proposition rendait nécessaire cette mise au point), c'est le tour que prennent une œuvre et un destin dont le ressort est la solitude quand cette œuvre et ce destin trouvent, je ne dis pas des lecteurs mais, ce qui est très différent, des disciples – ces gens dont la vocation est de figer une pensée dansante en pesantes certitudes. J'aime Nietzsche et pas les nietszchéens, comme Nietzsche aimait Wagner et pas les wagnériens, et il me faut bien dire qu'autant j'aime Renaud Camus, autant je suis mal à l'aise avec le parti de l'In-nocence.

Je suis d'accord, à peu de chose près, avec *tout* ce que tu dis, pour la simple raison que c'est toi qui le dis, qui le déploies, le stratifies, le relativises, et que c'est la météorologie de ton esprit, pas un discours de vérité. Je ne suis d'accord avec *rien* de ce que dit ton parti, même quand cela recoupe mot pour mot ce que tu dis, toi. Même et surtout quand quelque chose en moi, *quelque part*, est d'accord.

Par exemple : je crois avoir l'oreille presque aussi sensible que toi aux pauvretés et trivialités du langage contemporain, mais quand des gens se rassemblent sous ta houlette pour communier dans le dédain apitoyé pour ceux de leurs semblables qui disent « pas de souci » ou « sur Paris », et, pire encore, pour jouir à gros bouillons de se distinguer de cette plèbe, je trouve que ça ne va plus. Je trouve même – pardon, je vais être prêcheur – que s'affranchir de ce dédain et de cet orgueil de caste est un enjeu de progrès moral et spirituel, s'y complaire une erreur, celle dont l'Évangile fait reproche aux pharisiens. J'y suis enclin, à cette erreur ; je fais partie, pratiquement de naissance, des gens qui haussent le sourcil quand Arnaud Montebourg dit « impétrant » pour « candidat », et considèrent de haut les jeunes filles à diamant dans la narine qui parlent très fort dans leur téléphone portable. Mais je tâche de m'en corriger et n'ai aucune envie de rallier ceux qui, de cette erreur, car je suis certain que ç'en est une, se font un étendard et une raison d'être.

Puisque j'y suis, je continue, et te dis ce que je pense d'un des thèmes les plus insistants de l'In-nocence, qui est le grand remplacement, la colonisation à l'envers, les étrangers qui devraient se conduire, chez nous, comme des invités bien élevés, aimant notre langue, pratiquant notre religion – ou la leur, mais avec discrétion, et en nous étant reconnaissants de notre mansuétude. Sincèrement, Renaud, je pense que tout cela n'a plus de sens, pour la simple raison que nous sommes sept milliards sur terre, ce qui est évidemment trop, ce qui ne va faire qu'empirer et rend, je suis d'accord avec toi, la vie nécessairement moins douce, les voisins plus nombreux, plus bruyants, plus nocifs, mais à part espérer qu'un cataclysme décime les trois quarts de la planète (et de faire partie du quart qui reste), qu'y faire sinon se pousser pour faire de la place ?

Hélène et moi habitons un appartement que nous aimons beaucoup et que tu aimerais, je crois, si tu nous faisais l'amitié de venir nous y voir lors de ton prochain passage à Paris. Il est grand, lumineux, surnaturellement calme : pas de voisins au-dessus, pas de voisins au-dessous, nous y sommes bien. Ce qu'il y a, c'est qu'il se trouve dans le Xᵉ arrondissement, dont la population se partage entre Arabes et Pakistanais qui tiennent d'industrieux petits commerces, Kurdes et Afghans qui zonent autour de la gare du Nord en espérant passer en Angleterre, marginaux et clochards de nationalités diverses qui pissent contre les murs, enfin bobos comme nous. Il y aurait beaucoup à dire sur le bobo, sans doute le type social le plus décrié, y compris par ses propres représentants, et moi qui en suis un, un vrai, à mettre sous verre au pavillon de Sèvres, je prendrais volontiers sa défense – et par la même occasion celle du « politiquement correct », si décrié aussi et que personne n'accepte d'incarner. Bref : en bon bobo, je suis venu habiter ici non seulement parce qu'on y trouve de grands et beaux appartements pour moins cher que dans des arrondissements plus huppés, mais aussi parce que, tout compte fait, j'aime bien ça. J'aime bien ce que Jean-Christophe Bailly, dans *Le Dépaysement*, appelle le *barriol*. (Si tu ne l'as pas lu, je te conseille vivement *Le Dépaysement*, qui parcourt et décrit le paysage français avec une acuité de regard comparable à la tienne mais aboutit à d'autres conclusions, dont pour ma part je me sens plus proche.) Mais ce n'est pas cela que je voulais dire. Ce que je voulais dire, c'est que si demain un décret m'ordonnait de n'occuper plus avec ma famille qu'une pièce de ce bel appartement et de céder les autres à ces hordes de Kurdes ou d'Afghans qui campent dans la rue, quatre étages plus bas, je trouverais ça éminemment désagréable, je chercherais à m'en aller et à m'organiser ailleurs, si c'est encore possible, une vie plus conforme à mes goûts, mais je n'arriverais pas à considérer la mesure qui me lèse comme *injuste*. Bien sûr, je ne suis pas complètement fou, je sais que la justice compte moins que les intérêts et les rapports de force, et que si les damnés de la terre ont raison, de leur point de vue, d'assiéger nos paisibles retraites, nous avons raison, du nôtre, de les défendre pied à pied. Mais je pense que l'argument : « Ici, c'est chez moi, pas chez toi », se justifie en termes disons éthologiques (Konrad Lorenz, les oies cendrées, la harde, tout ça…), pas en bonne justice, et encore moins en bonne justice mondialisée. Comme toi, j'aime bien ou plutôt j'aimais bien les pays, la Syldavie, la Bordurie, la Caronie, je les aimais d'autant plus que le mien me convenait, en somme que j'étais bien tombé, mais je ne vois, à y réfléchir, aucune raison convaincante pour que le petit Liré nous appartienne à nous plutôt qu'aux crève-la-faim du Soudan. En quoi je suis plus pessimiste que toi puisque, tout en partageant en gros ton idéal (une vie de bourgeois civilisé, aimant Bonnard, Toulet, les chartreuses dans le feuillage et les paysages pas défigurés), tout en espérant que la situation qui me permet de mener cette vie durera encore un peu, je ne crois pas pour la défendre avoir le droit pour moi, mais plutôt contre.

C'est au fond cette conviction d'être *dans son droit* – de Français de souche, de gens qui savent parler, de gens qui savent – qui me heurte, non dans tes écrits où tu ne cesses de creuser et de saper ce que tu penses, mais dans ce que je peux lire du parti de l'In-nocence. C'est pourquoi, sans m'éloigner de toi, je n'ai pas envie de me rapprocher de lui, ni de sa revue. Cela dit, si tu juges opportun d'y publier, à la place de l'article demandé, cette lettre détaillant les raisons pour lesquelles je ne veux pas l'écrire, je n'ai rien contre.

J'espère, mon cher Renaud, que ces désaccords et la liberté que j'ai prise de te les exposer n'entameront pas notre amitié. Même fantomatique, elle est pour moi sans prix.

Les Cahiers de l'In-nocence, janvier 2012

Du point de vue de Renaud Camus comme du mien, mais pour des raisons opposées, les choses quatre ans plus tard ne se sont pas arrangées. Et le fait est que nous ne nous sommes plus reparlé.

QUATRE JOURS À DAVOS
(avec Hélène Devynck)

1

On ne s'attend pas vraiment à assister à des combats de rue à Davos, et encore moins pendant le Forum économique mondial. Pourtant, à la sortie d'un bar où, sur le coup de trois heures du matin, une bande de jeunes banquiers fêtaient leur décision de monter ensemble un *hedge fund* (c'est le genre de choses que font de jeunes banquiers quand ils sont soûls), nous sommes tombés sur deux types en costume en train de se foutre sur la gueule. L'affaire ne tirait pas à conséquence, les deux types étaient en fait les meilleurs amis du monde et se sont promptement rabibochés. Si nous la rapportons, c'est à cause de l'attitude singulière d'un témoin, un Chinois d'une trentaine d'années qui s'est approché des combattants, a gentiment tapé sur l'épaule d'un d'entre eux pour attirer leur attention et, cela fait, ramassé sur le trottoir des poignées de neige qu'il a commencé à se jeter méthodiquement sur la figure. Une poignée, deux poignées, trois poignées, et tout en se bombardant lui-même de neige il souriait avec une bénignité qui a effaré les belligérants au point de leur faire oublier leur querelle. Ce manège déroutant, et sa non moins déroutante efficacité, nous ont paru toucher à l'essence du zen, et sur le chemin du retour nous avons rêvé aux applications qu'on pourrait en faire dans des conflits plus graves.

2

Le lendemain, nous déjeunons dans un bistrot à raclette où Félix, que nous allons bientôt présenter, est parvenu à harponner Jean-Claude Trichet pour notre première interview. L'ancien directeur de la Banque centrale européenne est un homme calme et distingué, qui avec une extrême courtoisie nous dit que nous avons cinq minutes.

Première question : « Si nous étions venus ici en 2007, nous aurions certainement interviewé des gens qui anticipaient la crise imminente des *subprimes* dont nous n'avions, nous, aucune idée. Nous ne connaissions même pas le mot. Alors nous nous demandons : ce serait quoi, aujourd'hui, l'équivalent ? Ce que nous ne savons pas et que peut-être, vous, vous savez ? »

Le regard étonnamment clair de Trichet se fait scrutateur, il est difficile de savoir s'il juge la question idiote ou s'il trouve au contraire que c'est du lourd, quoi qu'il en soit il se lève en disant que ce serait mieux de se revoir à

Paris, dans le cadre d'une interview dont on aurait d'abord fixé les règles. Sur quoi il se volatilise et, presque instantanément, sur la chaise qu'il vient de quitter prend place le Chinois de la veille, celui qui désamorce les conflits en se jetant de la neige sur le visage. Si cossu que soit l'établissement, c'est l'usage à Davos de partager les tables sans façon, et le Chinois s'attarde avec nous plus longtemps que Trichet. Souple, malicieux, *cool* au possible, en sweat-shirt à capuche et gros brodequins de montagne, il pourrait passer aussi bien pour un jeune milliardaire de l'internet que pour un pratiquant avancé d'arts martiaux, en fait pour les deux à la fois, et quand on lui demande ce qu'il fait dans la vie il répond qu'il poursuit l'illumination et l'élargissement de la conscience jusqu'à un état de bonheur permanent. Né à San Francisco, éduqué à Berkeley, basé à Hong Kong, c'est un spécialiste extrêmement pointu des sciences cognitives, présentement occupé par un vaste projet international consistant à rassembler sur l'île Vuanutu, en Polynésie, un conclave d'esprits aussi élargis que le sien afin d'œuvrer à l'élaboration d'une nouvelle mythologie : quelque chose, précise-t-il, qui tiendrait du bouddhisme et de *Star Wars*. Et c'est pour ça qu'il vient à Davos ? « *Well*, répond-il en élargissant encore son sourire de chat du Cheshire, ça ne peut pas faire de mal. Et puis, ici, c'est le Disneyland des grands, non ? »

Avant d'y venir, c'est sûr, on ne le voyait pas comme ça. Une interview de Klaus Schwab, pourtant, aurait dû nous alerter. Klaus Schwab est ce professeur d'économie zurichois qui, il y a quarante ans, a créé à Davos des rencontres de managers européens devenues, après la fin du communisme, l'incontournable forum d'hommes d'affaires et d'État aux destinées duquel il préside toujours. Et si, selon Hegel, la prière matinale de l'homme moderne consiste dans la lecture des journaux, on découvre avec surprise que celle de Klaus Schwab, avant les cours de la bourse et le *Financial Times*, c'est une demi-heure de méditation. À ce parfum de *new age* qui flotte sur l'empyrée des décideurs mondiaux, on reviendra, mais il est temps maintenant de parler de Félix, sans qui nous ne nous serions jamais retrouvés ici.

3

Félix Marquardt, comme Arnold Schwarzenegger, est austro-américain. C'est un très beau garçon de trente-cinq ans, qui a inventé ce que lui-même, quand il se présente, nomme « *a thing* », une chose, un truc, appelé les Dîners de l'Atlantique. Mi-*think tank* mi-agence de relations publiques, les Dîners de l'Atlantique rassemblent autour de grands de ce monde lorsqu'ils passent à Paris des hommes d'affaires, des diplomates, mais aussi bien des écrivains, des artistes, des rappeurs, le but du jeu étant de mettre en contact des gens qui n'ont a priori pas de raison de se connaître et de voir ce qu'il y a de juteux à en tirer. De juteux, ou d'intéressant, ou même de drôle, et de ce dernier point de vue tout ce que nous pouvons dire est que c'est généralement réussi :

nous n'imaginions pas, a priori, qu'on pouvait tant rire à un dîner en l'honneur de ministres japonais.

L'automne dernier, nous avons raconté à Félix que nous nous intéressions à la crise financière et envisagions d'écrire quelque chose dessus, ensemble, du haut de notre ignorance – ignorance relative pour l'une, qui en tant que journaliste a souvent eu affaire à des acteurs du monde économique, quasi absolue pour l'autre, qui se compte parmi les trois Français sur quatre incapables, la tête sur le billot, de dire ce qu'est exactement une obligation. « Ah bon, a dit Félix, alors il faut que vous alliez à Davos. – Mais comment on y va, à Davos ? On pourrait se faire accréditer comme journalistes, tu crois ? » Félix a secoué la tête : « Beaucoup trop tard. Les candidatures sont closes depuis des mois, et de toute façon ils les acceptent au compte-gouttes. Mais je peux vous emmener, moi. »

Il nous a donc emmenés, logés dans un chalet prêté par des amis de ses parents, et pas seulement nous, mais un assistant, un photographe, un cameraman, un ingénieur du son, tous quatre censés nous suivre et nous filmer dans tous nos déplacements, plus pour faire bonne mesure un ami d'enfance qui traverse une mauvaise passe et qu'il a persuadé de venir pour lui changer les idées. En tout, une tribu de huit personnes radicalement étrangères, à part lui, au monde des affaires et du pouvoir, et assez compliquée à gérer dans un cadre où les plus grands patrons et les ministres les plus puissants n'ont droit qu'à un accompagnateur. Pour ce droit, et pour le badge blanc autorisant l'accès au Centre des congrès, où se tiennent conférences et tables rondes, il leur faut acquitter 75 000 euros, alors que nous n'avons, nous, que l'humble badge vert à 50 euros permettant de circuler dans l'hôtel Belvédère où se tient le Davos *off*.

Cette histoire de badges, et le système de castes qu'elle exprime, nous rappellent quelque chose : c'est le festival de Cannes, que nous connaissons bien pour y avoir l'un et l'autre, au fil des années, tenu les rôles les plus variés, de journaliste pigiste à membre du jury. Comme Cannes, Davos est un espace où se concentre le maximum de gens célèbres, et qui pèsent lourd. Un empire de signes, un théâtre de privilèges et d'humiliations où, si important qu'on soit, on peut toujours être sûr qu'il y a plus important, et que la soirée à laquelle on a été invité n'est pas celle à laquelle il aurait fallu être, qu'il y avait mieux, plus secret, plus *happy few* – et si ça se trouve, on aimerait du moins le croire, même Bill Gates se dit ça, quelquefois. La différence avec Cannes, c'est que cette hiérarchie implacable se double à Davos d'une surprenante facilité de contact. Cela tient d'abord à l'exiguïté du village : un grand banquier new-yorkais nous a candidement confié qu'il connaissait beaucoup mieux Davos que Manhattan, car à Manhattan il se déplace seulement en limousine alors qu'à Davos il pratique ce sport exotique : marcher dans la rue. Ensuite, à l'absence quasi totale de public, de badauds, de gens normaux : hormis les autochtones qui presque tous travaillent pour le Forum en qualité de chauffeurs, serveurs ou policiers, on ne se trouve au Forum qu'au contact de gens participant aussi au Forum, donc idéalement *entre soi*. Enfin au fait que ces gens importants, qui en temps normal ne se déplacent qu'entourés d'une garde rapprochée d'une dizaine de personnes, n'ont ici droit qu'à un sherpa – rarement une jolie jeune femme, comme nous l'avions imaginé, plutôt un jeune homme à l'air sérieux, qui lorsqu'il accompagne un dignitaire français est en général un énarque en début de carrière. Autant il est exclu, à Cannes, de côtoyer Sharon Stone si on ne gravite pas dans la même sphère qu'elle, autant à Davos on ne vous racontera pas qu'on a pris un café avec Angela Merkel, mais enfin on croise comme au marché d'en bas de chez soi Lakshmi Mittal, Ehud Barak, Pascal Lamy, Arianna Huffington, Muhammad Yunus ou le patron de Google, Éric Schmitt, et aucun barrage n'interdit si on en a l'audace de leur adresser la parole. Partant du principe que, si vous êtes là, c'est que vous appartenez peu ou prou au même monde qu'eux, la plupart vous accorderont avec courtoisie cinq minutes de leur temps. Ces contacts sont le sport favori de Félix, et il emploie à les établir un véritable génie de la sociabilité : aisance, humour, multilinguisme, connaissance approfondie du dossier avant de se lancer à l'abordage. Cela fait dix ans qu'il vient à Davos, il y connaît déjà beaucoup de monde mais n'aspire qu'à en connaître plus encore et à mettre tous ses amis, anciens et nouveaux, en contact les uns avec les autres afin qu'ils concluent des affaires sur lesquelles dans le meilleur des cas il touchera une commission (« Combien ? demandons-nous. 10 % ? – Tu plaisantes !

0,1... 0,01 %. Mais, précise-t-il avec un sourire carnassier, ça peut être de grosses sommes »). Un des grands charmes de Félix, c'est qu'il est *cash*. Il considère le mensonge comme une perte de temps et il ne nous cache pas que s'il nous a emmenés dans ses bagages, c'est d'abord parce qu'il nous aime bien, mais aussi parce qu'il compte que nous parlions de lui dans notre article (il a même un titre à nous proposer : « L'homme qui murmure à l'oreille des présidents ») et parce qu'en nous vendant comme une journaliste et un écrivain qui écrivent un livre sur la crise (« enfin, sur la globalisation, nous conseille-t-il : il vaut mieux ne pas dire crise »), il décroche pour nous des rendez-vous qui lui sont un prétexte pour accroître son carnet d'adresses.

4

Ces rendez-vous, c'est un véritable gymkhana. Ils ne se distinguent de la rencontre informelle que par le fait que, justement, on a pris rendez-vous, en un certain lieu, à une certaine heure, mais comme sur le chemin chacune des deux parties n'a cessé de faire des rencontres informelles, on passe son temps à téléphoner pour les reporter, et en général ils n'ont pas lieu, ou alors si, mais par hasard et quand on ne s'y attendait plus. Nous en avons un, par exemple, à l'intérieur du Centre des congrès et, puisque nous n'y avons pas accès, notre interlocuteur propose aimablement de nous rejoindre dehors. Couvrir les deux cents mètres qui nous séparent lui prend une heure et demie, que nous passons à battre la semelle sur un trottoir enneigé et, l'entremise de Félix aidant, à lier connaissance avec, dans l'ordre : un membre de la cellule diplomatique de Sarkozy qui, bien qu'il se soit contenté de nous dire bonjour et se plaindre avec drôlerie de la fatigue propre aux sommets, insiste pour garder l'anonymat ; avec François Henrod, le directeur de la banque Rothschild, qui se prépare à rejoindre la *shabbat party* de Shimon Perès ; avec le bras droit de l'oligarque Oleg Deripaska, que pour le distinguer de son patron on surnomme « petit Oleg » ; avec un très haut cadre de Carrefour qui ne sait pas encore que son PDG vient d'être remplacé et que lui-même risque de faire partie de la charrette ; avec l'économiste Nouriel Roubini, personnage ombrageux qui a prévu la crise des *subprimes* et en tire un statut d'oracle international ; enfin avec la princesse de Norvège, qui refuse poliment d'être filmée – car tout cela est filmé par le gang de Félix, et sans doute le fait d'apparaître dans cet équipage nous confère-t-il un semblant de crédibilité, hélas compromis par notre faible maîtrise de l'anglais. En fait, on se contente de se saluer, de se demander qui on a vu et à quelle fête on va ce soir, et cela aussi ressemble beaucoup à Cannes, où les gens qui, à Paris, se sont promis de se voir à Cannes se promettent invariablement, s'étant ratés sur place, de se voir à Paris.

De nos rendez-vous plus formels, ceux qu'on pourrait appeler des interviews (avec un ministre indien, avec un banquier américain, avec le numéro 3 de Google…), que dire ? Que retenir ? Pas grand-chose, mais c'est le contraire qui serait étonnant. Si on poursuit l'analogie avec Cannes, vous pouvez y interviewer pendant la demi-heure réglementaire les artistes les plus puissants et originaux, ils vous serviront tous la même soupe : sur le tournage qui a été une expérience formidable, l'acteur ou le metteur en scène qui s'est tellement investi, avec une telle passion, etc. À la parole libre il faut un autre cadre et l'honnêteté commande, avant d'en venir aux réponses, de dire quelles étaient nos questions. Ce sont celles que se pose l'Occidental moyen, moyennement informé, devant le spectacle d'un capitalisme financier mû par l'obsession du profit, insoucieux de ses conséquences sociales et des inégalités vertigineuses qu'il creuse, affranchi depuis trente ans de toute réglementation, privatisant les gains et mutualisant les pertes, méprisant les États comme une survivance soviétoïde mais comptant sur eux pour le renflouer quand le vent tourne, et qui, de crise en crise, entraîne les pays occidentaux vers un naufrage dans lequel les classes moyennes semblent bien parties pour couler corps et biens tandis qu'eux, les responsables, seront évacués en hélicoptère. Tout le monde dit et pense ça aujourd'hui, même les hommes politiques se sont aperçus que c'est ce qu'il fallait dire, sinon penser, pour avoir quelque chance d'être élu. Tout le monde, selon le slogan lancé par *Occupy Wall Street*, se compte parmi les 99 % de lampistes et gronde contre les 1 % de rapaces qui en réalité ne sont, comme les commissions de Félix, que 0,1 % ou 0,01 %. Et même si la finance n'y est en réalité nullement majoritaire, il est certain que Davos est le Versailles de cette aristocratie, et possible qu'une nouvelle révolution de 1789 menace ses privilèges. La question, en substance, était donc : avez-vous conscience de ça ? Et la réponse, clairement, est : non.

Entendons-nous. Dans les conférences et tables rondes du Forum officiel, ces trucs appelés « *Responsible leadership for times of crisis* » « *Managing Chaos* » ou « *From Transition to Transformation* », qui sont l'équivalent des films en compétition à Cannes et dont nous voulons bien croire sur parole qu'ils sont d'un très haut niveau, la gravité est de rigueur, et même les figures de carême. Dans son rapport inaugural, le Forum, à propos de la mondialisation qu'il a symbolisée sous ses formes les plus conquérantes et sûres d'elles-mêmes, évoque avec un sens exquis de l'euphémisme « un risque de désillusion ». Mais dans les conversations, c'est autre chose. Désillusion ? Crise ? Inégalités ? D'accord, si vous y tenez, mais enfin, comme nous le dit le très cordial et chaleureux PDG de la banque américaine Western Union, soyons clairs : si on ne paie pas les leaders comme ils le méritent, ils s'en iront voir ailleurs. Et puis, capitalisme, ça veut dire quoi ? Si vous avez 100 dollars d'économies et que vous les mettez à la banque en espérant en avoir bientôt 105, vous êtes un capitaliste, ni plus ni moins que moi. Et plus ces capitalistes comme vous et moi (il a réellement dit « comme vous et moi », et même si nous gagnons fort décemment notre vie, même si nous ne connaissons pas le salaire exact du PDG de la Western Union, pour ne rien dire de ses *stock-options*, ce « comme vous et moi » mérite à notre sens le pompon de la « brève de comptoir » version Davos), plus ces capitalistes comme vous et moi, donc, gagneront d'argent, plus ils en auront à donner, pardon à redistribuer, aux pauvres. L'idée ne semble pas effleurer cet homme enthousiaste et, à sa façon, généreux, que ce ne serait pas plus mal si les pauvres étaient en mesure d'en gagner eux-mêmes et ne dépendaient pas des bonnes dispositions des riches. Faire le maximum d'argent, et ensuite le maximum de bien, ou pour les plus sophistiqués faire le maximum de bien *en* faisant le maximum d'argent, c'est le mantra du Forum, où on n'est pas grand-chose si on n'a pas sa fondation caritative, et c'est mieux que rien, sans doute (« vous voudriez quoi ? Le communisme ? »). Ce qui est moins bien que rien, en revanche, beaucoup moins bien, c'est l'effarante langue de bois dans laquelle ce mantra se décline. Ces mots dont tout le monde se gargarise : préoccupation sociétale, dimension humaine, conscience globale, changement de paradigme... De même que l'imagerie marxiste se représentait autrefois les capitalistes ventrus, en chapeau haut de forme et suçant avec volupté le sang du prolétariat, on a tendance à se représenter les super-riches et super-puissants réunis à Davos comme des cyniques, à l'image de ces traders de Chicago qui, en réponse à *Occupy Wall Street*, ont déployé au dernier étage de leur tour une banderole proclamant : « Nous sommes les 1 %. » Mais ces petits cyniques-là étaient des naïfs, alors que les grands fauves qu'on côtoie à Davos ne semblent, eux, pas cyniques du tout. Ils semblent sincèrement convaincus des bienfaits qu'ils apportent au monde, sincèrement convaincus que leur ingénierie financière et philanthropique (à les entendre, c'est pareil) est la seule façon de négocier en douceur le fameux changement de paradigme qui est l'autre nom de l'entrée dans l'âge d'or. Ça nous a étonnés dès le premier jour, le parfum de *new age* qui baigne ce *jamboree* de mâles dominants en costumes gris. Au second, il devient entêtant, et au troisième on n'en peut plus, on suffoque dans ce nuage de discours et de slogans tout droit sortis de manuels de développement personnel et de *positive thinking*. Alors, bien sûr, on n'avait pas besoin de venir jusqu'ici pour se douter que l'optimisme est d'une pratique plus aisée aux heureux du monde qu'à ses gueux, mais son inflation, sa déconnexion de toute expérience ordinaire sont ici tels que l'observateur le plus modéré se retrouve à osciller entre, sur le versant idéaliste, une indignation révolutionnaire, et, sur le versant misanthrope, le sarcasme le plus noir. À Davos, on se sent vite du côté de Kafka, qui a dit un jour : « Nous autres écrivains, nous nous occupons du négatif », du côté de Céline, du côté de Cioran. Avec tous les ennemis de ce que Philippe Muray appelait l'Empire du Bien, on aimerait ricaner sans retenue devant ces kilomètres de communication infatuée et surfacturée invitant à *improve the state of the world*, améliorer l'état du monde (c'est le programme officiel du Forum), *expect the unexpected*, s'attendre à l'inattendu, *face the talent challenge*, affronter le défi du talent, ou, c'est notre préféré, *enter the human age*. Oui, vous avez bien lu : grâce à Davos, entrer dans l'âge de l'humain ! Enfin ! Il était temps !

5

Quand on dit ce genre de choses à Félix, qui adore Davos, il se marre et nous traite de petits-bourgeois. D'abord, dit-il, la plupart de ces gens que nous critiquons sans rien faire se bougent *réellement* le cul, font *réellement* des choses utiles pour la planète, ensuite nous nous trompons complètement de débat. Ce qui se passe aujourd'hui (c'est toujours Félix qui parle), les Occidentaux se le racontent en terme de crise et même de désastre. Mais pour les pays émergents, ce n'est pas du tout la même histoire : notre désastre est leur triomphe. Dit plus crûment : si dans le temps où cinq Chinois ou Indiens passent de la pauvreté à la classe moyenne, deux Européens ou Américains font le chemin inverse, eh bien ce n'est pas un si mauvais *deal*, le seul problème c'est qu'il ne nous arrange pas, nous. Nous étions les riches, eux les pauvres, c'est en train de s'inverser et si Davos est tellement passionnant, c'est parce qu'on voit cette mutation s'y produire comme en laboratoire. Les vedettes n'y sont plus les patrons du CAC 40, ni les banquiers américains, ni même les chefs d'État occidentaux, d'une façon générale ce ne sont plus les Blancs, mais les Chinois, les Indiens, les Indonésiens, les Africains même, dont les économies sont en pleine croissance, les banques pétantes de santé, et ce Forum que vous voyez (poursuit Félix) comme le bastion d'une oligarchie à la fois repue et assiégée est en fait la pointe avancée de ce qu'autrefois on appelait le tiers-mondisme. C'est vous qui êtes dans cette affaire les frileux et les rétrogrades, vos mines effarouchées de lecteurs du *Monde diplomatique* ne sont que le masque de votre panique parce que, oui, vos pays sont en train de devenir le nouveau tiers-monde, oui, votre petite épargne va se volatiliser, et si nouvelle révolution de 1789 il y a, ce ne sera pas celle des 99 % d'Occidentaux moyens parmi lesquels vous vous comptez complaisamment contre les 1 % d'Occidentaux nantis qui ne sont qu'un fantasme comme autrefois les deux cents familles, mais celle des ex-damnés de la terre contre leurs anciens maîtres coloniaux, *c'est-à-dire vous*.

L'argument, il faut le reconnaître, a du poids. Pour achever de nous y convertir, Félix n'a pas pu nous présenter de Chinois, il n'y en a presque pas à Davos cette année parce que le Forum est tombé pile pendant leurs fêtes du Nouvel An. Il nous a présenté un ministre indien, un homme très distingué mais désireux surtout de parler des meilleurs restaurants parisiens et, curieusement, de Christine Deviers-Joncour, pour qui il entretient une véritable fascination. En revanche, nous nous sommes retrouvés ensemble, invités par Christophe de Margerie, le patron de Total qui va bientôt sortir de la coulisse, à un dîner sur le thème « *Opportunities for Africa* », qui était réellement édifiant. Il y avait une demi-douzaine de Premiers ministres et de chefs d'État, qui se définissaient moins dans leurs discours comme Nigérians, Tanzaniens, Guinéens ou Kényans que comme Africains. Ils soulignaient que l'Afrique, envisagée non pas pays par pays mais comme continent, a en moyenne 6 % de croissance et ne compte pas s'en tenir là. Enfin ils n'avaient pas peur de rappeler, avec une tranchante ironie, les leçons de morale que pendant des décennies le FMI, les Américains et l'Europe leur ont infligées sur leur endettement. Sous-entendu : vous avez bonne mine, maintenant. Cet optimisme-là, net et acerbe, rend un tout autre son, c'est vrai, que le *positive thinking* globalisé. Et pour qui s'est comme nous paresseusement habitué à pleurnicher sur le continent noir, considéré comme le lieu d'une éternelle et irrémédiable tragédie, faite de misère, de sida et de sanglantes guerres tribales, cela fait un drôle d'effet aussi d'entendre Christophe de Margerie, qui sait tout de même un peu de quoi il parle, annoncer sur le ton de l'évidence que le grand continent du XXIe siècle, ce sera l'Afrique. Un but pour Félix, et une pierre dans le jardin de nos vertueuses rébellions.

6

Cinquième compagnie pétrolière du monde, première capitalisation boursière de la zone euro, présente dans 130 pays dont beaucoup ne sont pas des modèles de démocratie, Total inspire, c'est le moins qu'on puisse dire, la méfiance la plus vive et la plus justifiée aux écologistes et aux défenseurs des droits de l'homme. Mais les plus acharnés de ses critiques, lorsqu'ils rencontrent son PDG, ressortent de l'entrevue généralement charmés. Avec sa grosse moustache de major Thompson, son tutoiement facile, son franc-parler et son humour ravageur, Christophe de Margerie détonne dans le monde compassé des grands patrons français. Hélène l'a rencontré comme journaliste, il s'est pris de sympathie pour elle, elle pour lui, et c'est ce qui nous vaut, le soir, une fois bouclé le marathon de rendez-vous qui est l'ordinaire de ses journées, de faire bande avec cet important personnage. Cela, bien sûr, ravit Félix qui, rêvant de lui vendre ses services, le drague ouvertement. Et Margerie se laisse draguer, le regarde avec une bonhomie matoise, un peu comme, dans les westerns, John Wayne regarde le jeune cow-boy impétueux, ruant dans les brancards, mais qu'il devine taillé dans *the right stuff.* On sent le patron de Total intrigué, amusé, épaté par la pêche de ce garçon qui a trop de costumes, trop d'ambition, trop d'amis, trop de charme, trop de tout, et qui, débarquant dans les soirées les plus fermées avec une escorte de sept zigotos pas invités, se débrouille, à l'arrache, pour faire passer toute cette insortable smala. Suprême victoire : dans la foulée, Félix fait même passer Margerie qui, non sans coquetterie, souligne que lui non plus n'en avait pas, d'invitation. Rien dans les mains, rien dans les poches : c'est une philosophie de puissant, et quand nous nous étonnons avec candeur qu'un homme aussi important n'ait même pas de téléphone portable (ou si, un petit Nokia pourri qui lui sert seulement à appeler son chauffeur), Félix nous signale gentiment que c'est à ce trait qu'on reconnaît les gens *vraiment* importants : s'ils avaient un portable et, pire, s'ils recevaient leurs mails dessus, ça n'en finirait plus, cette fonction est donc déléguée à un subalterne. Margerie, cela dit, se balade le soir sans subalterne, de même qu'il se balade dans un mètre de neige sans manteau ni parka, moustache de morse au vent avec son blazer et ses mocassins à pompons. Quelquefois il nous suit, plus souvent c'est nous qui le suivons, c'est ainsi que dans son sillage nous nous retrouvons à l'*after* d'une soirée russe.

Entre la Russie et Davos, c'est une vieille histoire. Le Forum a pris son essor avec la chute du Mur, et les stars des années quatre-vingt-dix y ont été les artisans plus ou moins scrupuleux de la transition, à l'Est, vers l'économie de marché. La fête russe ferme quand nous arrivons. C'était apparemment une fête russe standard, vodka glacée, belles filles, faste un peu nouveau riche, rien à signaler donc, mais le moment étonnant c'est quand, derrière Christophe de Margerie, on se faufile jusqu'à une arrière-salle exiguë de chalet suisse où trois types sont en train de boulotter des harengs, et ces trois types sont le chef d'orchestre Valery Gergiev, le directeur des caisses d'épargne russes German Gref et l'ancien ministre des finances Alexeï Koudrine. Gergiev, on voit qui c'est : un des plus grands, sinon le plus grand chef vivant. On connaît sa belle tête cabossée de génie et de bandit de grand chemin, on apprend qu'il vient à Davos, comme y venait avant lui Rostropovitch, « pour y voir les copains », d'ailleurs il part à l'aube pour diriger un concert à Milan mais sera de retour le lendemain soir tellement il aime ça. Les deux autres, par réflexe conditionné, on les classerait volontiers sur leur mine dans la catégorie des oligarques. Renseignement pris, non : ce sont des membres historiques de la bande de Pétersbourgeois qui entoure Poutine depuis son arrivée au pouvoir, mais de vrais politiques, et l'un d'entre eux au moins passe pour intègre. Relancée par l'arrivée de Margerie, qui connaît bien les trois, la conversation est détendue mais prend bientôt un tour allusif et crypté qui nous passe complètement au-dessus de la tête. Tout ce qu'on comprend c'est qu'il est question de gaz, qu'on va arranger le coup mais que coup il y a, et que l'enjeu n'est pas mince, et on se dit soudain que c'est ça, le vrai Davos des maîtres du monde : pas les grands discours nobles du Centre des congrès ni les interviews express en langue de bois ni même les fêtes ultra-fermées de Google ou du *New York Times*, mais ces maquignonnages d'arrière-salle où on s'entend à demi-mot, entre mécanos du pouvoir. C'est à ça qu'ont dû ressembler certaines négociations légendaires du Forum : quand George Soros, par exemple, a persuadé Berezovski et les autres oligarques de la nécessité de faire réélire Eltsine, s'ils ne voulaient pas que les communistes reviennent et leur reprennent le gâteau qu'ils n'avaient pas fini de se partager. Et dans un éclair, un éclat de rire noyé de vodka, une autre scène vient se superposer à celle-ci. Ce coin de table chargé de victuailles et de bouteilles, ces types en bras de chemise aux trognes goguenardes – si loin des figures lisses qu'offrent les Américains : bien sûr, c'est évident, ce à quoi ça ressemble le plus, c'est l'immortelle séquence de la cuisine dans *Les Tontons flingueurs* !

7

Changement radical de décor. C'est un petit hôtel, deux étoiles, à la périphérie de la station. Sur le parking, pas de Mercedes ni d'Audi aux verres fumés, pas de chauffeurs qui attendent. Gribouillé à la craie sur un tableau noir, comme le plat du jour dans un restaurant à prix fixe, on lit *Public Eye Awards*, et une flèche indique la salle pas bien cossue où la manifestation se déroule devant une trentaine de fidèles, dont une jeune femme à bonnet péruvien portant son bébé dans un châle. Mais quand on y entre, dans cette salle, c'est tout de même Joseph Stiglitz, ex-économiste en chef de la Banque mondiale, prix Nobel, qu'on trouve à la tribune en train d'expliquer ce que c'est, les *Public Eye Awards* : des prix, tenez-vous bien, décernés par Greenpeace et quelques autres organisations altermondialistes aux entreprises les plus nocives, polluantes et insoucieuses de l'intérêt public. Ces entreprises, dit Stiglitz, sont les fruits pourris d'un arbre malade, le capitalisme rendu fou depuis trente ans par la déréglementation, et elles sont représentatives de l'état d'esprit qui règne au Forum. Sur cinq nominés de la *shortlist*, départagés par 88 000 internautes, la palme revient au groupe bancaire Barclays, pour son activité de spéculation sur les produits alimentaires qui, rien que pour le second semestre 2010, aurait en faisant monter artificiellement les prix fait du même coup descendre 44 millions de personnes en dessous du seuil de pauvreté. On ne sait pas comment a réagi la Barclays, ni si elle a réagi. Nous avons formé le projet de pister un de ses dirigeants afin de lui demander candidement pourquoi personne de sa boîte ne s'était présenté pour recevoir cette distinction flatteuse, mais n'est pas Michael Moore qui veut : cette scène croustillante, on ne l'a pas.

Ce qui est tout de même amusant, dans cette affaire, c'est d'abord que ce pied de nez au Forum, en marge du Forum, soit présidé par un économiste qui est par ailleurs un invité régulier, immensément respecté, du Forum, où il intervient même cette année. Ensuite, que quand on interroge à ce sujet des participants au Forum, une fois qu'on les a mis au courant parce que généralement ils ne l'étaient pas, tous disent que c'est très bien, une excellente initiative, car bien sûr il y a des abus, il faut les corriger, personne n'est parfait, ni les entreprises ni même le capitalisme. Et comment les corriger, ces abus ? Stiglitz dit : avec des régulations gouvernementales, beaucoup plus de régulations gouvernementales, d'une part, et d'autre part avec plus de responsabilité d'entreprise, autrement dit d'autorégulation. Sur le premier point, tout le monde fait la moue : la régulation imposée de l'extérieur, c'est bien connu, ça ne marche jamais, les États ne savent pas ce qui est bon pour l'économie, ils l'entravent, la surchargent de contraintes et de taxes. L'autorégulation, en revanche, à la bonne heure ! Tout le monde est à fond pour l'autorégulation, qui ne mange pas de pain et a le grand avantage de pouvoir se résumer à de vertueuses pétitions de principe comme celle, tiens donc, du patron de la Barclays, Bob Diamond, qui martèle *urbi et orbi* que les banques doivent se comporter « en citoyens modèles » – et, à l'heure ou nous écrivons, vient d'illustrer cette politique en baissant de 30 % les bonus de ses salariés et gardant un pudique silence sur ce qu'il advient des siens, dont le montant scandalise toute l'Angleterre.

Une des forces du Forum, nous l'écrivons sans ironie, est de souhaiter entendre ses adversaires, leur accorder un espace et réfléchir avec eux. Le problème, c'est que du coup il estime n'avoir pas d'adversaires, ou que les adversaires sont des partenaires qui s'ignorent, qui n'ont pas encore reçu l'onction du Réel et de sa perception correcte, mais cela peut s'arranger, on ne demande que ça – en quoi le système est réellement méritocratique : si on y adhère et bien sûr si on a un peu de talent, on est le bienvenu. Encore un opposant comme Stiglitz est-il aussi un homme du sérail, au plus haut niveau, et sa position est remarquable en ce qu'il essaie de tenir les deux bouts de la chaîne, mais il suffit de descendre cent mètres en contrebas de l'hôtel, là où se tiennent les igloos et les yourtes du mouvement *Occupy Davos*, pour voir à quoi ressemble l'opposition de base, et comment elle est traitée. À quoi elle ressemble, ça n'a rien de surprenant. Ce sont une vingtaine de très jeunes gens, pour la plupart des socialistes suisses, qui se les pèlent courageusement en distribuant des tracts qui n'ont rien de révolutionnaire. En gros, ils disent les mêmes choses raisonnables que Stiglitz et d'ailleurs que nos candidats à la présidentielle, qu'ils y croient ou non : à bas la finance, nos vies valent plus que vos profits, etc. Les dernières années, ils étaient interdits de séjour dans la station et cantonnés au fond de la vallée par des forces de police avec qui se sont parfois produits de violents affrontements. Cette année, la municipalité leur a octroyé ce parking et le maire, tout un symbole de tolérance helvète, a même tenu, devant la presse, à poser le premier glaçon d'un des igloos. Et, comme ils reprochent au Forum des maîtres du monde son caractère fermé, secret, par là antidémocratique, le grand manitou Klaus Schwab, l'homme qui médite tous les matins, leur a proposé de les y inviter, d'organiser une table ronde autour de leurs représentants. L'offre les a pris de court et les négociations qui en sont résultées ont été un des feuilletons mineurs de l'édition 2012 – nettement moins suivi que celui de la visite de Mick Jagger, dont le bruit a couru qu'il était venu, reparti, resté juste un soir, puis juste deux, le fond de tous ces atermoiements semblant être qu'il craignait, en se montrant à Davos, de laisser soupçonner à son fidèle public qu'il était passé corps et biens – lui ! Mick Jagger ! – du côté des riches, des vieux et des grands de ce monde. Les jeunes gens d'*Occupy Davos* n'ont pas les mêmes problèmes d'image, mais ils en ont aussi et après de longs *pow-wows* dans leurs yourtes ont fait savoir que non, ils ne paraderaient pas comme des animaux de cirque dans un sanctuaire tout entier voué à les exclure. Si Klaus Schwab tenait à discuter avec eux, il n'avait qu'à les rejoindre en terrain neutre : pas forcément dans un igloo, on admettait que ce n'était plus de son âge, mais disons au bistrot. À quoi Klaus Schwab a répondu qu'il ne fallait pas exagérer et qu'au bistrot, peut-être une autre fois mais en plein Forum, non, il avait autre chose à faire.

8

Ce soir est le dernier de Félix à Davos, qu'il quitte à regret avant la fin pour aller rejoindre un de ses plus chers clients, le président géorgien Mikheïl Saakachvili. Il doit l'interviewer le lendemain devant un public d'hommes d'affaires, près du lac Tahoe, en Californie, pour cela prendre à 6 heures l'avion de Zurich à San Francisco, un hélicoptère ensuite, ce qui veut dire partir avant l'aube et, bien sûr, ne pas se coucher. Nous ne nous coucherons donc pas non plus, ni Christophe de Margerie qui passera la nuit avec nous, de bar d'hôtel en bar d'hôtel, à refaire le monde et palabrer. Palabrer est le mot approprié, et c'est sans doute une des raisons de la popularité du patron de Total dans les pays arabes et en Afrique. On prend son temps, on ne voit pas passer l'heure, on ne va pas droit au but et souvent il n'y a pas de but, on parle juste pour le plaisir, pour apprendre qui on a en face de soi et sans, la chose est rare dans ce milieu, sans que ce soit forcément quelqu'un d'utile. Il y a beaucoup de grands communicants sur cette terre pour vous assurer, les yeux dans les yeux, que leur grand secret dans la vie c'est qu'ils aiment les gens, et déjà leur regard s'égare par-dessus votre épaule, à la recherche de quelqu'un de plus important à qui délivrer la même confidence. Nous

ne sommes pas là pour faire la pub de Margerie, mais le
fait est là : il y avait dans notre bande cet ami d'enfance de
Félix, Samuel, qui traverse, on l'a dit, une passe difficile, qui
gagne sa vie en traduisant des romans noirs et devrait selon
nous en écrire, qui affecte des manières d'ours et qui est un
type absolument merveilleux mais il ne faut pas compter sur
lui pour le faire savoir. C'est peu dire que selon les critères
de Davos un type comme ça ne pèse rien : encore moins
que les jeunes idéalistes des igloos, parce qu'eux au moins
contestent le système et les contestataires font les meilleurs
convertis, alors que Samuel non, lui c'est juste qu'il s'en fout
et aime mieux rester dans son coin à relire Nicolas Bouvier.
Or c'est à palabrer avec Samuel que Margerie a passé le
plus clair de cette longue nuit, recommandant des verres de
whisky à intervalles réguliers, s'interrompant parfois pour
discuter le bout de gras avec le patron de Saudi Aramco, la
société pétrolière saoudienne – « 9 millions de barils par
jour ! Je suis un nain, plaisante-il, à côté de ce gars-là ! » –,
puis retournant à sa conversation sur, on suppose, la vie,
l'amour, la mort, avec ce garçon asocial, ne représentant
que lui-même, et encore : non sans mal. Outre sa capacité
d'attention à autrui, si éloigné de sa sphère que soit autrui,
ce qui laisse aussi pantois chez Margerie, c'est sa résistance.
Car il est à pied d'œuvre le matin à 8 heures pour des réu-
nions-marathons avec des hommes du même calibre que
lui, l'œil vif, le verbe haut, aussi dur dans le business qu'il
est cordial dans ses manières, et pourtant quand on se quitte
vers 4 heures, bien content de retrouver son lit, il glisse au

passage que lui, non. Que rentré dans sa chambre d'hôtel il a besoin encore d'une heure, une heure et demie, tout seul, sans dormir, à regarder la télé ou le ciel par la fenêtre, parcourir des dossiers, rêvasser, ne rien faire, mais debout. Nous nous sommes demandé si le moteur de cette activité, de cette disponibilité, de cette curiosité presque effarantes ne serait pas un grand fond de mélancolie. La désinhibition nocturne aidant, nous le lui avons même demandé à lui. Il n'a répondu ni oui ni non, botté en touche : chez cet homme si ouvert, cette porte-là reste fermée.

À un moment de cette soirée d'adieux, quelqu'un a relevé l'usage effréné qui se fait à Davos du mot *beyond* : au-delà. Le type qui s'occupe des cocktails, sa boîte s'appelle *Beyond liquids*. Celle de Félix, qu'on chambre gentiment là-dessus, a pour slogan *Beyond influence*. Nous avons même la carte de visite de quelqu'un dont on ne sait trop ce qu'il fait, mais il le fait sous le nom über-davosien de *Beyond Global* (oui : au-delà du global). Là-dessus, Margerie raconte l'histoire de son grand rival, la BP, qui un beau jour n'a plus trouvé si chic que BP signifie *British Petroleum* et décidé que désormais ça voudrait dire *Beyond Petroleum*. Une compagnie pétrolière qui se veut « au-delà du pétrole » : ça fait tordre de rire Margerie car lui, il pense que son métier, c'est bel et bien de trouver, d'extraire et de vendre du pétrole, que le pétrole est une chose noire, sale, chère, nuisible mais terriblement utile, et qu'on ne gagnera rien à essayer de faire croire que c'est de l'eau de fleur d'oranger – ce qui est un peu le péché mignon de Davos, quelle que soit l'activité envisagée. Quant à nous, sans connaître encore le sommaire du numéro où cet article trouvera sa place, nous nous doutons bien qu'il y sera question de gens qui, en Grèce, en Espagne, au Portugal, ne se situent pas du tout *beyond* le chômage, *beyond* les traites à payer, *beyond* les emmerdements devenus inextricables de la vie. Alors, c'est sans doute le fait de toutes les classes dirigeantes, de tous les temps, de n'avoir aucune idée, ou des idées abstraites, statistiques, de ce que vivent vraiment les peuples. Sans doute aussi chacun de nous, à son échelon de la société, gagnerait-il à faire sur ce point son examen de conscience. Mais quand même, à Davos, ils sont vraiment un peu trop *beyond*. Ou, pour le dire comme les jeunes, et ce n'est pas seulement une question d'altitude : un peu *perchés*.

9

Cela nous fait tout drôle de nous retrouver seuls, le dernier jour, dans le chalet silencieux, cerné par la neige. C'est comme si une tornade était passée : la tornade Félix, avec son vrombissement incessant, sa socialité frénétique mais aussi son vrai sens de l'amitié, ses instants de doute et de gravité, son art de faire danser la vie et de la rendre romanesque. Sans lui, nous nous sentons un peu orphelins et, comme nous n'avons pas douze rendez-vous auxquels arriver en retard mais un seul, en fin d'après-midi, nous décidons d'employer cette journée de quasi-vacance à un pèlerinage littéraire : monter prendre le thé à l'hôtel Schatzalp, décor quasi unique de *La Montagne magique*, de Thomas Mann.

À mesure que le téléphérique s'élève vers les hauteurs, le tumulte du Forum qui, comme c'est le dernier jour, a déjà baissé d'un cran, s'assourdit et, quand on arrive en haut, c'est le miracle. Nous savions que le sanatorium où se passe le roman était depuis les années cinquante devenu un hôtel de luxe et l'imaginions luxueusement salopé, mais non : il est exactement comme on le rêvait. Confortable, plus que confortable, mais austère, silencieux, sans musique d'ambiance, sans types qui vocifèrent dans leur portable. Le personnel, exquis, prévenant, mais de façon presque fantomatique, semble glisser sur les parquets. On n'entend, au-dehors, que le vent, le grondement lointain et apaisant des dameuses, on croirait même entendre les flocons de neige tomber. On se verrait bien, comme le jeune Hans Castorp, le héros de Thomas Mann, quitter pour quelques jours la vie industrieuse d'en bas sous prétexte de rendre visite à un cousin tuberculeux et, de semaine en semaine, repousser le moment de repartir, se laisser insidieusement gagner par l'envoûtement de cette vie ralentie, cotonneuse, languide, que permet la maladie quand on a les moyens, et demeurer ainsi un an, deux ans, trois ans, parmi ceux d'en haut, sans plus trouver de bonnes raisons de redescendre. Si on était vraiment riche – rêve qui a aucun moment ne nous a effleuré parmi les super-riches du Forum –, on prendrait bien pension à l'année dans ce havre de quiétude et de luxe – car c'est cela, philosophons-nous, le vrai luxe, pas celui que s'achètent avec leurs *stock-options* les gens qui passent d'un coup d'hélicoptère, entre deux deals, et qui semblent, dieu merci, ignorer cet endroit merveilleux.

C'est dans ces dispositions apaisées que, puisqu'il faut malgré tout redescendre, nous gagnons notre rendez-vous avec Muhammad Yunus, inventeur du microcrédit, prix Nobel de la paix, et un des gurus de Davos. C'est un petit homme souriant qui ressemble, en plus beau, à Maître Yoda dans *Star Wars*. Le cadre de l'entretien ne déroge pas aux règles – minutage strict, assistants aussi implacables que souriants – mais, peut-être l'esprit de la montagne magique n'y est-il pas étranger, il nous semble avec lui qu'il se passe quelque chose. Qu'on nous dit enfin quelque chose. Mais quoi ? Que dit Yunus ? En substance, que toutes les conditions sont réunies pour une catastrophe globale, majeure, irrémédiable, et que selon lui pourtant nous allons y échapper parce que, n'ayant pas le choix, nous allons devenir meilleurs. Nous affranchir de la tyrannie de notre ego et de ce qui va avec : peur, cupidité, compétition. Que nous allons même, peut-être pas nous mais nos enfants, trouver excitant et marrant d'inventer, internet aidant, les instruments concrets de cette libération. Que d'ici une ou deux générations, notre monde frénétique et désespéré, avec son obsession de l'argent, sera devenu pour nos descendants totalement incompréhensible : ils vivaient comme ça, vraiment ? Et c'est un petit signe, conclut Yunus, si les décideurs de Davos, à force de ne plus savoir à quel saint se vouer, en viennent à écouter un type comme lui, qui dit tout le contraire de leurs façons de penser et qu'ils ont toutes raisons, a priori, de considérer comme un aimable illuminé. Certes. Avouons pour notre part que, tout en étant sous le charme, nous pensons en l'écoutant à un maître de yoga de notre connaissance, qui a pour habitude de conclure ses séminaires par une petite prière demandant que la terre soit gouvernée par des hommes justes, que les pluies tombent quand les cultures en ont besoin et qu'aucune souffrance inutile ne soit infligée à quiconque. Ces invocations nous font discrètement sourire, nous les prenons comme le prix à payer pour un enseignement de haut vol, mais le maître de yoga ne parle pas tout à fait en l'air, il peut se prévaloir dans sa partie d'exceptionnels et tangibles accomplissements. On peut en dire autant de Yunus : c'est le contraire d'un doux rêveur, un homme d'action qui a inventé un truc qui marche, le microcrédit, qui a depuis été quelque peu dévoyé, mercantilisé, dont il s'est éloigné ou a été débarqué au point de ne plus souhaiter aborder le sujet, mais il en invente d'autres, sans relâche, et c'est peut-être, ce qu'il fait, l'avant-garde de quelque chose. Alors on peut sourire, hausser les épaules, mais il faut se demander si on n'aurait pas souri et haussé les épaules, exactement pareil, en écoutant Gandhi. Et si, quand à ce point rien ne marche dans le monde tel que le voient et le gèrent les réalistes autoproclamés, ça ne vaut pas la peine de se tourner vers des utopistes qui ont les pieds sur terre.

10

Nous avons commencé à rentrer en marchant lentement dans la rue principale de la station, presque déserte à présent. La nuit était tombée, la neige crissait sous nos pas. Nous nous taisions, pensant tous deux que ce que nous venions d'entendre, c'était peut-être la vérité, la noble vérité singée par les immenses placards d'âneries mystico-capitalistes qu'on commençait déjà à démonter. De la vitrine d'une galerie, quelqu'un nous a hélés : un jeune type sympathique, croisé la veille. « On se fait le dernier cocktail, pour la route, ensuite on ferme. Vous venez ? » On est entrés, le cocktail était celui d'une boîte adonnée à toutes sortes d'actions philanthropiques, le buffet était excellent et notre nouveau camarade nous a expliqué qu'après avoir assisté dans ses activités caritatives l'oligarque ukrainien Boris Pinchuk il travaillait maintenant, justement, pour Yunus. « Penser toujours à faire des choses positives, nous a-t-il expliqué, eh bien ça rend la vie positive. J'ai vraiment beaucoup de chance de faire ça. » Il n'était nullement risible, ce disant, mais il y a eu un moment comique, quand est arrivée une très jolie jeune femme qui, elle aussi, travaillait pour Yunus, et qu'ils ont tous les deux, comme deux vieux copains qu'ils étaient, deux vétérans malgré leur jeune âge du *charity business*, évoqué comme une bonne blague une mésaventure qui venait de leur arriver : à l'aéroport de Zurich, ils avaient tous les deux trouvé moyen de perdre des œuvres de Damien Hirst qu'ils venaient d'acheter.

Soyons honnêtes : les *vraies* œuvres de Damien Hirst coûtent des millions d'euros et il serait tentant, pour la beauté de l'histoire, de laisser entendre que c'est à une telle perte qu'ils se résignaient de si bonne grâce. Mais non, évidemment : il y a d'abordables produits dérivés Damien Hirst, inondant comme autrefois les lithographies de Salvador Dalí un marché d'amateurs contents de posséder un truc signé d'un nom célèbre, quand bien même la signature *aussi* serait le fait d'un assistant. Pas de scandale, donc. N'empêche : Damien Hirst, c'est la transposition dans la sphère artistique d'un rêve de financier, l'effet levier poussé à son paroxysme : investissement minimal (en talent, en intégrité, soit dit sans vouloir froisser personne), rendement au-delà du maximal. Jackpot absolu. Qu'il soit l'artiste favori de ces jeunes gens si sympathiques, si positifs, si sincèrement convaincus que ce qui est bon pour leur compte en banque l'est aussi pour l'humanité souffrante, c'est logique, ça se tient. Comme disait Freud de la névrose d'une de ses patientes, « elle s'organise si bien que c'est un vrai bonheur ».

XXI, printemps 2012

GÉNÉRATION *BOLOTNAÏA*

1

Vers le milieu des années quatre-vingt-dix, Alex voulait être psychanalyste, profession encore balbutiante en Russie, et sa carrière a pris un tour inattendu quand l'aile de sa minable petite voiture a heurté celle d'une Mercedes aux vitres fumées. Les deux gros bras qui en sont sortis lui ont fait comprendre sans ménagement que l'éraflure allait lui coûter cher. Comme il n'avait pas de quoi payer, ils l'ont embarqué avec eux. Croyant sa dernière heure venue, Alex a entrepris, non pas de leur parler, mais, ce qui était plus habile, de les faire parler. Il assure ne pas savoir comment il s'y est pris : au bout d'une demi-heure, en tout cas, un des deux racontait de cruels souvenirs d'enfance et pleurait à chaudes larmes. L'affaire est remontée jusqu'au chef, un gros mafieux ouzbek. Plusieurs copains du chef venaient de se faire dessouder, le chef lui-même prenait conscience de la précarité de la vie, on peut dire qu'il avait un coup de blues : c'est ainsi qu'Alex est devenu, comme dans *Les Soprano*, psychanalyste pour mafieux. Je raconte cette histoire déjà ancienne parce que c'est du haut de cette expertise qu'Alex m'a donné son avis sur ce qu'on peut attendre de la prochaine élection présidentielle. La réponse est : rien. Rien parce que la politique n'a (c'est Alex qui parle) aucune importance en Russie, où le vrai pouvoir est aux mains des mafias. Elles se comportent comme des actionnaires qui, du jour où le PDG cessera d'être populaire, trouveront sans problème pour le remplacer quelqu'un d'un peu plus présentable, d'un peu plus démocrate en apparence, en sorte que le problème n'est absolument pas Poutine : bien sûr il va être réélu, bien sûr si le mécontentement persiste il sera dégagé au profit d'un autre homme de paille, et tout continuera comme avant. Vous pouvez voyager, dire à peu près ce que vous voulez, gagner de l'argent, en voler, mais pas participer à la direction de votre pays : ce n'est pas votre affaire. Pour que cet état de choses change, il faudrait une véritable révolution, dont personne n'a la moindre envie. C'est pourquoi Alex, qui a pourtant été un héros des barricades de 1991, n'a pas la moindre envie non plus d'aller manifester aux côtés de ces VIP gonflés de leur importance, les Akounine, Oulitskaïa, Bykov, Parkhomenko, qui plaisent tant aux commentateurs français et à qui conviendrait si bien, si elle n'était prise, l'appellation de « gauche caviar » : il préfère, le dimanche, aller jouer au tennis.

C'était le premier jour de ma visite en Russie, et juste après avoir rencontré Alex je suis allé rendre visite à

Édouard Limonov. Il fallait que nous célébrions le succès du livre que j'ai écrit sur lui, et puis c'est toujours intéressant de l'écouter, on est sûr d'éviter la langue de bois. Ce qui distingue Limonov d'Alex, c'est que lui rêve toujours de la révolution et Alex pas du tout, mais ils se rejoignent dans le mépris pour ceux que Limonov appelle les « leaders bourgeois ». Il dit qu'il y a eu, à l'automne, après l'échange de chaises entre Poutine et Medvedev puis les élections législatives si évidemment truquées, une véritable indignation populaire, mais que cette indignation a été récupérée, affaiblie, vidée de sa substance par cette bande d'intellectuels qui se sont mis à manifester du jour où il a été clair que ça n'était plus dangereux, qui ont bientôt été rejoints par des politiciens opportunistes, et sont comme un seul homme partis en vacances, du 24 décembre au 4 février, le blogueur Navalny au Mexique, les autres à la plage. Alors évidemment, on ne peut s'empêcher d'entendre dans ce que dit Limonov l'amertume du pionnier qui était seul à faire un truc quand ça réclamait du courage, qu'on se faisait vraiment foutre en taule, et pas pour quelques heures mais des années, et qui s'en voit dépossédé par des gens à qui ça ne coûte pas grand-chose. Mais ce qu'il observe aussi, c'est qu'il y a deux mois tout le monde le croyait à côté de la plaque et qu'aujourd'hui beaucoup lui donnent raison : il y a eu une vraie occasion, pas de révolution, non, mais d'action efficace, une occasion de peser sur le pouvoir et d'obtenir les vraies réformes qu'on réclamait, réforme électorale, libération des prisonniers politiques, et l'opposition n'a pas su la saisir. Une porte s'est entrouverte puis refermée, les affaires reprennent comme avant. J'entendrai souvent cela.

2

Les manifestations automobiles, c'est un truc spécifique à la Russie. Pour une raison évidente, c'est qu'on a moins froid en voiture qu'à pied, mais aussi parce que le Russe moyen y passe énormément de temps, dans sa voiture, coincé dans des embouteillages monstrueux, s'équipant parfois de couches pour pouvoir soulager sa vessie. Et un des signes les plus mal tolérés de l'arrogance des riches et des puissants, c'est le gyrophare qu'ils mettent sur leur toit pour se soustraire à cette servitude commune. Depuis deux ou trois ans, sur internet, on dénonce à tour de bras ces violations du code de la route par des gens qui n'ont aucune raison valable d'être équipés d'un gyrophare, ces écrabouillages de petits vieux et d'enfants par de grosses bagnoles noires qui filent sans demander leur reste et dont les conducteurs, ou leurs patrons, ne sont jamais inquiétés. Plus que tout autre, ce thème fédère les mécontentements populaires et, depuis qu'un certain Chkoumatov a eu l'idée en signe de dérision de coller sur son toit un seau d'enfant bleu, les manifestations dites « de petits seaux bleus » se multiplient, et l'opposition s'en inspire. C'est ainsi qu'entraîné par un ami journaliste je me suis retrouvé, les doigts gourds de froid, à dérouler du scotch pour fixer un de ces seaux sur l'Audi du député de Novossi-birsk Ilya Ponomarev. Je suppose que Limonov se moque-rait cruellement de ce Ponomarev et le traiterait d'*idiot utile* : il est membre du parti *Spravedlivaïa Rossia*, Rus-sie juste, que beaucoup considèrent comme un faux parti d'opposition, instrumentalisé par le Kremlin, mais si on va par là aucune formation politique n'échappe à ce soupçon – ou alors si, les communistes de Ziouganov, mais même si l'idée est d'emmerder Poutine à tout prix, il faut quand même avoir le cœur bien accroché pour voter communiste en Russie. Ponomarev, en tout cas, a une très bonne tête, c'est un homme jeune, rieur, chaleureux, et c'était agréable, serrés à six dans sa voiture, de tourner sur le périphérique intérieur de Moscou en klaxonnant et baissant les vitres, malgré le froid, pour échanger de grands signes avec les occupants d'autres voitures équipées comme la nôtre d'un seau bleu ou de ces rubans blancs qui sont devenus le sym-bole de l'opposition à Poutine – lequel a fait semblant de les prendre pour des préservatifs. Cela ressemblait à une noce, des gens de tous âges s'étaient postés sur le trottoir pour applaudir le passage des voitures enrubannées. Certains qui n'avaient pas de rubans agitaient à défaut des ballons ou des sacs en plastique, l'essentiel étant qu'ils soient blancs. Dans cette ambiance de monôme, Ponomarev passait fré-nétiquement des coups de fil pour essayer de savoir com-bien on était. 3 000 voitures selon les organisateurs, 300 selon la police : cette distorsion est classique mais la vérité oblige à dire que de l'intérieur d'une de ces voitures il était impossible de s'en faire la moindre idée, et même 3 000, sur un boulevard périphérique, ça ne fait pas un cortège bien étoffé. Ces chiffres sont l'enjeu d'une escalade sans fin : chaque fois que l'opposition se vante d'avoir réuni, mettons 10 000 personnes, le parti de Poutine, *Russie unie*, mettra son point d'honneur à en rassembler 100 000 dans l'heure d'après. Autre enjeu, les autorisations : il faut dire combien on sera, quel trajet on voudrait couvrir, ça se négocie avec le pouvoir, et ceux qui comme l'ancien ministre d'Eltsine Boris Nemtsov passent pour habiles dans ces négociations sont du coup soupçonnés de compromis, voire de traîtrise. C'est un des grands reproches de Limonov à son égard : au lieu de courir le risque d'un affrontement en se rassemblant près du Kremlin, Nemtsov a laissé les manifestations s'enliser en un lieu parfaitement sans danger pour le pouvoir, et qui ne s'appelle pas pour rien *Bolotnaïa* : le Marais. Tout au long de mon séjour, une de mes principales occupations a été de suivre sur internet les rumeurs annonçant des manifestations et contre-manifestations quasiquotidiennes, et dont à vrai dire assez peu de gens semblaient informés. La Ligue des électeurs (soit les « leaders bourgeois » vitupérés par Limonov) a prévu, le dimanche d'avant le premier tour, de déployer le long du même boulevard périphérique une chaîne humaine, et pour que ça marche fait ses comptes : il faut 34 000 participants. Un site a été ouvert sur internet, on s'inscrit en choisissant son emplacement, huit jours avant on en est à 1 200. Mon billet de retour était réservé pour ce dimanche, j'ai décidé de le repousser.

3

Le complexe *Artplay*, ce sont d'anciens entrepôts transformés en restaurants, galeries d'art, agences d'architectes, et le tout-Moscou d'opposition s'y presse à une exposition célébrant la créativité des manifestants depuis décembre : pancartes, tee-shirts armoriés, déguisements de carnaval, tous déclinant le thème « Poutine dehors ». Certains sont assez drôles, mais on reste songeur devant la rapidité avec laquelle cette toute récente culture de la rébellion se transforme en art contemporain, et il faut bien reconnaître que c'est le problème de cette opposition moscovite : son indécrottable branchitude. On se croirait au cocktail de rentrée des *Inrockuptibles*. Tout le monde est journaliste, artiste, *performer*, tout le monde a son site ou son blog, pour ne rien dire de sa page Facebook. Le pouvoir appelle ces jeunes gens les « hamsters de l'internet », eux-mêmes se désignent comme les *hipsters* (on prononce *guamsters*, *guipsters* car le h aspiré devient en russe un *gu*, de même dit-on *Guitler* pour Hitler). Quand Poutine martèle que c'est le parti de l'étranger et qu'ils sont tous payés par la CIA, on se contente de sourire, mais on est bien forcé de prendre en considération l'argument selon lequel ils ne représentent qu'une infime minorité de la population et n'ont rien à voir avec la vraie Russie. Cette « vraie Russie », dont nul ne doute qu'elle remportera effectivement les élections, et qu'elle les remporterait même sans fraude, je dois avouer que je ne l'ai pas vue au cours de ce voyage. C'est que je ne connais personne qui s'en réclame, et c'est trop triste d'aller tout seul à une manif, surtout par un froid de gueux. Ces manifs ont lieu cependant, elles sont massives, mais ce qu'on en voit sur internet laisse songeur aussi. Prenez ce grand meeting au stade Loujniki. 130 000 personnes, selon les organisateurs et la police, pour une fois d'accord. L'autorisation officielle ayant été demandée pour 100 000, la nouvelle coquetterie du pouvoir consiste à s'excuser, avec un légalisme qu'on ne lui connaissait pas, pour ce dépassement imprévu, et à payer l'amende qu'elle entraîne : 2 000 roubles, un peu moins de 50 euros. Poutine, pourtant ménager de ses apparitions, est venu en personne. Il a harangué la foule sur le thème, justement, de la vraie Russie, et de la menace que font peser sur elle ceux qui ne l'aiment pas. « Vous l'aimez, la Russie ? » Clameur de la foule : « Oui ! » « Vous êtes prêts à la défendre ? – Oui !!! » Tout cela est bel et bon, mais quand à la sortie du meeting les journalistes interrogent le public, beaucoup se dérobent avec méfiance, quelques-uns reconnaissent qu'ils ont été payés pour venir, ou ont subi de fortes pressions, quant à ceux qui assurent le contraire, c'est avec un zèle suspect, tel ce type qui, l'air maussade, brandit une pancarte sur laquelle est écrit : « Je suis venu de mon plein gré. » Cette foule-là, c'est peut-être la vraie Russie, mais elle ressemble surtout à l'Union soviétique. On défilait alors, on ne manifestait pas. Il y a aujourd'hui une Russie qui défile encore, et une qui manifeste. Celle qui défile le fait en traînant plus ou moins les pieds, celle qui manifeste le fait parce qu'elle y croit, parce qu'elle en a envie, parce que c'est marrant. Peu importe le nombre, dès lors : la seconde a déjà gagné.

4

Il vient de sortir en France un film appelé *Portrait au crépuscule*, qui est à mon avis le meilleur film russe depuis pas mal d'années. Comme il se développe de façon très inattendue, je ne veux pas le déflorer, disons juste qu'il s'agit d'une jeune femme de la classe moyenne que ses amis, quand ils portent des toasts pour son anniversaire, peuvent déclarer comblée : un mari gentil, pas poivrot, qui gagne bien sa vie en faisant des affaires ; un métier intéressant ; un appartement dans le centre-ville ; bref, tout va bien pour elle. Jusqu'au jour où elle est embarquée par une patrouille de flics qui la violent, puis la laissent sur le bord de la route, et elle peut s'estimer heureuse de n'avoir pas été tabassée, en plus. Par la suite, elle rôde autour des lieux où c'est arrivé, repère l'un des violeurs, et on s'attend à ce qu'elle se venge, mais... À partir de là, j'arrête de raconter, allez voir le film, cependant je peux tout de même dire ceci : il est universel parce que c'est une histoire d'amour, mais il est aussi extraordinairement russe. Il donne des couleurs nouvelles à la vieille opposition qui parcourt tout le XIXe siècle et toute la grande littérature russe entre occidentalistes et slavophiles. D'un côté la classe moyenne montante qui aspire à vivre et, de fait, vit comme à Paris ou Londres :

les jeunes gens qui sont sur Facebook et qu'on voit tapoter leurs *laptops* dans les Starbucks Cafés des grandes villes. De l'autre la Russie des petites villes et des villages, arriérée, alcoolique, brutale, crasseuse – mais, disent les slavophiles, c'est de son côté qu'est l'âme. L'héroïne de *Portrait au crépuscule* incarne la première Russie, le flic violeur la seconde, et le film, sans dogmatisme aucun, trace un chemin accidenté entre l'une et l'autre. En termes politiques, la transposition semble aller de soi : la classe moyenne montante doit son essor, son confort et sa liberté croissants à Poutine, et c'est elle qui aujourd'hui manifeste contre lui ; les provinces arriérées, qui ont nettement plus de raisons de se plaindre, lui restent en revanche fidèles.

Portrait au crépuscule a été fait, avec très peu d'argent et beaucoup de talent, par deux jeunes femmes : Angelina Nikonova, réalisatrice, et Olga Dikhovichnaïa, scénariste et actrice principale. Je les avais brièvement rencontrées à Paris et, quand je suis arrivé à Moscou, Olga m'a invité à un dîner chez elle. Première surprise : chez elle, ce n'est pas un petit appartement, comme en habitent la plupart des Russes que je connais, mais une magnifique datcha qu'on atteint par la route *Roubliovka*, route qui, desservant les banlieues les plus huppées de l'ouest de Moscou, est devenue le symbole de la culture-gyrophare. Dans ces maisons cachées derrière des murs très hauts, protégées par des milices privées, habitent les riches et les puissants. Ami lecteur qui as vu le film et comme moi es tombé sous le charme d'Olga, ne sois pas déçu. Il n'y a aucune ostentation chez elle, aucun mauvais goût de nouveau Russe. Dans sa maison comme sa personne, tout n'est que grâce et simplicité. Mais enfin cette grâce et cette simplicité ne sont pas celles de la classe moyenne, que dépeint le film, ce sont carrément celles de l'élite, et je m'avise soudain que cette élite n'a pas tellement changé depuis le temps de l'Union soviétique. Des soirées comme celle-ci, réunissant des gens exquisément civilisés et polyglottes, entrecoupées de toasts, de suées au sauna qu'on gagne en traversant le jardin enneigé et de chansons exaltées qu'une belle Géorgienne chante en s'accompagnant à la guitare, il devait s'en dérouler d'exactement semblables, dans de semblables endroits, au temps où Nikita Mikhalkov n'était pas l'effrayant potentat qu'il est devenu mais un jeune metteur en scène enivrant de charisme et de talent. Et quand j'aborde le sujet de la politique, personne ne s'en détourne, au contraire, tout le monde adore en parler, et bien sûr tout le monde est contre Poutine, mais contre Poutine comme l'élite culturelle d'il y a quarante ans était contre Brejnev. On en disait du mal, de lui et du régime et du Goulag, il n'empêche : quand on faisait partie de la *nomenklatura* culturelle sous Brejnev, la vérité est qu'on vivait comme des rois, qu'on faisait les films qu'on voulait et qu'on n'avait aucune raison d'avoir envie que ça change. Alors bien sûr on peut se moquer, et on ne s'en fait pas faute, des spots de campagne montrant « *la Russie sans Poutine* » (files d'attente devant des magasins vides, foules hagardes dans des rues dévastées, guerre civile), mais quand Poutine dit, en substance : « Le parti de l'étranger nous souhaite cette chose merveilleuse, un printemps arabe, mais vous en avez envie, vous, d'un printemps arabe ? Vous avez envie que la Russie devienne comme l'Égypte ? Ou la Libye ? », tout le monde en dehors de quelques allumés comme Limonov est bien forcé de répondre : non, on n'en a pas envie. On est ravis de manifester parce que c'est nouveau et excitant d'avoir le droit de le faire. On serait ravis d'avoir des élections plus propres parce que ça fout la honte, ces mœurs de république bananière. On serait ravis d'avoir quelqu'un de plus jeune et ouvert que Poutine parce que c'est comme Rambo, les épisodes un et deux ça va, au-delà ça commence à sentir le réchauffé. Mais à la condition que tout ça se passe sans heurt et sans perdre la proie pour l'ombre. Poutine parle avant tout de stabilité, et la stabilité, on y tient.

5

Les poutiniens sont introuvables. Je pensais en rencontrer en province, bastion de la vraie Russie, mais il faut reconnaître que c'était mal s'y prendre d'aller dans cette perspective à Nijni-Novgorod voir Zakhar Prilepine. Prilepine, à moins de quarante ans, est reconnu dans son pays et à l'étranger comme un des meilleurs écrivains russes. Ce n'est pas, lui, un produit de l'élite moscovite mais un petit gars de province qui a été soldat en Tchétchénie, puis militant du Parti national-bolchevik, les crânes rasés de Limonov. Il a toujours le crâne rasé, d'ailleurs, des Doc Martens aux pieds, de beaux yeux bleus, et il y a quelque chose d'extrêmement émouvant dans la façon dont il s'efforce de concilier sa condition d'auteur célèbre, invité à l'étranger, sollicité par les gens importants, et sa fidélité au monde de copains parmi lesquels il a grandi, sur lesquels il écrit toujours : pas des *hipsters*, mais de jeunes prolos largués sur le bord de la route. On se retrouve à trois ou quatre autour de lui, avec un type très doux, très cultivé, lecteur d'Alain Badiou et de Julius Evola, qui a longtemps dirigé l'antenne locale des nationaux-bolcheviks, et un vieux démocrate qui a été en prison pour avoir dénoncé les exactions de l'armée russe en Tchétchénie. Prilepine, qui en a fait partie, de cette armée russe, et qui en a bavé avec elle, se rappelle qu'à son retour du front il considérait le vieux démocrate comme un traître et qu'il a même pensé à le tuer, mais aujourd'hui, presque quinze ans après, ils sont les meilleurs amis du monde, et parfaitement d'accord sur l'analyse de la situation politique. C'est une drôle d'élection, où on ne peut voter pour personne. Il y a un ennemi, dont on sait qu'il l'emportera, et face à lui seulement des repoussoirs : l'éternel bouffon nationaliste, Jirinovski (dont le slogan promet sobrement : « Jirinovski, ça sera mieux »), le vieux communiste Ziouganov (slogan encore plus sobre : « Votez Ziouganov »), le milliardaire Prokhorov, moins usé que les autres et dont on approuverait volontiers le programme de réformes en tous genres si on était plus certain qu'en prétendant s'y opposer il ne roule pas pour le Kremlin. Il y aurait de quoi être découragé, surtout quand comme Prilepine et ses amis on se méfie par surcroît des VIP supposés représenter la société civile, or non, ils ne se découragent pas du tout. Ils sont sans illusions, goguenards mais au fond optimistes, et c'est le charmant lecteur de Badiou, ex-patron des nationaux-bolcheviks de Nijni, qui me tient le discours à mon avis le plus sensé que j'ai entendu au cours de ce séjour. « Personne dans ce pays, admet ce révolutionnaire, ne veut de révolution. Personne, sérieusement, ne peut appeler ce qui se passe une révolution. Mai 68, chez vous, ce n'était pas non plus une révolution : c'étaient des "événements", qui ont changé la société en profondeur. Alors bien sûr, après, vous avez eu Pompidou au pouvoir, et c'était très bien d'avoir Pompidou. Personne n'avait envie que Daniel Cohn-Bendit devienne président de la République. Les Russes non plus n'ont pas envie qu'un type comme Navalny devienne président. Mais quinze, vingt ans après mai 68, les valeurs de mai 68 avaient gagné. Les gens qui avaient fait mai 68 étaient aux commandes de la société. Et chez nous, ça va être pareil : les gens qui ont fait décembre 2011, ceux qui étaient à *Bolotnaïa*, seront dans dix ans aux commandes, et ils ont tout intérêt à ce que la transition se passe doucement. » On sent quand il dit cela que le lecteur de Badiou n'est pas personnellement concerné : il n'y sera jamais, lui, aux commandes, ce n'est pas son genre – mais son ami Zakhar si, certainement. Tant que Limonov, qui l'a formé comme il a formé tant de gens dans ce pays, est encore en activité, il ne se lancera pas en politique, mais après… Prilepine président ? Ministre de la Culture ? On entrechoque nos verres en riant : on parie ?

6

Moins deux degrés, c'est presque le printemps, et la grande manif du dernier dimanche avant les élections est un succès. On se tient par la main, le long du boulevard périphérique, à certains endroits la chaîne est très dense, à d'autres elle s'effiloche alors on envoie des renforts : spontanément, dans la bonne humeur, le cercle se boucle et, la police avançant le soir le chiffre de 11 000 participants, on se dit que les 34 000 prévus devaient y être, largement. Je suis venu avec un groupe de psychanalystes lacaniens. Les psychanalystes lacaniens, à Moscou, ne sont pas comme les nôtres vieux et sentencieux. Ils ne portent ni nœuds papillon ni chasubles à chevrons à la Mitterrand. Ce sont eux aussi de jeunes et enthousiastes branchés, typiques de ce qu'on commence à appeler la génération *Bolotnaïa*, et qui redoutent beaucoup moins la répression de Poutine que les oukases de Jacques-Alain Miller. Quand même, un frisson a parcouru notre petit groupe quand de jeunes poutiniens se sont mis à défiler sur le boulevard, équipés de pancartes en forme de cœur, fabriquées en série, sur lesquelles était écrit : « Poutine vous aime tous ». « Des fascistes… » murmuraient mes amis, tout contents de se faire peur, et je me croyais revenu, sinon en 68 où je n'avais pas l'âge, du moins au temps des manifs contre la loi Debré. Contraste édifiant : les anti-Poutine ont en moyenne la trentaine, l'air prospère et joyeux, ils se connaissent entre eux, s'embrassent, échangent des nouvelles d'amis communs, alors que les pro-Poutine sont très jeunes, souvent moins de vingt ans, vêtus de pauvres anoraks noirs qui serrent le cœur, avec les têtes chafouines et les vilaines peaux marbrées de plaques rouges qu'on voit partout dans le monde aux supporters de foot, et ça m'a mis un peu mal à l'aise quand un de mes nouveaux amis a ironiquement demandé à un de ces gamins : « Vous venez souvent à Moscou ? » L'autre a aboyé, contre toute évidence, qu'il était de Moscou, mais ça sautait aux yeux qu'il ne savait même pas où il était, qu'on l'avait avec ses copains transporté en car ou en train le matin de son bled de province et qu'on les y renverrait le soir, sans même leur offrir une nuit de bringue dans la capitale. La question de mon ami, moscovite depuis trois générations, intellectuel, polyglotte, habitant un joli appartement, trahissait ingénument le plus classique des mépris de classe : bourgeois toisant de haut le prolo. Alors bien sûr, ce n'est pas nouveau, que les révolutions sont faites par les bourgeois et à leur bénéfice, mais je me suis dit que, quand même, ils devraient faire un peu attention.

Le Nouvel Observateur, mars 2012

À L'ARTICLE
(La mort de Claude Miller)

Miller était un homme inquiet, un cinéaste de l'inquiétude, nous avons fait connaissance il y a vingt-cinq ans parce que j'avais écrit un récit inquiétant qui s'appelait *La Moustache* et lui plaisait. Il a pensé en acheter les droits, tourné autour, finalement renoncé parce qu'il voyait bien qu'il y avait un os (je l'ai vérifié moi-même quand je m'y suis collé). Un peu plus tard, le producteur Jean Nainchrik a voulu que j'écrive et qu'il réalise une nouvelle adaptation du beau roman de Beatrix Beck, *Léon Morin, prêtre*. Je l'ai écrite, il ne l'a pas réalisée, mais nous avons eu quelques séances de travail ensemble, dans sa maison de Neuilly-Plaisance. J'ai connu sa femme Annie, je l'ai un peu mieux connu, lui. J'ai refait une adaptation pour Nainchrik, celle de *Monsieur Ripois*, de Louis Hémon, qu'a réalisée le meilleur ami de Claude, Luc Béraud, ce qui me donnait l'impression d'être adopté par la famille, et c'était une famille que j'aimais bien. Dix ans après *La*

Moustache, j'ai écrit un autre récit inquiétant, *La Classe de neige*, que j'ai envoyé à Claude en pensant que c'était pour lui. C'est la seule fois de ma vie que j'ai envoyé un livre à un cinéaste avec cette idée derrière la tête. Il ne l'a lu qu'au bout de six mois et, quand il m'a appelé, m'a dit que tout au long de sa lecture il pensait : « Merde merde merde, si ça se trouve j'arrive trop tard, les droits sont pris, quelqu'un d'autre va le faire alors que c'est à moi de le faire. » Les droits, heureusement, n'étaient pas pris, et il l'a fait. Il m'a demandé d'écrire l'adaptation avec lui. Nous sommes partis ensemble en Normandie, pas longtemps, trois ou quatre jours, nous avons lu le livre à voix haute, chacun à son tour un chapitre, pris quelques notes, nous sommes rentrés avec un séquencier. J'ai écrit, il a récrit, en deux mois le scénario était fait. Il savait très bien ce qu'il voulait. Le livre fait alterner des scènes réalistes et des scènes, disons imaginaires : rêves, fantasmes, souvenirs de lectures fantastiques. La transposition à l'écran des scènes du second type me laissait perplexe : j'étais partisan d'en faire le moins possible, ou pas du tout. Claude, au contraire, y tenait : je crois que c'est surtout pour elles qu'il faisait le film. On l'admirait pour son sens de la chronique, sa délicatesse de touche dans des scènes quotidiennes avec des enfants et des adolescents, et lui, ce qu'il avait le plus envie de faire, c'étaient des scènes oniriques, tordues, terriblement risquées. Plus je le connaissais, plus j'étais sensible à sa façon de faire tenir ensemble des traits de personnalité qui auraient pu être contradictoires et le déchirer, qui l'avaient certainement déchiré plus jeune, mais qui dans son âge mûr s'unifiaient. Comme cinéaste, il était classique et baroque, appliqué et foutraque, artisan et artiste, recherchant à la fois le succès populaire et l'expression tâtonnante, angoissée, de la part maudite. Il y a de quoi être surpris qu'il soit arrivé à faire une carrière commerciale si longue et si brillante en traitant de sujets si obstinément sombres et transgressifs. Je me rappelle le ton goguenard sur lequel, évoquant un de ses derniers projets, il disait : « Oui, ça va être encore un *feel-good movie*... » Et ce qui me touchait chez l'homme, c'était sa façon d'être un cinéaste arrivé, une valeur sûre, sans trahir le jeune homme maigre, timide, nerveux qu'il avait été et que sous le confortable manteau d'assurance professionnelle il était encore. J'aimais cela chez lui, d'une certaine façon je m'y identifiais. Il était mon aîné de quinze ans. L'époque à laquelle nous nous sommes liés d'amitié a été pour moi particulièrement chaotique et tourmentée. Sans que nous échangions vraiment de confidences, il le savait, y prêtait attention. Ce que je vivais lui était familier. Et moi, le sachant, je le regardais en me disant : il s'en est tiré. Je ne lui en voulais pas, au contraire : cela m'encourageait. J'aimais sa façon de s'en être tiré, sans trahir, sans se trahir. J'aimais que sa solidité, sa tranquillité – ou en tout cas celles qu'il communiquait aux autres – se soient construites sur des gouffres, et sans leur tourner le dos.

Plus tard encore, il a tourné avec son fils Nathan un film d'après un fait divers que j'avais raconté dans un jour-

nal vingt ans plus tôt [1]. C'est à propos de ce film qu'il parlait en se marrant de *feel-good movie* : ceux qui ont vu
Je suis heureux que ma mère soit vivante apprécieront...
Nous avons eu encore un projet, encore avec Nathan : un
remake du merveilleux film de Sidney Lumet, *Running on
Empty*, sur un couple d'activistes politiques qui, recherché
par le FBI, impose à ses enfants une vie de clandestins.
Nous aimions que dans ce film tous les personnages soient
aimables, nous aimions la noblesse déchirante de leurs
sentiments ; malheureusement nous ne sommes pas arrivés à transposer l'histoire en France. Là-dessus Claude est
tombé malade : cancer du poumon.

Je me rappelle un dîner en tête-à-tête, au printemps
2011. Je venais d'apprendre la nouvelle et je suis arrivé au
restaurant sans trop savoir sur quel ton allait se dérouler la
conversation. Allait-on aborder ou, par pudeur, par crainte,
éviter le sujet ? On n'a, en fait, parlé que de ça, avec un
calme qui m'a laissé pantois. Je ne pense pas que Claude, à
ce moment, se doutait que moins d'un an plus tard il serait
mort – mais la mort, à laquelle jusqu'alors il pensait peu,
était entrée dans le champ. Elle s'imposait à lui, il faisait le
bilan, et sans la moindre autosatisfaction – ce n'était pas,
Dieu sait, le genre de la maison –, il se disait quelque chose
comme : ça va. Si je dois mourir demain, je n'aurai pas
l'impression d'être passé à côté de la vie. Il parlait de ses
films, il parlait de sa vie amoureuse. Les films, si on les

---

1. C'est le premier texte de ce livre.

prenait un par un, aucun n'était exactement ce qu'il avait rêvé qu'il soit, mais l'ensemble, ma foi, il s'y reconnaissait : c'était lui, en bien et en mal ; il avait tiré le meilleur parti de ses cartes, donné forme à ce qu'il était. L'amour non plus, il ne l'avait pas esquivé. Il m'a parlé de la grande passion dont je savais, comme le savent tous ceux qui le connaissaient, qu'elle avait bouleversé sa vie à l'approche de la cinquantaine, qu'elle l'avait plongé dans l'abîme de la dépression, et avec le recul il était content d'avoir vécu ça. Il était content et même fier d'avoir construit sa vie sur un grand amour conjugal et d'avoir en même temps connu de violents orages. Je me rappelle lui avoir dit, plaisantant à demi : « Finalement, tu as eu le beurre et l'argent du beurre, c'est ça ? » Il a ri. Il avait le crâne rasé sous sa casquette, la chimio avait fait tomber son épaisse tignasse bouclée qui ne repousserait plus, il y avait en lui quelque chose d'attendri, d'étonnamment détendu, et j'ai pensé que je l'aimais vraiment, cet homme, et que ce serait dommage s'il mourait bientôt que notre amitié qui était réelle, qui reposait sur de vraies affinités, n'ait pas pris corps autant qu'elle aurait pu.

L'été suivant, il a tourné *Thérèse Desqueyroux*. Mon ami Philippe Le Guay était son réalisateur-garant, celui qui devait le remplacer s'il ne pouvait pas aller jusqu'au bout – ce qui n'a pas eu lieu. Il me racontait ce tournage, sa gravité et sa douceur, le soleil entre les pins des Landes, l'affectueux respect qui entourait Claude. Tout le monde savait que ce serait son dernier film et, à la Renoir, mettait de la bonne humeur dans son adieu.

Entre la fin de ce tournage et sa mort, je lui ai rendu trois visites : une dans l'appartement de la rue Picpus, pour lequel Annie et lui avaient quitté leur maison de Neuilly-Plaisance parce qu'elle était devenue trop grande pour eux et qu'ils passaient plus de temps dans la Creuse qu'à Paris ; une à l'hôpital Saint-Antoine, et la dernière à la clinique des Diaconesses, dans le XIIᵉ, où il a passé les derniers jours au service des soins palliatifs. Chaque fois, il était plus faible, il pesait de moins en moins lourd, son visage était de plus en plus émacié – et de plus en plus beau. Chaque fois, je pensais que ce serait la dernière visite. Lui-même disait, sur son habituel ton gouailleur : « Je suis à l'article. » Chaque fois aussi, je pensais ne rester qu'un petit moment, pour ne pas le fatiguer, au bout d'une demi-heure m'en aller sur la pointe des pieds, et finalement cela durait trois, quatre heures. J'ai aimé ces visites. Je n'avais plus, en y allant, aucune appréhension. C'est bizarre de dire ça, mais j'ai aimé le voir mourir. Ce que j'ai vu de sa mort m'aide à vivre, comme ce que j'ai connu de sa vie. Annie était toujours là. Ils se connaissaient depuis l'enfance, ils avaient passé toute leur vie ensemble et cette vie commune, cette vie d'amour qui n'a certainement pas été toujours facile, s'exprimait dans le moindre de ses gestes : sa façon de le regarder, de lui caresser le visage, de lui masser les pieds. Je pensais : c'est ça, aimer. Il y avait Nathan, leur fils, il y avait les quatre enfants de Nathan, il y avait les amis qui se succédaient à son chevet. Quelques jours avant sa mort, Claude a dit à Annie, comme étonné : « Je ne me doutais pas qu'on m'aimait tant. » Ses obsèques le lui auraient confirmé : j'ai rarement assisté à une cérémonie aussi émouvante, où tous ceux qui ont parlé le faisaient à ce point du fond du cœur, sans rien de convenu, ce qu'ils disaient de Claude mobilisant le meilleur d'eux-mêmes. À l'hôpital, on parlait cinéma. Il nous faisait raconter nos projets, les films qu'on avait vus. Ça l'intéressait, il riait. Il avait de terribles quintes de toux mais il riait, il n'était pas du tout de l'autre côté. Je ne veux pas abuser de mots suspects comme « paix », « sérénité », « réconciliation », je n'imagine pas qu'on puisse voir approcher la mort sans effroi et je pense que Claude avait la délicatesse de cacher cet effroi à ceux qu'il aimait. Mais en le regardant mourir j'étais rempli de la pensée apaisante que ça existe, une vie accomplie, et que la sienne l'était, et qu'il le savait. Je ne suis pas pressé, il ne l'était pas non plus, mais je me suis souhaité, le moment venu, une mort comme la sienne.

Positif, décembre 2012

LE JOURNALISTE ET L'ASSASSIN, DE JANET MALCOLM

C'est une histoire à trois étages. Le premier est une affaire criminelle : en 1970, en Caroline du Nord, un médecin militaire appelé Jeff MacDonald est accusé du meurtre de sa femme et de leurs deux petites filles. Les présomptions sont lourdes, mais les éléments à décharge aussi. Jeff MacDonald a-t-il commis ces crimes ? Lui seul le sait. Il clame son innocence et donc, de deux choses l'une : il est soit la victime potentielle d'une terrible erreur judiciaire, soit un assassin doublé d'un monstre d'hypocrisie.

Le vertige moral résultant de ce doute est une bonne matière à récit, et c'est ici – second étage – qu'entre en scène Joe McGinniss. C'est un polygraphe qui écrit cette chose triste : des best-sellers qui ne se vendent pas. Espérant se refaire sur le terrain de la *non-fiction* criminelle, qui depuis *De sang-froid* est aux États-Unis un genre littéraire à part entière, il prend contact avec les avocats de MacDonald et passe contrat, non seulement avec un éditeur mais aussi avec MacDonald lui-même, qui en échange de l'exclusivité de ses confidences recevra un tiers des droits d'auteur. Durant les années qui précèdent le procès, les deux hommes se lient d'une amitié de mâles américains consistant à regarder le foot ensemble à la télé, écluser des bières, noter les femmes qui passent sur une échelle de 1 à 5. McGinniss dit croire dur comme fer à l'innocence de MacDonald et quand le verdict tombe, qui condamne celui-ci à perpétuité, quand il est emprisonné, son fidèle biographe lui écrit des lettres accablées, comme si c'était lui qui souffrait le plus de la monstrueuse injustice dont son ami est la victime. Là-dessus, le livre paraît, et MacDonald a la cruelle surprise de découvrir qu'il y est présenté comme un meurtrier psychopathe. Le cordial compagnon de biture qui traitait d'imbécile ou de salaud quiconque émettait le moindre doute sur son innocence dit maintenant savoir, d'une certitude absolue, que MacDonald a tué sa femme et ses enfants. Outré, Mac-Donald décide, du fond de sa prison, d'attaquer McGinniss en justice, pour « tromperie et violation de contrat ».

Second procès, troisième étage de l'histoire, où entre en scène une journaliste du *New Yorker*, Janet Malcolm. Elle a de bonnes raisons de s'intéresser à l'affaire : elle-même vient d'être poursuivie, avec une demande de dommages et intérêts de 10 millions de dollars, par un psychanalyste américain mécontent du portrait qu'elle a fait de lui dans son livre-enquête *Tempête aux archives Freud.* Elle décide de suivre ce procès dont l'enjeu est absolument inédit puisqu'il ne s'agit plus de savoir si MacDonald est coupable ou innocent, pas non plus d'établir si ce que dit de lui McGinniss est mensonger ou diffamatoire, seulement de juger s'il avait le droit de le dire après avoir fait croire à Mac-Donald qu'il pensait le contraire. En d'autres termes, si un journaliste a le droit pour gagner la confiance de quelqu'un d'exprimer une sympathie qu'il n'éprouve pas, et si on peut le lui reprocher sur un plan non seulement moral mais légal. De ce cas d'école déontologique, Janet Malcolm a tiré deux articles retentissants puis, en 1990, ce livre qui n'est pas un essai mais un récit, et un récit d'une rare vivacité : un modèle de reportage littéraire qui devrait être étudié dans les écoles de journalisme aussi bien que les ateliers de *creative writing* et mérite largement d'avoir été classé aux États-Unis parmi les cent meilleurs textes de *non-fiction*.

Maintenant, une fois dit cela, et chaudement recommandé sa lecture, je voudrais ajouter que quelque chose me trouble dans ce livre si brillant et stimulant. Que je ne suis, tout simplement, pas d'accord avec la thèse que résument avec éclat ses premières lignes : « Le journaliste qui n'est ni trop bête ni trop imbu de lui-même pour regarder les choses en face le sait bien : ce qu'il fait est moralement indéfendable. Il est comme l'escroc qui se nourrit de la vanité des autres, de leur ignorance, de leur solitude : il gagne leur confiance et les trahit sans remords. Et, comme la veuve crédule qui se réveille un beau matin pour constater que le charmant jeune homme s'est envolé avec ses économies, celui qui consent à devenir le sujet d'une œuvre écrite de *non-fiction* paie au prix fort la leçon qu'il reçoit le jour de la parution de l'article ou du livre. »

Cette description cynique des relations entre un auteur et son sujet est vraie dans le cas de l'affaire MacDonald contre McGinniss, je veux bien croire qu'elle l'est souvent, mais au risque de transformer ce compte rendu de lecture en plaidoyer *pro domo* je tiens à dire ici qu'elle ne l'est pas toujours. Je suis du bâtiment, depuis quinze ans j'écris des livres de *non-fiction* qui rendent compte de faits réels et décrivent des personnes réelles, connues ou inconnues, proches ou éloignées de moi, et j'en ai blessé certaines, oui, mais je soutiens que je n'en ai trompé aucune. Pour m'en tenir aux affaires criminelles, je n'ai pas plus trompé Jean-Claude Romand, le héros de *L'Adversaire*, que Jean-Xavier de Lestrade n'a trompé Michael Peterson, le héros de son extraordinaire série documentaire, *Staircase*, à laquelle on ne peut pas ne pas penser en lisant *Le Journaliste et l'Assassin*. C'est tout un travail, c'est même le travail essentiel et le plus difficile dans de telles entreprises, d'établir une relation qui soit honnête, non seulement avec le sujet du livre, mais aussi avec son lecteur.

Janet Malcolm cite une scène étonnante, dans le livre de McGinniss : on y voit MacDonald et toute l'équipe de ses défenseurs s'amuser lors d'une fête d'anniversaire à lancer des fléchettes sur une photo agrandie du procureur. McGinniss décrit MacDonald poussant des hurlements de joie quand il atteint sa cible et commente vertueusement : « Il semblait avoir oublié que dans sa situation il n'était peut-être pas approprié de se mettre à lancer des objets pointus en direction d'un être humain, même s'il ne s'agissait que d'une représentation photographique. » Le problème, comme des témoins l'ont établi au procès, c'est que McGinniss lui-même, ce soir-là, n'était pas le dernier à brailler et lancer des fléchettes. Est-ce si grave ? Évidemment non. Ce qui est grave, c'est de raconter la scène sans le dire. C'est de se draper dans ce rôle de témoin impartial et navré. C'est de n'avoir pas conscience qu'en racontant l'histoire on devient soi-même un personnage de l'histoire, aussi faillible que les autres.

Avec un masochisme surprenant et qu'on lui a reproché – car après tout, c'est de son propre métier qu'elle parle –, Janet Malcolm met tout son talent à démontrer que la relation entre un auteur de *non-fiction* et son sujet est par nature malhonnête, que c'est comme ça, qu'on n'y peut rien. Je dis, moi, qu'on y peut quelque chose. Qu'il y a une frontière, et que cette frontière ne passe pas, comme certains voudraient le croire, entre le statut de journaliste – hâtif, superficiel, sans scrupules – et celui d'écrivain – noble, profond, bourrelé de scrupules moraux –, mais entre les auteurs qui se croient au-dessus de ce qu'ils racontent et ceux qui acceptent l'idée inconfortable d'en être partie prenante. Exemple de la première école : le veule et pitoyable Joe McGinniss. Exemple de la seconde : Janet Malcolm elle-même, qui tout en déclarant une telle honnêteté impossible en fait preuve, pour sa part, du début à la fin de son livre.

Le Monde des livres, juin 2013

LA RESSEMBLANCE

1

Il y a deux ans exactement, au mois de juin 2012, j'étais ici, à Florence, à la fois en tant qu'écrivain résident à la fondation Santa Maddalena et en tant que finaliste du prix Gregor von Rezzori. Écrivain résident quelque part, c'était la première fois de ma vie que je tentais l'expérience. Cela me faisait un peu peur. On m'avait dit : ça peut être un enchantement ou un cauchemar, selon que tu t'entends ou non avec Beatrice. Ç'a plutôt été un enchantement, et je pense pouvoir dire que je me suis bien, très bien entendu avec Beatrice Monti della Corte, qui est la fondatrice et l'âme de cette « retraite pour botanistes et écrivains » et de la manifestation qui nous vaut d'être ici aujourd'hui. On peut la trouver intimidante, c'est vrai. On peut avoir du mal avec son ironie, son refus de toute sentimentalité et son intimité avec des gens dont presque tous sont célèbres et talentueux : si elle vous parle d'un petit gars sympathique, genre fils du garagiste qui a monté un groupe de rock avec ses copains, c'est Mick Jagger. Moi, pour ce qui me concerne, j'ai adoré qu'elle me raconte comment elle a voyagé, à dix ans, en Éthiopie avec Malaparte ; comment un peu plus tard elle a cohabité chez Henry Fonda avec Rex Harrison, James Stewart et Laurence Olivier ; ou comment mon auteur préféré, Henri Michaux, lui a timidement fait la cour quand elle était une jeune galeriste, elle le reconnaît elle-même, « assez bien tournée » – la vérité est qu'elle était d'une beauté fracassante, et l'est toujours. J'ai adoré qu'elle me parle de ses amis, de ses maisons, de ses amours, et surtout du grand amour de sa vie, celui autour de qui et pour qui elle a fait Santa Maddalena : Gricha.

Comme tout le monde ici, je me suis mis à appeler le célèbre écrivain austro-hongrois Gregor von Rezzori, qui aurait eu cent ans cette année, par son diminutif : Gricha – comme s'il n'était pas mort depuis quatorze ans et que nous revenions tous les deux d'une longue balade dans la campagne, avec les chiens. J'avais lu et admiré *Neiges d'antan* et *Mémoires d'un antisémite*, j'ai lu depuis ce séjour ses autres livres. J'admire sa manière souple et ondoyante, sa folle liberté, sa façon de se foutre royalement de tout. Je l'aime comme j'ai autrefois aimé Nabokov, mais il n'a pas la pédanterie ni la suffisance de Nabokov. On n'a pas l'impression quand on pousse la porte d'un de ses livres qu'il va falloir se tenir à carreau. Gricha est cordial, accueillant. Même quand il se moque un peu de vous, on sent qu'il vous aime bien. Dieu sait qu'il est présent dans ses livres, il l'est aussi dans chaque pièce de Santa Maddalena – en particulier dans le petit bureau au premier étage de la tour, où j'ai tant aimé travailler et dont il est longuement question au début de son merveilleux récit *Anecdotage*. Il est présent partout, à croire qu'il est seulement sorti faire une course au village, et il est surtout présent dans la conversation de Beatrice. Je crois que c'est cela que j'ai le plus aimé ici. La façon dont elle l'a aimé, dont il l'a aimée en retour, et les bonnes vibrations dont cet amour aujourd'hui encore emplit la maison, le jardin, jusqu'aux conclaves de vers luisants qui se rassemblent, à la nuit tombée, autour de la pyramide dédiée à la mémoire de Gricha. On peut raconter l'histoire du point de vue de Beatrice, mais comme je suis un homme et un écrivain, c'est à Gricha que je tends à m'identifier, et je pense que Gricha a eu une chance folle. Mener une vie de vagabond de luxe, et puis, à cinquante ans passés, rencontrer Beatrice et passer avec elle les trente années suivantes. Vivre avec elle à Santa Maddalena, y écrire les grands livres qu'il n'avait ni le loisir ni peut-être même l'idée d'écrire avant. Je pense que Gricha a été, c'est rare qu'on puisse le dire d'un écrivain, un homme heureux.

C'est le premier thème, d'ailleurs, auquel j'avais songé pour cette conférence : est-il possible d'être à la fois un grand écrivain et un homme heureux ? Y a-t-il des exemples ? Lesquels ? J'ai commencé à en chercher, et puis j'ai bifurqué vers un autre sujet, qui a un rapport aussi avec mon séjour à Florence, il y a deux ans.

2

J'étais donc finaliste du prix von Rezzori. Ce n'est pas moi qui l'ai eu, mais Enrique Vila-Matas, homme timide et lunaire que la nouvelle a paru attrister comme si, désormais, ses camarades moins chanceux allaient lui tourner le dos. Nous avons essayé de le réconforter en lui disant, d'une part qu'il le méritait bien, d'autre part que ce n'est pas seulement le lauréat qui reçoit un chèque, mais aussi tous les finalistes. Cette générosité mérite d'être notée, car je la crois sans équivalent. Avant l'attribution du prix, il y a cette *Lectio Magistralis,* que j'assure aujourd'hui et qu'assurait il y a deux ans le romancier canadien Michael Ondaatje. À l'époque, ces *Lectio Magistralis* avaient lieu dans le palais Medici Riccardi. Or il y a dans le palais Medici Riccardi, tous les amateurs d'art le savent, une chapelle dont les quatre murs sont ornés d'une fresque de Benozzo Gozzoli représentant le cortège des rois mages qui vont adorer l'enfant Jésus. Cette chapelle est assez petite, on la visite par petits groupes, à certaines heures, et c'est bien sûr mieux que rien mais ces petits groupes sont quand même assez compacts, une vingtaine de personnes minimum, et l'idéal, c'est de la visiter hors des heures de visite, comme on visite les musées le jour de fermeture – ce que j'ai pu faire grâce à Max Rabino.

Max Rabino est un très cher ami de Beatrice : un dilettante, un amateur d'art infiniment éclairé, qui comme certains personnages des pièces de Tchekhov a l'air de faire partie de la maison. J'ai eu pour Max une sorte de coup de foudre amical. J'ai aimé chez lui le mélange d'une sagesse de très vieil homme – la sagesse désenchantée de l'Ecclésiaste – et d'innocence enfantine : un vrai taoïste, ce Max. C'est donc en sa compagnie que j'ai eu le privilège de visiter la chapelle des rois mages, et c'est au cours de cette visite que Max m'a fait remarquer ceci : si on regarde le cortège des mages, on voit des dizaines, peut-être même une centaine de personnages – je ne les ai pas comptés. Parmi ces personnages, les figures de premier plan sont des personnalités de la cour des Médicis : Cosimo, Lorenzo, les trois sœurs de Lorenzo, le condottiere Sigismondo Malatesta, nous disent les historiens de l'art. Les autres, ce sont visiblement des passants qu'on croisait dans les rues de Florence, vers 1460. Qu'il s'agisse des figures de premier plan ou de la piétaille, en tout cas, aucun doute n'est possible sur le fait qu'ils ont tous été peints d'après nature. Même si on ne connaît pas les modèles, on peut mettre sa main à couper qu'ils sont absolument ressemblants. En revanche, quand on approche de la crèche, on a affaire à des anges, à des saints, à des légions célestes, et les visages d'un seul coup deviennent plus réguliers, plus idéaux. Ce qu'ils gagnent en spiritualité, ils le perdent en expression, en singularité, en vie : on peut être certain qu'il ne s'agit plus de personnages réels.

3

J'aime la peinture de paysage, j'aime les natures mortes, j'aime la peinture non figurative, mais par-dessus tout j'aime les portraits. Quand je visite un musée, ce sont les portraits qui attirent d'abord mon regard, et je me dis que si j'avais été peintre j'aurais sans aucun doute été portraitiste. D'ailleurs, je me considère dans ma partie comme une sorte de portraitiste. C'est pour cela, je crois, que la remarque de Max m'a tellement frappé. J'en ai fait l'expérience par la suite, je vous conseille de la faire pour votre compte. Regardez un portrait, quel qu'il soit. Vous vous apercevrez qu'instinctivement, intuitivement, sans même le formuler, vous pouvez faire la différence entre ceux qui sont peints d'après nature et ceux qui représentent des personnages fictifs, issus de l'imagination de l'artiste. Le Monsieur Bertin d'Ingres, le doge Loredan de Bellini, on n'a pas besoin d'un guide pour être sûr qu'ils ont existé. Les personnages de Michel-Ange, les vierges de Raphaël, non. Je ne dis pas que les uns soient mieux que les autres, je dis seulement que c'est différent et que cette différence saute aux yeux. Et ce que je me suis demandé après cela, c'est si cette différence si évidente dans la peinture peut s'observer aussi dans la littérature.

C'est une question qui m'intéresse d'autant plus que depuis environ vingt ans je n'écris plus de romans, au sens où les romans sont des ouvrages de fiction, mettant en scène des personnages de fiction. J'écris désormais ce que faute d'un meilleur mot on appelle des livres de non-fiction, et je suis le premier à insister, peut-être lourdement, sur le fait que ce que j'y raconte est vrai, que les personnages que je tâche de représenter ont leurs modèles dans la réalité et ne sont pas des créatures de mon imagination.

Alors on me fait observer, et on a raison, que cet argument du « réel » appelle bien des objections. Je peux répéter sur tous les tons que Limonov, par exemple, existe, cela n'empêche pas que le Limonov de mon livre soit en partie le Limonov réel et en partie une créature de mon imagination. Moi-même, je ne sais pas trop où s'arrête l'un et où commence l'autre. Je suis bien obligé d'admettre qu'il n'y a pas de frontière nette entre l'un et l'autre. Cette ambiguïté-là est propre à la littérature. Elle n'existe pas au cinéma. Les critiques peuvent toujours vous dire que c'est compliqué, que les frontières entre documentaire et fiction sont de plus en plus floues, cela n'empêche pas qu'il y en a une, de frontière, et qu'elle est en réalité très nette. Un film de fiction, c'est un film dans lequel les personnages sont joués par des acteurs. Un documentaire, c'est un film où on voit les vrais personnages. À mon avis, c'est aussi simple que ça, et je vous mets au défi de me citer des films qui échappent à cette classification binaire.

À ce propos, permettez-moi d'ouvrir une parenthèse pour vous raconter une histoire. Il y a une dizaine d'années, j'ai réalisé dans une petite ville de Russie un film documentaire appelé *Retour à Kotelnitch* – Kotelnitch est le nom de la petite ville, personne ne la connaît sauf les gens qui ont le malheur d'y habiter et ceux qui ont vu mon film. J'y ai passé plusieurs mois, dans cette petite ville, j'ai filmé ses habitants et noué avec eux des relations souvent compliquées. Ils ne comprenaient pas pourquoi j'étais venu les filmer, ce que je voulais faire de ces images, et j'avais moi-même beaucoup de mal à le leur expliquer parce que je ne le savais pas vraiment non plus. J'attendais qu'il se passe quelque chose, et il s'est bel et bien passé quelque chose. Quelque chose de terrible : une jeune femme que je connaissais là-bas, que j'aimais bien, qui avait travaillé comme interprète pour mon équipe et moi, a été sauvagement assassinée. Découpée à la hache par un fou, avec son bébé de dix-huit mois. À partir de là, le film a basculé. Au lieu de dériver à la recherche d'un sujet, il s'est mis à raconter quelque chose, quelque chose d'à la fois romanesque et tragique, et quelques-uns des habitants de la ville que nous filmions sans savoir quel récit tirer de ces images sont devenus eux aussi, par la force des choses, des personnages romanesques et tragiques. Le plus romanesque et tragique de tous était le compagnon de la jeune femme assassinée, le père du petit enfant assassiné, qui était aussi l'officier local du FSB – ce qu'on appelait autrefois le KGB. Un type mystérieux, à la fois séduisant et inquiétant, méfiant jusqu'à la paranoïa lorsqu'il était à jeun et, dès qu'il avait bu – ce qui arrivait souvent –, capable de nous confier ses secrets les plus intimes comme si nous étions les meilleurs amis du monde. L'histoire que je veux raconter, cela dit, ne se passe pas à Kotelnitch mais à Venise, où le film a été présenté en 2003, dans une section parallèle de la Mostra. Le producteur avait fait venir à la projection le poète et scénariste Tonino Guerra, et j'étais très ému, très impressionné de montrer mon film à un homme qui avait écrit tant de chefs-d'œuvre de Fellini, d'Antonioni, de Francesco Rosi, des frères Taviani, d'Angelopoulos et de Tarkovski. Après la projection, nous sommes tous allés prendre un verre sur une terrasse du Lido. Tonino Guerra, avec sa moustache blanche, sa casquette et son gilet de velours côtelé, avait l'air d'un patriarche romagnol rendant la justice sous un chêne. On attendait son verdict, qu'il a finalement laissé tomber. Il n'avait pas aimé le film. Il l'avait trouvé à la fois confus et sinistre – comme vous vous en doutez, j'étais catastrophé – mais il lui reconnaissait une qualité : c'est que les acteurs, et en particulier le type du FSB, étaient extraordinaires. J'ai dit, timidement : « Mais ce n'est pas un acteur, c'est le *vrai* type du FSB. Il n'y a pas d'acteurs dans le film, il n'y a que les vrais gens de Kotelnitch. – Vraiment ? » a dit Tonino Guerra, l'air méfiant. J'ai confirmé : vraiment. Malgré cela, il n'avait pas l'air convaincu. Plus je lui répétais ce qui me semblait être une évidence, plus il me soupçonnait de me foutre de lui, et j'ai décidé finalement que c'était le plus beau compliment qu'on pouvait me faire et qu'on me ferait jamais sur le film.

4

Il y a une autre raison pour laquelle la remarque de Max m'a troublé et tellement éclairé. Cette raison, c'est le livre auquel je travaillais lors de mon séjour à Santa Maddalena. Il y a trois mois encore, je n'en aurais pas parlé parce que ce livre n'était pas terminé, et je sais par expérience qu'il ne faut pas parler des livres qu'on écrit tant qu'ils ne sont pas terminés : chaque confidence, surtout lorsqu'elle est un peu exaltée, se paie à tous les coups d'une semaine de découragement. Mais maintenant le livre est fini, il doit paraître en France cet automne, et au printemps prochain en Italie. Je peux donc en parler et non seulement je peux en parler mais le fait est que j'ai envie d'en parler.

Ce n'est pas très facile de le faire brièvement, parce que c'est un gros livre auquel j'ai consacré sept ans de ma vie. Disons que c'est un récit sur les tout premiers temps du christianisme. Il se passe entre l'an 50 et l'an 100 après Jésus-Christ, quand personne ne se doutait encore qu'il vivait « après Jésus-Christ ». Les décors sont la Grèce, Jérusalem et Rome, et les vedettes ces hommes que nous appelons saint Paul, saint Pierre, saint Jean, etc., mais qui à cette époque s'appelaient simplement Paul, Pierre, Jean, etc. Ce n'étaient pas des saints avec des auréoles mais des hommes, compliqués et faillibles comme nous tous. Comme nous tous, ils se querellaient, se jalousaient, chacun d'eux était persuadé d'en savoir plus que les autres. La seule chose qu'ils avaient en commun était une croyance extrêmement bizarre, et le plus bizarre de tout, c'est que cette croyance qui aurait normalement dû disparaître avec eux a perduré, qu'en moins de trois siècles elle a dévoré de l'intérieur l'Empire romain et qu'aujourd'hui encore un quart des hommes vivant sur cette Terre continuent à y adhérer.

Cette croyance, comme vous le savez tous, porte sur la vie, l'enseignement, la mort et, d'après les croyants, la résurrection d'un prédicateur galiléen appelé Jésus de Nazareth. On peut penser ce qu'on veut de lui et de ce que les hommes ont fait de son message, mais on ne peut pas nier que c'est une des figures majeures de notre histoire. Je ne pense pas m'avancer beaucoup en disant que, de toutes les figures humaines, c'est celle qui a été la plus abondamment représentée. Or toutes ces représentations, picturales, littéraires, cinématographiques, reposent sur quatre petits récits, qui tiennent mis bout à bout dans un livre de poche et qui ont été composés entre, disons cinquante et quatre-vingts ans après sa mort, par quatre auteurs très différents. J'ai eu envie de savoir qui était un de ces auteurs. J'ai choisi Luc, pour des raisons que je ne vais pas développer ici et que vous comprendrez, j'espère, si vous lisez mon livre. Ce livre est donc devenu une biographie de l'évangéliste Luc. C'est une biographie en grande partie imaginaire dans la mesure où on ne sait presque rien de lui. J'ai essayé d'imaginer qui était ce Luc, ce qu'il pensait, ce qu'il croyait. J'ai essayé de reconstituer le cadre à la fois matériel et mental dans lequel s'est déroulée sa vie. Et puisque ce qu'on appelle l'évangile selon saint Luc est une sorte de portrait de Jésus, je me suis retrouvé, moi, à faire le portrait du portraitiste.

Alors, forcément, je me suis posé la question de la ressemblance. Le Jésus qu'a peint Luc, est-ce un portrait ressemblant du Jésus réel? La question n'est pas absurde parce que le Jésus réel n'est pas un personnage imaginaire.

Il a existé. Qu'il soit ressuscité, qu'il ait été le fils de Dieu, c'est une autre affaire, qui regarde la foi seule. Mais qu'il ait vécu sur cette terre qu'on appelle aujourd'hui Israël, qu'il ait respiré le même air que nous, et mangé et bu, et pissé et chié, comme n'importe quel être humain, cela, personne ne le conteste, à part quelques athées idiots qui se trompent de cible. Prenons n'importe quelle scène célèbre de sa vie : sa comparution devant le gouverneur romain Pilate, par exemple. On est forcé de l'imaginer, cette scène : il n'empêche qu'elle n'est pas imaginaire. Elle n'est même pas douteuse, comme la résurrection de Lazare ou l'adoration des mages. Des historiens romains l'attestent. Elle a eu lieu. Elle s'est déroulée en un point de l'espace et du temps que nous ne connaissons pas avec une absolue précision mais qui n'en était pas moins, comme tous les points de l'espace et du temps, un point absolument précis. C'était un certain lieu, une certaine heure. Il faisait une certaine température. Ces deux hommes, Jésus et Pilate, n'étaient pas des figures mythologiques, des dieux ou des héros, flottant dans un monde de fantaisie où, comme rien n'est réel, tout est possible. C'étaient un fonctionnaire colonial et un illuminé indigène : des hommes comme vous et moi, qui avaient certains visages, portaient certains vêtements, parlaient d'une certaine voix. Leur rencontre n'est pas advenue, comme les choses de notre imagination, d'une façon ou d'une autre, infiniment variables, mais comme adviennent toutes choses sur terre, d'une certaine façon qui exclut toutes les autres, et de cette façon-là, de cette seule façon qui a eu le privilège de passer du virtuel au réel, nous ne savons en réalité presque rien. Mais elle a eu lieu. Il s'est greffé dessus des tonnes de fiction et de légende, mais elle n'appartient pas à la fiction ou la légende : elle appartient à la réalité. C'est pour cela qu'il est peut-être illusoire, mais parfaitement légitime de chercher à en faire des représentations réalistes.

Comme disait Kafka : « Je suis très ignorant : la vérité n'en existe pas moins. »

5

Sauf peut-être Jean, aucun des quatre évangélistes n'a été témoin des événements qu'il raconte. Aucun n'essaie même de le faire croire. Luc écrit cinquante ans après la mort de son héros et il dit clairement que son récit est de seconde ou troisième main. Cela n'empêche pas qu'on le lise, comme on lit n'importe quel historien, en se demandant pour chaque détail : est-ce que c'est vrai ? Cette phrase qu'il prête à Jésus, est-ce que Jésus a pu la prononcer ? Cette anecdote, est-ce qu'elle a réellement eu lieu ? Ce trait de caractère, est-ce qu'il est authentique ?

Plus je scrutais les Évangiles, celui de Luc et les trois autres, plus j'étais sensible à cette différence dont j'ai parlé entre les portraits d'après nature et les portraits imaginaires. Entre des personnages, des paroles, des anecdotes qui ont évidemment pu être altérés mais qui correspondent à quelque chose de réel, et d'autres qui relèvent du mythe ou

de l'imagerie pieuse. Je prends un autre exemple : l'arrestation de Jésus, au mont des Oliviers. Là aussi, on est dans
le réalisme le plus cru. C'est un escadron de la mort qui,
de nuit, à la sauvette, vient arrêter un guérillero. Lanternes
sourdes, gourdins, clair-obscur : le registre est celui du Tin-
toret, ou du Caravage. Un des hommes du guérillero essaie
de résister. Il sort son couteau et, presque à l'aveuglette,
tranche l'oreille d'un des soldats. Ce soldat, nous dit l'évangéliste Jean, s'appelait Malchus. Et l'évangéliste Luc ajoute
que Jésus a touché sa plaie et l'a guéri. Je vois dans cette
courte scène une juxtaposition frappante des deux registres.
L'oreille tranchée, j'y crois, et je crois aussi que le type qui
a eu l'oreille tranchée s'appelait Malchus : pourquoi le dire,
autrement ? Alors que je ne crois pas à l'oreille miraculeuse-
ment recollée, et pas seulement parce que je suis sceptique
sur les miracles : surtout parce que le détail est, de toute
évidence, de ceux qu'on invente pour édifier et pas de ceux
qu'on rapporte tout bonnement parce qu'ils sont advenus.

Ce que je me demande, au fond, c'est s'il existe un
critère interne permettant de dire si un portrait est ressemblant, une anecdote authentique. Je pense que oui, mais je
suis obligé d'admettre que ce critère est éminemment sub-
jectif : c'est ce qu'on appelle sonner juste, c'est ce qu'on
appelle l'accent de la vérité. On le sent, on ne peut pas le
démontrer. Cependant, il y a un autre critère, plus objectif,
c'est celui que les exégètes appellent le critère d'embarras.
Quelque chose qui devait être embarrassant à écrire pour
l'auteur, quelque chose qu'il aurait certainement préféré

omettre et qu'il a gardé par scrupule, on se dit qu'il y a de bonnes chances que ce soit vrai. Quand Marc nous raconte, par exemple, que les frères et sœurs de Jésus le prenaient pour un fou et voulaient le faire enfermer, on y croit. Quand il nous montre les disciples se disputant comme des chiffonniers au lieu de rivaliser de noblesse d'âme et de piété, on y croit. Et quand les quatre évangélistes, pour une fois unanimes, nous disent que Pierre, le plus ancien et fidèle disciple de Jésus, la pierre sur laquelle il a voulu bâtir son église, a renié par trois fois son maître dans la nuit qui a suivi son arrestation, on y croit aussi, et si on y croit c'est avant tout parce que ce n'est pas flatteur pour Pierre. C'est exactement comme dans la peinture. Si un peintre de cour, faisant le portrait du roi, lui donne un visage noble et énergique, resplendissant de sérénité, on se dit que c'est peut-être ressemblant, mais peut-être pas : on n'en sait rien. Alors que s'il le peint avec les yeux qui louchent et une énorme verrue sur le menton, on peut être certain d'une chose : c'est que le roi avait bien les yeux qui louchent et une verrue sur le menton. Au fond, ce que nous croyons ressemblant, c'est ce qui est, sinon moche, imparfait.

6

Moi, je n'ai pas fait le portrait de Jésus : je ne m'y serais pas risqué. J'ai tenté, plus modestement, de faire celui d'un de ses quatre portraitistes officiels. J'ai tenté de peindre un Luc plausible, sinon ressemblant, et c'est une entreprise hasardeuse, s'agissant d'un homme dont non seulement on ne sait rien mais qui en plus a vécu il y a dix-neuf siècles. Je me suis beaucoup demandé comment faire un roman historique qui ne sonne pas trop faux. J'ai relu les chefs-d'œuvre du genre, l'un des plus célèbres étant les *Mémoires d'Hadrien*, de Marguerite Yourcenar. Et je voudrais vous citer, même s'il est un peu long, le texte dans lequel Marguerite Yourcenar explique comment elle a procédé :

« La règle du jeu : tout apprendre, tout lire, s'informer de tout et, simultanément, adapter à son but les *Exercices* d'Ignace de Loyola ou la méthode de l'ascète hindou qui s'épuise, des années durant, à visualiser un peu plus exactement l'image qu'il crée sous ses paupières fermées. Poursuivre, à travers des milliers de fiches, l'actualité des faits. Tâcher de rendre leur mobilité, leur souplesse vivante, à ces visages de pierre. Lorsque deux textes, deux affirmations, deux idées s'opposent, se plaire à les concilier plutôt qu'à les annuler l'un par l'autre. Voir en eux deux facettes différentes, deux états successifs du même fait, une réalité convaincante parce qu'elle est complexe, humaine parce qu'elle est multiple. Travailler à lire un texte du IIe siècle avec des yeux, une âme, des sens du IIe siècle. Le laisser baigner dans cette eau-mère que sont les faits contemporains, écarter s'il se peut toutes les idées, tous les sentiments accumulés par couches successives entre ces gens et nous. Se servir pourtant, mais prudemment, mais seu-

lement à titre préparatoire, des possibilités de rapprochement ou de recoupement, des perspectives nouvelles peu à
peu élaborées par tant de siècles et d'événements qui nous
séparent de ce texte, de ce fait, de cet homme. Les utiliser
comme autant de jalons sur la route du retour vers un point
particulier du temps. S'interdire les ombres portées. Ne
pas permettre que la buée d'une haleine s'étale sur le tain
du miroir. Prendre seulement ce qu'il y a de plus durable,
de plus essentiel en nous, dans les émotions des sens et
les opérations de l'esprit, comme point de contact avec ces
hommes qui comme nous croquèrent des olives, burent du
vin, s'enguèrent les doigts de miel, luttèrent contre le vent
aigre et la pluie aveuglante et cherchèrent en été l'ombre
d'un platane, et jouirent, et pensèrent, et vieillirent, et moururent. »

Je trouve ce texte très beau. J'approuve cette méthode,
à la fois orgueilleuse et humble. La liste si poétique des
invariants – « ces hommes qui comme nous croquèrent
des olives, burent du vin, s'enguèrent les doigts de miel,
luttèrent contre le vent aigre et la pluie aveuglante et
cherchèrent en été l'ombre d'un platane, et jouirent, et
pensèrent, et vieillirent, et moururent » –, cette liste me
laisse songeur, parce qu'elle effleure une énorme question :
qu'est-ce qui est éternel, immuable, dans ce que Marguerite
Yourcenar appelle « les émotions des sens et les opérations
de l'esprit »? Qu'est-ce qui, par conséquent, ne relève pas
de l'histoire? Le ciel, la pluie, la soif, le désir qui pousse
hommes et femmes à s'accoupler, d'accord, mais dans la

perception qu'on a de ces choses, dans les opinions qu'on s'en fait, l'histoire, c'est-à-dire le changeant, s'insinue vite, ne cesse de prendre des places qu'on croyait hors d'atteinte. Là où personnellement je me sépare de Marguerite Yourcenar, c'est à propos de ce qu'elle appelle l'ombre portée, ou l'haleine sur le tain du miroir : c'est-à-dire la présence de l'auteur d'aujourd'hui. Moi, je crois profondément que c'est quelque chose qu'on ne peut pas éviter. Je crois que l'ombre portée, on la verra toujours, qu'on verra toujours les astuces par lesquelles on essaye de l'effacer et qu'il vaut mieux dès lors l'accepter et la mettre en scène. C'est comme quand on tourne un documentaire. Soit on tente de faire croire qu'on y voit les gens « pour de vrai », c'est-à-dire comme ils sont quand on n'est pas là pour les filmer. Soit on admet que le fait de les filmer modifie la situation, et alors ce qu'on filme, c'est cette situation nouvelle. Pour ma part, ce que dans le jargon technique on appelle les « regards caméra » ne me gêne pas : au contraire je les garde, j'attire même l'attention sur eux. Je montre ce que désignent ces regards, qui dans le documentaire classique est supposé rester hors champ : l'équipe en train de filmer, moi qui dirige l'équipe, et nos querelles, nos doutes, nos relations compliquées avec les gens que nous filmons. Là encore, je ne dis pas que c'est mieux. Ce sont deux écoles, et tout ce qu'on peut dire en faveur de la mienne – l'école du soupçon, de l'envers des décors et des *making-of* –, c'est qu'elle est plus accordée à la sensibilité moderne que la prétention à la fois hautaine et ingénue de Marguerite Yourcenar à s'effacer pour montrer les choses telles qu'elles sont, dans leur essence et leur vérité.

7

Ce qui est amusant, c'est qu'à la différence d'Ingres ou de Delacroix qui cherchaient le réalisme dans leurs représentations des Romains de Tite-Live ou des Juifs de la Bible, les maîtres anciens pratiquaient naïvement le credo moderniste et la distanciation brechtienne. Si on leur avait posé la question, beaucoup d'entre eux, à la réflexion, auraient sans doute admis que la Galilée du temps de Jésus ne devait pas ressembler à la Flandre ou à la Toscane de leur temps à eux. Mais la plupart, cette question ne leur venait pas à l'esprit. L'aspiration au réalisme historique n'entrait pas dans leur cadre de pensée, et je pense qu'au fond ils avaient raison. Ils étaient vraiment réalistes dans la mesure où ce qu'ils représentaient était vraiment réel. C'étaient eux, c'était le monde où ils vivaient. L'intérieur de la Sainte Vierge dans les retables de l'Annonciation, c'était celui du peintre ou de son commanditaire. Ses vêtements peints avec tant de soin, un tel amour des détails et de la matière, c'étaient ceux que portaient la femme de l'un ou la maîtresse de l'autre. Et le peintre n'hésitait pas à se représenter lui-même dans le tableau. Il y en a un, comme ça, que j'aime beaucoup, qui a été peint par le grand maître flamand Roger van der Weyden et qui représente saint Luc, mon héros, en train de faire le portrait de la Vierge – car une tradition absolument dénuée de fondement historique, mais qui m'enchante, veut que saint Luc ait été peintre : il est même le patron des peintres. Ce visage de saint Luc, dans le tableau de Roger van der Weyden, fait partie de ceux qui ne laissent aucun doute : c'est quelqu'un de réel. Et les historiens de l'art nous apprennent que ce n'est pas seulement quelqu'un de réel : c'est Roger van der Weyden lui-même. Son saint Luc est un autoportrait. J'ai été bien content le jour où j'ai appris cela parce que, dans mon livre, j'ai fait exactement la même chose. Je me suis peint moi-même sous les traits de saint Luc. Comme Flaubert de Madame Bovary, je pourrais dire : « Luc, c'est moi », et il me semble honnêtement que c'était le choix le plus raisonnable. Mon Luc ne ressemble sans doute pas au vrai Luc, personne ne sait à quoi ressemblait le vrai Luc, mais il me ressemble au moins à moi : c'est déjà ça. À qui on ressemble, ce n'est pas si important, je trouve : ce qui compte, c'est d'être ressemblant.

Conférence prononcée à Florence, en juin 2014

À LA RECHERCHE DE L'HOMME-DÉ

1

Vers la fin des années soixante, Luke Rhinehart exer-çait le métier de psychanalyste à New York et s'emmer-dait. Il habitait un agréable appartement, avec une jolie vue sur les fenêtres des voisins qui en avaient une jolie sur les siennes. Il faisait du yoga, lisait des livres sur le zen, rêvait vaguement de rejoindre une communauté hippie mais n'osait pas. À défaut, il portait des pantalons à pattes d'élé-phant et une barbe qui lui donnait un peu moins l'air d'un bourgeois déprimé, un peu plus d'un acteur au chômage. Comme thérapeute, il était résolument non directif. Si un patient obèse, vierge et bourrelé de pulsions sadiques, disait sur son divan qu'il aimerait violer et tuer une petite fille, son éthique professionnelle lui imposait de répéter d'une voix calme : « Vous aimeriez violer et tuer une petite fille ? » Point d'interrogation évasif, se perdant dans des points de suspension. Long silence. Absence de jugement. Mais en réalité, ce qu'il avait vraiment envie de répondre, c'est :

« Allez-y, mon vieux ! Si ce qui vous branche vraiment, c'est de violer et tuer une petite fille, arrêtez de me faire chier avec ce fantasme : *faites-le* ! » Il se retenait, évidemment, avant de dire des horreurs pareilles mais elles l'obsédaient de plus en plus. Comme tout le monde, il s'interdisait de réaliser ses fantasmes alors qu'ils étaient plutôt bénins, ses fantasmes – pas de quoi l'envoyer en prison, comme son patient sadique s'il se laissait aller. Ce qu'il aurait aimé, c'est par exemple coucher avec Arlene, la femme aux seins somptueux de son collègue et voisin de palier Jake Epstein. Il soupçonnait qu'elle non plus ne serait pas contre, mais en sa qualité d'homme marié, adulte, loyal, responsable, il laissait ça mijoter dans le marigot des rêves éveillés.

Ainsi va la vie, tranquille et morne, jusqu'au jour où, après une soirée un peu trop arrosée, Luke repère, traînant sur la moquette, un dé, un banal dé à jouer, et où l'idée lui vient de le lancer et d'agir sur son ordre.

« Si le dé tombe sur un chiffre entre 2 et 6, je fais ce que j'aurais fait de toute façon : rapporter les verres sales à la cuisine, me brosser les dents, prendre une double aspirine pour n'avoir pas trop la gueule de bois au réveil, aller me coucher auprès de ma femme endormie et peut-être me branler, discrètement, en pensant à Arlene. En revanche, si le dé tombe sur le 1, je fais ce que j'ai *vraiment* envie de faire : je traverse le palier, je frappe à la porte d'Arlene, dont je sais qu'elle est seule à la maison ce soir, et je couche avec elle. »

Le dé tombe sur le 1.

Luke hésite, avec l'impression vague d'être devant un seuil : s'il le franchit, sa vie risque de changer. Mais ce n'est pas sa décision, c'est celle du dé, alors il obéit. Arlene, qui lui ouvre en nuisette transparente, est surprise mais somme toute pas fâchée. Quand Luke rentre chez lui, après deux heures extrêmement agréables, il a conscience d'avoir bel et bien changé. Ce changement n'est peut-être pas énorme, mais c'est plus que tout ce qu'on peut attendre d'une psychothérapie – comme il est payé pour le savoir. Il a fait quelque chose que le Luke habituel ne ferait pas. Un Luke plus audacieux, plus large, moins limité, perce sous le Luke prudent et conformiste, et peut-être d'autres Luke dont il ne soupçonne pas encore l'existence attendent derrière la porte que le dé veuille bien leur ouvrir.

Dans toutes les circonstances de la vie, désormais, Luke consulte le dé et, puisqu'il a six faces, lui soumet six options. La première, c'est de faire comme il a toujours fait. Les cinq autres se démarquent plus ou moins nettement de cette routine. Mettons que Luke et sa femme aient prévu d'aller au cinéma. Le nouveau film d'Antonioni, *Blow-up,* vient de sortir, et c'est exactement ce qu'un couple d'intellectuels new-yorkais comme eux doit aller voir. Mais ils pourraient aussi aller voir un film *encore plus* intellectuel, un truc hongrois ou tchèque encore plus chiant, ou au contraire un gros film commercial américain du genre qu'a priori ils méprisent complètement, ou encore un film porno dans un cinéma pour clochards de Bowery où jamais des gens comme eux n'ont mis ni ne mettront jamais les pieds. Une fois soumis au dé, le choix le plus anodin, celui d'un film, d'un restaurant, d'un plat au restaurant, ouvre si on y prend garde un éventail très vaste de possibilités et d'occasions de sortir de sa routine. Luke, au début, y va doucement. Il choisit des options prudentes, pas trop éloignées de ses bases. Des petits pas de côté qui pimentent la vie sans la chambouler, comme changer de place dans le lit ou de position dans le sexe conjugal. Mais bientôt ses options deviennent plus audacieuses. Il commence à considérer tout ce qu'il n'a encore jamais fait comme un défi à relever. Aller dans le genre d'endroit où il n'irait jamais, entrer en relations avec des gens qu'il ne fréquenterait jamais. Entreprendre de séduire une femme dont il a relevé le nom au hasard dans l'annuaire. Emprunter dix dollars à un inconnu. Donner dix dollars à un inconnu. Se risquer dans un bar d'homosexuels, se laisser draguer, draguer soi-même et pourquoi pas, lui l'hétérosexuel affirmé, coucher avec un homme ? Avec ses patients, se montrer directif, impatient, despotique. À celui dont le symptôme est de se prendre pour une merde, lancer soudain : « Et si la vérité, c'est que vous *êtes* une merde ? » À l'écrivain en panne : « Au lieu de vous acharner sur votre roman à la con, pourquoi ne pas aller au Congo et vous joindre à un mouvement révolutionnaire ? Pourquoi ne pas essayer la fuite en avant ? Le sexe, la faim, le danger ? » Et au grand inhibé : « Pourquoi ne pas vous taper ma secrétaire ? Elle est moche mais elle n'attend que ça. En sortant de mon cabinet, allez-y, roulez-lui une pelle, au pire elle vous gifle, qu'est-ce que vous risquez à essayer ? » Il pousse ses patients à quitter leurs familles ou leurs jobs, à changer d'orientations politiques ou sexuelles. Les résultats sont désastreux et sa réputation s'en ressent, mais il s'en fout. Ce qui l'excite, à présent, c'est d'agir à l'exact opposé de son comportement habituel : saler son café, faire du jogging en smoking, aller en short à son cabinet, pisser dans les pots de fleurs, marcher à reculons, se coucher sous son lit et non dedans... Sa femme le trouve bizarre, évidemment, mais il lui dit qu'il tente une expérience psychologique et elle se laisse convaincre de le croire. Jusqu'au jour où l'idée lui vient d'initier les enfants.

Oh là, il se doute bien que c'est dangereux, ça, très dangereux. Mais c'est une règle d'expérience que toute option imaginée, même avec effroi, finit par être soumise au dé et, un jour ou l'autre, par sortir. C'est ainsi qu'un week-end où leur mère n'est pas là Luke fait jouer son petit garçon et sa petite fille à ce jeu en apparence innocent : on note sur un papier six choses qu'on aimerait faire, et le dé en choisit une. Cela se passe gentiment au début – cela se passe toujours gentiment au début : on mange des glaces, on va au zoo, et puis le petit garçon s'enhardit et dit qu'un truc qu'il aimerait bien, c'est casser la gueule à un copain d'école qui l'a embêté. « Bien, dit Luke, écris-le », et c'est l'option qui sort. L'enfant s'attend à ce que, mis au pied du mur, son père le dispense d'aller jusqu'au bout, mais non, le père dit : « Vas-y. » L'enfant va chez son copain, lui colle un pain et revient à la maison les yeux brillants en demandant : « Il est où, le dé ? »

Cela fait réfléchir Luke : si son fils adopte si naturellement cette façon d'être, c'est qu'il n'est pas encore complètement aliéné par l'absurde postulat des parents et de la société en général selon lequel il est bon que les enfants développent une personnalité cohérente. Et si, pour changer, on les élevait autrement ? En valorisant la contradiction, la multiplicité, le changement perpétuel ? Mentez, chères têtes blondes, désobéissez, soyez inconséquents, perdez la pernicieuse habitude de vous laver les dents avant de vous coucher. On nous dit que les enfants ont besoin d'ordre et de repères : et si c'était le contraire ? Luke songe sérieusement à faire de son fils le premier homme entièrement soumis au hasard et, de ce fait, affranchi de la morne tyrannie de l'ego : un enfant selon Lao-tseu.

Là-dessus, la mère revient, découvre ce qui s'est passé en son absence et, ne trouvant plus ça drôle du tout, quitte Luke en emmenant avec elle les enfants.

Voici notre héros déchargé de sa famille. Ça l'attriste, car il aime sa famille, mais le dé est un maître aussi exigeant que Jésus-Christ : lui aussi, il veut qu'on abandonne tout pour le suivre.

C'est son métier, ensuite, que Luke abandonne, à la suite d'une soirée réunissant le gratin des psychanalystes new-yorkais. La feuille de route que lui a donnée le dé (il faut dire qu'il avait pas mal fumé en listant les options), c'est de changer de personnalité toutes les dix minutes, les six rôles qu'il doit tenir en alternance au cours de cette soirée étant : un psy bien élevé (lui, avant le dé), un débile mental, un obsédé sexuel désinhibé, un Jesus *freak*, un militant d'extrême gauche, un militant d'extrême droite, tenant des discours violemment antisémites. Scandale, suivi d'internement et de comparution devant un conseil de discipline. Luke profite de cette tribune inattendue pour faire connaître au monde ce qu'il présente comme une thérapie révolutionnaire. Ses collègues sont horrifiés : sa thérapie révolutionnaire, c'est la destruction programmée de l'identité individuelle. Exact, reconnaît Luke, mais est-ce que ce n'est pas ce qui peut arriver de mieux ? Ce qu'on appelle l'identité individuelle n'est qu'un carcan d'ennui, de frustration, de désespoir. Toutes les thérapies visent à solidifier ce carcan alors que la liberté, c'est de le faire voler en éclats, de n'être plus prisonnier de soi-même mais de pouvoir au gré de l'humeur et du caprice être un autre, des dizaines d'autres...

« *What do you really want ? Everything, I guess. To be everybody and to do everything.* »

Après cette profession de foi, voici le visionnaire chassé de sa communauté professionnelle – comme vient d'être chassé de la sienne un autre visionnaire, Timothy Leary, l'apôtre du LSD. Sans famille, sans travail, sans attaches, Luke est libre, et livré au vertige de la liberté. Il a découvert, et expérimente sur lui-même, un truc qui au début pimente la vie mais dont la logique de surenchère la remet en cause à chaque instant. Au début c'était comme la marijuana, quelque chose d'agréable et amusant, maintenant c'est comme l'acide, quelque chose d'énorme et exaltant, mais qui dévaste tout. Afin de donner leur chance aux tendances réprimées de la personnalité, on va de transgression en transgression. Cela devient une ascèse, plus du tout hédoniste ni amusante. Le dernier garde-fou qui saute, c'est le principe de plaisir. Car celui qui s'engage dans la voie du dé fait au début des choses qu'il n'aurait jamais osé faire mais qu'il rêvait de faire, plus ou moins secrètement. Et puis un jour arrive où le dé le pousse à faire des choses que non seulement il n'osait pas faire mais qu'il n'avait pas *envie* de faire, parce qu'elles sont contraires à ses goûts, à ses désirs, à toute sa personnalité. Or, justement : la personnalité, la misérable petite personnalité, c'est l'ennemi à abattre, le conditionnement dont il faut se libérer. Pour n'être plus prisonnier de soi, il faut accepter de suivre des désirs qu'on ne se connaissait pas et même qu'on n'avait pas.

Prenez le sexe : on commence par varier les routines conjugales, pour la satisfaction des deux parties, et puis on change de femme, et puis on quitte sa femme (ou, dans le cas de Luke, elle le quitte), et puis on couche avec toutes les femmes qui passent et vous attirent, et puis, pour élargir le champ, être un peu moins l'esclave de ses pauvres préférences, on passe aux femmes qui ne vous attirent pas – les vieilles, les grosses, celles qu'autrefois on n'aurait pas regardées –, et de là aux hommes, et puis aux petits garçons, et puis au viol, et puis au meurtre sadique, façon *American Psycho*, pourquoi pas ?

Aucun pratiquant sérieux du dé ne peut éviter, à un moment ou à un autre, d'inscrire un meurtre dans sa liste d'options. C'est le tabou suprême, qu'il serait lâche de ne pas transgresser. Luke, quand le dé le lui ordonne, imagine deux sous-options : tuer une personne qu'il connaît, en tuer une qu'il ne connaît pas. Il aimerait évidemment mieux la seconde hypothèse, mais non, c'est la première qui sort, et le voilà contraint d'établir une liste de six victimes potentielles, dans laquelle il inclut courageusement ses deux enfants. Heureusement pour lui, cette épreuve-là lui est épargnée, comme le meurtre de son fils Isaac à Abraham : le dé exige seulement qu'il tue un de ses ex-patients.

Si on en croit son autobiographie, il ne se serait pas dégonflé. Il l'aurait fait. Certains commentateurs en doutent et, presque cinquante ans plus tard, la chose semble impossible à vérifier. Ce qui semble en revanche avéré, c'est qu'ayant totalement cramé sa carrière, sa vie de famille et sa réputation sociale, Luke était mûr pour devenir une sorte de prophète et qu'il l'est devenu. En ces lointaines années où fleurissaient d'une côte à l'autre de l'Amérique les thérapies les plus paradoxales, un gourou du dé avait toutes les chances de faire des adeptes. C'est ainsi qu'est né, dans un paisible village de Nouvelle-Angleterre, le célèbre et scandaleux *Center for Experiment in Total Random Environment*, où l'on s'inscrit de son plein gré mais s'engage à ne sortir qu'une fois l'expérience conduite jusqu'à son terme. Les débutants s'y dégrossissent en pratiquant la roulette émotionnelle : on choisit six émotions fortes, qu'on exprime aussi dramatiquement que possible pendant dix minutes. Les étudiants plus avancés passent au jeu de rôles à durée variable : cela consiste à lister six personnalités – mettons philanthrope ou cynique, travailleur ou fainéant, normopathe ou psychotique : ces virtualités existent en chacun de nous – et à se tenir à celle que le dé a choisie pendant (selon le verdict du dé aussi) dix minutes, une heure, une journée, une semaine, un mois, un an. Vivre un an dans la peau d'un psychotique quand on ne l'est pas, c'est assez exigeant, comme expérience. Les plus hardis, en fin de stage, tentent la soumission totale, sur une durée également variable, à la volonté de quelqu'un d'autre, qui non seulement jettera le dé mais sélectionnera les options. C'est ainsi que Luke, pour sa part, est devenu l'esclave d'une fille totalement névrosée et assez imaginative pour lui faire vivre un mois de délire sadomaso au cours duquel il estime avoir plus appris sur lui-même et sur la vie que dans les quarante années précédentes.

Parmi les adeptes de la thérapie par le dé, certains sont devenus fous. D'autres sont morts ou ont fini en prison. Quelques-uns, paraît-il, ont atteint un état d'éveil et de joie stable, semblable au nirvâna des bouddhistes. En un an ou deux d'existence, le Centre créé par Luke est en tout cas devenu aussi scandaleux que les communautés de Timothy Leary : une école du chaos, pouvait-on lire dans la presse conservatrice, et une menace aussi sérieuse pour la civilisation que le communisme ou le satanisme d'un Charles Manson. La fin de l'aventure est entourée d'obscurité. On dit que Luke a été arrêté par le FBI, qu'il a passé vingt ans dans un hôpital psychiatrique. Ou qu'il est mort. Ou qu'il n'a jamais existé.

2

Tout ce que je viens de raconter se trouve dans un livre, *The Diceman*, paru en 1971 et traduit en français l'année suivante. Je l'ai découvert à seize ans, en même temps que les chefs-d'œuvre paranoïaques et déjantés de Philip K. Dick, et il m'a presque autant marqué. J'étais un adolescent à cheveux longs, veste afghane et petites lunettes rondes, terriblement timide, et je me suis quelque temps promené avec un dé dans la poche, comptant sur lui pour me donner l'assurance qui me manquait avec les filles. Ça marchait plus ou moins, plutôt moins, il n'empêche que *L'Homme-dé* était ce genre de livre où l'on trouve non seulement du plaisir mais des règles de vie, un manuel de subversion par lequel on rêverait de se laisser guider. Était-ce une fiction ou un récit autobiographique, ce n'était pas clair, mais l'auteur, Luke Rhinehart, portait le même nom que son héros et il était comme lui psychiatre. Il vivait à Majorque, précisait l'éditeur, et Majorque ou Formentera, à l'époque dont je parle, c'était l'endroit où se passait *More*, le film de Barbet Schroeder sur la drogue, avec la merveilleuse Mimsy Farmer et l'envoûtante musique du Pink Floyd : le refuge idéal pour un prophète au bout du rouleau, ayant échappé de justesse au naufrage de sa communauté de cinglés. Les années ont passé, *L'Homme-dé* est resté un mot de passe, l'objet d'un culte mineur mais persistant, et chaque fois que je rencontrais quelqu'un qui l'avait lu (c'était presque toujours un fumeur de pétards, et souvent un adepte du *Yi-King*), les mêmes questions revenaient : qu'est-ce qui était vrai là-dedans ? Qui était Luke Rhinehart ? Qu'était-il devenu ?

Par la suite, je me suis mis à écrire des livres dont beaucoup tournaient autour de la tentation des vies multiples. Nous sommes, chacun de nous, terriblement prisonniers de notre petite personne, cantonnés dans nos façons de penser et d'agir. Nous aimerions bien savoir ce que c'est d'être quelqu'un d'autre, moi en tout cas j'aimerais bien le savoir et, si je suis devenu écrivain, c'est en grande partie pour l'imaginer. C'est ce qui m'a poussé à raconter la vie de Jean-Claude Romand, qui a passé vingt ans à prétendre être un autre que lui-même, et celle d'Édouard Limonov, qui en a vécu dix, de vies. Il y a quelques mois, je parlais de ça avec un ami, qui à cette tentation de la multiplicité opposait la tradition stoïcienne pour qui l'accomplissement est au contraire fruit de la cohérence, de la fidélité à soi-même, de la patiente sculpture d'une personnalité aussi stable que possible. Comme on ne pourra jamais prendre tous les chemins de la vie, la sagesse est de suivre le sien, et plus il est étroit, moins il bifurque, plus on aura de chances de monter haut. J'étais d'accord : l'âge venant, je penche de ce côté-là moi aussi. Mais j'ai repensé à Luke Rhinehart, l'apôtre de la dispersion, le prophète de la vie kaléidoscopique, l'homme qui dit qu'il faut prendre tous les chemins à la fois, et peu importe si ce sont des culs-de-sac. Un fantôme des confiantes et dangereuses années soixante, où on croyait pouvoir tout vivre, tout essayer, et je me suis de nouveau demandé où il était, ce fantôme, s'il existait encore quelque part.

Autrefois, sur ce genre de sujet, on était réduit à son imagination, mais aujourd'hui il y a internet, et en une heure sur internet j'en ai plus appris sur Luke Rhinehart qu'en trente ans de conjectures paresseuses.

De son vrai nom, il s'appelle George Cockcroft et il n'est plus tout jeune, évidemment, mais toujours de ce monde. Il a écrit d'autres livres, mais aucun n'a connu la fortune du *Diceman* qui, plus de quarante ans après sa parution, est plus que jamais un livre-culte. Des dizaines de sites lui sont dédiés, et autant de légendes circulent à son sujet. Dix fois, il a été question de l'adapter au cinéma, les plus grosses vedettes de Hollywood, Jack Nicholson, Nicholas Cage, se sont battues pour jouer le rôle de Luke mais, mystérieusement, le projet n'a jamais abouti. Des communautés d'adeptes du dé existent un peu partout dans le monde. Le mythique auteur, quant à lui, mène une existence de reclus dans une ferme isolée au nord de l'État de New York. Personne ne l'a vu depuis trois décennies, une seule photo de lui circule : elle montre, sous un stetson, un visage sarcastique et émacié dont la ressemblance me frappe avec celui d'un autre fantôme magnifique : Dennis Hopper dans *L'Ami américain*, de Wim Wenders. L'idée me vient qu'il y a là un sujet, dont je parle à Patrick de Saint-Exupéry, le rédacteur en chef de *XXI*, comme si Luke Rhinehart était un mixte de Carlos Castaneda, de William Burroughs et de Thomas Pynchon : une icône de la subversion la plus radicale transformée en homme invisible.

Vendu, évidemment.

3

Un détail aurait dû m'alerter : c'est que mon homme invisible a lui-même un site, grâce auquel je l'ai contacté, et qu'il m'a répondu dans l'heure, avec une bonne grâce surprenante de la part d'un reclus. Je voulais venir de France l'interviewer ? Quelle bonne idée ! Et, quand se sont précisées les modalités de ma visite, il m'a dit gentiment qu'il espérait ne pas trop me décevoir : lancé à la recherche de Luke Rhinehart, j'allais rencontrer George Cockcroft, et George Cockcroft, de son propre aveu, était *an old fart*, un vieux chnoque. J'ai pris cette mise en garde comme une coquetterie.

En passant par New York, j'invite à dîner un de ces adeptes du dé avec qui depuis quelques semaines je suis entré en contact sur internet. Ce garçon de trente ans, Ron, se présente comme artiste conceptuel et pirate urbain, et anime une communauté de *dice people* qui se réunissent tous les mois pour ce qui, sous la couche de patois *new age*, semble être de braves partouzes à l'ancienne où le dé décide surtout qui sera dessus, qui dessous, et par quels orifices on s'enfilera. Rien de ce genre, je le regrette un peu, n'est prévu aux dates de mon séjour, mais le pirate urbain se montre très impressionné par mon audace : frapper à la porte de Luke Rhinehart ! Aller tirer les moustaches du tigre ! C'est vraiment me risquer du côté obscur de la Force. Je réponds qu'il me semble, à en croire nos échanges, un vieil homme très affable. Ron me regarde, songeur, un peu apitoyé :

« Un vieil homme très affable… Peut-être bien, après tout. Peut-être bien que le dé lui a ordonné de tenir ce rôle pour vous. Mais n'oubliez jamais qu'un dé a six faces. Il vous en présente une, vous ne savez pas ce que sont les cinq autres, ni quand il choisira de vous les montrer… »

De Pennsylvania Station à Hudson, dans le nord de l'État de New York, il y a deux heures de train, dans un paysage de campagne enchanteur. L'homme qui m'attend à la gare porte le même stetson que sur son unique photo, il a le même visage émacié, les mêmes yeux d'un bleu délavé, le même sourire légèrement sardonique. Il est très grand, voûté, si on s'est fait le cinéma requis on pourrait le trouver inquiétant, sauf que, quand je lui tends la main, il me serre dans ses bras, m'embrasse sur les deux joues comme si j'étais son fils et me présente à sa femme, Ann, qui se révèle tout aussi débonnaire et chaleureuse que lui. Nous montons tous les trois dans leur vieux break, traversons la bourgade tranquille. Maisons de bois blanches, vérandas, pelouses : ce n'est pas l'Amérique suburbaine des séries du genre *Desperate Housewives*, mais une Amérique beaucoup plus ancienne, plus reculée, plus rurale – et il ne faut pas s'y tromper, me dit Ann, au printemps c'est charmant mais quatre mois sur douze tout ça est recouvert de neige, les routes souvent bloquées, pour y vivre à l'année il faut de solides ressources intérieures. Tandis que nous roulons entre bois et vergers, je m'avise que ce décor, dans sa version hivernale, est celui d'un de mes romans préférés : *Ethan Frome*, d'Edith Wharton – un des romans les plus tristes du monde, en comparaison duquel *Les Hauts de Hurlevent*, c'est *La Mélodie du bonheur*. Quand je le dis à mes hôtes, ils en sont enchantés : c'est un de leurs romans préférés à eux aussi, George l'a souvent fait étudier à ses élèves.

À ses élèves ? Il n'était pas psychiatre, ou psychanalyste ?

« Psychiatre ? Psychanalyste ? » répète George, aussi surpris que si j'avais dit cosmonaute. Non, il n'a jamais été psychiatre mais, toute sa vie, professeur d'anglais au collège.

Ah bon ? Mais sur la quatrième de couverture de son livre…

George hausse les épaules, comme il dirait : les édi-teurs, les journalistes, vous savez, ça dit n'importe quoi…

On roule une bonne heure depuis Hudson, il conduit avec une brusquerie qui contraste avec la bonhomie de ses manières et qui fait rire sa femme – de ce rire affectueuse-ment moqueur par lequel nous relevons les petits travers de ceux qui nous sont chers. C'est émouvant de voir comme ils s'aiment, tous les deux : pas un regard, pas un geste entre eux qui ne soit tendre, attentionné, patiné par une très ancienne habitude l'un de l'autre : c'est vraiment Philémon et Baucis, et quand incidemment Ann m'apprend qu'ils sont mariés depuis cinquante-six ans, je ne suis pas surpris. En même temps ça ne colle pas, mais alors pas du tout, avec le Luke Rhinehart que sur la foi de son livre j'avais imaginé.

La maison est une ancienne ferme, aménagée pour affronter de rudes hivers et descendant en pente douce vers un étang où nagent des canards. Elle vaudrait aujourd'hui très cher mais ils ont eu la chance de l'acheter il y a quarante ans, quand elle était dans leurs moyens, et ils ne l'ont pas quittée depuis. Leurs trois fils y ont grandi, deux d'entre eux habitent dans le coin, où ils sont respectivement char-pentier et peintre en bâtiment, le troisième vit toujours avec eux. Il est schizophrène, me dit Ann sans embarras, en ce moment ça va bien, il n'a pas de crises, seulement il ne fau-dra pas que je m'inquiète si je l'entends parler un peu fort, dans sa chambre qui se trouve jouxter la chambre d'amis qu'on m'a préparée pour le week-end (je me suis invité pour le week-end, mais je devine que si je voulais m'incruster une semaine ou un mois ça ne poserait pas de problème).

Ann a servi le thé et, munis de nos mugs, George et moi nous installons sur la terrasse pour l'interview. Il a remplacé son stetson par une casquette de base-ball et, puisque je lui demande de me raconter sa vie, il commence au début.

4

Il est né en 1930, dans un village situé à quelques kilomètres de celui où il vit aujourd'hui, et selon toute vraisemblance mourra. *Middle-class* semi-rurale, éprouvée par la Dépression, malgré quoi il se rappelle une enfance et une adolescence plutôt heureuses. Bon en maths, fort en thème, pas aventurier pour un sou, il dit avoir atteint l'âge de vingt ans sans éprouver la moindre velléité créative. Mais les études où il s'est engagé (pour devenir ingénieur civil, comme son père) l'ennuient et il bifurque vers la psychologie. On est au début des années cinquante : la psychologie telle qu'on l'enseigne à l'université, ce n'est pas Freud, ce n'est pas Jung, ce n'est pas Erich Fomm ni Wilhelm Reich, ce sont de fastidieuses expériences sur les rats, et il se dit que mieux vaut lire des romans – ce qui, jusqu'alors, ne lui était pas venu à l'idée. C'est ainsi que tout en effectuant, comme stagiaire, des gardes de nuit dans un hôpital de Long Island, il dévore Mark Twain, Melville et les grands Russes du XIXe siècle. C'est ainsi qu'il commence un roman qui se passe dans un hôpital psychiatrique (ah ! quand même !). Le héros est un garçon interné parce qu'il se prend pour Jésus, et on croise parmi le personnel hospitalier un médecin nommé Luke Rhinehart, qui pratique la thérapie par le dé (*bis* : ah ! quand même !). Le prénom de Luke a été choisi en hommage à l'évangéliste, ce qui me réjouit d'autant plus – et George, quand je le lui dis – que je viens d'écrire tout un gros livre sur lui. Quant au dé, c'est une marotte dont le jeune George a pris l'habitude au collège, avec une bande de copains. On s'en servait, le samedi, pour fixer le programme de la soirée – il n'y avait pas beaucoup de choix, de toute façon : hamburger, drive-in... Quelquefois, on se donnait des gages : faire le tour du pâté de maisons à cloche-pied, aller tirer la sonnette du voisin, rien de bien méchant, et quand, plein d'espoir, je demande à George si, devenu adulte, il a poussé plus loin ces expériences, il hausse les épaules et sourit avec une très gentille expression d'excuse, parce qu'il a bien conscience que j'aimerais mieux des trucs plus croustillants.

« Non, avoue-t-il, ce que je demandais au dé, c'est par exemple, si j'en ai assez de travailler, est-ce que je reste devant ma table une heure de plus ? Deux heures ? Ou est-ce que je vais tout de suite me promener ?

– Qu'est-ce que tu racontes ? » dit alors Ann, sortie sur la terrasse pour nous proposer un crumble aux myrtilles qu'elle vient de sortir du four. « Tu ne te rappelles pas au moins *une* décision importante que le dé t'a fait prendre ? »

Il rit, elle aussi, ils sont toujours aussi attendrissants, et il me raconte qu'à l'hôpital il avait remarqué une infirmière très attirante mais qu'il était timide et n'osait pas lui adresser la parole. Le dé l'y a forcé : il l'a raccompagnée chez elle en voiture, emmenée à l'église mais l'église était fermée, alors il l'a invitée à jouer au tennis. L'accorte infirmière, c'était Ann, bien sûr.

Dix ans plus tard, ils ont trois petits garçons, et George, qui est devenu professeur d'anglais, postule pour un poste au lycée américain de Majorque. Cette expatriation est la grande aventure de leur vie. Majorque en 1965 est un enchantement, mais ils n'y ont connu rien de ce qui me fascinait dans *More*. George ne se drogue pas, est fidèle à sa femme, fréquente une société de professeurs comme lui, mais il n'échappe quand même pas complètement au *zeitgeist* car il s'est mis à lire des livres sur la psychanalyse, l'antipsychiatrie, les mystiques orientales, le zen – toute la contre-culture des années soixante dont la grande idée, pour aller vite, est que nous sommes conditionnés et qu'il faut se libérer de ces conditionnements. Sous l'influence de ces lectures, il prend soudain conscience du potentiel révolutionnaire de ce qu'il croyait être un petit jeu régressif, plus ou moins abandonné après l'adolescence, et lui qui depuis son mariage a complètement abandonné aussi l'idée d'écrire des livres, il se met dans la fièvre à ce qui deviendra *The Diceman*. Il mettra quatre ans à l'écrire, fidèlement soutenu par sa femme, et cela aussi m'étonne car ce sont tous les deux des gens ouverts et tolérants, mais très vertueux au fond, très famille, et le livre est tout de même monstrueusement transgressif – aujourd'hui encore, il reste choquant.

Je demande à Ann : « Ça ne vous troublait pas, de lire ça ? De découvrir que votre mari, le père de vos enfants, avait toutes ces horreurs dans la tête ? »

Sourire attendri : « Non, ça ne me troublait pas. J'ai confiance en George. Et je trouvais ça bien : j'étais fière de lui. »

Dans sa candeur, elle avait raison : raison d'être fière de lui, raison de lui faire confiance. Le livre, à leur grande surprise, a été acheté très cher par un éditeur américain, les droits vendus à la Paramount. Puis il s'est mis à vivre sa vie, erratique et imprévisible : succès en Europe – mais pas aux États-Unis, selon une malédiction qui semble propre aux grands bizarres, d'Edgar Poe à Philip K. Dick –, rééditions régulières, statut de livre-culte relancé depuis dix ans par internet. Il y a eu des déceptions : que le film, pour des raisons obscures, ne se soit jamais fait et que Paramount reste assis sur les droits, alors que des dizaines de cinéastes indépendants rêveraient de le faire ; qu'aucun des autres livres qu'a par la suite écrits George ne connaisse le succès et qu'il reste à jamais l'auteur d'un inclassable chef-d'œuvre. Mais c'est déjà beaucoup, et la vie ne lui a pas, ne leur a pas été trop cruelle. Les droits du *Diceman* leur ont permis d'acheter cette belle maison, au pays de leurs pères, et d'y vieillir doucement, lui écrivant, elle peignant, tous deux s'occu-

pant de leur grand fils malade et s'inquiétant seulement de
mourir avant lui.

Il se trouve que c'était ce jour-là la fête des Mères,
et les deux autres garçons sont venus la célébrer avec
leurs parents. Ce sont de bons Américains à chemises à
carreaux, buveurs de Budweiser, pêcheurs de truite, bien
campés dans la vie. Leur frère schizophrène est brièvement sorti de sa chambre et malgré un peu de lenteur
ne faisait pas mauvaise figure. Tous trois ont dit à Ann
qu'elle avait été pour eux *a terrific Mom*, et je suis sûr que
c'est vrai. Après le dîner, nous avons fini la soirée chez
un des fils, qui habite pas loin, en pleine campagne aussi,
et a un jacuzzi extérieur dans lequel George et moi avons
continué à picoler en regardant les étoiles, en sorte que
je ne me rappelle plus très bien comment j'ai regagné ma
chambre.

Je m'y suis réveillé en sursaut, vers 3 heures du matin.
J'avais la gorge sèche, on ne voyait par la fenêtre que la
masse sombre, oppressante, de la forêt qui encercle la maison, et une voix monocorde, grumeleuse, psalmodiait à
quelques mètres de moi des phrases que je ne comprenais
pas. Un rai de lumière passait sous la porte séparant ma
chambre de celle du fils schizophrène. J'étais hagard, j'ai
mis un moment à me calmer et, comme souvent, c'est la littérature qui m'a sauvé de l'effroi. Je repensais à toutes ces
histoires de visites à un vieil écrivain reclus dans sa maison
de bois au milieu des collines – le classique des classiques,

en la matière, étant *L'Écrivain des ombres*, de Philip Roth, où le jeune Nathan Zuckerman découvre que l'énigmatique secrétaire n'est autre qu'Anne Frank qui a survécu. Je me disais : c'est étrange, ce qu'on peut projeter sur une photo. Celle de Luke Rhinehart m'avait fait imaginer tout un roman : une vie dangereuse, sulfureuse, une vie de tous les excès, de toutes les transgressions, de toutes les ruptures. Des femmes nombreuses, fatales, droguées, une ou deux au moins suicidées. Des bordels au Mexique, des communautés de fous dans le désert du Nevada, des expériences démentes d'expansion de la conscience. Et ce visage, le même visage à l'ossature puissante et aux yeux d'acier, est en réalité celui d'un adorable vieux monsieur qui approche avec son adorable femme de la douce fin d'une vie douce et pépère, dont le seul accident de parcours est d'avoir écrit ce livre effarant, et qui dans son grand âge doit doucement, gentiment, expliquer aux gens qui à cause de cela viennent le voir qu'il ne faut pas le confondre avec son personnage, qu'il est simplement un romancier.

En réalité? Mais qu'est-ce que j'en savais, de la réalité? Je me rappelais l'avertissement de Ron, le pirate urbain. Ce que vous voyez là, l'adorable vieux monsieur, ce n'est qu'une face du dé. C'est le visage que le dé lui a ordonné de vous montrer, mais il en a au moins cinq autres en réserve et peut-être cette nuit est-il prévu qu'il en change. Ce qui va faire surface cette nuit, c'est peut-être l'option Stephen King. La jolie ferme aux bardeaux blancs, la tendre vieille compagne qui fait de la tarte aux myrtilles, la fête des mères, le bavardage dans le jacuzzi, tout cela va révéler sa part d'ombre. La haute silhouette voûtée, une silhouette d'ogre si on y pense, se dirige déjà vers la grange pour en sortir la faux...

5

J'ai bien vu, au petit déjeuner, que George craignait de m'avoir déçu. À ce moment-là, il n'avait pas tort : je me demandais ce que j'allais bien pouvoir écrire. Alors il m'a emmené ramer sur le lac et, tandis que nos deux kayaks glissaient lentement sur l'eau calme, il m'a raconté les histoires de quelques-uns de ses disciples. Car ce qu'il s'est contenté d'imaginer, d'autres l'ont fait, pour de bon. Prenez l'extravagant *tycoon* Richard Branson – celui qui a fondé Virgin et défraie la chronique en faisant le tour du monde en ballon ou, à la suite d'un pari, en tenant le rôle d'hôtesse de l'air sur un avion de sa compagnie aérienne. Il dit à qui veut l'entendre que tous ses choix dans la vie et les affaires, il les a accomplis grâce au dé, et sous l'influence de Luke Rhinehart. Il le cite comme d'autres citent Lao-tseu, Nietzsche ou Thoreau : un grand émancipateur, un professeur de liberté. Les lecteurs d'un journal londonien branché, *Loaded*, sont du même avis : par référendum, ils ont bombardé *The Diceman* roman le plus influent du XXe siècle. Ça a donné au rédacteur en chef une idée de

reportage, qu'il a confié au plus *gonzo* de ses journalistes :
pendant trois mois, suivre l'exemple de Luke Rhinehart ;
confier toutes ses décisions au dé, et raconter ce qui se
passe. Les moyens financiers étaient, sinon illimités, du
moins assez importants pour réaliser *presque* n'importe
quel caprice : prendre un avion pour la destination la plus
lointaine, échouer dans une cahute de pêcheur ou louer le
dernier étage d'un palace, recourir aux services d'un tueur
à gages, payer une caution élevée pour sortir de prison...
Le journaliste, un certain Ben Marshall, a pris l'expérience
suffisamment au sérieux, paraît-il, pour saccager sa vie
affective et professionnelle et disparaître plusieurs mois
sans donner de nouvelles à quiconque.

« Un drôle de gars, ce Ben, me dit George. Vous pouvez le voir dans *Dice World*, le monde du dé, un documentaire qu'a fait une chaîne anglaise en 1999. »

Je ne savais rien de ce documentaire, je lui demande
s'il en a un DVD, si nous pourrions le regarder ensemble,
et là, tout à coup, il a l'air gêné. Il dit qu'il n'est pas terrible,
ce documentaire, qu'il n'est d'ailleurs pas sûr de l'avoir,
mais j'insiste tellement que nous nous retrouvons tous les
deux assis sur le canapé devant la grosse télé du salon,
télécommande en main, et le film commence : pas terrible
en effet, monté trop vite, avec des effets de clip fatigants,
mais on y voit effectivement ce Ben Marshall, qui s'est
porté volontaire pour jouer sa vie au dé, et c'est un jeune
type au crâne rasé, aux yeux fixes, aux gestes nerveux,
qui explique de façon très convaincante comment il s'est

arrêté avant de devenir fou parce que ça rend fou, de faire ça, c'est la chose la plus excitante qui existe au monde mais elle rend fou, il faut le savoir. Il a l'air de quelqu'un qui revient de très loin, un peu du paradis, beaucoup de l'enfer, et juste après lui, qui voit-on ? On voit son inspirateur, notre ami George, ou plutôt notre ami Luke, tel qu'il était il y a quinze ans : le stetson, le visage émacié, le regard laser, très beau mais pas du tout dans le genre grand-père gâteau que je lui connais. D'une voix basse, insinuante, hypnotisante, il dit en fixant le spectateur droit dans les yeux : « Vous menez une vie nulle, une vie d'esclave, une vie qui ne vous satisfait pas, mais il y a une voie pour en sortir. Cette voie, c'est le dé. Laissez-le faire, soumettez-vous à lui, et vous verrez, votre vie changera, vous deviendrez quelqu'un que vous n'imaginez même pas. La soumission au dé vous rendra enfin libre. Vous ne serez plus personne, vous serez tout le monde. Vous ne serez plus vous, vous serez enfin vous. »

Il a l'air d'un télévangéliste charismatique en disant ça, d'un prédicateur fou dans un roman de Flannery O'Connor, d'un chef de secte filmé juste avant que ses adeptes se suicident tous en masse. Il fait peur. Je me tourne vers mon voisin de canapé, l'aimable retraité en chaussons avec son mug d'infusion à la main, et il me regarde avec son petit sourire gêné, son petit sourire d'excuse, on lui donnerait le bon dieu sans confession, et il me dit que ce Luke qu'on voit sur l'écran de la télé, ce n'est pas lui, évidemment : c'est un rôle, que le réalisateur lui a demandé de jouer. Lui,

George, il n'y tenait pas trop, mais l'autre a insisté, alors comme George n'aime pas faire de la peine...

Ann, qui nous écoute de la cuisine, éclate de son bon rire : « Tu lui montres le film où on te voit en épouvantail ? » Et lui rit en écho, à un mètre de moi. N'empêche, quand je le regarde sur l'écran, je le trouve terriblement convaincant.

6

J'ai rencontré d'autres adeptes du dé, sur internet : un à Salt Lake City, un à Munich, un à Madrid. Tous des hommes : je n'ai pas d'explication à ça, mais c'est un truc de garçon, le dé, comme le western ou la science-fiction. Le Munichois m'a dit : « Pour écrire un article qui vaille la peine sur la *dicelife*, la seule solution est de devenir un *diceman*. » Étrangement, cela me faisait peur. Si peur que je n'ai même pas osé confier au dé un choix aussi bénin que celui de ma destination : une fois écarté Salt Lake City, je suis allé à Madrid plutôt qu'à Munich pour la navrante raison que je préfère Madrid à Munich. Oscar Cuadrado, qui est venu me chercher à l'aéroport, est un jeune type replet, jovial, très sympathique. En me conduisant jusque chez lui, dans son 4 × 4, il m'a sorti la blague que je commençais à connaître : « J'ai l'air gentil, comme ça, mais vous ne savez pas ce que le dé a prévu pour ce soir, peut-être que je suis un *serial killer* et que vous allez vous retrouver enchaîné dans la cave. »

Il habite, avec sa femme et sa petite fille, un coquet pavillon de banlieue, sur la pelouse duquel nous avons, sans plus tarder, consulté le dé : est-ce qu'on boit un coup tout de suite, ou est-ce qu'on attend d'avoir terminé l'interview? Trois options contre trois, on aurait aussi bien pu le faire à pile ou face. La réponse a été : tout de suite. Et maintenant est-ce qu'on boit de la bière, du vin de tous les jours ou la grande bouteille qu'Oscar garde pour les dix-huit ans de la petite? Deux chances pour la bière, trois pour le vin moyen, une seulement pour la grande bouteille parce qu'il l'ouvrirait de bonne grâce, on ne proteste pas contre le dé, mais quand même... Finalement, c'est en buvant du vin moyen – mais pas mauvais du tout – qu'Oscar m'a initié à sa pratique du dé.

Lui, ce n'est pas un amateur de vertiges philosophiques ou pervers. Il a comme tout le monde entendu parler de gens qui ont cramé leur vie en se donnant des ordres extrêmes, comme quitter leur famille du jour au lendemain, partir au bout du monde et ne plus jamais revenir, avoir des relations sexuelles avec des animaux ou poignarder un passant au hasard, dans la foule d'une gare indienne. Des histoires de ce genre circulent sur tous les sites dédiés au dé – à commencer par celui qu'Oscar a animé pendant dix ans –, mais elles ne l'intéressent pas. Lacan disait que la psychanalyse n'est pas faite pour les imbéciles ni les crapules, Oscar dirait volontiers que le dé n'est pas fait pour les suicidaires ni les fous. L'usage qu'il préconise est un usage hédoniste, visant à rendre la vie plus amusante et inattendue.

Pour cela, dit-il, il y a trois règles. La première, c'est de *toujours* obéir, de *toujours* appliquer la décision du dé. Mais obéir au dé, c'est en dernier ressort s'obéir à soi-même puisqu'on établit soi-même les options. D'où la seconde règle, qui concerne cette étape décisive où on liste les six options. Car chercher six façons de réagir à chaque sollicitation de la vie quotidienne, cela oblige à faire travailler son imagination, à se scanner, à chercher à savoir ce qu'on désire vraiment. C'est une sorte d'exercice spirituel, visant à la fois à se connaître mieux soi-même et à mieux prendre conscience des possibilités infinies du réel. Il faut, selon Oscar, ne retenir que des options agréables, mais – c'est la troisième règle –, il faut qu'une au moins de ces options soit un peu difficile, qu'elle oblige à surmonter une réticence, à rompre avec une habitude. Il faut qu'elle vous fasse faire une chose que normalement vous ne feriez pas. Il faut se surprendre et même se malmener – mais gentiment, avec tact, c'est affaire de dosage et de connaissance de soi. Il faut qu'au moment de lancer le dé le désir se nuance d'appréhension. Depuis qu'à dix-sept ans il est tombé sur la traduction espagnole du *Diceman*, ce genre de petits défis est devenu chez Oscar une seconde nature. À la base, il est avocat fiscaliste, comme son père, mais ce n'est pas très marrant d'être avocat fiscaliste, alors en plus de ça il est devenu grâce au dé importateur de vins, animateur d'un site internet, professeur de go, familier de l'Islande et éditeur du poète mauricien Malcolm de Chazal. Comment cela ? Eh bien, il a d'abord pensé que ce serait bien de nouer une relation avec un pays étranger, de préférence lointain. Six continents, six options, c'est tombé sur l'Europe puis, en se resserrant, sur l'Islande. Très bien. Maintenant, par quel moyen de transport visiter l'Islande ? À pied, en voiture, en stop, en bateau, à vélo, à skateboard. Il avait peur, si ça tombait sur le skateboard, de se dégonfler, mais c'est tombé sur le vélo et il ne s'est pas dégonflé. Pourtant, il n'en avait jamais fait, de vélo. Il a appris, il a fait le tour de l'Islande à vélo, il a même entraîné à sa suite la jeune femme qui allait devenir sa femme. C'est au cours de cette équipée que le dé l'a incité à faire sa demande, qui a été agréée. Pour son voyage de noces, le jeune couple est parti pour l'île Maurice – mais ça, reconnaît Oscar, c'était un cadeau de ses beaux-parents, pas du dé. Sur place, il s'est rattrapé. Il a cherché quoi lire, un auteur qui avait un rapport avec l'île Maurice, soit parce qu'il en était originaire, soit parce qu'il avait écrit dessus. La liste comportait Bernardin de Saint-Pierre, Le Clézio, Baudelaire, Conrad et le poète Malcolm de Chazal. Bingo : Oscar est tombé raide dingue de Malcolm de Chazal, sorte de surréaliste créole dont se sont entichés des gens comme Breton, Paulhan et Dubuffet. Il s'est aperçu que Malcolm de Chazal n'était pas traduit en espagnol, alors à son retour il a fondé une maison d'édition pour y remédier. Il n'y connaissait rien, à l'édition, pas plus qu'il n'était monté sur un vélo, mais il va chercher les livres dans sa bibliothèque et je comprends qu'il en soit fier : ils sont magnifiques. Il résume : « C'est par Luke que j'ai connu Malcolm et maintenant que je vous connais, vous : c'est rigolo, non ? »

Arrivés à ce point, avec l'aide d'une bouteille nettement moins moyenne déjà que la première, nous sommes
très copains, Oscar et moi, et je suis mûr pour lui avouer le
malaise où m'a jeté la phrase de son homologue bavarois :
pour écrire sur la *dicelife*, il faut être un *diceman*. Moi, je
ne suis pas un *diceman*. Parce que ma vie me convient ?
Par conviction philosophique ? Ou simplement parce que je
n'ai pas les couilles ? Peu importe, le fait est que je tourne
depuis deux mois autour de cette histoire et que je n'ai pas
osé une seule fois me jeter à l'eau.

« Essayez », dit Oscar en sortant de sa poche un dé
qu'il pose sur la table, entre nous. Là, je panique, comme
si dans cinq minutes j'allais sans rien comprendre à ce qui
m'est arrivé me retrouver obligé de massacrer ma famille
à la machette ou – version plus clémente – d'escalader
l'Everest en tongs. Mais non, ce qu'Oscar me propose,
c'est simplement de laisser le dé choisir où nous allons
dîner. Mon idée était de l'inviter dans un bon restaurant
du centre. « Très bien, notez : c'est une première option. »
Une autre serait qu'il m'invite, lui. Une troisième, d'aller
dans le restaurant le plus cher de Madrid et de relancer le
dé au moment de l'addition. Une quatrième, de rester à la
maison. Je m'enhardis : une cinquième, ce serait de rester à
la maison, mais que je prépare le dîner, moi. Oscar sourit,
voyant que je me prends au jeu. Je me creuse la tête, à la
recherche d'une dernière option plus radicale. Je dis : « La
sixième, c'est qu'on prend la voiture et qu'on va dîner, tiens,

à Séville. » Oscar hoche la tête : « *Bueno*, maintenant jetez le dé. » J'ai soudain très peur que le 6 sorte, parce que s'il sort je sais que nous allons *vraiment* nous lever, monter dans la voiture et rouler jusqu'à Séville, qui est quand même à 400 kilomètres et il est près de 10 heures du soir et nous avons séché deux bouteilles de rouge à 14 degrés. Je jette le dé et, ouf, c'est le 5 qui sort.

Maintenant, je ne vais pas essayer de vous vendre les heures qui ont suivi comme une transgression majeure ou un dérèglement raisonné de tous les sens, mais le fait est que se retrouver dans la cuisine d'un inconnu, verre en main, titubant, ouvrant les placards, touillant dans un faitout à peu près tout ce qui vous tombe sous la main, c'est une expérience assez rigolote. Quand je suis sorti de la cuisine avec mon mironton fumant, dix fois trop épicé, toute la famille m'attendait devant la table dressée. On m'a félicité pour mes talents de cuisinier, on s'est accordés sur le fait que ce genre de jeu de rôles, c'était dans les contextes un peu tendus une bonne façon de briser la glace. On devrait s'en inspirer pour la résolution des conflits internationaux, ce serait intéressant de voir ce que ça donnerait en Ukraine. Au passage, j'ai cette fois encore remarqué combien les épouses de pratiquants du dé prennent avec équanimité la marotte de leur conjoint. Susana Cuadrado, en tout cas, ne semble pas davantage qu'Ann Cockcroft redouter que l'addiction au hasard entraîne sa famille dans une vertigineuse surenchère de défis et de passages à l'acte. L'une et l'autre, sans doute, ont raison d'être si confiantes. Mais,

pour ce qui me concerne, je continue à penser que j'ai raison de me méfier.

7

« Cher ami,

Nous avons le plaisir de vous apprendre la mort de
Luke Rhinehart. Il souhaitait que vous le sachiez au plus
vite, pour que vous ne vous inquiétiez pas si vos e-mails
restent sans réponse. Cela comptait beaucoup pour lui,
depuis quelques années, les amitiés par internet. Il aurait
bien aimé ne pas mourir pour les poursuivre : le sort en a
décidé autrement.

Luke n'avait pas peur de la mort, même si l'idée le
rendait un peu nerveux. Il la voyait comme une expérience
inédite – comparable au voyage dans un pays inconnu,
au début d'un nouveau livre ou d'une nouvelle relation. Il
aimait en rire – mais il aimait rire de tout. Il pensait qu'on
la prend trop au sérieux – il pensait qu'on prend tout trop
au sérieux. Il comptait bien, une fois passé de l'autre côté,
nous envoyer un rapport décrivant minutieusement ce qu'il
y avait trouvé. Il espérait que ce rapport nous rassurerait et
nous ferait rire. À ce jour, malheureusement, nous n'avons
toujours rien reçu.

Les derniers jours de Luke, pour ceux que cela intéresse, n'ont pas été tellement différents de ses dernières
semaines, de ses derniers mois, ni en général des trente der-

nières années de sa vie. Pour quelqu'un qui faisait l'éloge du hasard et du changement perpétuel, il était fidèle à lui-même d'une façon qu'on pouvait trouver décourageante. Les gens qui venaient le voir sur la foi de ses livres étaient parfois déçus de le découvrir si attaché à ses habitudes. Même quand il lançait le dé, c'était toujours pour faire plus ou moins les mêmes choses.

"Ce n'est pas mal en soi, disait-il, de faire toujours plus ou moins les mêmes choses. La question, c'est de savoir si cela vous plaît. La plupart des gens, malheureusement, ce qu'ils font ne leur plaît pas. Ce qu'ils sont ne leur plaît pas. C'est en pensant à eux que j'ai écrit tous ces trucs sur le dé. Mais moi, ça me va comme ça."

Sa femme, Ann, est restée à ses côtés jusqu'à la fin.

Au début de la dernière semaine, il lui a dit : "Je suis en train de mourir.

– Ah", a-t-elle répondu en retapant ses oreillers pour qu'il soit mieux.

"Je trouve ça intéressant. Ça ne m'est jamais arrivé jusqu'à présent, tu comprends.

– Mais c'est arrivé à un tas de gens.

– Je sais. C'est une pensée réconfortante. Tous ces gens qui m'attendent de l'autre côté et dont je vais pouvoir faire la connaissance.

– À moins qu'ils n'en aient pas envie."

Luke a regardé le plafond, songeur : "Ce serait ennuyeux, ça.

– C'est tout toi : toujours peur de t'ennuyer.

– Je vais te manquer quand je serai mort ?

– Oh, écoute, j'ai passé presque soixante ans à râler parce que je t'avais tout le temps dans les pattes, maintenant je vais râler parce que je ne t'aurai plus dans les pattes : c'est tout.

– Ça aussi, c'est une pensée réconfortante.

– Bien sûr, tu vas me manquer." »

Quand j'ai reçu ce mail, j'ai été, dans l'ordre, étonné, puis triste, puis ému. Je n'avais passé que deux jours chez George et sa femme, mais j'avais de l'affection pour eux, vraiment. Alors, puisque j'avais leur numéro de téléphone, j'ai appelé Ann pour lui faire mes condoléances. Quand elle a décroché, elle était cordiale comme d'habitude, contente de m'entendre mais pressée, elle a dit qu'elle allait me passer George. Je me suis demandé si elle avait perdu l'esprit, ou alors moi, j'ai bredouillé quelque chose au sujet du mail que je venais de recevoir, et elle a répondu, comme une qui a l'habitude de ces petits malentendus : « Ah, le mail ! Bien sûr… Mais ne vous inquiétez pas : ce n'est pas George qui est mort, c'est Luke. »

George, quand il a pris le téléphone, a confirmé : « Eh oui, c'est que j'en avais un peu assez, de Luke. Je vieillis, vous savez. J'aime toujours la vie : regarder le temps qu'il fait par la fenêtre quand je me réveille, jardiner, faire l'amour, faire du kayak, mais je m'intéresse de moins en moins à ma carrière, et ma carrière, essentiellement, ç'a été Luke. J'avais écrit cette lettre pour qu'Ann l'envoie à mes correspondants quand je mourrais. Je gardais le fichier en réserve depuis deux ans et un jour je me suis dit que c'était le moment de l'envoyer... »

Ah bon. D'accord.

Je lui ai posé encore deux questions. La première : avant de faire partir ce mail, qui est tout de même quelque chose d'assez inhabituel, est-ce qu'il a jeté le dé ? Est-ce que c'est le dé qui, en dernier ressort, a décidé de la mort de Luke ?

Il semble sincèrement surpris : « Ah non. Je n'y ai même pas pensé. Le dé, ça peut servir quand on ne sait pas ce qu'on veut. Mais quand on le sait, à quoi bon ? »

Seconde question, maintenant : à part moi, comment l'ont pris ses correspondants ? Là, son petit rire étouffé, malicieux, de vieux gamin farceur. « Eh bien, il y en a quelques-uns qui ont trouvé que c'était de mauvais goût. Autrement, les uns ont pensé : c'est du George tout craché. Et les autres : c'est du Luke tout craché.

Vous en pensez quoi, vous ? »

XXI, automne 2015

Table

Cet ouvrage a été achevé d'imprimer en janvier 2016
dans les ateliers de Normandie Roto Impression s.a.s.
61250 Lonrai

N° d'éditeur : 2484 – N° d'édition : 295805
N° d'imprimeur : 1600005
Dépôt légal : février 2016

Imprimé en France